MINGUOWUXIAXIAOSHUO
DIANCANGWENKU

民国武侠小说典藏文库

朱贞木卷

龙冈豹隐记

（第一部）

朱贞木 著

中国文史出版社

朱贞木和他的武侠小说(代序)

上世纪三十年代至五十年代初是大陆武侠小说创作的一个黄金时期，名家辈出，佳作潮涌，领军人物就是学术界称为“北派五大家”的还珠楼主、白羽、王度庐、郑证因和朱贞木。朱贞木虽然敬陪末座，但他拥有一个响亮的头衔——“新派武侠小说之祖”！

朱贞木（1895—1955），中国现代武侠小说家、画家、篆刻家。本名朱桢元，字式颛，浙江绍兴人，出身官宦人家。自幼在家读私塾，喜爱诗赋和绘画，更喜爱文学。在绍兴读完中学后，考入浙江大学文学系，毕业后曾在上海求职并从事创作。1928 年经友人介绍，进入天津电话南局（位于今天津市和平区烟台道）做文书工作，后升任文书主任。1934 年将妻女接来天津，并定居于此。

1937 年“卢沟桥事变”爆发，华北沦陷，日本侵略军占领天津，朱贞木因家庭原因继续留在电话局。天津报界名宿吴云心先生曾回忆说，朱贞木因此在抗战胜利后被解职，曾在天津小白楼开过餐馆。此事属于误传。其实，朱贞木为人清高而自尊，不愿在日控电话局中长期做忍气吞声的工作，遂于 1940 年自动离职，在家闲居，以绘画、篆刻自娱，偶尔也写点散文和诗。此时有出版社登门邀请他写武侠小说，于是他将 1934 年起在《天津平报》上连载的处女作《铁板铜琵录》续成长篇，易名《虎啸龙吟》出版，结果销路很好，于是他又陆续写下了《龙冈豹隐记》《蛮窟风云》《罗刹夫人》《飞天神龙》等十余部作品。

1949年后，朱贞木尝试按照新的文艺观念进行创作，写了一些独幕话剧，而正在创作的武侠小说由于政策原因半途中辍。1955年冬，朱贞木因哮喘病与心脏病并发，在天津市总医院去世，享年六十岁。

朱贞木在天津电话局供职期间，与还珠楼主李寿民同事。还珠楼主哲嗣李观鼎先生对笔者说，幼时在北京家中见到过来访的朱贞木，身材瘦削，双目有神。他记得父亲和朱贞木一聊就是一整天，说到激动处，互用手指比画，显见两人关系相当好。

朱贞木的武侠小说创作大约始于1934年8月，他在《天津平报》上开始连载处女作《铁板铜琵录》。张赣生先生认为是因见还珠楼主在《天风报》发表《蜀山剑侠传》一举成名，朱氏见猎心喜而作，以两人密切关系而论，确有此种可能。《铁板铜琵录》究竟连载多久、是否连载完毕暂时无法得知，或许有两年之久。大约在1936年9月，《天津平报》上又开始连载朱贞木的另一部武侠小说《马鹞子传》。“卢沟桥事变”爆发后，《天津平报》不肯附逆，自动停刊，该书也就停止连载。

1940年10月天津大昌书局结集出版《铁板铜琵录》第一集，并自第二集起改名《虎啸龙吟》，并一直沿用至今。1942年11月，天津合作出版社出版了《龙冈豹隐记》，该书的前面部分就是只连载年余的《马鹞子传》，可谓是在续写该书。不过《龙冈豹隐记》也并未写完，据作者自叙写到第五集就搁笔了，也没有提到原因，不过笔者所见现存最后一部是第六集。后来在书商和读者的要求下，朱贞木以该书未完结的后半部分加上手头已有资料，写成一部故事完整的《蛮窟风云》并出版。另外，1943年9月的《369画报》中提到他还有一部小说《碧血青林》，却一直未见出版，但是1949年前后出版的《闯王外传》序言中提及本书原名《碧血青磷》，或许就是此书。

抗战胜利后至五十年代初这段时间，武侠小说的出版迎来一个短暂的新高潮，朱贞木的小说出版了不少，如流传极广的《罗刹夫人》、《飞天神龙》《艳魔岛》《炼魂谷》三部曲、《龙冈女侠》、《七杀碑》、

《塔儿冈》、《闯王外传》、《郁金香》等，是日据沦陷期间的几倍，其中既有武侠小说，也有社会小说，还有历史小说，仅见之于广告未曾见诸出版的小说尚有数种。

根据手头搜集到的原刊本和相关资料，剔除同书异名者，从1934年至1951年，各种体裁的朱贞木小说一共出版了十九种，仅见广告未见出版者四种，具体内容可参阅本作品集后所附《朱贞木小说年表》。另外有一部《翼王传》乃是上海著名越剧编剧苏雪庵所作，他借朱贞木之名出版，朱贞木为此还写了一篇不短的序言。

朱贞木小说之所以受到读者欢迎，张赣生、叶洪生、徐斯年等专家学者对此早有精彩论述，笔者不打算再抄一遍，只根据个人的阅读体验，谈一谈朱贞木小说的特色。

看小说本身是一件轻松愉快的事，古人雪夜闭门读禁书，乃是读书人特有的一乐，其实用今天的话来说，就是消遣，武侠小说尤其适合做这样的消遣，而好看的故事则是消遣的核心。

朱贞木的小说构思精妙，叙述生动，引人入胜。如《蛮窟风云》，从沐天澜误饮金鳝血意外昏迷不醒开始，引出瞽目阎罗救人收徒、金翅鹏的出场以及被龙土司纳入麾下，而跟着红孩儿的出场，解释了瞽目阎罗的来历以及与飞天狐结怨的经过，又为后文狮王、飞天狐侵入沐王府，瞽目阎罗舍身血战等高潮部分做了铺垫。又如《庶人剑》，陕西山村中，一对拳师夫妇失踪多年突然归来，教徒自娱晚景。他们意外收了一个来历不明的上门徒弟，不久就遇到多年前的仇敌上门寻仇，老拳师怀疑这个徒弟，结果误中圈套，幸亏这个徒弟忠心为师门，救下了老拳师父子，而仇敌五虎旗之来，则源自老拳师夫妇二人当年离家，与师兄弟一起走镖，技震江湖时期。朱贞木以倒叙的笔法娓娓道来，他在平实流畅的叙事中，营造出一种氛围，创造出一种情趣。故事本身环环相扣，紧凑严密，令读者不知不觉陷入其中，欲罢不能。他的名作《七杀碑》，二十多年前笔者真是一口气从头读到尾的。邓友梅先生在《闲居琐记》中，记录了著名作家赵树理先生指着《七杀碑》对他说的话："……写法上有本事，识字的老百姓爱读，不识字的爱听。学学他们笔下的功夫……"由此可见朱贞木讲故事的水平有多高了。

若要把故事讲得"识字的老百姓爱读"，只有凭语言的功力了。朱贞木接受过私塾和学堂两种正式和非正式的长期教育，其学历在武侠小说作者中大概是绝无仅有的。他的青少年时代又是在富庶的浙江绍兴度过的，他肯定接触过当时的鸳鸯蝴蝶派小说、新文学书籍以及翻译的西方小说作品。他的武侠小说处女作《铁板铜琵录》遵守中国章回小说的传统，采用对仗的回目，在描绘风景时更是不自觉地经常使用赋体，轻松自如，毫不佶屈聱牙，可见其古典文学素养深厚。自第二部《龙冈豹隐记》开始，包括之后的所有作品，他却都摒弃传统章回，章节名称全部采用"血战""李紫霄与小虎儿""金翅鹏拆字起风波"等名词、词组或短句，长短不拘，新鲜灵活。这一革新更为二十世纪五十年代以降大部分香港、台湾武侠作家写作的滥觞。他在武侠小说中有时还使用当时流行的新名词如"观念""计划""意识"等，然而用得自然爽利，反映出了一些语言跟随时代而来的变化。

严家炎先生在《金庸小说论稿》中说："在小说语言上，金庸吸取新文学的某些长处，却又力避不少新文学作品语言的'恶性欧化'之弊。他扎根于本土传统文学中，较多承继了宋元以来传统白话文乃至浅近文言的特点，形成了一个新鲜活泼、干净利索、富有表现力、相当优美而又亲切自然的语言宝库。"这些评价用在朱贞木——金庸的浙江同乡前辈身上，同样十分贴切。

追求自由恋爱是"五四"以来各种文学体裁的共同主题，武侠小说自然没有落后于这股时代潮流。在《蛮窟风云》《罗刹夫人》《飞天神龙》等朱贞木小说中，主要男女人物积极主动地寻找、追求自己的爱情，尤其是女性人物，一反全凭媒妁之言的传统，大胆示爱对方，甚至还有私奔、野合的情节。朱贞木有时还通过小说人物之口，表达他对于

“情”字的解读，可以说，所有这一切都间接反映了五四运动之后反封建传统、反道学的社会流行风气。其实，在朱贞木前后期的很多武侠作品中，女性主角的地位已经大大提高，也出现不少以女性为主人公的作品，如顾明道《荒江女侠》、王度庐《卧虎藏龙》等，即使在还珠楼主的《蜀山剑侠传》中，女剑仙、女剑客也扮演了主要角色。只是多数作家虽然突出了女性的自主与独立，突出她们的纵横江湖，但在描写男女爱情上着墨不多、不细致，而在这个方面，朱贞木就显得比较突出。

他把恋爱中男女的哭、笑、逗、闹等言语和肢体动作描写得栩栩如生，淋漓尽致，而对于堕入情网中男女间的对话，更是绘声绘色，就连男女之间的武功切磋，有时也“写得花枝招展，脉脉含情”，表现了有情男女之间那种若隐若现、欲拒还迎的情致与趣味。有时他则用热辣辣的语言展现女性对于爱的向往，比如《罗刹夫人》中的罗刹夫人，《七杀碑》中的三姑娘、毛红萼，《飞天神龙》中的李三姑等等，这一特点被后起的香港、台湾武侠名家如金庸、卧龙生、诸葛青云、司马翎等人继承并发扬光大，同时穷追男主人公的侠女达数人之多，叶洪生先生称之为“数女倒追男”模式。相比之下，以“侠情”特色名传后世的王度庐，笔下恋爱男女的表现反而显得含蓄、收敛和传统。

至于男主人公的表现，除了在房梁上刻下“英雄肝胆，儿女心肠”的杨展，多数没有女性角色那么生动而有活力，《罗刹夫人》中的沐天澜竟然一副小男人的娇样儿，喜欢拜倒在两位罗刹姐姐的石榴裙下，仿佛有些《红楼梦》中贾宝玉的某些味道。

说来有趣，被划入鸳鸯蝴蝶派的顾明道笔下没有这样娘娘腔的男主角，王度庐笔下有些优柔寡断的李慕白也仍是男子汉一个，其他如更早的平江不肖生、赵焕亭和同期的白羽、郑证因等人都不弹此调，因此武侠小说中“娇男型”男主人公大概可以算得上是朱贞木的首创了。

对于爱情的结局，虽然同时期的王度庐偏重悲剧，但朱贞木还是和大多数武侠作家一样，选择了喜剧。大团圆的喜剧结尾对读者的感染力自然不如悲剧来得深刻，但在剧烈变动的时世中，对于经常听说和目睹人间惨事而无能为力的一般读者来说，也多少算得上一点安慰，多少能保留一点对美好事物的向往与期待，多少能暂时得到些许快乐与心情的放松！

小说作者迎合一般读者的需要，本是无可厚非的，而朱贞木这么做，却并不是“为稻粱谋”的需要。1943 年 9 月出版的《369 画报》第23 卷第1 期刊登了《天津武侠小说作家朱贞木》一文，作者毅弘在文中写道：“朱贞木先生并不指着卖文吃饭，他不过是闲着没事，作一点解闷而已，在写武侠小说的作家中，朱贞木先生是一位杰出人才，独树一帜，另辟蹊径，所以将来的成功，殊不可限量。”

可见，朱贞木写武侠小说虽是为了解闷和消遣，却也不肯胡乱涂抹，而是要有真正的消遣价值！

他在处女作《铁板铜琵录》的序言中感慨小说的出版有量而乏质，原因则是社会不景气，认真作品没有销路，大家都要有口饭吃，于是就“卑之无甚高论”了。他又写道：“在下这篇东西，本来用语体记述了许多故老传闻、私乘秘记的异闻逸事，借以遣闷罢了。后来因为这许多异闻逸事确系同一时代的掌故，也没有人注意过，而且看见小说界的作品，风起云涌，好像作小说容易到万分，眨眨眼就出了数万言，不觉眼热心痒起来，重新把它整理一下，变成一篇不长不短、不新不旧的小说，究竟有没有违背时代的潮流，同那个小说界的金科玉律，也只好不去管他，俺行俺素了。”

朱贞木显然十分清楚小说的真正要求是什么，客观环境所限，走消遣的路子罢了。即便如此，他也并不是向壁虚构，胡乱编些故事应付读者，而是有所依据的。他这样认真地选择和使用材料，显然是有成绩的，他的第二部作品《龙冈豹隐记》序言中是这样说的：“前以旧作《虎啸龙吟》说部，灾及枣梨，颇承读者赞许，实深惭汗，且有致函下走：以前书仅只六集，微嫌短促，希望撰述续集为言。……稗官野史，无关宏旨，酒后茶余，聊资消遣。下走亦以撰述说部为消遣。以下走消遣之笔墨，转供读者之消遣，消遣之途不一，消遣之理相同。然真能达到读者消遣目的与否，则须视内容之故事是否新颖，文字之组织是否通畅为衡。以各种说部风起云涌之今日，而欲求一有消遣真价值之作，亦非易易。”

待到数年后的《罗刹夫人》出版时，他对武侠小说创作题材已经有了比较全面的认识和思考，他在该书附白中指出，武侠小说有两弊，一是过于神奇，流于荒诞不经；一是耽于江湖争斗，一味江湖仇杀。他希望《罗刹夫人》一书可以为读者换换口味。他也的确做到了，该书影响范围之大、时间之长是他根本想不到的。

朱贞木虽然屡屡强调自己写小说只是消遣，但他身处一个战乱频仍的大时代，又从家乡绍兴北迁天津，个人际遇的变化、人生的起伏都会多多少少在作品中有所流露。他的小说题材不少出自明末清初的笔记，为何选择在那样一个动荡的、变乱的时代发生的故事和人物，背后的含义是不言自明的。在《龙冈豹隐记》等书中，轻松和趣味之外，作者自身感受的某种无奈时有体现——身处乱世的人们，无论高人愚氓，何处可以求得安定的生活！

随着1949年1月天津的解放，这种对于时势的困惑与无奈就消失了。朱贞木在这年7月出版的《七杀碑》第二集结尾处写道：“烽烟未戢，南北邮阻，渴盼解放，当再振笔。”“解放”二字表明了他当时的政治态度，也表明了他对于新时代的期盼。于是，在全国解放后，朱贞木主动学习新的文艺理论，尽力掌握新的文艺观点，并尝试运用在新的武侠小说和历史小说创作中。《铁汉》就是他的一次努力：一个侠士挺身而出，牺牲自己，意欲拯救无辜百姓，免遭官军的蹂躏。在《庶人剑》的序言中，朱贞木已经认识到了个人英雄主义的狭隘与局限，认识到人民的力量的可贵，他写道：“‘老百姓的剑’是用钢铁一般的意志铸就的，无形的，锋利得无可比喻的，而演出的方式，不是斗鸡式的，是集合大众的意志，运用脑力体力，推动整个社会机构，而与障碍前进的恶势力做斗争的……”

可惜类似这样的努力并没有进一步开花结果，《庶人剑》刚刚写了三集就停刊了，预告的不少新作如《酒侠鲁颠》等似乎都未曾出版。自1951年6月起，所有武侠小说都不准出版。1956年文化部又颁布严肃处理反动、淫秽、荒诞图书的命令，并配发查禁图书目录，朱贞木的所有作品竟都赫然在列。其实，类似朱贞木这样努力学习、尝试运用新文艺观点创作武侠小说的还有还珠楼主、郑证因等武侠作家，他们的所有作品也一样榜上有名，一同被禁。此后三十年间，朱贞木的小说彻底消失，连朱贞木这个人也寂寂无闻至今。

朱贞木的武侠小说基本写成喜剧结局，可是他自己的写作生涯却以近乎悲剧收场，令人唏嘘不已。

上个世纪八十年代改革开放以后，武侠小说又重新出现在图书市场上，而且颇有声势，名家名作纷纷重现江湖，朱贞木的作品也出版了几种。时至今日，如《罗刹夫人》《七杀碑》等几部知名作品也再版过多次，只是因为出版人对于武侠小说仅仅停留在商业层面的认识上，因此版本混乱，存在这样那样的错误，影响了对朱贞木作品的研究。

中国文史出版社不惮花费巨大人力、物力、财力，出版“民国武侠小说典藏文库”系列丛书，为后世留下宝贵的研究资料，还中国武侠小说史上的知名作家一种本来面目，可谓功德无量！笔者作为该文库“朱贞木卷”原刊本提供者、编校者，于武侠小说资料的搜集与整理略有心得，承蒙社方信任，略谈一些关于朱贞木生平及其作品的粗浅看法，谬误不免，聊充序言耳！

顾　臻

2016年10月26日于琴雨箫风斋

2020年11月16日修订

目　录

第一集

第二集

第 三 集

序　言

前以旧作《虎啸龙吟》说部，灾及枣梨，颇承读者赞许，实深惭汗，且有致函下走：以前书仅只六集，微嫌短促，希望撰述续集为言。同时，发行人亦以前书销路不恶，日以出稿相聒絮。但下走尘俗碌碌，笔耕不易。私幸覆瓿之稿，弃置陈箧，尚有多种重加删润，勉可问世。本书原名《易水寒》，以文艺气味过重，与雅俗共赏之旨不侔，爰徇发行人之请，更为今名，此即《龙冈豹隐记》之缘起。

武侠说部，大抵采集无数片段故事，连缀而成，蔓之则长，节之则短。《虎啸龙吟》一书既已结束，未便再续。而以《龙冈豹隐记》内容，系描写明季流寇时代之民间义侠、绿林剧盗，故事既富，篇幅较多，约计全书百万余言，可出十二巨册，并与发行人约定，月出一册，不得误期，或可勉副读者诸公之雅意。

稗官野史，无关宏旨，酒后茶余，聊资消遣。下走亦以撰述说部为消遣。以下走消遣之笔墨，转供读者之消遣，消遣之途不一，消遣之理相同。然真能达到读者消遣目的与否，则须视内容之故事是否新颖，文字之组织是否通畅为衡。以各种说部风起云涌之今日，而欲求一有消遣真价值之作，亦非易易。下走不文，愧非其任，倘有挂漏，尚希指正为幸。

民国三十一年十月　朱贞木

第一集

第一章　卖花翁的垂青

“英雄造时势，时势造英雄。”这两句话，在高朋满座，谈古论今当口，往往被酸溜溜的先生们颠倒价念不绝口，因此便成了老生常谈。倘然你要打破砂锅问到底，问一声：究竟是英雄造时势呢还是时势造英雄呢？这一问便要掂一掂斤量，不是老生常谈了。照在下的小小见解，却以为一个顶天立地的英雄，绝不至被环境征服。能够拨乱反正，双手擎天，果然是个英雄。便是造不成时势，挽不了劫运，落得杀身成仁，破家殉义，也是一个真英雄。因他扬名千载，精神不死，他的毅魄血诚，不为时间空间所限。可是这种真英雄，古今来不可多得，千百年也许见着一位两位。至于时势造出来的英雄，便不然了，无非因时乘势，仗着一股幸运，成了社会骄子，在某一时代，也被人当作英雄崇拜，到了时异势迁，也就像电光焰火，无形消灭，甚至盖棺定论，还要翻案转来，遗臭万年。这种人物，古今来多得不可数计，在下无以名之，名之曰假英雄。

这部书内，便是专写这两种英雄斗智角力，石破天惊的故事。不过真英雄果然难得，假英雄也有他异人独具的才力。本书登场人物，十有其九都带点英雄气概、豪杰心肠，骤然看去，一时却也难以分出真假。究竟谁是真英雄，谁是假英雄，待在下慢慢写来，诸公慢慢去评断好了。

闲话休提，在下开首便先提出一个英雄来，此人姓沈，名廷扬，祖居江苏太仓府崇明县。崇明地方，虽然周围也有几百里方圆，却是一座四面环海的海岛，原是江苏海口淤起的一片大沙碛，成为这座海岛。岛的东南两面，都是通南北洋的汪洋大海，只有北面接近南通州，西面接近太仓府城，两面水迹也有二三十里远近，岛中住民大半是渔户、船户。

这种船户，是专运漕米的粮船。凡是粮船上的船户，称为粮帮，他们内部有极严密的组织，极大的潜势力。每一处粮船码头，有一个帮头，又称为龙头。好几处码头联合起来，又有一个大帮头。这大帮头，又称为老龙头，也称为瓢把子，必定是辈分高本领大的人才能胜任。在他管辖下的各码头粮帮，只要大帮头一个命令出去，不管水里火里，必是视死如归，绝对没有违背一些命令的，比军队的纪律还要严肃几倍。后来的青帮、红帮，便起源于此。

当时沈廷扬的祖上，便是崇明粮船码头的帮头，因此起家，在崇明县内也算一家富豪。到了沈廷扬父亲沈大眼手上，非但子传父业，而且名头远大，做了太仓、通州、崇明三处码头的总瓢把子，统率着一千几百号大小粮船。每只船上最少有四五个船户，大一点船上便有一二十口，这许多船如果集合起来，怕不有上万的人。这上万的船户，只要沈大眼一句话，比奉着军令还要厉害。他有这样的魄力，一半是辈分高，有悠久的传统关系，一半是为人公正，武艺高强，压得住众人。他善于使一条齐眉熟铜棍，这条棍足有六十余斤重，沿海一带，无人及得。又因他早晚练习，这条熟铜棍，自出心裁，有一百五十多手的绝妙招术，因此大众又加上一个沈百五的绰号。提起沈百五，江苏一省无人不知。

那时正值江浙沿海，时遭海寇劫掠，崇明又系海口孤悬的岛屿，环境所迫，家家都练习武艺，制备军器，保护身家。有了沈大眼这样首领人物，一岛的人都觉有主心骨儿。有一次来了几百海寇，居然被沈大眼率领着粮帮渔户，把海寇杀得全军覆没。从此以后，崇明便没有了海寇之患。这一来，他的名头一天比一天高，产业也一天比一天地富厚，管理一千几百号大小粮船以外，又拿出资本来，在通州、太仓两处码头上，开设了几个酒楼、当铺。嫌崇明一片沙土，四面环水，便在通州建造一所大房子，移家到通州居住。骨子里虽是粮船帮头，表面上也同富商贵绅差不多少。素性又慷慨，穷人求他帮衬，多少总肯接济一点，因此三处码头的住民，没有不称赞他一句富而好义的。

到了他七十余岁，寿终正寝这一年，他儿子沈廷扬，已有二十多岁，长得英伟秀挺，一表人才。沈大眼在世时节，自恨虽然富有，众人推戴，无奈粮船帮头的头衔，终觉不雅，明朝士绅阶级观念很深，沈大眼无论如何富厚，只可在渔户、船户以及买卖里面称尊，略有声誉的士绅堆里，便休想挤得进去，因此想从儿子身上达到既富且贵的目的。所以从小就聘请了一位通州老儒在家教读自己儿子，替儿子取了廷扬两个名字，也隐隐含着教他扬名朝廷，不要他再继父业的了。

哪知沈廷扬从小便不寻常，在书房内读书时节，果然聪颖异常，用心攻读，到了散学以后，也十分爱惜拳棒。好在家中进出的，有的是会武艺的人，沈廷扬千方百计，求人教他。沈大眼虽然想自己儿子弃武求文，但看得自己儿子从小志高心傲，竟想做个文武全才，自然格外欢喜，索性把自己一百五十多手的熟铜棍，传授与自己儿子。沈廷扬到了十七八岁，文学武功，都已可观。而且第一次赴太仓府考，便名列案首，身入黉门。在明朝中一名秀才，颇不容易，一经穿上蓝衫，已足荣耀乡里。沈大眼看得自己儿子果然容容易易地穿上蓝衫，列入士绅堆里，将来折桂占鳌，怕不一路青云直上，只喜得嘴都合不拢来。崇明、通州、太仓一带人们，自然格外恭维得不知所云了。

但是沈廷扬自己，却有他特殊的见解、特殊的志愿，自从进了秀才以后，格外专心一意地练习武功起来，听得有奇才异能的，不惜倾心结纳，殷殷求教。而且挥金如土，广事结交江湖上各色人等，只要有一技之长，便要结识结识，因此江北一带的人，又把一个小孟尝的绰号送与沈廷扬了。沈大眼虽然爱惜儿子，不愿十分去督促他上进求功名，平日父子相对，语气之中，也难免不流露一点自己希望来。

你道沈廷扬怎样回答？他说："父亲希望儿子光耀门庭，儿子何尝不时时存在心内。不过现在朝中太监专权，一班十载寒窗求得功名的人，无非去巴结太监，何曾替国家做出一点事业来。（明朝太监权柄甚重，那时魏忠贤便是太监的首领，权倾一国。）而且盗贼四起，时事日非，倒不如学点实在武艺，广交几个豪杰，预备日后报答国家，保卫乡里。儿子并不敢违背父命，也不敢荒废身心，无非进取之道，与人不同罢了。"

当下沈大眼听他发出这样大议论来，暗暗点头，昂头思索了半晌，哈哈大笑道："好，好，我成就你的志愿，可惜我已见不着你的事业了！"

自从他们父子这样谈论以后，沈大眼索性把全部家产交与儿子执掌，自己不再顾问。通州、太仓、崇明三处码头粮船，也交他代替统率。沈廷扬人才既然出众，武艺也说得出去，把粮船商业，都处治得井井有条，比他父亲还干练几倍。沈大眼一死，粮帮便奉廷扬为大帮头。二十几岁的人，便做了粮帮的大帮头，在他们帮内原是很不易的，他居然把三处码头的粮船弄得服服帖帖，足见他的才具很是不小。

有一年夏天，他到太仓府城自己开的一座当铺内盘查账目，却见当铺门首，围着一大堆的人，闹哄哄的还夹杂无数小孩的笑骂声。这一大堆人，却把一座水磨砖墙的当门，堵得水泄不通。门槛上立着几个当铺的伙计，推推搡搡死命地轰赶，只驱不开闲人。有一个伙计远远就看见少东家到来，越发脸红脖粗地大声吆喝。沈廷扬远远朝着伙计一摇手，自己分开围住的人们，跻身进去一看，原来当门阶石下，半蹲半坐地踞着一个怪物，一头乱草似的头发，沾着无数滋泥，从头顶分向四面披下，没头没脸地蒙着，竟看不清这怪物的面貌。可是乱草似的泥发内，却射出两道烨烨如火的异样眼光来。身上更奇了，这时正在夏季热天，在当街毒日底下，却紧紧裹着一条龌龊不堪的破棉被，那颗怪头就在棉被中间一个破窟窿内钻了出来。下身因为向下蹲着，被破絮裹住看不出来。四围起哄的顽皮孩子，笑着拾起地上的果核石屑，向怪物没头没脸地掷下，他也茫然不觉，依然不声不哼地蹲着。沈廷扬仔细看了半晌，心里惊疑不定，因为当头太阳灼得皮肤生痛，便从怪物身边跨进当门。门槛上两个伙计，慌忙躬身先导迎接进去。

忽又听得门外轰雷似的一阵大笑，沈廷扬忍不住，又翻身回到门口一看，那怪物伸着枯蜡似的手指，鸟爪似的从腰后摸出一个光彩夺目的朱漆酒葫芦来，脑袋一仰，披发后垂，露出一张奇丑怕人的怪脸，满脸都是伤痕，竟分不清五官位置。只看见虬髯猬结之中，一张阔嘴，一张一翕，竟把倒出来的酒，吸得点滴不流。这一来，把个英气勃勃的沈廷扬也看得呆了！暗想：这人似癫非癫，似傻非傻，这样的暑天身上裹着这样棉絮，头上半粒汗珠都没有，既然穷得叫花一般，却又藏着这样鲜明的朱漆酒葫芦，真猜不透他是何种人物。正想设法盘问他几句，猛见那怪物无端哈哈一声狂笑，宛似半天打下一个焦雷，震得四面人的耳朵都嗡嗡乱叫。一声笑毕，倏地腰板一挺，蹶然起立，回头朝着沈廷扬有意无意龇牙一笑，两只烂泥脚拖着一双打卦破履，跌蹋跌蹋地走向前街去了。后面兀自跟着许多顽皮孩童，一路指指点点地追着嚷着。远远还见那怪物高高地举着朱红葫芦，若无其事地只顾一面走，一面仰着脖子，向嘴内灌酒。

沈廷扬怀着满腹狐疑，向那两个伙计问话："从来不曾听到太仓有这样一个怪物，难道是别处新来的游丐吗？"

伙计答道："谁说不是，有人见他晚上在东门外破关帝庙内挂着。"

沈廷扬急问道："怎叫作挂着？"

伙计又笑道："据见他的人说，他晚上睡觉时，与人不同，两只脚高高地钩住庙殿上顶梁，整个身子便这样悬空倒挂着，鼻子里打着雷也似的呼噜，有人问他为何这样睡法，他说一年三百六十天，天天这样睡，因为这样睡法，身上的宝贝便不会被人偷去。人家听他说得好笑，想他身上的宝贝，无非一个酒葫芦，再不然还有日当衣衫夜当铺盖的一条破棉被，他居然还怕人偷了去，情愿这样悬空挂着，不是疯子是什么？但是南村的徐相公，却一口咬定，说他是个异人，定有了不得的本领，还巴巴地亲到关帝庙去看他，想请那疯子到他家去，领教一点本领。却被那怪物文不对题说了无数疯话，弄得徐相公没奈何，乘兴而来，败兴而返，也相信他是疯子了。"

沈廷扬急问道："你说南村徐相公，是不是徐洁人徐相公？"

伙计点头应是。沈廷扬便不再问，暗自存在心内。便同伙计走进当内，召集执事人等，问了问买卖的细情，略查了一查账目，休息了一下。到了日落西山，叫人备了一头健驴，独自一人骑驴到南村来访徐洁人。

原来这位徐洁人，在太仓也是一个响当当的人物，名尚廉，号洁人，原是将门后裔，世代簪缨。在南村徐姓是个大族，徐洁人一家更是南村首屈一指的大家。洁人幼失怙恃，天资秀逸，在廿八岁上考进了武举，此后一连几场，都不得意，一赌气，便守着先人产业，在家闭户用功，不求闻达。他是将门，家传武艺自是不凡，便是文学，也楚楚可观。从小同沈廷扬在一处念过书，练过武，性情相投，非常合契，两人年龄也不差什么，所以沈廷扬不到太仓便罢，一到太仓，定必来看这位同窗好友，在徐家盘桓几天，谈谈文，讲讲武。这一次，听伙计说起，沈廷扬看出那怪物有绝大本领，愈发急于谋面，问个究竟了。

徐洁人住的南村，离城只有二十多里路。沈廷扬骑驴出城，急加几鞭，便到了南村。一进村口，便望见徐家临溪的一座八字墙门，左右分列着两面光滑如镜的大石鼓。正想催骑临门，忽见门内急匆匆走出一个高大汉子，肩上扛着一支花枪，枪缨枪锋，用一尺多长的皮套子罩住，只露着下面七尺多长、酒杯粗细、通体缠丝绞筋的枪杆子。

沈廷扬远远望见这条枪，便认得是洁人家传之物。因为徐家祖传六合大枪，颇为有名。徐洁人平日练的功夫，都在这条家传枪上，此刻叫人扛了出来，不知有何用意？忽又见扛枪汉子背后，又跨出一个武士装束的美少年，仔细一认，正是徐洁人本人，慌一催驴子，当啷啷赶近门前。那两人一听銮铃声响，回过头来，沈廷扬已翻身下驴。

洁人一看是沈廷扬到来，大喜。两人握手寒暄了几句，沈廷扬便问："此刻已是傍晚时分，你叫人带着花枪出来干什么呢？"

徐洁人笑道："其中自然有个缘故，你来得真凑巧，本应该先请你进屋坐谈，但是我与人约定在此刻会面，只好请你一同前往，也可以助一助我的胆气，而且此事你定也欢喜参与的。此事一了，我们一同回到寒舍再细细叙阔，你看如何？"

沈廷扬大笑道："你没头没脑说了这些话，我一句不懂，究竟赴何人之约，值得这样郑重其事，看情形好像预备交手一般。照你平日性格，极不愿在人面前显耀的，怎的今日与往常不同，还要叫我参与呢？"

徐洁人微微一笑，便执着沈廷扬的手道："此事说来话长，请同我前去，一面走，一面我把其中原因说与你听。好在路也不远，你的尊驴留在舍下便了。"说罢，向门内喊了一个小童出来，叫他牵驴到后槽喂养，吩咐清楚，一同沈廷扬安步当车，走出村来，一面走，一面把携枪赴约的原因，说与他听。

原来南村虽然离城不远，却是风景佳胜，水秀山明。离南村二三里远，有一座孤零零的山，叫作文笔峰，拔地而起，高接云霄，峰头尖峭，远看去，很像一支椽笔。因此迷信风水的，都传说这座山峰正对着太平东城，天下太平，便应文风；乱世时代，便应武略。因为那座山的形象，当它一管笔、一条枪都可以。这种原是信口开河，不足深考，不过这样一迷信，文笔峰便成了出名的地方了。

文笔峰的山脚下，也有十几户人家。这十几户人家，既不耕，也不织，都以种花为业。峰脚周围都是花圃。文笔峰被这许多花圃一点缀，真变成生花之笔了。每逢春秋佳日，太仓城内的士绅，男的骑驴，女的乘舟，都要到文笔峰游览一下。清明踏青，重阳登高，也是文笔峰的专利。峰脚下卖花的人，便靠此营生。徐洁人文武兼资，风流自赏，在家无事，也时常种花灌园，以作消遣。见了奇卉异葩，也不惜重金购求，好在文笔峰的花圃近在咫尺，徐洁人便成了花圃中的老主顾。

有一天清早，徐洁人独自背着手，在门前溪岸上闲步，看几个邻居儿童，在绿柳底下捉迷藏，捉鱼虾，一派天真烂漫，颇觉有趣。正看得高兴，忽见远远一个须发如银的卖花翁，挑着一担花草，缓缓走到自己大门口歇下肩来，坐在石阶上，从褡裢袋里摸出一支短短的旱烟管，很自在地吸起烟来。

徐洁人一望，便知是文笔峰下的卖花人。凡文笔峰卖花的人挑到城内去，必定经过南村，而且总在徐家门口歇一歇肩，也许便在徐家发个利市，这是天天如此的。而且从文笔峰来的卖花人，十有九认识徐洁人徐相公的，但是这一个卖花翁，却是特别，明明看见徐洁人在溪岸闲步，并不叫一声徐相公，却一面吸烟，一面向徐洁人上上下下，打量个不住。因此也引起了徐洁人注意，仔细向那卖花翁一看，似乎面目甚生。只见他一身布衣草履，同别个卖花的一般无二，只是生成童颜白发，矍铄异常，尤其是两道庞眉底下，隐着一双黑白分明、凌凌生威的眼神，颇为奇异。看他腰板笔挺地坐在那儿，顾盼非常，如果不看他一身粗布衣服，绝不像一个卖花老者。

徐洁人暗暗称奇，缓步踱至花担跟前，再看担内疏疏落落地捆着几束芍药、红莲、剪春罗、虞美人之类，一边只搁着几小盆红白石榴，花既不多，亦无珍贵之品，心想这一点点儿花草，也巴巴地挑到城内去，未免不值，不禁向他问道："老丈，今年高寿有几?"

卖花翁并不站起身，只随口答道："贱庚小得很，七十有八。"

徐洁人一听他口音虽近江北，却不是太仓土音，便又笑道："老丈在文笔峰治理花圃，想已多年，在下常到贵村，却与老丈少会。"

卖花翁向徐洁人看了一眼，立起身来，叹了口气道："俺原不是此地人氏，唯扬州琼花观前也有几亩祖传花圃，一家衣食，原可无忧无虑。无奈小老儿生性耿直，今年新春头上无端得罪了当地恶霸，自己上了岁数，膝下又有两个娇养女儿，难与恶霸们争闲气，只可弃了祖业，躲避到此，权在文笔峰下置了几椽草屋，租了几亩花田，将就糊口。常听邻居同业们说起，南村徐相公怎长怎短，想必就是尊驾了？失敬，失敬。”

徐洁人听他避仇到此，又见他这样高年，便起了恤老怜贫之念，对他说道：“今天无意碰着老丈，也是有缘。在下也爱玩点花草，老丈今天可以不必进城去，担上花卉也不多，统由俺买下便了，老丈说一句价值，俺便招数奉纳，老丈可早点回家休息一天。”

卖花翁连连称谢道：“徐相公果然名不虚传，既承厚意，老朽这点花草，值得什么，不嫌亵渎，情愿奉送，请吩咐一句搁在贵宅什么地方，老朽替你端进去好了。”

徐洁人慌摇手道：“这使不得，你将本图利，怎好送人？请你在门口稍待一忽儿，俺去去就来。”说罢，匆匆进门，取了钱钞，唤了一个家童，一同出来搬取花草。

哪知刚一步跨出二门，举目一看，顿时大吃一惊，连呼奇怪。后面跟出来的书童，也惊得直跳起来。你道如何？原来那卖花老者一挑花担，踪影全无，所有担内花草，却整整齐齐摆在门斗内。这还不足为奇，最奇的大门外一对大石鼓，这时却对门并放着，恰巧把一座台门堵死了！这事突如其来，如何不惊？徐洁人略一沉思，且不顾地上花草和堵门的石鼓，一撩衣襟，从石鼓上面纵了出去，一伏身，飞也似的去追那卖花老者。一直追出村口，向那直通文笔峰一条大路上望去，何尝有卖花老者的影子！不觉脱口喊声：“奇怪，难道会飞不成？”因为这条路可以望到文笔峰脚，足有两里路长，两旁都是水稻田埂。暗想自己无非回身取钱的一忽儿工夫，那老者非但在两座石鼓上做了手脚，连人也像会飞般飞得不知去向，真是怪事了！没奈何转身回到门口，想找几个前时柳荫下玩要的孩子，探问一下，不料这时门口冷清清的，那几个顽童早已跑散了。

心想这对石鼓，每个足有六七百斤，不是天生神力，休想移动分毫，自问绝对没有这种力量，难道七八十岁的卖花翁，有这样神力么？如果说不是他，眼前一忽儿的事，不是他是谁？如果是他，这样同我开玩笑，又是什么用意呢？太仓地面，虽都知道我懂得武艺，但我从来不在人面前露，也没有与人较量争胜过，谅也没有同我故意作难的人，可是今天的事明明摆在眼前，这真真难以索解了！

徐洁人思索了半天，兀自想不出所以然来。可是一对大石鼓，经人轻轻拿下来堵在大门口，自己没有力量拿开去，被好事的人一传扬，总说某人被人生生塌了台去了。这样一转念，未免又恨又急。四面一看，幸喜清早时候，左右几家邻居都在田中工作，南村并非要道，尚无闲人来看稀罕事儿。

可是堵在门内的书童，在徐洁人跳出门外追人当口，早已飞身进去，轰动家中。徐洁人父母早故，自己尚未娶亲，家中只有几个叔伯弟兄，率领着许多长工，一齐出来，看得门口两个石鼓，各个骇然。

徐洁人在门外喊道："闲话少说，快拿家伙来，我们合力把它扛回原地方再说。"

门内几个人慌忙领命去寻家伙去了。正在这当口，忽听得身后远处哈哈一声怪笑。

这一声怪笑，似乎从空而下。徐洁人急回头向四处瞭望，却静悄悄的不见一人。门内的人，也同时听得这声怪笑，几乎疑惑白日见鬼。

蓦地又听得怪气地笑道："这一对小玩意儿都拿不动，要这样地劳师动众，还说家传武艺哩！"

这几句冷嘲热讽以后，众人才听出发话所在，是在溪边一株绿荫如幄的大柳树上。这时徐洁人一听这几句话，不由得无名火发，以为搬石鼓开玩笑的人在此了。一个箭步，纵到柳树下面，正想当面责问，不料抬头一看，又把徐洁人怔住了。

原来树上发话的人，不是那个卖花翁，是一个龌龊不堪，丑如鬼怪的怪物，披着一头黄泥发，身上裹着一张破棉被，精赤着两条瘦泥腿，吊着两只七穿八洞的破鞋，坐在一枝横出的柳干上，手上托着一个红漆葫芦，露出一副看不起人的滑稽状态，还挂着一张椰瓢似的阔嘴。这样的怪相又被柳色一罩，愈发绿森森的满身鬼气。

徐洁人等没有看见过这样怪物，竟也看得呆了。那树上的怪物，却也好笑，两只碧荧荧的鬼眼，一闪一闪的，朝着下面徐洁人打量了几眼，把一颗猱头狮子的毛头摇了几下，自言自语道："公旦眼光虽然不错，但是可惜!"忽然又叹了口气道："求仁得仁，也是解脱一法。"

他这样自言自语了一阵，徐洁人不知他胡吣些什么，忍不住喝道："你这疯子，先头骂我们枉称祖传武艺，是什么意思?你有什么本领，敢无端出口伤人?"

那怪物大笑道："你说我疯，再过几年，你比我还要疯得厉害哩!你不信，记住我话好了！现在闲话少说，你不是恨我讥诮你么？好，你看我的!"这一句话方出口，人已飘然下地。

徐洁人看他飞身下来，似乎比一片叶一团棉花还轻，非但下面尘土不扬，声息毫无，连上面坐着的柳条，也纹丝不动，不禁暗暗称奇。只见他一下树，把腰间所束破絮的草绳紧了一紧，葫芦往草绳上一挂，拖着一双烂跟破鞋，踢踢踏踏走到门前，更不停留，两臂一张，抱住石鼓，随随便便地便抱了起来，放回原处。放了这个，又抱那个，踢踢踏踏来回奔波了几次，便将两个大石鼓好好地仍归原位了。

门口石鼓一去，里外通行，徐洁人同门内众人都惊呆了，谁也想不到这样穷叫花似的怪物，有这么大力！尤其徐洁人诧异之间，心中一动，觉得今天的事绝非偶然，定须问个明白。而且这样奇人，岂可失之交臂？主意打定，正想近前向怪物求教，不料话未出口，那怪物已如飞地向村外逃走。徐洁人慌拔步便追，一面口中喊道："暂请留步，有事求教。”

那怪物好像听不见一般，转瞬间已跑出村口。徐洁人不舍，加紧脚行，拼命向前追去。追出村外里把路，只见那怪物兀自脚板打着屁股跑个不停，边跑边回过头来喊道：“你我无缘，有缘的在文笔峰等你哩！”喊了这一句，愈发跑得飞风一般，一眨眼便看不见人影子。徐洁人料得自己脚步万难追上，只可怏怏回转，却把怪物回头说的那句话，记在心内，回家也不对人说起。

到了第二天清晨，独自走向文笔峰，先到熟识的几家花圃探问扬州搬来的卖花翁，住在何处。有知道的，说是这一家搬来不久，只有一个七十多岁的老头儿，和两个十八九岁的女子，在山腰内盖了几间茅屋，辟了一个小小花圃，孤零零地住在山腰内，并不与人来往，也不常见他们挑出去卖。山脚下几家花圃，因为他们是外乡人，那老头儿性情又怪僻，很少有人到他家去探望的。

徐洁人听说，暗暗点头，便从山脚一步步走上山腰。立的所在正是一座悬崖下面，从崖侧露出一条仄径，两旁都是刺天修竹，随风摇曳，发出极幽韵的天籁。仄径尽处，露出两间新盖的土墙茅屋，外面编着短短的竹篱，篱上缠着几丛牵牛花。当门一座瓜棚，绿荫扑地，藤蔓如龙。棚下矮脚竹椅上坐着一个绝色的女子，穿一领褪红纻衫，梳一个家常慵髻，低垂粉颈，正在引针度线，勤做女红。徐洁人到了这种境界，宛如身入画图，痴痴地站在竹径中间，几乎忘记了来此何事。暗想山腰只此一家，这女子定是那卖花老者的女儿了，想不到在此得见佳人。

正在痴想，猛听得身后哈哈一声狂笑，声若洪钟，远振山谷。急回身看时，正是那卖花老者，此时却装束不同，穿一件大袖葛袍，戴一顶宽檐竹笠，足蹬云履，手挽朱藤，长须拂胸，俨然道貌。一见徐洁人便大笑道：“徐相公兴致不浅，清早便来游山。既然枉驾，不嫌蜗居，便请稍作勾留如何？”

徐洁人想不到老者会从身后走来，自己正在窥探人家闺秀，未免难乎为情，未来时预备着许多话，一时竟说不出来。但是老者似乎毫不介意，一手挽住徐洁人，走入篱门，直登草堂。徐洁人留神瓜棚下女子已不见。一进草堂，居然明窗净几，雅洁无尘，而且书架如城。缥缃万轴，哪像卖花人的家庭。

徐洁人愈发钦敬，慌不迭倒身下拜道："昨日一见老丈，令人生敬，打听得高隐于此，特地专诚叩谒，尚乞不吝下教，启迪后进。"

老者扶起徐洁人，呵呵大笑道："徐相公家学渊源，早已闻名，因为素昧平生，未便冒昧晋谒，昨日在尊府门前略事游戏，尚乞海涵。"

徐洁人一听这话，才确定门口石鼓是他弄的把戏，想是借此试一试自己本领的，不禁面孔一红，嗫嗫道："老丈神力，世所罕及，小子粗知半解，又鲜明师益友切磋，实在惭愧得很，倘蒙老丈不惜教诲，收列门墙，终身感激！"说罢，又欲躬身下拜。

老者扶住道："老朽风烛残年，何敢当足下下问，如果足下要求进益，相近便有强胜老朽百倍的明师，可惜足下轻轻失之交臂！"

徐洁人蓦然记起柳树上的怪物，慌问道："昨天老丈走后，正拟合力搬开石鼓，忽然柳树上躲着如此如此一个怪物，飘身下来，极不费力地便把石鼓放向原处，在下料他有了不得的本领，原想殷殷求教，无奈那人举动离奇，径自跑掉，只临走说了一句有缘的在文笔峰，所以在下今天专诚到此。听老丈口吻，想必认识那人。便是那人语气，也明明指着老丈。想是小子资质平凡，老丈不屑教诲罢了！"

老者呵呵笑道："此中自有因缘，且请安坐，容老朽慢慢告诉。"说毕，用手向后壁弹了几下，唤道："莺儿，嘉客到此，怎的还不倒茶来？"

只听壁后娇应道："阿爹勿急，阿姊到崖下挈泉水去，预备烹几盏松花香茗款客，稍待便得。"说完，便又听得弓鞋蹀躞，一阵折柴洗盏的声音。徐洁人知是老者女儿。

却听老者笑道："老妻早已去世，家内只有两个小女供应门户，足下幸勿笑话。”

徐洁人慌逊谢不迭，彼此在草堂坐下。

老者笑道：“老朽姓高，贱号公旦，早年也曾出仕勠力疆场，五十岁以后，饱尝宦海风波，便乞骸骨，隐居扬州琼花观。因素性爱花，权以此为业。足下所见落拓不羁的那位怪人，虽同老朽交往，但是他对于自己身世却讳莫如深，屡次问他，终是装疯作癫，只知他道号鲁颠，原籍山东，其余便难测其隐了。不过他一身奇才异能，瞒不过老朽两眼。老朽阅人甚多，像这位鲁颠先生的本领，实在少见！他这样佯狂作态，无非看透世情，游戏三昧罢了！现在他也云游到此，寄居在东门外关帝庙内，足下何妨去见他一见。他是一个忽来忽去，行踪莫测的人，稍迟便寻不着他了！”

徐洁人听得津津有味，忽地莲步琐碎，一个又端庄又流丽的美人，大大方方地捧出两盏松花香茗来，在宾主面前各敬一盏以后，便退一步向洁人微微敛衽，慌得他立起身连连还揖，口中说道：“怎敢劳及女公子玉步！”嘴里这样说着，两只眼未免略一平视，只见她唇不点而朱，眉不扫而黛，长身玉立，宛如空谷幽兰，却不是初见的瓜棚下绣花女子。

高老头儿大笑道：“这是老朽长女，闺名韵娘。素知足下胸襟阔大，老朽也不效世俗之态了。”说罢，呵呵大笑。

韵娘低头微笑，徐步退入里面去了。

徐洁人按定心神，又坐下来，同高老头儿深谈起来。渐渐又谈到武功上面，高老头儿口若悬河，滔滔不绝，而且所说家数，竟是闻所未闻！徐洁人究竟青年好胜，把自己家传六合枪法，不免也从嘴上显露出来。

高老头儿居然也极力赞扬几句，却笑道：“足下家学渊源，自然与人不同。老朽的两个小女，对于枪法，也粗知半解，可惜老朽不擅长此道，年老功荒，小女们平日想求点进益，苦于没有明师切磋，难得足下有此家传绝技，老朽不揣冒昧，想请求足下给小女们指点一二，未知能蒙俯允否?”

徐洁人一听他两个女儿也喜武术，心里吃了一惊，转念这样弱不禁风的佳人，无论如何，也练不出什么来。听得高老头儿求他传授枪法，信以为真，嘴上虽谦让不迭，一脸扬扬得意之色，却已泄露无遗。

高老头儿倏地立起身，两手一拍，呵呵大笑道：“老朽素性疏阔，今天逢着足下倜傥不拘，恰恰合了自己脾胃。现在老朽要托个大，叫一声老弟，以后彼此可以亲近亲近，谅来老弟也不嫌高攀的。”

徐洁人大喜道：“老丈休要这样称呼！老丈是先进，此后晚辈时时要来求教，请老丈直呼贱名好了。”

高老头儿握住他的手，摇了几摇，笑道：“老弟少年老成，真是难得，想不到老朽在此得了一个忘年交!”说着，又伸着手指算了一算道，“后天是个望日，晚上月色定必皎洁。老朽藏着一坛花酿，味尚不恶。老弟不见外，后天申酉时分，便请枉顾，在俺后面花圃，趁着月色痛饮一场。老弟倘若高兴，带着家传家伙，让小女们开开眼，老朽多年荒疏的笨拳笨腿，也许显一显丑，取个乐儿，让老弟多饮几杯。老弟，你看怎样?”

徐洁人心中暗喜，却说道：“怎好叨扰老丈!”

高老头儿便不待他再说下去，抢着笑道：“老弟再说这话，便是看不起老朽！丈夫一言，后日准定恭候便了。”

洁人无话可说，只可唯唯答应，于是订了后约，兴匆匆回转家来。

第二章　六合枪与白莲花

原来徐洁人这时也有二十几岁，从小没了父母，家庭中只有几个堂房叔伯，已是别立门户，事事都是他独断独行，太仓的名媛闺秀也不少，有人替他作伐，他一味推辞，立志欲娶一个自己赏识的才貌双全的女子，因此耽误下来。万不料在文笔峰遇着这样佳人，而且是姊妹二人，一般国色。最难得天缘凑巧，同高老头儿一见投契，还要他传授枪法。从此日亲日近，这般美满姻缘怕不稳稳地捏在手中？又一转念，自古好事多磨，高老头儿不是常人，两个佳人也不是普通闺秀，自己虽然一厢情愿，未知对方已否字人，能否对自己加以青眼？他这样颠来倒去，以口问心，便像热锅上蚂蚁一般，一忽儿顾影自赏，在书房中沉思一回，一忽儿取出那条家传武器来，拂拭一回，温习温习招数。家里的人看他举动有异，也猜不透他心中的事。

他这样一心贯注在两个佳人身上，把高老头子在门口搬动石鼓的举动，以及种种可疑地方，都想不到了。所以圣人说得好："物有所蔽则有时而昏。"这话真一点不错！你想高老头儿这样岁数，还能把七八百斤石鼓随意搬动，轻如无物，是何等功夫？他自己又说过勠力疆场，当然不是等闲人物。他的女儿武艺如何，虽然不得而知，但是有了这样父亲，还要求初出茅庐的徐洁人传授武艺不成？最奇两对石鼓堵在门口，独在搬不动的当口，不早不晚偏有个怪模怪样的鲁颠，躲在柳树上，跳下来代劳。这种情节，只是细细研究一下，其中当然有所为而为。无奈徐洁人心无二用，怎样也想不到这上面了！这晚徐洁人在家里，哪能好好安睡。第二天一早起来，想起高老头儿说过鲁颠在东门外关帝庙落脚，何妨去会一会这样奇人，顺便向他探一探高老头儿的身世。主意打定，便向县城走去。

没有多远，到了关帝庙，抬头一看，两扇庙门，东倒西歪，阶上一堆堆牛粪，简直插不下脚。没奈何，捏着鼻子，撩起衣襟，像跳沟似的纵了进去。庙只两进，跨进头门，便见后殿，未进殿门，便见供桌底下伏着圆圆的一件东西。仔细一看，才认识是一个人，缩手缩脚，似卧似蹲地伏在地上，身上没头没脑盖着一张破棉被，中间一个破窟窿，好像蒸笼般冒出缕缕白气来。

徐洁人还认得这张破絮便是鲁颠身上的东西，这般怪形状，也没有第二个人。便又跨进殿内，高喊一声："鲁颠先生，晚辈徐洁人专诚拜谒。"

经他这样一喊，破棉被内蠕蠕微动，从窟窿内伸出一颗毛蓬蓬的头来，活像一只大乌龟，从硬壳里伸出龟头一般。徐洁人看得这一副怪形状，几乎失笑，正要申明自己钦慕之意，蓦见鲁颠身子一挺，钻出供桌，指着徐洁人喝道："鲁颠是谁？谁是鲁颠！这样半夜三更，来打扰老子睡觉，去，去，去！"这几个去字方出口，忽又脖子一缩，喉咙内咕咕一阵响，一张嘴，霍的一口稠痰，竟向徐洁人当面吐来。

徐洁人慌一低头，猛听得身后当的一声奇响，急回头看时，原来殿角木架上挂着一口斑驳陆离的破铜钟，约莫也有几百斤分量，那口稠痰，向身后飞去，正好打在钟上。这样一口大钟，万不料被这口痰吐着，就同被人用杵撞了一下一般，非但发声奇响，余音绕耳，连整口钟身，也来回摇摆起来。这口痰的力量，也可想而知了！如果被这口痰吐在脸上，还不头破血出吗？

徐洁人受了这样折辱，本是一脸怒容，正要发作，这一下，把他怒气吓回去了！暗想这怪物本领真非同小可，高老头儿确非虚言！没奈何，忍住气，向他下个长揖，赔着笑脸道："晚辈初次拜谒，并无开罪之处，先生何致无端加以折辱？"

哪知鲁颠满不听题，好像没有这回事一般，两臂一张，仰天打了一个呵欠，从破棉絮内掏出一个朱漆葫芦，拔开口塞，顿时酒香扑鼻。一闻这样酒香，谁也知道是极好的佳酿。他举起葫芦，眯着两眼，骨碌碌灌入口中。葫芦略一离嘴，便咂舌吮嘴，唧唧有声。这样时停时灌，川流不息地灌个不止。

徐洁人呆立在一边，弄得大僵特僵。经过若干时间，才见他摇一摇葫芦，似乎已去了大半，才放下手，抹一抹乱草般的虬髯，塞好了葫芦口，依然放入怀内。然后眯着两眼，向徐洁人有意无意觑了几眼，一颗毛头点了几点，自己叨念道："公旦老眼无花，孺子尚有涵养，可惜生非其时，也做不了什么大事业！"说罢，又深深地叹了一口气，才伸出鹰爪似的枯手，一指徐洁人道，"你既然知道我的道号，想已找到文笔峰有缘的了，又上我这儿来干什么呢？"

徐洁人此刻看他神情语气，毫无疯癫之态，同初进殿门时截然两人，可见以往举动，都是做作出来的，为什么定要这样做作，却又难以揣测。听他这样一问，有了谈话机会，慌躬身笑道："晚辈从小爱练武功，苦无名师，迄今毫无寸进。日前幸遇先生，复蒙高老丈指引，特地专诚拜见。倘蒙先生收列门墙，肯光降舍下，俾得终身侍奉，实为万幸。"说罢，又连连打躬。

鲁颠微微一笑，也不回礼，只有意无意地说了一句："且看吧。"

徐洁人一听这句话，以为他已应允，顾不得满地灰尘，便要跪行大礼。

不料鲁颠一伸手，把他架住，笑道："且慢，我不是早对你说，咱们无缘。你找到有缘的，不愁武艺学不成。到了明天晚上，你自然会明白其中缘故。我尚有我的事，也懒得对你多说。你回去吧。"说罢，径自掉头出殿，头也不回，出关帝庙去了。

这一来，几乎把徐洁人肚皮气破，心想：哪有这种不讲情理的人？就算他有天大的本领，我也不愿拜他为师。一赌气，匆匆走出庙外，预备回家。

不料离庙没有几步远，鲁颠立在一株垂柳下面，咧开一张阔嘴，仰天打个哈哈道："能忍人所不能忍，才能学人所不能学，公旦之婿，非鲁颠之徒也。"说罢，转身飞行，疾如奔马，瞬时不见了踪影。

徐洁人这才明白，他种种反复做作，原是试验自己的，所说"且看吧"一句，也是再试验一下的意思，却被自己误解，着了他的道儿。当下又恨又愧，怔怔地立在关帝庙前，半晌没有移步。猛地想到鲁颠最后说了一句"公旦之婿，非鲁颠之徒"，其中一个婿字，下得非常奇怪，难道这个怪物，真能未卜先知，窥人之隐不成，又像故意提出这个字来，讥诮我一下。这种怪物，真是神鬼莫测，今天这哑巴戏，只可算自作自受，一路回来，兀自忐忑不宁。

时光飞快，便到了高老头儿订约的一天，徐洁人着意修饰一番，预备在佳人面前显露自己枪法，索性换上平日出猎的武生装束。一到日落申初时分，便命人扛了枪走出门来，向文笔峰进发，不料崇明好友沈廷扬不先不后到来。两人原是情投意合，无话不谈，便请沈廷扬一同赴约，一面携手同行，一面把这番奇遇和盘托出。

沈廷扬原是来打听当铺门口怪物的，现在听到所说鲁颠，就是那怪物，又加上高老头儿和两位佳人，少年性情略同，自然引起好奇之心，果然兴致勃勃，愿同他前去做个不速之客。

两人到了文笔峰，徐洁人忽然想起高老头儿只有几间草堂，别无应门的童子，自己带了一个下人，似乎不大合适。好在已有沈廷扬做做伴，不必再带人上山。便在山脚下接过那支花枪，打发仆人回去，自己携枪同沈廷扬走上山腰，慢慢地步入悬崖下那条竹径。回头看山下远处，一轮红日，已没入地平线下，只剩一抹残霞，飘浮天末。东面一轮新月，已渐渐升到林梢，因为晚霞尚有余彩，却显不出月色来。峰脚四围的花圃内，一家家的炊烟缕缕上升。望到从南村来的道上，几个卖花翁挑着空担回家来，人只有寸许长，真像画里一般。两人赏玩了一回，步入竹径深处，已到高家篱门外面。

沈廷扬点头赞叹道："屋小于舟，人淡如菊，真是隐者之庐。你看山脚下也有许多草庐，便觉有霄壤之隔。"

徐洁人笑道："你回头见着高老丈丰采谈吐，又不知怎样钦敬哩。"

两人正这样说着，草堂内高老头儿似已听得他们谈话声音，哈哈大笑迎出门来。尚未觌面，已听他一路大笑道："老弟真是信人，果然如约而降。"笑音未绝，人已迎到篱边，蓦见徐洁人身旁，还有一个面如冠玉、剑眉星目的英武少年，不觉微然一愕。

徐洁人便介绍道："这位是晚辈同窗至友，崇明沈廷扬，听晚辈说起老丈，非常仰慕，渴于谒见，故而不嫌冒昧一同到此。"

徐洁人说罢，沈廷扬早已趋前一躬到地。

高老头儿拉着沈廷扬的手，上下端详了一回，惊问道："足下莫非便是崇明鼎鼎大名的小孟尝么？"

沈廷扬慌笑答道："承老丈见爱，贱名何足挂齿。"

高老头儿似乎高兴异常，一手拉住洁人，一手携着廷扬，呵呵笑道："想不到二杰同临，此缘非浅。"

说话之间，宾主已进草堂，徐洁人先把手上那支枪倚在堂外，然后进屋。

这时草堂内点起几支巨烛，高老头儿一叠声催献香茗。只听得堂后莺声呖呖地娇笑道："鲁老叔一个人坐在花圃内，等得不耐烦，说是同他们后生小子客气什么，愿意献丑，便径到后圃来好了。还有许多难听的话，女儿不便学说。你老何妨真个邀客同到后圃，免得鲁叔一人寂寞。再说月亮儿也快上来了。"说罢，又咯咯一娇笑。

沈廷扬、徐洁人隔壁听到这一阵吴侬软语，宛如燕语莺啼，其声清而韵，比琴箫还好听。两人只管领略隔壁的娇音，却没有听清楚另有一客先到。

只见高老头儿呵呵笑道：“我只顾迎接嘉宾，却把老友冷搁在后面，难怪他要生气了！也罢，两位不嫌简亵，我们就到后圃月下谈心。老朽那位老友，已先一步到此，不妨给两位引见一下。”

两人自然唯唯应是。

高老头儿便当先引路，走入后堂。两人跟着，留神草堂后身是一间过堂，左右对列两间屋子，庐帘静下，不见芳踪，只一股似麝似兰的幽馨，微微从帘内飘曳出来。跨出过堂，便是一个小小场圃，也不过一亩多地。右面编着几眼竹篱，沿篱种着各色花卉。靠左一面，却是悬崖的峭壁。壁下掘出一泓池塘，满种着荷花，碧叶白莲，清气扑人，别具幽馥。塘内淙淙水响，原来峭壁上嵌着几道细泉，直注塘内。塘边盖着一座茅亭，亭中设一张圆圆的石桌，散放着几张竹椅，一张椅上已坐着一人，却抱着头伏在桌上，似乎吃醉酒似的。亭外便是一片沙土。即此便见高老头儿绝非卖花为业，哪有花圃留着一大片空地的。当下高老头儿引着两人向那座茅亭走去。

初时两人跟在高老头儿身后，离着亭稍远，月色迷离，只看出亭中依稀有人伏在桌上，看不出衣服形态来。这时预备进亭，徐洁人看清那人头上的乱发，身上的破絮，不是鲁颠是谁？想起昨天被他奚落，不免老大吃惊！正想暗地知会沈廷扬，高老头儿已跨进亭内，扬声大笑道：“嘉客已到，明月将升，不要辜负良夜！”笑声未绝，鲁颠欠身而起，一睁目，便似两道闪电，向两人射来。

徐洁人在白天已见他眼神与众不同，此刻在黑夜里，愈发觉得灿灿如火，加上他一头乱发，便像猫头鹰一般。此时沈廷扬也明白这人就是当铺门口所见的怪物，也就是洁人所说的鲁颠，被他眼神一罩，也自暗暗吃惊。

那鲁颠立起身来，并不与众人为礼，只两眼盯着沈廷扬看了半天，用手一指，呵呵笑道：“你也来了，好，好！”

高老头儿笑道："彼此聚首，大有良缘，诸位快请安坐。老朽略置一点水酒，且告失陪，容老朽去整治出来。"

徐洁人慌拦阻道："老丈不要多费，我们清谈一回罢了。"

鲁颠倏地掏出葫芦，交与高老头儿笑道："令爱亲手酿的一种百花露，今天要多叨光一葫芦，快去，快去，俺的酒虫已向喉咙爬上来了！"

高老头儿接过葫芦，笑喝道："你这老饕，偏让你酒虫呕出嘴来，咱们看看酒虫是什么样儿，也许同你这般怪形状一模一样！"说罢匆匆进内去了。

高老头儿一走，徐洁人、沈廷扬齐向鲁颠拜揖。徐洁人便说起关帝庙内一档事来，力陈愧悔，请他原谅。

鲁颠大笑道："过去的事说他作甚？你且静坐，我与这位沈先生却有几句话要谈一谈。"

沈廷扬大喜，慌问有何见教。

鲁颠微笑道："日前你从通州到此，我们在当铺会面，你必定奇怪我这副怪形怪状。当时看你情形，便知你很想同我讲话。其实我特地在当铺门口坐着，特地候着你哩！"

沈廷扬吃惊道："先生素昧平生，何以知在下那时到当铺去呢？"

鲁颠笑道："我一到此地，便听到小孟尝的鼎鼎大名，怎能不见识见识？何况还有其他重要的事呢？我上崇明去见你，不想扑一个空，探你刚动身到此地来，我回头便急行几步，坐在你家当铺门口等候你了。本想一见你面，就同你谈一谈，转念我这身怪模怪样，容易招人疑虑，便暂先离开，和这老友商量另外一桩事。不意有缘的毕竟聚在一块儿了！"言罢大笑不止。

沈廷扬听得惊疑莫测，徐洁人也弄得莫名其妙。沈廷扬笑道："老先生所说特地候着在下，谅必定有见教之处，现在可否乞道其详？"

鲁颠正待开口，忽然向亭外一指道："主人送酒来了，且待尽了酒兴再和你说不迟！"

两人回头一看，只见高老头儿当先捧着一坛酒，后面跟定两个丰姿绝世的佳人，各自托着一盘酒肴杯壶之类，袅袅婷婷地走向亭子来。两人慌立起身，谦逊不迭。高老头儿笑说着，把酒坛放在亭角，让两女在桌上布置好杯箸酒肴，一一停当，放下手中木盘，然后从容不迫地齐向两人敛衽为礼，而且娇滴滴地说了一句："水酒粗肴，有慢嘉客，幸勿见罪！"慌得两人还礼不迭。

高老头儿指着两女说道："这是长女韵娘，次女莺娘。两君都是一时俊彦，毋庸避嫌疑！再说老朽并无应门三尺之童，故而出来相见，两君幸勿笑话！"

两人正在谦让，鲁颠却拍着手道："笑话，笑话，也是佳话！"

韵娘、莺娘听他这样一说，低头一笑，便提着托盘，行如流水般姗姗进室去了。

沈廷扬初见两女，虽不敢举目正视，只觉容光焕发，目所未见。两女进去许久，兀自觉得怦怦不宁。亭内高老头儿却已肃客就座。

酒斟一巡，鲁颠高踞上座，酒到杯干，宛如长鲸吸川。徐、沈两人几杯以后，只觉桌上的菜，杯中的酒，虽非山珍海味，玉液琼浆，可是经过绝色佳人亲手烹调出来，便觉芬芳满颊，美不胜收。恰好这时皓月悬空，照彻亭园，峰影入杯，荷香袭袖，加上须眉高古的高公旦，狂态惊人的鲁颠，真有飘飘欲仙，隔离尘世之慨！徐、沈两人也自兴高采烈，高谈阔论起来。席间又渐渐谈到武功上去，沈廷扬也知高公旦、鲁颠在座，哪有自己发挥的余地，可是徐洁人思想又是不同，他时时刻刻惦记着两位佳人，要自己传授祖传枪法，不管孔夫子门前卖百家姓，卖也要卖他一手，无奈高老头儿一味讲论武功奥妙，并不提起这档事来，自己如何插得进去？

不料多吃酒、少开口的鲁颠，却像知道他心事一般，这时忽然一指徐洁人，笑道："空谈不如实验，你的祖传六合枪，系自己信得及的，何妨在这明月之下，玩几套我们看看，否则你老远扛着一支枪来，又老远地扛回去，未免对不起那条枪了。”

这几句话，谁也听得出话中有刺，连沈廷扬也觉得不好意思起来，身受的徐洁人，自然越发如芒在背了！

哪知高老头儿满不理会，酒杯一放，两掌脆生生一拍，哈哈大笑道：“你不提起，老朽几乎忘记！徐老弟祖传绝艺，早已闻名，原是老早约请徐老弟带来玩几下开开眼的，趁此明月，让老朽去拿枪进来，叫小女们也来见识见识。”说罢，振衣而起，迈步出亭。

这当口徐洁人懊悔不迭，想阻止高老头儿不去拿枪，可是那条枪明明自己扛来的，既然扛来，自然存心要露一手，阻止的话如何说得出口？来的时节，又料不到鲁颠也会在场，无意中又邀上一个沈廷扬。廷扬是自己投契朋友，当无关系。只有这个冷嘲热讽的鲁颠，实在令人难受！事已如此，也只好硬着头皮，干他一下，暗想我家祖传六合枪，虽然上不了鲁颠的眼，那两位佳人加以青眼，也未可知！

徐洁人肚内暗自打算，旁观的沈廷扬，却洞如观火，暗想徐洁人今天要出丑。在高老头儿去拿枪当口，本想托词婉阻，无奈高老头儿举步如飞，话未出口，人已离亭，这时向亭外一看，高老头儿已笑容可掬地扛着枪来了。

只见他走到亭侧空场中心，随手掉过枪尖，漫不经意地向地上一插。这一插，却把两人吓了一大跳，只见那条八九尺长的一条枪，竟插下去六七尺，留在地面上的也没有多长了。这种花圃，虽是土地，看去似乎浮松松的，其实高老头儿和两个女儿早晚在这空场练习武艺，早已踏得结结实实，比打捶过的三合土还要坚固几分！你想把这一条枪插下去这许多，是何等力量？这一下便把徐洁人吓得心惊肉跳，回头要自己试练枪法，当然要待自己拔出土来，自问考武举虽然搬过几百斤石头，开过头号硬弓，但是这种力量，却是没有试过！而且进亭时走过空场，觉得脚下土地很是结实，一条枪插下这样深，自问绝对拔不出来，这第一个难题便考倒了，还谈得到在佳人面前显一显祖传枪法吗？徐洁人这份难过，也就不用提了。

可是当时高老头插好了枪，一瞬的工夫，进亭坐下，却又说道："我们今天难得聚会，又难得这样明月，徐老弟、沈先生都尚未尽兴，再喝几巡，然后趁着酒兴，我们再出亭去玩几趟功夫不迟。"

这样一说，仿佛延长了徐洁人临刑的时间，尚可苟延残喘。不过徐洁人提心吊胆，如何还能吃得下酒去？面上又不能不竭力矜持着装出坦然样子。

这期间，沈廷扬深知老同学说不出的苦处，知道他平日用的武功，都是按照祖传规矩，全在武考场中着眼，绝对没有奇异功夫，自问比他也不见得高明多少。可是自己交友广阔，所见父辈中有奇才异能的人也不少，像铁布衫、鹰爪力、重拳气功等类功夫，也略涉一二，不过没有深造。想要拔起这条枪来，虽没有十分把握，如用尽平生之力，也许弄得出来。洁人已被他们挤对到此种地步，除自己去替他解围，尚有何人？好在自己是局外人，拔不起来，也没有十分关碍。

当下暗暗打定了一个主意，每逢高老头儿向他谈论武艺，便推说久已荒疏，毫无实学。高老头儿似乎信以为真，鲁颠却有意无意地朝他一笑，沈廷扬心里一哆嗦。

冷眼看着主人敬酒又过几巡，沈廷扬惶急之色，已渐渐矜持不起来，慌趁高老头儿同鲁颠谈得连绵不断当口，假作闲步玩月，慢慢走出亭来，走到插枪的所在，故意扶着枪杆抬头望月，偷看亭内众人不留意时，一翻身，运动两臂，用尽平生之力，蹲身握住枪杆，急向左右一转，再往上一起，霍地居然被他拔了起来，慌一抬身，仍把枪浮浮地插好。急转身偷看亭内时，不料高老头儿和鲁颠正停住杯，望着自己不住点头。这一来，把沈廷扬窘得无地可容，可是徐洁人已是如释重负，喜上眉梢了。

沈廷扬正想重回亭内，高老头儿已携着洁人的手走出亭来，向廷扬呵呵笑道："小孟尝果然名不虚传。"

亭内鲁颠也探身大笑道："即此一端，便知此君热肠侠骨了。闲话少说，这位祖传的六合枪快露一手吧。"

徐洁人被他一喊，格外难乎为情，正想谦逊，不料装疯卖傻的鲁颠，又直着喉咙大喊道："两位侄女快出来，太仓徐家的六合枪不易见识的，快来，快来，不要错过了机会。"

这一喊格外可恶，徐洁人肚里乱骂道："碰着你，算我倒霉，简直成心要我好看！我虽然不如你，难道我家世传六合枪法，真个一点没有价值吗？"心里一气，迈步走到场心，拽起袍襟，挽起袖子，把枪拔在手内，向高老头儿拱手道："晚辈初学乍练，当然看不入眼，难得逢着老丈，万望指点指点，使晚辈得点进益！"

高老头儿白须乱飘，呵呵笑道："不必过谦，便请赐教吧。"

徐洁人冷眼向对面一看，两位佳人已分花拂柳地款款行来，不觉胆气一壮，将枪一顺，微一矮身，向后退了几步，后把一顿，前面便起了一个斗大的枪花。高老头儿先自喝了一声好。就在这声好中，便见徐洁人连环进步，左四右六，按着整套的家传六合枪法，一招招施展出来。舞到酣处，一条枪影，在水银似的月光内，盘旋飞跃，宛若游龙。

按说徐洁人这套枪法，也有好几年功候，在平常练家眼光内，原也卓卓可观，不过在高公旦、鲁颠这样大行家眼内，自然班门弄斧了。但是高老头儿依然连连称妙，表示揄扬后进之意。只有鲁颠来得特别，身子靠着亭栏杆，竟怪声如雷地喝起连环大彩来。这种怪声，等于戏台下怪声叫邪好，非常刺耳！在徐洁人耳朵内，格外难受，无异声声喝着倒彩，无非他做的是反面文章罢了。徐洁人越听越难受，一赌气，啪地一跺脚，收住枪招，卓然立定，依然把枪一插，向高老头儿连连拱手道："献丑，献丑。"

高老头儿正想称扬几句，不料鲁颠又远远抢着说道："不是劲儿，不是劲儿，枪法是好枪法，招数也一点不乱，就是一点没有劲，生生把很好的枪法糟蹋了。"

徐洁人本想赌气不睬，无奈人家说的话，一句有一句斤量，不由人不佩服。

恰好沈廷扬已接过话去，向鲁颠请教道："先生说的没有劲，但在晚辈眼光中，似乎徐兄走的招数，招招都有极大斤量似的，不知先生说的劲，怎样才能中窍？"

鲁颠微笑，走出亭来道："你问得也算中窍，你要知道怎样才叫劲，空说无益，也不用我试给你看。"说到此地，只见他转身向远远立着的韵娘、莺娘招手道："两位侄女赏个面子，玩一手，叫他们开开眼。"这"开开眼"三字，徐洁人心上又像中了一箭似的，本来高老头儿请自己施展祖传枪法，给两位佳人开开眼，现在倒过来，叫她们给自己开眼，没法子且看她们的。

却见两位佳人你推我，我推你，并未过来。

高老头儿笑喊道："你们整天想求进益，到了真正可以切磋时候，又害羞了。要功夫增长，又要忍得住羞辱，处处虚心的，韵儿，你先来试一下吧。"这几句，又像对徐洁人说的。

徐洁人这时却已恍然大悟，知道两位佳人必有了不得的本领，高老头儿、鲁颠一吹一唱，对于自己种种举动，必定大有用意，现在无话可说，只有睁着眼，用着心，看着她们的功夫，总算没有白来。他这样一想开，立时心平气和，宠辱不惊了。

却见姊妹二人，听得老父吩咐，便一齐背过身去，在花栏下解去长裙，腰间另束了一条罗带，一先一后，姗姗行来。两人到了高老头身边，分立两旁，向鲁颠和徐、沈两人敛衽为礼。然后韵娘袅袅婷婷地走到场心，把那支枪轻轻拔在手内，掂了一掂分量，瓠犀微露，向高老头儿嫣然一笑，意思之间，似乎嫌它分量太轻。

鲁颠在一旁早已明白，笑道："嫌它不称手吗？如果真个要走起咱们家数来，自然这条枪绞一绞就断，现在用不着玩这整套的，只要略使一点劲儿，给他们见识见识好了。"

韵娘柳眉微蹙道："鲁叔，你老人家要侄女怎样试验呢？"

鲁颠四面一看，大笑道："有法子，有法子。"说罢，跑到荷池边，伸手摘了一朵开残白莲花，走回来，把花瓣一瓣瓣都摘了下来，弃掉了骨朵，举着手中一大叠莲花瓣，向韵娘一扬道："我手上有十几个花瓣，待我一起掷向空中时，你便用凤凰乱点头和万蜂戏蕊的招数，同时把空中飘扬的花瓣，一一刺在枪尖上，不准掉了一片，这样，便可显出你的功夫来了。"

韵娘笑道："鲁叔，真有你的。亏你想出这样难题来，无非教侄女献丑罢了。"

这时徐洁人、沈廷扬都有点不信，暗想：这样轻飘飘的花瓣，不要说刺十几个，一个也难以刺在枪尖上，大约鲁颠故意难为人罢了。

两人正在这样思索，猛听得鲁颠喝一声："韵娘仔细！"一声喝毕，随手向上一扬，便见一叠花瓣掷向天空，足有五六丈高，空中微风一吹，便一瓣瓣分扬开来。在月光下一片片白莲花，一翻一覆缓缓而下，活像许多银蝶，翩翩飞降，恰也好看。可是东一片、西一片，并不紧在一起。徐、沈二人急看韵娘时，只见她柳腰一摆，枪起处，顿时一个碗口大的银光圈，身法一变，便不见了枪影，只见万朵梨花，罩住一个婷婷倩影。微一娇喝，倏又电光乱掣，瑞雪舞空，非但不见了枪影，连人影都看不清了，但见满眼白光，贴地流走。绕场三匝，所有飘下来的莲瓣，一一堕入一片银光中，一瓣也不见了。那片银光渐渐滚向原处，渐渐分出枪影人影来，蓦地一声娇喝，顿时影定人显，韵娘笑容可掬地一手拄枪，一手慢捻鬓发，道声献丑。众人看她枪尖上时，整整齐齐地穿着十几张莲瓣，片片贯心而过，没有一片破裂掉下一些的。

这时鲁颠怪声叫好，高老头儿点头微笑，只徐洁人、沈廷扬目瞪口呆，竟猜不出这种功夫，怎样练就的。除出五体投地以外，更有什么话说。

鲁颠却得意扬扬地向两人问道："你们看清没有？这才叫劲儿。古人纪昌贯虱，由基穿杨，便是这种功夫。老实说，他这条祖传宝枪，教我们这位侄女施展起来，好像捏一条灯芯草儿，还嫌不称手哩。”

徐洁人满面惭愧，只可唯唯称是。韵娘却把枪插向原处，款移莲步，走向莺娘身旁，笑推着莺娘，叫她也出来显几手绝艺。莺娘笑得咯咯的，只望高老头儿身后倒躲。

高老头儿大笑道：“韵儿既然献过丑，你怎能装没事人儿。韵儿也绝不饶你的，还不如大大方方自己下场哩。”

鲁颠笑道：“莺娘的双剑多日不见，定要刮目相看了。何妨玩儿下助助兴呢?”

莺娘未答话，韵娘已急移莲步，向内走去，回头笑道：“我替你拿剑去。”一忽儿捧着两柄光华四射的长剑盈盈而来。莺娘撒娇不接，却举步把枪拔在手内，笑着向韵娘招手道：“你也不要闲着，咱们俩对舞一下吧。”

韵娘笑骂道：“你会使乖，我才不上你的当哩。你爱使枪，你就独个儿玩一下吧。”

他姊妹这样一阵莺嗔燕叱，引逗得鲁颠和高老头儿呵呵大笑。徐洁人、沈廷扬也觉心神奇畅，如入天台。

第三章　神秘的鲁颠先生

这时鲁颠却又想出主意来，指着韵娘笑道：“依我说，这两柄剑暂且借与这位小孟尝同莺娘对练一下，让我们开开眼界，未知沈先生肯赏这个面子么？”

沈廷扬又惊又喜，慌躬身答道：“晚生粗知半解，怎敢献丑。”

高老头拍手道：“沈先生大名早已贯耳，不必过谦，就怕小女们功夫太浅，不是对手罢了。”

正这样说，韵娘微笑着已把双剑交在自己父亲手上。高老头接过剑，便双手送与沈廷扬。这时廷扬又想接又想不接，自问平日擅长的也是双剑，又难得同这样佳人交手，可是韵娘的功夫已经亲眼目睹，她的妹子可想而知，自己这点功夫，实在没有多大把握。徐洁人个人独练，功夫好坏尚可含混过去，现在轮到自己，两人交起手来，倘然失败，比徐洁人还要难堪百倍，但是势已骑虎，只可把双剑接过手来，在手上掂了一掂，似乎两柄剑比自己常练的要重一点，长一点，自问勉强还可施展得开，便把双剑交在左手，贴胸一抱，笑向高、鲁两人道：“两位老前辈定要晚生献丑，晚生只可领命，倘有错误之处，还望两位不客气地指教。”说罢，又向莺娘躬身一礼道：“二小姐受有真传，尚乞手下留情。”

莺娘梨窝微晕，垂环低笑，并不答言，只把手中枪一拄，表示让沈廷扬先进招的意思。

沈廷扬事到其间，也是无可奈何，抖擞精神，把双剑一分，说一声有僭了，施展开门户，舞将起来。沈廷扬施展的这套峨嵋剑法，原也经过许多名师指教，一起手，剑光错落，呼呼有声，比起徐洁人枪法来，确是高明得多。高老头和鲁颠一旁看着，不住点头，见他独自施展一回，并不向莺娘进招。莺娘倚着枪，觑定了廷扬剑法，好不闲暇自在。

鲁颠大笑道："莺娘，你要当心啊，沈先生是以逸待劳，让你进招哩。"

沈廷扬被他一激，忍不住身法一变，倏地一个双龙出海势，两道寒光，便向俏生生的一个娇躯裹将进去。

莺娘不防他说进就进，身法奇快，芳心也自可可，慌娇喊一声："来得好!"金莲一跺，便退出丈许，却将枪杆一顺，随手一搅，便见寒光万点，飞耀场心。转瞬之间，一条枪，两柄剑，渐接渐近，若即若离起来。

这样两人翻翻滚滚，走了十几个照面，廷扬小心翼翼，把双剑舞得风雨不透，只求无过，不求有功。可是剑锋偶然碰在枪影边儿，便觉碰在铁石上一般，把剑直震开老远，好几次几乎脱手，这才知道人家枪法非同小可，直吓得他一身冷汗，好在那边莺娘，虽则舞得生龙活虎，却没有真个逼近前来，每逢到了枪剑纠结，廷扬万难招架之际，倏地抽了回去，明明存着客气。

廷扬知趣，战到分际，霍地纵身跳出圈外，收剑躬身一揖，笑道："小姐功夫真了不得，佩服之至。"

莺娘也把枪一插，敛衽为礼，莲步姗姗地回到韵娘身旁。

廷扬便把双剑交还了高老头，乘机说道："晚辈这点微末之技，宛同儿戏，斗胆请求两位老前辈施展一二，以广见识，未知能蒙俯允否?"

高老头儿呵呵大笑，正预备说出话来，不防鲁颠无故地一声长叹。高老头儿蓦地听得这叹声，似乎庞眉紧锁，也是微微地吁了一口气。沈廷扬、徐洁人忽然看他们感喟起来，不知是何缘故，却又不便询问。

忽听高老头说道："两位少年英俊，前程远大，希望为国家勠力疆场，替老朽扬眉吐气。像老朽这样风烛残年，便有无穷本领，也无非眼睁睁化为尘土罢了。只可惜两百多年铁桶般江山，被一班奸人断送了。"说到此处，只见他双拳紧握，全身骨节咯咯地山响起来。

沈廷扬、徐洁人平日本也留心时事，知道这几年严嵩以后又出了一个魏忠贤，奸党满天下，弄得天怒人怨，民不聊生。最是辽东方面，边警时传，很是猖獗。此时高老头儿一番牢骚，并非空言，二人也不禁点头叹息。

这时沈廷扬偶然回头，一看鲁颠，却不禁吓了一跳。只见他怒容满面，两眼如火，最奇一头乱发，根根上竖，颌下猬髯也似铁针般根根怒张，比山魈海怪还要可怕。古人说的怒发冲冠一句话，平日总以为信口开河，万不料今天看到鲁颠这般怪模样，才信真有其事，但不知他想到何事，这样发怒，偷眼看两位佳人，也似柳眉倒竖，杏眼含威，偶与沈、徐二人眼光一碰，却又转秋为春，含情脉脉。

这样喜怒不测当口，猛不防鲁颠一跺脚，虎也似的一声大吼，把手上酒葫芦向亭角一撩，火冲冲赶将过来，一到了高老头儿身边，一伸手，把双剑夺在手中，喝一声："你们站开，待老子发泄发泄胸中郁结之气！"

高老头儿和韵娘、莺娘都面露惊慌之色，身子慌向后退。

韵娘、莺娘又齐声说道："鲁叔，此地施展不得，不如喝酒吧！"

这一做作，只把沈廷扬、徐洁人惊疑万分，猜不透怎样一回事。一看鲁颠这种气吞万夫的可怕形态，情不自禁地也望后倒走。

高老头儿两手拉着沈、徐二人，直走到荷花池畔，低低说道："此公剑法非同寻常，两位机缘凑巧，可以仔细观看，但休要害怕，在这儿是不妨事的。"

两人经高老头儿这样一说，越发莫名其妙，暗念无论剑法如何高超，也不至使旁观的害怕，真把俺们当作小孩子了。

哪知就在这一瞬间，那鲁颠又是一声怪吼。这一声怪吼，真不亚如晴天霹雳，连身后那座峭壁，也发出同声的回响，峭壁上横出的几株古松，也呼呼有声起来。

两人正在吃惊之际，鲁颠像发狂似的，在场心盘旋起来，愈走愈疾，一霎时不见了鲁颠身影，只见场心一个极大的光圈，匹练似的回环飞击，飒飒有声。

光圈越驰越急，声音也越来越大，眼内只觉电光乱掣，连一轮皎洁的明月，耿耿的星河，这时都被剑光逼得黯淡无光。顿时如环急转的剑光，又变了花样，呼的一声，剑光四散，化成无数金蛇，挟着奔霄骇电的声势，满场倏高倏低地飞跃起来。

沈、徐两人虽然远远地立着，眼前金光乱迸，眼花缭乱，竟难睁目。有时呼的一道电光，从面前飞掣而过，便像挟着雷霆万钧之力一般，吹得两人衣衫飞舞，猎猎有声，一个身子也像立在危崖飓风之中，摇摇欲倒的样子。两人平日虽自命不凡，何曾见过这等声势，谁也料不到两柄剑在他手上竟有这样千军万马的声势，情不自禁地吓得变貌变色，把自己身背紧紧贴住高老头儿。

这当口，忽然呼呼一阵风响，满场剑光又渐渐聚拢，依然变成先时的大光圈，却听得光圈中一声大喝，接着裂帛的一声巨响，一个光圈变成匹练似的两条银蟒，哧哧直上天空，足有十几丈高，然后闪闪而下，咄的一声，两柄剑齐整整地插在鲁颠左右脚边。

鲁颠哈哈几声狂笑，飞也似的抢到亭边，抢起朱漆葫芦，挂在腰下，向高老头儿说了一句：“后会有期。”径自两脚一跺，凌虚直上。

众人急抬头看时，原来他飞上峭壁顶峰，早已走得不知去向了。

鲁颠走后，沈廷扬、徐洁人兀自心神不宁，良久才能移步，却见高老头儿呵呵笑道：“他这一舞剑，把我的吃饭营生都搅掉了。”

韵娘、莺娘皱着眉峰，向四面一看，笑道：“这些好花一齐葬送在剑锋之下了，花神有灵，定要咒骂他英雄无用武之地，却向我们娇花嫩蕊出气，未免太煞风景了。”

沈、徐二人闻言，慌向四面一瞧，大吃一惊，原来四面种的各样花木，一株也不见，像剃刀似的剃了干干净净，只有他们身后的一池荷花，幸免于难。

徐洁人慌说道：“不要紧，明天舍下的花多搬几盆来补偿好了。”

高老头儿笑道：“花草何足轻重，老朽也不是真干这营生的。倒是我们酒兴未阑，两位仍可畅饮几杯。再说老朽还有几句心腹话披露哩。”

两人本想告辞，听他这样一说，不好启口，只得重入亭内。韵娘、莺娘早已重整杯肴，另端两壶酒出来。

姐妹二人一进亭内，沈、徐两人躬身而起，恰好亭外月光正斜照在两人面上，韵娘、莺娘无意中一抬头，看到两人面上，觉有异样，仔细一瞧，忍不住哧的一声，笑了出来，慌回过头去，姊妹二人兀自娇躯乱颤，忍俊不禁。弄得沈、徐二人坐不安席。

高老头儿也觉她们姊妹笑得异样，向两人面上一留神，这才恍然，不觉拍手大笑起来。忽然面色一整，皱眉道：“今天真对不起两位，有慢贵客，罪在主人。”说罢，连连向两人拱手道歉。

沈廷扬、徐洁人兀自摸不着头路，一问所以，才知两人面上眉毛，在剑光风驰电掣当口，也像花草一般剃得精光了。两人听得直打寒噤，想不到有这样厉害，如要取人首级，还不如探囊取物么？

沈廷扬便问道：“鲁颠先生这样本领，实在举世无双，可惜佯狂尘世，倘能辅佐朝廷，当此边塞需才之时，得有这样奇才，岂不大妙？不过这位先生也妙得很，先时似乎有话吩咐晚生，正想竭诚恭听，不料神龙见首不见尾的，又这样飞身而去了。”言下叹息不已。

哪知道几句话恰恰打动了高老头儿的心坎，只看他猛地一拍桌面，先自长叹了一声，说道：“两位老弟虽则初会，缘分非浅，我亦不必再隐瞒了。两位且尽了这杯酒，待老朽缓缓奉告。”

沈、徐二人知道话中有话，不觉精神大振，各自举起酒杯，一仰而干，向高老头儿一照道："晚辈承老丈不弃，老丈有话，尽可直谈。倘然应守秘密地方，誓不泄露一言半语。"

高老头儿微微点头，却回头向韵娘、莺娘道："你们且进去吧。"

两姊妹奉命自去。

这里高老头儿举起酒壶，又替沈、徐两人斟了两杯酒，然后微笑道："两位见识远大，试猜一猜那位鲁颠是何等样人?"

徐洁人首先应道："据晚辈观察，这位鲁颠先生，早年定是江湖绿林之雄，到了晚年才隐迹韬晦。"

高老头儿摇头笑道："非也，像他一身傲骨，气吞江河，岂肯做此勾当。"

沈廷扬道："这样奇才，弄到这样落拓不羁，虽是游戏三昧，定也有无穷隐恨，无非借此发泄抑郁不平之气罢了。"

高老头儿猛地里一拍桌子，大喊一声："着!"接着身子向前一探，低声说道，"你道他是谁？他便是早几年四海闻名，屏藩边疆，同骚鞑子大战辽阳的熊经略，熊廷弼!"

这一句话不要紧，只把两人吓得直跳起来，齐声问道："这事奇怪了，熊督师明明被魏忠贤陷害，下在天牢，而且已经正法，还有煌煌谕旨传首九边哩，怎的那位鲁颠先生便是熊廷弼熊督师呢？难道……"

高老头儿慌一摇头，又悄悄说道："两位休得惊怪，其中自有妙文，不如是，便不成为从前鼎鼎大名的熊经略，现在的鲁颠先生了。他一生历史，两位当然明白，无须细说。老朽只说以后的事好了。你道他已经丧失元阳魁首的人，怎的还能活在人世？这不是一桩奇事吗？哈哈，其实这桩奇事，除出老朽，还有奸党魏忠贤和天牢内的狱官肚内明白，不过他们吓破了胆，不敢声张出来罢了。"

高老头儿说到此处，暂把话头一停，且自喝了一杯。沈、徐二人急于要听下文，哪敢开口，只直着眼等他说下去，连自己面上的光眉毛几乎忘记了。

高老头儿一杯下肚，叠着指头说道："论起那位熊经略，一生豪迈疏阔，刚愎自用，在目下奸臣当朝的时候，原是受祸之道，但是他在辽阳败绩，却非战之罪，完全是巡抚王化贞受了魏忠贤嘱托，故意事事掣肘，军械饷糈故意迟迟不发，兵符日夜奔驰，假装不闻不见，生生把一支劲旅坑送了（事见《明史》）。等到廷辩之日，魏忠贤奸党密布，手眼通天，生生把一个顶天立地的奇男子，送在天牢里去了。熊经略穿着罪衣罪裙，进了天牢，身边只带着一个朱漆葫芦，是他唯一无二的宝贝，无论行军冲阵，总是随身不离的。当时在他本人思想，总痴望天子圣明，边塞这样紧急，虽则一时受屈，将来少不了他，总要起复的。于是他安心在天牢里，设法弄到一副文房四宝，提起笔来，挥洒了几次奏折。你想天下奏章都先要经过魏忠贤的两只眼，何况要存心谋害的人，他的奏折怎能到得了天子跟前？自然枉费心血，如石投海了。

"过了几天，熊经略一看自己奏章上去，毫无动静，便也预料魏忠贤一班奸臣存心要他的命，不是魏忠贤一党的，也是惧怕他的势力，不敢仗义执言。有几个想拍魏忠贤马屁的，更加趁势罗致熊氏罪状，声声说是丧师辱国，应论大罪。这种风声传到天牢里熊经略耳朵内，换了别人定是怒气冲天，伤心到极点，偏偏这位熊经略特别，既不怨怒，也不伤悲，一天到晚，在天牢内盘膝打坐，运用他的绝顶内功。

"那时老朽正任大同总兵，奉令调赴山海关参赞军机，顺道回京陛见。在大同动身时，已知熊经略被奸党陷害，性命难保。老朽虽未与熊经略见过面，却知道他文武全才，是边塞的一条擎天玉柱，心目中久已钦敬，一听这样消息，难过了好几天。我难过不是别的，因为满朝文武，不是败家亡国的奸党，便是固执成见的迂儒，眼看大明江山，要被奸臣们轻轻断送，所以老朽一到京城，不管职卑言微，打算在陛见皇上时，拼死要犯颜直谏一场。哪知老朽到了京城，魏忠贤深恨俺不去奉承他，平日在任上也没有孝敬，便授意兵部，不带俺引见，生生把老朽冷搁起来。这样世界老朽本不愿浮沉宦海，这一来，却愈发冷了老朽的心了。自己一打算，便想上个乞休的奏折，告退林下。

“正在这当口，却从几个老友口中，探出不日要处决熊经略了。老朽吃了一惊，当时不动声色，到了晚上，暗自扎束停当，佩了应用家伙，插了一柄宝刀，想偷偷地探一探天牢，会一会熊经略，听他谈吐如何，再作打算。因为那时天牢森严，像熊经略一般的钦犯，又加奸臣网罗密布，无论是谁，休想进去同钦犯会面。像老朽又是军职，愈发难以见面，所以只好走此下策了。

“那天晚上三更以后，老朽从寓所翻墙越屋，好容易找到天牢所在，又在牢屋上左探右听，才寻着了熊经略天字第一号的狱舍。门口立着四个抱刀荷戟的狱卒，中间只挂着一盏半明不灭的风灯，看不清屋中熊经略在何方。老朽在屋上正想设法调开狱卒，忽见下面甬道上火把大明，拥上一群人来，为首一个是狱官品服，后面跟定许多巡兵。走到熊经略栅外，举起火把一照，似乎那狱官点了一点头，叹息了一声，便走向别处去了。老朽恐怕又巡回来，只好伏在檐口，一时不敢动手。过了半晌，竟不见狱官们回来，敢情那边也可出去。既然巡过一次，不至立时再来巡逻，不在此时下手，更待何时？

“再一看门口四个狱卒，蹲在地下的，靠在墙上打盹的，一个个东倒西歪，暂时寻他好梦，暗喊一声：‘侥幸。’一提身，跳下天井，趁他们措手不及，一个箭步蹿上前去，一矮身，用腿一扫，早已跌翻两个，用足踏住，两臂一张，又来了一个顺手牵羊，这两个连啊哟一声也来不及喊出，早被老朽黄莺掐嗉，一手一个掐住脖子，不让他喊出声来。脚下踏住的两个，喉咙口虽没有东西塞住，却因被俺踏在背项相连之处，也只剩翻白眼、哼大气的份儿了。

“可是那时俺两手两脚制住了四个人，正想用第二步法子，万不料栅栏内那位熊经略，猛地喝道：‘小辈目无王法，竟敢夜闯天牢，该当何罪？’俺这一急非同小可，幸而两边一看，尚未惊动别人。熊经略喝了几声，亦未再说，依然危坐在那儿，似乎向着老朽点头微笑。

“老朽安定心神，悄悄说道：‘冒犯尊颜，万乞原谅，时机紧迫，少停容俺细禀机密。’

“你道他怎样回答？他听老朽这样一说，微微笑道：‘来意可感，我已明白。不过此地事我足可自了，何必轻身涉险呢？现在既然到此，进来谈谈也好。’说罢，不再发言，只见黑暗如墨的屋内，两道如电如火的目光直射出来。

“那时老朽急把右手捏住的人夹在左肋下，腾出手来，向豹皮囊内掏出几枚麻核桃，在各人嘴上填进一枚，又掏出绳束，一个个捆绑起来。把四个狱卒收拾停当，打量栅栏门虽是木的，却有牛腿那样粗，正想攀住木栅，拉断几根，可以进去。熊经略在栅内喝一声：‘休得鲁莽！’便带着铁镣、铁铐呛啷啷走进栅门，向老朽摇手道：‘何必费这样大事，你的来意，我已心领，但是我愿意不愿意在此刻同你一走了事，你未必有一定把握吧？万一我情愿受国家明正典刑，你这样鲁莽灭裂地一来，岂不多费手脚？而且你凭空担一个劫天牢的罪名，使奸臣越发可以借口，这是何苦来呢？’

“老朽一听，疑惑他要尽愚忠，情愿受奸臣陷害，像他平日刚直的素性，原是说得出，做得出的。那时老朽心里一急，一跺脚，恨恨地说道：‘我与你从未相识，此刻冒险到来，原想救你，替国家留一个将才，怎的你自已倒不惜有用之才，甘被奸臣生生弄死，反留一个热决的污名呢？你老还要细细思想，做这样于国家毫无利益的愚忠，犯得着吗？’

“老朽说时，借着门口一些灯光，仔细打量他的面色，见他疏眉朗目，广额阔腮，颔下短短的一部连颊铁髯，真有几分像岳武穆图像的英姿……”

高老头儿讲到此地，徐洁人不禁问道：“照老丈此刻所讲，熊经略面貌，又同现在鲁颠先生的形容两样，难道……”

高老头儿摇头道：“要改换形容，也非难事，你且听我讲下去。那时我细看他面貌，静听他回答，熊经略却回答得真妙，他说：‘你究是

何人？居然有此胆量。’

“老杇明白他的意思，恐怕奸党差来的奸细，故意来试探他的。便把老杇姓名官阶，告诉了一遍。

“熊经略微微点头道：‘好，满朝廷臣，居然还有你这老肝胆的人。’说到此处，忽然虎目圆睁，放出异彩，一声冷笑道：‘你以为我没有你来救，出不了这天牢吗？’一语未毕，只见他就地一蹲身，手铐脚镣就同蝉蜕一般，脱卸在地。两手向木栅一插，微一偏身，便卓立栅外，那木栅一根也不折，依然好好的。

“这一来，老杇又惊又喜，果然名不虚传，有这样大本领，这原是一种卸骨功，非有炉火纯青的内功不能做到。熊经略自己有这样功夫，不要说天牢出来无碍，便是铜墙铁壁，大约也困不住他，怪不得怨老杇多事了。他这样一来，老杇倒弄得无话可说，只好把外面听得的恶消息告诉他。

“熊经略笑了一笑，道：‘我已知道。你这样来救我，大约你已不愿做官的了。好，你告诉我寓所地址，三天以后，咱们一块儿出京好了。’老杇大喜，便把地址告诉了他。

“两人又立谈了几句，他便催老杇回去。老杇指着地上躺着四个狱卒说道：‘这几个人怎样处置呢？’

“他笑道：‘这有何难，你去你的好了。’老杇正转身，他又把俺喊住道，‘再见时倘然我不能亲身找你，请看这个朱漆葫芦为记。’一面说着，一面从腰下解下一个朱漆葫芦来，向俺扬了几扬，‘如果见到这朱漆葫芦，便是俺的暗号。’

“老杇一时猜不透是何主意，只含糊应了一声，便纵上屋檐，掉头嘱咐一句：‘千万珍重。’径回寓所去了。

“第二天老杇急急办好告病乞养的奏牍，向兵部中几个较为要好的友人，极力疏通，总算上面准予退职，从此无官一身轻，让老杇逍遥自在地过日子了。一时未能离开京城，只打发几个亲信，暗地把家眷先送回南方，然后自己多年的亲随也一一遣散，只剩老朽一人在寓，静候熊经略消息。

“过了几天，满街沸沸扬扬，传说天牢内的熊经略，已奉上谕枭首，而且把他首级传示九边。茶馆酒肆，到处都可听得这样谈论。谈论之中，都夹着叹息之声，却又不敢明言魏党陷害将帅，恐怕飞天横祸，找到自身。只有老朽听到这样消息，急得像热锅蚂蚁一般，疑惑熊经略存心要尽愚忠，对俺说的一番话，故意使俺相信，骗俺离开天牢罢了。否则奸臣手段毒辣，防范严密，熊经略虽然本领非凡，究系一人孤掌难鸣，遭了毒手，也未可知，不然的话，何以会传首九边呢？那时老朽在寓所越想越对，一人在房中又痛又恨，恨不得当夜手刃魏忠贤，替熊经略报仇。

“到了这天晚上，俺真想夜探奸臣府邸，冒险一行。正在关好房门，秉烛拂剑的当口，那时也有二更天气，猛听窗外沙沙一阵声响，呀的一声，窗口自开，飞进一个蓬头垢面、形同怪物的人来。那时老朽以为来了刺客，便拔剑喝问。

“那人哈哈一笑，忽从身后一摸，举出一个朱漆葫芦，向俺一扬，低声笑道：‘你认识这个葫芦否？’

“老朽便道：‘你是不是奉经略命到此的？’

“那人四面一看，忽然走近身边，在老朽耳旁，低低地说了一阵。俺才知那人便是熊经略的化身，也便是现在的鲁颠先生！

“那时老朽惊喜之下，想不到天下竟有易容的奇术！那时化装的熊经略猛然一声长叹，径自抛下几点英雄血泪来，一翻身，向北跪倒，低低喊道：‘罪臣从此隐迹埋名，不预王事，只可惜洪武爷一统江山，眼看难保了！’说罢，泪如涌泉。

“那时老朽立在一旁，冤气冲天，痛心彻骨，情不自禁地洒了许多同情之泪。两人黯然相向了一会儿，老朽转身把随身包裹系在背上，带了宝剑，便同熊经略连夜离开京城，一口气晓行夜宿，直走到扬州琼花观。熊经略在老朽家内，盘桓多时，动了遍历天下名山大川的游兴，好在他改形换容，无人认识，尽可逍遥四海。于是这一别便别离了许多年，直到今年才有会面。”

沈廷扬又问道：“他逃出天牢果然容易，但是煌煌上谕，传首九边，也是真相，这颗头颅究是谁的呢？再说他一出天牢，便能换形易容，又是怎么一回事呢？”

高老头儿笑说道：“那时一同到了扬州，彼此谈起当时详情，老朽才彻底明了。”

原来在天牢安心等到上谕下来，要处决熊经略的头一天晚上，那位狱官倒有点爱惜英雄之意，自己偷偷地置了一桌酒肴，搬进狱来，亲自执壶陪熊经略痛饮一场。席间那狱官满面泪容，对熊经略唏嘘欲绝。熊经略看他举动，早已看出，故作不知，依然海阔天空，同他有一搭没一搭地谈论些不相干的事。那狱官想说不敢说，到了终席，才垂头顿足地走了。

狱官一走，熊经略思索了一回，暗念这狱官天良未丧，应该设法保全他才是！暗自打了一个主意，向腰间一探，还存着十几两碎银，便一齐掏出来，朝栅门外四个看守的狱卒道：“你们很辛苦，伺候我好几天，现在我要身首异处，不能够多多地犒赏你们，只有这点随身银子，你们拿去喝杯水酒吧。”

那四个狱卒，就是老朽探天牢时把他们一齐捆倒的四人，事后由熊经略把他们解放，却用言语镇住了他们，说老朽原是他手下勇将，力敌万人，本想劫牢的，因自己情愿尽忠，落个千古美名，所以不让老朽妄杀一人，反而把老朽骂出去了。那四个狱卒原是无识之辈，怎晓得内中玄机？自然吓得屁滚尿流，只要钦犯无事，身上没有干系，罚誓不向外面透露一点风声！而且狱官是个好人，处处回顾熊经略，手下愈发不敢多事，一半也怕熊经略手下勇将，到来难为他们，性命难保！

有此数层原因，那晚一出把戏，竟瞒得铁桶相似！等到熊经略主意打定，赏银子与他们，他们兀自不敢领受，愈发小心翼翼地供茶供水，川流般趋奉。熊经略也不去管他们，要了一份纸笔，写了几行字，藏在身边。十几两碎银都又送与狱卒，道："大约明天清晨，我便归天，趁此一夜光阴，俺要喝个畅快！你们既然不肯受我银两，却要替我买一点心爱东西，东城某家的好酒，西城某家的腌腊，某处某处的面食，都是俺平日心爱的。再迟一忽儿，更深夜静，难以买到，此刻你们须替俺劳驾一趟。这点事大约你们不至推托的吧？"

那四个狱卒一听，要买的东西恰好四城俱全，时已不早，一人万难跑转四城，必须四个人全体出动，方可办得周全，但是看守的是个最要紧的钦犯，倘有闪失，如何承担得起？弄得四人面面相看，半晌答不出话来。

熊经略冷笑道："无知的东西！那天晚上，我的本领你们已看得一清二楚，如果要走，何必如此做作？既然如此，我自己出狱去买好了！"

狱卒大惊，一齐跪倒在栅栏外，筛糠般抖着，求道："我的爷爷！小的们一家老少，全仗俺们过活，爷爷真个一走，小的们脑袋定必搬家，小的们一家老幼也定必活活饿死！求爷爷可怜小的们吧。爷爷既然爱吃这几家东西，小的们立刻同狱官商量去，叫小的们长官供应上来便了！"

熊经略要吃这几家东西，原是假的，故意如此，叫他们通知狱官去，表示自己死心塌地静候王法。当四个狱卒说出这句话来，熊经略故意叠声催着："快快办来！"四个狱卒果然出去一个，脚不点地地通知狱官去了。

一忽儿，果然后面跟着两人，提着食筐、酒坛进来。两人退去，由四个狱卒把东西一一运进栅内。熊经略打开酒坛，摆了一桌食物，吃了一个痛快淋漓。吃毕，把剩余大半坛酒，许多食品，一股脑儿赏与四个狱卒去吃，自己却假装着大醉样子，连爬带滚，滚上犯床，拽起棉被，蒙头大睡，顿时鼻息数转，呼声如雷，却把被角暗地掀起，冷眼偷看四个狱卒。

只见他们四人团团席地坐定，在一盏半明不灭的风灯下，把那坛酒、几色美味，很安逸地聚饮起来。一面吃，一面叨念道：“这样好酒，这样道地的酒菜，若非狱官老爷奉承这位爷爷，连俺们也沾了余光，否则俺们哪有这样大福分，吃个福禄齐全!”熊经略肚内暗笑。

不多时光，四个狱卒把那坛酒喝得河涸海干。本来这坛酒熊经略特地指明味醇性烈的上上好酒，四个狱卒平生哪尝过这样好酒，吃下肚去，一忽儿东倒西歪，枕腿倒股，到了华胥国了!

熊经略哈哈一笑，跳下床来，全身一抖，脚镣手铐一齐脱去，身上略一拂拭，便把身上预藏的字条，放在桌上，却把脱卸的镣铐塞进被内，远看去，被窝高高的，好像有人睡在里边一般，然后依然施展卸骨功，一偏身，来到木栅外面，又一蹲身，飞上屋檐，看定方向，直向魏忠贤私邸奔来。

第四章　英雄、美人、名士的遭遇

这时街上已打四更，到了魏邸，仔细一打量，好一所巍巍府第，层楼杰阁，屋宇沉沉，下面一片漆黑，已阒无人声，只四五进大厦后面，似乎还有几点灯光。熊经略满肚冤愤之气，本想手斩奸臣，为国除害，无奈出狱过迟，奸邸屋宇既广大，人影全无，哪里去找奸臣所在？只好先向后面有光所在飞去。却听奸邸左右夹拱内铃柝之声，逡巡不绝。熊经略艺高胆大，毫不在意，直到内院屋顶，伏着身，贴耳一听，听得下面一带游廊，灯光闪烁，似乎有人窃窃私语。

熊经略拣定院心一株合抱的老桂，一蹿身，飞鸟般从檐角飞到桂花树上，攀住老干，隐身叶底，偷看一带游廊直通复室，足有一箭路长。游廊两面，叠着玲珑剔透、各式各样的太湖石，廊下雕梁上又挂着各式鸟笼。廊尽处，一所软帘锦阁，阁外立着两垂环雏婢，一婢提着一盏八角流苏宫灯，一婢捧着一个锦袱，两人喁喁私语，声音甚低，路又隔得远，听不出什么话来。看那锦阁向外一带锦格纱窗，透出灯光来，有时纱窗上人影晃动，映出几个俏丽的美人身段。

蓦地软帘一起，漾出一阵娇滴滴的笑语声，跑出一个俊婢来，向门外两婢低喝道："六姨叫你们到花园挹翠轩请小洪相公去，千万不要叫老洪相公知道，快去，快去，不要大惊小怪，仔细六姨揭你们的皮。"俊婢说毕，一掀帘又缩进阁去了。

帘外两个雏婢似乎咕嘟着嘴，叨念了几句，一先一后，提着宫灯，一步懒一步地翻身向游廊走来。

熊经略在暗地里听得疑惑，心想这阁内定是奸党姬妾所住，不知老洪相公、小洪相公又是何人？看他们这样鬼鬼祟祟的行为，定不是好事，且跟着这两个雏婢到花园内探索一回，也许寻着奸臣住所。这样一转念，便鹿行鹤伏，远远跟在两个雏婢后面，转弯抹角，直到了花园相近一所精致的书室。侧面窗户，红灯高烧，居然一阵咿唔吟咏之声，直透窗外，似乎这般深夜，还有人在内攻读。

那两婢到了书室，便立刻停身，且不进内，窃窃私语了一阵，掩着提灯，蹑着脚底，跨出花栏，从一片细草地上，绕到读书声的窗下，掇过一个垫脚的矮凳，提宫灯的雏婢把灯放在草地上，扶着捧锦袱的肩，立上凳子，轻轻向窗上弹了几下。熊经略看得奇怪，也走上前去。

只见她弹了几下，窗内读书声立时停止，呀的一声，纱窗掀起，探出一个俊俏书生的头来，悄问道："这般深夜，你们又来作甚?"

凳子上的雏婢慌慌低语道："老相公睡了不曾?"那书生点了头。雏婢又道："老相公睡了甚好，六姨仰慕相公不止一天，相公是剔透玲珑的人，何必婢子们多说，此刻六姨特地命婢子来请相公到内室去。六姨说，有机密大事同相公细谈。如果这一次依然请不了相公，婢子们便活不成了，好歹请相公随婢子走一趟，算可怜婢子们吧!"

那书生一听这样楚楚动人的话，似乎迟疑了半晌，又回头向屋内看了一眼，猛地把两扇纱窗一推，意思之间，便欲探身跨窗而出，忽又一缩身，连连摇头道："此处遍地杀机，何必轻身涉险，不稳当，不稳当。"

雏婢急说道："这般时分，有谁知晓，六姨又宠冠全邸，隐握大权，谁人敢惹她老人家的事呢？相公也忒过虑了。"

禁不起那雏婢巧舌如簧，窗内书生似乎心中又一动，却又搔着头，迟疑不决起来。

这时熊经略在暗地里看得仔细，知道那书生在这当口，正是天人交战的分际，倒要看看他毅力，究竟怎样！不免运用眼神，借着窗内灯光，仔细地打量书生面目，不觉暗暗吃惊，虽然夜色模糊，看不十分清切，可是那书生剑眉星目，广颡丰颐的一副英俊面庞，已可看个大概。

熊经略原是文武全才，博览群籍，对星相之学，亦有卓识。一看这书生面上五行格局，竟是飞虎鼎食之相，生平所见，要推这书生为第一，不觉暗暗称奇，想不到奸臣邸内有此人物，却不知与奸臣有何渊源。

正思索当口，猛见书生挥手，叫凳上雏婢退下。熊经略以为这一来定是守身如玉，坚决推却的了，哪知一眨眼雏婢一下凳子，书生也纵身翩然跳窗而出，身子很是矫捷，似乎也有点武功。这一来熊经略大愕，不禁暗地叹了一口气。再看那书生时，毫不犹豫，眼看跟两个雏婢竟赴内室去了。

熊经略慌又潜踪跟去，一忽儿两婢引着书生来到锦阁帘外，一婢掀帘进去，接着又跑出两个俊婢，捧凤凰似的捧着书生进阁去了。提灯捧袱的两个雏婢，依然孤零零地鹄立门外。想不到廊外太湖石后，还有一个龙骧虎踞的熊经略暗窥春色哩。

但是书生已进帘内，这一重软帘，便有蓬莱万里之隔，在熊经略目光中，帘内的勾当，无非一对狗男女桑间濮上罢了！只惜那书生生得堂堂一表，生生被妖姬引诱，败了德行，未免可惜！猛然又一转念，照他这副面貌，将来定是一个大人物！可是今天的行为，有才无德，将来也无非一个祸国奸雄，不如趁此时机，将帘内一对狗男女结果，免得将来贻祸朝廷，也可以借此惩戒奸党一下，岂不一举两得？

思想停当，正想举步闯进阁中，猛听得阁内啊呀一声，这一声似乎是书生口音。紧接着又是一声极凄惨的娇喊，便又听扑通一声，似乎一样东西推倒。顿时纱窗上人影骚动，隐隐透出“怎么了，怎么了”的急喊，又夹着几个吞声啜泣的啼声。帘外立着的两个雏婢，也闻声奔了进去。

熊经略大奇，忍不住一个箭步，从廊外直纵到锦阁软帘之下，一掀帘，便大步跨入。这一进去，阁中珠灯照耀，一切一切都映入眼帘之中，把一个智勇兼备、意气凌云的熊经略，弄得目定口呆，愣愣地立在门口，作声不得，万想不到进得阁来，有这样意想不到的怪事摆在眼前。

你道如何？原来熊经略一进门，四面一看，只见上面百宝流苏帐下，仰面躺着一个绝世美人，却已桃花万朵，流血满身，手上一柄宝剑兀自横在香颈上面。那书生面色惨白，伏在美人身上，抽抽抑抑地痛哭。几个韶年俊婢，都哭得像泪人儿一般，但谁也不敢哭出声来。熊经略在门口立了半晌，兀自没有人觉得。那书生因为跪在地上，面朝着里，只顾哭泣，也不料身后有人。

倏又见书生一抬身，哭着说道："蕊卿，蕊卿，想不到我几句话，送了你的命，想不到你这样痴情，这样节烈。你这样一死，我有嘴也难以分辩。我早晚也是死路一条，事到如今，我也顾不得许多。蕊卿，你慢走一步，我陪你一块儿死吧！"说罢，一伸手，把美人手上的宝剑抢在手中，双眼一闭，一狠心，便向自己脖子上抹去。

说时迟，那时快！书生的剑一动，身后哧地飞过一条影子，伸过一条强有力的手臂，劈手把剑夺去。这时书生神经错乱，兀自闭着眼，跺着脚哭道："你们救我怎甚，一忽儿他们知道，横竖是死路一条，倒不如此刻死得痛快。"原来这时书生还以为夺剑的是房内丫头哩。

却不料房内几个俊婢，先头一眼看见书生也要自刎，又急又吓，吓得两腿直抖，动不了身，蓦地又看见凭空飞进一个英武威严的大汉，虽然看那大汉救了书生，却不知大汉从何而来，这一吓，比见书生自刎还要厉害，略为年长的一个，吓得直着喉咙惊喊起来，但是惊吓过度，心里想喊，喉咙不听使唤，只喊出"你……你你……强盗"几个字以后，再也喊不出声来了。

不过她这一惊喊，却把书生紧闭的两眼，惊得睁了开来，一回头，看见自己身后立着这样一个英猛的人，一手抢着自己的宝剑。换了别人，在这生死呼吸当口，遇了这样意外，当然惊得直跳起来，可是那书生一见熊经略，却不十分惊慌，上下一打量，猛可里向熊经略兜头一揖道："足下来得正好！俺正想求死不得，便请足下费心，赏俺一剑吧！"

熊经略两眉上提，冷笑一声道："我看你昂藏七尺，为了眼前这点小事，便摆布不开，为了这样一个女子，便要自己轻生，全不想书房内的老洪相公作何办理？据俺暗地窥测，那老洪相公大约便是你的父亲，你这样一来，岂不陷自己于不孝，陷老父于不义么？"

这几句话词严义正，书生听得冷汗直流，一颗迷迷糊糊的心仿佛冷水一浇，立时回过知觉。而且愧悔交并，简直无地可容，瞪着眼，张着口，直喊："怎了？怎了？"

熊经略冷笑道："有什么不可了的？我既然闯进是非之门，自然有法替你做主，不过你们父子二人，怎的在此奸邸存身？同这已死妖孽，有何纠葛？须从实说与我听，然后我可以替你设法。"

这时书生被熊经略天神般威仪，刚毅的话锋一照一喝，自己的身子，很像渺小得不可形容！连此人是何路道，怎的闯进绣阁来，都无暇研究，立刻像小孩诉苦一般，把以往情形，一字不瞒地说了出来。

他说："自己姓洪，名承畴，号亨九，福建泉州南安县人，年刚过冠，去年乡试得了举人。本年恩科，由父亲伴送来京会试，侥幸又中了进士，已授刑部主事。恰值这里相爷抬爱，坚邀入府，司理笔札，所以连老父一起住在邸内。不料这所巍巍相府，竟是藏垢纳污之地，帷幕不修，丑声四播。晚生耳有所闻，便懊悔不该进去，既已进来，一时又难脱身。

"哪知冤孽当头，偏不让晚生洁身自好，进邸不到一月，在花园内偶然散步，偏被这位宠冠后房的六姨撞见。一见以后，屡次威迫利诱，纠缠不清。晚生咬定牙根，终不落她圈套。此刻她又差丫头来下说辞。晚生暗自盘算，老是这样纠缠，如何得了？将来东窗事发，定必玉石俱焚。何况老父又在身边，自问堂堂一个男子，也犯不着如此结局？所以想了一个釜底抽薪的法子，毅然跟着两个丫头进来。

“来的本意，原想当面痛下针砭，把其中利害细细开导一番。换一个人，我不敢用这种冒险办法，因为在花园初见六姨时节，看她姿色秀丽，尚非妖媚一流，料想心地定必聪明，如果用正言开导，也许使她悔悟。

“哪知事实与理想往往不对，此刻一见，不由我开口，她就正言厉色地说道：‘我请了你好几次，你一味推托，想是当我与同府中一班淫奔女子一样。其实你忒看错了，大约你不知道我是怎样一个人，只看表面的举动，原也怪你不得。不过你要知道，火坑中也有莲花。妾在这火坑中也同你一般，早晚栗栗危惧，要落个玉石俱焚的结果。无奈合府上上下下，都是醉生梦死的糊涂虫，没个可以说话的人！

“‘自从那天花园内见到你以后，暗地打听得你的官阶才学，又知道你还带着老父在此。我一见你的面，便知你是个有胸襟、有作为的人，绝不是相爷手下的一班坏党，因此我起了惺惺惜惺惺的思想。又可怜你这样的人才，生生落在这个臭坑中，同妾一般地埋没在此，实在太可惜了。妾是琐琐裙钗，无非遇人不淑罢了！你是个前程远大的丈夫，岂可同妾一般地埋没？将来还落个奸臣一党，万人唾骂呢！妾这样替你一想，才决计宁可自己冒着危险和不名誉的嫌疑，要同你当面谈一谈，想提醒你，救你们父子逃出这座火坑。你要明白，这里相爷是座冰山，现在朝廷暗无天日，相爷被一班奸臣架弄，做了许多丧尽天良的事。有一天朝廷红日高升，乾纲独断，这座冰山立时要化为乌有。其余不讲，只这几天相爷对妾闲谈，无意中探出最近他把一个文武全才、捍卫边疆的熊经略熊廷弼，生生关在天牢内，还要罗织罪状，制他死命。即此一桩事，已是丧尽天良，万世唾骂的了。贱妾久仰熊经略是好男子，是现在边疆不可多得的人才，那老匹夫竟下得这样毒手！昨天妾还乘机婉劝了几句，想保全一条好汉。哪知老匹夫被一班奸党挟制住，忠言逆耳，药石无灵，眼看一条国家栋梁，害在这班奸臣手内了。’她说到此地，竟是珠泪盈盈，悲惨欲绝起来。”

洪承畴刚说到此处，熊经略已听得一双虎目睁得像铜铃一般，猛地里把右手宝剑嚓的一声，插在身旁一张花梨几上，腾出手来，一把拉住洪承畴臂膀，喝道：“她当真有这些话吗？以后怎样？快讲……”

洪承畴被他猛地里一插话，不知他是何主意，吓得心头直跳。半晌才又接着说道：“她说到熊经略事上，抛了一阵珠泪，又呜咽着说道：‘妾经过这一回事，愈发灰心到极点，愈发急急要救你们父子逃出这地方！此刻居然蒙你惠然肯来，妾的一番痴心，已经表明，心愿已了，你们赶快自己想法子去，此地你不宜多留！将来你能青云直上，替朝廷出力，铲除奸臣，妾死在九泉，也是快乐。’说罢，长袖遮脸，吞声饮泣起来，一只纤纤玉手，又向外连挥，示意叫晚生出去。

“她这一番话，这样一种举动，完全出乎晚生意料之外，简直是个秀外慧中、冰心侠骨的奇女子。先时晚生疑惑的思想，完全是以小人之心，度君子之腹。自己预备的一番话，非但毫无用处，且心中钦敬感激之念，油然而生。虽然她叫我离开此地，我竟不愿迈步，心中有许多话要在她面前诉说一番，深恐以后没有这样机会可以面谈了！

“这样一转念，不禁向她下个长揖，拜谢她这番盛意，而且表明自己几次推托，完全出于误会，此刻愧悔不及，请她原谅。

“她听我这样一说，立时收住泣声，两只秋水为神的妙目，盈盈注视，朱唇微动，好像有无数深情密语，向我诉说一般，却又含羞无语。

“相视半晌，她回头问身后一个俊婢道：‘今晚相爷回来，在前头议论了一点机密事，确在十三姨院中住宿吗？’

“那俊婢答道：‘婢子亲自探得确实，绝不会错。此刻已是深更半夜，内外都已睡静，便是府中大总管，也早安息了。那班巡夜值宿的人，向来不敢到内院的，你放心好了！’

“她听罢，回眸一笑，百媚俱生。俺不免怦然一惊，暗想她又是何主意？但不知什么缘故，一时竟舍不得离开，心里另有一番话，总想趁此对她讲明。倘然那时一走，也许不至有此惨祸，此刻想来，无非前生冤孽罢了！”

熊经略听得不耐烦，发话道：“莫谈浮文，且说以后又怎样呢？”

洪承畴慌说道：“那时她指着上首锦墩请俺坐下，她也坐在下首椅上。俺便开口问道：‘晚生父子承你提醒，果然感激不浅，只是你自己怎样计较呢？’晚生此问，也是一片痴心，暗想这样一个奇少女，如果能够救她出来，也算得报答她一番盛情，再说像她这样女子，在此同流合污，也是天地间一桩缺恨。”

熊经略听到此地，微微笑道：“人非草木，孰能无情？二难相聚，如磁吸铁，这也在人情之中！但以后又怎的如此结局呢？”

洪承畴面上一红，嗫嚅道：“晚生生平不会说谎话，自从两人这样一深谈，把俺轻视的心肠一变为钦敬，而且存了非分之想，她又是个痴情多才的女子……”

洪承畴一说到痴情多才的话，回头望着地上的尸体，一顿足，两行急泪，直流下来，惨然道：“晚生一问她自己如何计较，她蛾眉深蹙，凄然说道：‘妾已失身于老匹夫，便是逃出此地，也是不为人重，这是老天爷的安排，教妾如何摆脱得开？此刻得蒙下顾，以后尚有你这个人，知道薄命人的苦衷，妾总算不虚生人世了！’这几句话，不啻巫峡啼猿，令晚生肝肠寸断，情不自禁直立起来，郑重说道：‘月有圆缺，花残有折，一个人哪有完完全全的？只要回头是岸，也无妨碍！俺不揣冒昧，请问一句，倘然你能逃出此地，依然有人重视，并且奉为生平知己，这样你能设法脱身么？’

“她是个极顶聪明的人，晚生的话，如何会不明白？一对妙目注视在晚生面上，很久，才叹了一口气道：‘洪郎，君是唐代的李药师，可惜妾不能效红拂女了，但愿来生来世侍奉左右的了！’说法，又掩面悲啼，哀哀欲绝。

“晚生这时也忘记所以，脱口答道：‘当年红拂，至今传为佳话！卿才貌不亚于红拂，只恨晚生没有药师的才情罢了！’

“她倏地立起身，莲步急促，抱住晚生，哀哀说道：‘人生得一知己，死可无恨！妾蒙垂爱，心头已足！如果妾效红拂跟君逃走，无论君有老父，能不能允许残花败柳侍奉箕帚，便是目前情势，老匹夫尚未败露，奸党满朝，郎君前程无量，正可为国家出力，岂可以妾一人，累君不能出头！何况郎君父子脱离奸府，尚须另筹妙法，如果加上贱妾，更难脱身，贱妾寸心何尝不愿效红拂，但是老奸怎及当年的越公，事格势禁，万难如愿！虽然如此，从此妾身心都已属君，只要郎君时时念及此刻的薄命人，妾在地下也感入骨髓的了！’说罢，两手一松，翩然回到床前绣帐底下，痴痴地注视着晚生好一刻。

“这时晚生满肚筹划计策，细想她说的一番话，确是不错，一时真无两全办法，正想安慰她几句，猛见她一翻身，从帐内摘下一柄七宝镶嵌的宝剑来，一手拿住剑柄，递与晚生道：‘这柄剑妾最心爱，现在赠予郎君作为纪念，君当见此剑，便同见妾一般！’

“晚生不疑有他，便举手接住剑鞘。不防她牢牢执住剑柄，往外一抽，一道寒光，逼人毛发，晚生一怔之间，只听她凄惨地说道：‘洪郎，洪郎，佩着此剑，快快脱离此地，不要忘记了薄命的妾！’一语未罢，蓦地向粉颈一横，顿时横尸地上，香消玉碎了。

“她这样节烈，无非表明身已属我，一死明志，也免得晚生牵挂着她，脱逃不了。你看她这样痴情义烈，世间所无，但是这一来，等于晚生杀了她一样，愈发叫晚生如何舍得了她？”

洪承畴说明了经过，越想越悲，扑通一声，跪在尸前，又哭了起来。

那时熊经略听了洪承畴讲明前因后果，也觉出乎意外，尤其讲到她生前为了自己，也曾婉劝过魏忠贤，想不到一生戎马，在闺阁中尚有人敬仰自己，而且是奸臣的姬妾，尤其出人意外了，不禁对着地上的美人尸首，也有所感。猛地一转念，一手拉起洪承畴，怒气冲冲地说道："今天不杀奸相，不足以消俺怒气，也不足以报美人的灵魂！你住在奸臣府内，当然晓得奸臣所在，究竟今晚奸臣宿在何处？快快说来！待俺结果他性命，再说别的！"

洪承畴同房中几个侍婢，一听他要杀奸相，都吓得魂不附体。洪承畴想起此人相貌非常，绝非奸相手下装束，不禁脱口问道："足下究系何人？弄了半天，还未请教姓氏。"

熊经略凛然答道："我无名并无姓，今晚到此，没有你们这档事，我也要老奸首级的，不料碰着你们出了这个岔子，耽误了俺许多工夫！现在时候不早，你们快从实说来，待我结果了奸臣，一了百了，你们父子也可脱离火坑了！"

洪承畴这才明白他是个刺客，倒也不怕，便指着那个俊婢说道："据她说，今晚奸相宿在十三姨屋中，十三姨卧房在何处，晚生也摸不清。"

熊经略向那俊婢喝道："十三姨在何处，快点指与俺！"

那几个婢女早已一吓两吓，吓得站在一边发抖，同泥塑木雕一般，此刻被熊经略喝问，三十六个牙齿，互相厮打，结着舌头，哪说得出话来！

半晌，那年纪略长的俊婢，结结巴巴地说道："十三姨住……住在……花园东首，一……一座高楼内，叫……叫作听雨楼……楼下周围种着……芭蕉的便是。"

熊经略点头道："既有方向、地名，不难找到。你们稍候，我去去就来！"

一语未毕，猛听得远远当当几声云板响。熊经略一时没有注意，洪承畴虽然住在府内，日子不多，也不知云板响声的意义。只有房内几个婢女却是听惯的，知道这块铜制的云板，一向挂在相府前厅，遇有紧急要事，一时不便到内宅传报，才敲云板几下，使奸相自己听得，派人查问，再出前厅处理。

这时几个俊婢虽然明白云板用意，因为个个吓得魂灵直冒，哪有心思顾到这些，偏偏熊经略好整以暇，将要举步，又计上心来，回身把花梨几上宝剑拔起，提在手中，略一拂拭，笑道："此剑倒是一件宝贝，也是干将莫邪一类的古物，俺正愁没有利器，不想用奸臣之剑，斩奸臣之头，从中又假手于红粉佳人，真是妙事!"说罢，径自插入剑鞘，佩在身上，一面对洪承畴说道，"依我说，你不能再流连在此，你且回你父亲所在去，此地我自会安排，回头我到你书房会你便了。"说毕，不管洪承畴答应不答应，一回身指着几个婢女喝道："你们记住，明天事发，有人问到你们头上，只要咬定牙关，说杀人的是长身凶面的强盗。记住这话，便没有你们的事！倘然说错一个字，或者牵涉到这位小洪相公，我立刻飞进来，一个个把你们杀死，那时休怨我狠毒!"吩咐毕，一伏身，伸着指头在地下尸身上蘸了许多血水，在粉墙上画了一个狰狞的人熊。

洪承畴一旁看着，也不知是何意思，见他画完人熊，往帐后搜索了一回，发现床后还有一间精致的余室，似乎是梳妆盥洗之所，一回身，把几个婢女推入那间房内，说了一句："你们只说强盗把你们关在此处的!"说毕，随手关严房门，加上屈戌，便挽住洪承畴道："此地诸事已了，我们回书房去吧。"

洪承畴一面跟着他走，一面不断地回头向尸抛泪，如痴如癫地被熊经略一路拉到花园。

将近书室，他对洪承畴道："你只管安心回房，一忽儿我事毕，再到此地来和你谈话。"说毕，待要举步，只见洪承畴默默无言，昂着头，对天上星辰，愣愣地立着，动也不动。

熊经略知道他一片痴情，伤心到了极点，又回身走近他身旁，不由分说，夹脊一把抓住，像举小孩子似的，直举到前临草地的厅口，顺手一送，直送进厅内去。不待洪承畴开口，一缩手，顺便替他掩好窗户。

一看脚下那张凳子，兀自摆在窗下，未免令人起疑，便又掇回原处。

诸事停当，四面一望，认清东首一带粉墙，露出许多芭蕉树，树后一角红楼，掩映在夜色缥缈之中，楼内几缕灯光，隐隐从窗棂透射出来。熊经略正预备跳过粉墙，忽听得墙那边脚步声响，似乎不止一人，却听不到说话的声音。一忽儿西首粉墙尽处，转出冉冉的灯光，从墙上玲珑透空花落孔中，偷偷望去，只见几个衣冠楚楚的人，迤逦向西走去，前面似有两个书童，引着两盏手提宫灯，却看不清是什么人。

等这一拨人去远，一纵身，跳过粉墙，施展轻身功夫，纵上近楼矗立的一株石笋，略一点脚，哧地又飞上楼檐，侧耳一听。恰喜有灯光的那间楼房内，似有男女窃窃私语，心内暗喜，以为房内定是奸相同姬妾调情取乐。一溜身，用了一招倒卷帘，头下脚上，两足钩住檐口鸳鸯瓦，身子向檐下卷进，两臂向上一伸，捏住一根短椽子，脚一松，整个身子翻进里面，再一提气，一个卧鱼贴波式，只用一手一腿，便轻轻巧巧地绷在近窗口的天花板上了。空着的手，悄悄戳破一些窗纱，伸头向内一看。嘿！又是出乎意外，禁不住两眉直竖，又气又恨！

原来房内并没有魏忠贤的影子，却是一个妖姣的妇人，搂着一个唇红齿白，带着几分女相的青年男子，正做出不堪入目的百般丑态。女的满身珠翠，定是六姨房婢所说的十三姨了。男的面目虽然姣好，身上却是一身青衣，大约是魏忠贤近身的娈童。

可是她们探明奸相明明住在此地，怎的变了他的娈童，在此代庖呢？熊经略前后一想，恍然大悟，明白先头在六姨房内，似乎听得云板响，那时并不注意，此刻想来，定是老奸听得云板遥传，知有紧急的事，匆匆出厅去了。粉墙外所见两盏宫灯，定是几个侍童拥着奸相到前厅去。这一对狗男女明知奸相前厅议事，一时不会回来，趁机暗度陈仓了。

只是这一来，未免可惜，倘使在花园见着两盏宫灯时，知是奸相在内，跳过去一剑两段，一点也不费事！现在这样一错过，不知奸相今晚回来不回来，前厅耳目定众，又难下手。看来奸相恶贯未盈，今晚难泄俺心头恶气！也罢，权把这两个狗男女开刀，使老奸吓个魂魄俱飞！

熊经略这样一转念，更不停留，用手一推窗户，恰好窗原虚掩，呀的一声随手而开，趁势一个飞燕穿帘，直蹿到房内两人面前。两人正在色授魂与，不可开交当口，做梦也不防从窗口飞进一个凛若天神的汉子来，只齐喊得一声："啊呀！"两个俏生生的身子直跌下去，瘫在地上，两副吹弹得破的面孔，立时变成纸灰色，像泥塑木雕一般，不能动弹了！

熊经略懒得和他们说话，拔剑一挥，骨碌碌两颗头颅滚向床下，一踮脚跳过尸身，蓦地又计上心来。原来他又想起这般深夜，前面云板一响，老奸急急出去，十九是天牢内自己的把戏发作，有人来报奸相，想必此时定已关城大搜，索性吓他一吓！

四面一看，恰好窗前一张书案上，整整齐齐摆列着文房四宝。走过去，磨浓了墨，蘸好了笔，向壁上一望，却又一皱眉头，无从下笔。原来奸相穷奢绝侈，这座听雨楼，四壁都裱糊着五光十色的宫锦，锦上满是镂金织翠的凹凸花，怎能写得上字？

回头在一个大笔筒内，找出一卷整筒的矾绢，大约是供写字画卷用的，恰正用得着，抽出来摊在桌上，提起笔，龙飞凤舞地挥了几个茶杯大小的行草，却是"匣剑化龙，天马行空，斩此姬童，儆彼奸雄"十六个字。下面还署着一个大熊字，同六姨房内画的一个人熊，两相对照，使奸雄一看，便知两处杀人，都是熊经略一人做的事，不至疑惑到别人身上。一方面又借此来表示自己从此像天马行空般隐迹埋名，不预世事，可是要斩奸人之头，很是容易，今晚便是榜样！使奸相寝席不安，也许悔悟前非，少做些祸国殃民的勾当！

熊经略写好了字，把一幅绢字平摊在桌上，然后掷笔一笑，跃出墙外，仍循原路直奔洪承畴的书室来。

一到书房那面窗外，忽听房内有人悄悄说话，贴耳一听，是一个苍老的声音，很严厉地责备洪承畴道：“你这样轻举妄动，总是学养不到的缘故！无论你如何存心，这样深夜擅入内室，总是暧昧举动。万一被人撞见，有口难分，岂不一生身败名裂？现在事情变化到这样地步，那位大侠果真结果了奸相，明日震动朝廷，我们寄寓在此，岂能无事？即使侥幸没有疑到我们身上，这样一变动，侦谍密布，我们愈发不便立时脱身了。”

这时窗内几句话，听在熊经略的耳内，心里暗暗佩服。从窗孔里窥见房内上首坐着一个清癯严肃的老头儿，嘴上滔滔不绝地说着，下面坐着洪承畴，愁眉苦脸地听着。熊经略知那老头儿便是洪承畴的父亲，也是他们所称的老洪相公。熊经略用指一弹窗户，房内立时话锋中断，似乎嘁嘁喳喳低语了一阵，才慢慢开了窗户。熊经略一拧身，便纵入房内。

不料那老者迎头一揖，倒身下拜，口中说道：“晚生正疑惑现在这样时世，哪有这样举动的大侠，原来是经略大人驾临！”

这几句话，把熊经略吓了一大跳，慌一伸手把老者扶起，低声道：“老丈禁声！老丈从何处识得俺来？”

老头儿悄悄说道：“天下何人不识君？那年经略亲统雄军，陛辞赴边，百官齐赴长亭宴别，晚生适在京城勾留，从稠人中早已瞻仰英采，到现在还深印在心中，想不到此刻又得拜见，又蒙拯救犬子，此恩此德，终身难忘！”说罢，又要叩谢。

熊经略慌阻止道：“萍踪偶聚，转瞬东西，时已不早，且莫闲谈。今晚老贼侥幸逃得性命，俺只杀了他妖姬狡童，我已留下真姓，使老贼知道我一人所为。我不难隐身远走，不知你们父子此刻商量好计策没有？我不放心，特地来此一探。”

洪承畴道："事已禀明家父，计策却尚未妥当。"

他的父亲接说道："此刻情形，又与你所说不同了。既有经略这番布置，俺们父子一时倒不必急急脱身，不妨镇静一下，稍缓几日，再作道理。"

熊经略点头道："老先生所见甚是。既然这样，俺不便停留，就此告辞。"说声告辞，人已飞出窗外，等到他们父子探身张望，早已不见那熊经略的踪影了！

第五章　大将军换却真面目

上回熊经略一段逸事，原是高老头儿高公旦和沈廷扬、徐洁人在那文笔峰茅亭内，一面喝酒，一面演说出来的。他讲到熊经略杀了奸相一姬一童，别了洪承畴父子，跳出奸相府邸……

“本想当夜就到老朽寓所，却因一出奸相府邸，只见满街兵马乱动，缇骑飞奔，知道天牢事发，正在开城大搜。自己这样下去，定然有人认识，虽然不见得被他们捉住，却许连累了老朽。这样一转念，一时不便现身，便从僻处飞檐走壁，奔到离奸相府邸不远一所古寺。这所古寺还是元朝敕建，叫作皇觉寺，也有百余间房屋。到了明朝香火衰落，无人顾问，只剩了一个穷道士，躲在寺内聊蔽风雨。却不料那夜熊经略慌不择路地跳了进去，又生出一桩凑巧的怪事来。

“熊经略并不认识这皇觉寺，无意中从奸相府邸，一路蹿房越脊，向僻静地方飞奔过去。偶然抬头一看，只见前面一带枣林内，孤零零的一座高而且破的殿宇，知是寺院之类，权且飞身进去休息一会儿，再作道理。

“当下跳下屋来，奔入枣林，幸喜四周寂如村墟，绝无人影。穿过枣林，便见破烂不堪的一座寺门，当中匾额，借着星月微光，依稀认出‘皇觉’二字，那‘寺’字早已剥落得无迹可寻，两扇黯无色彩的寺门却关得密不通风。

“熊经略一踮脚，纵上门墙，向下一看，从山门到大殿，只剩院内几棵参天古柏，飒飒作响，哪有住人的形象？姑且跳落院中，从前殿绕到后殿，一路蓬蒿没胫，绝对找不出一线灯光，一点人声出来！疑惑偌大一所寺宇，连一个香火老道都没有，如果在此权且隐身，倒是天造地设的所在。

“一看后面零零落落尚有许多房屋，正想过去探个仔细，蓦地听得沙沙一阵风响，接着前殿当的一声，似乎轻轻撞了一下钟的样子，其声悠然凄远。在这样万籁无声，宛如墟墓的破寺内，忽然来了这一下钟声，无论如何，也要毛骨悚然，疑心到鬼魅夜出了。

“熊经略虽然艺高胆大，也觉钟声来得奇怪，停住脚步，一转身，闪身暗处，按着剑，定睛向外窥探。不料前面钟声一响，后面零落不齐的几间屋内，忽然透出一缕惨淡荡漾的烛光来。那烛光在暗中被风吹得若断若续，只见人影浑如鬼火，竟猜不透是人是鬼。熊经略大奇，暗想多年古刹，真有鬼物妖魔潜伏不成？今天倒要见识见识鬼魔究竟怎样的形状！

“念头刚起，忽听脚步声响，从外殿飞也似的奔进两条黑影，步履异常矫捷，似乎路径走熟一般。苦于天上一钩新月，被四面浮云拥挤拢来，遮盖得严丝密缝，所以只见前殿奔来两条黑影，辨不出是人是怪。一忽儿，那两条黑影从面前掠过，向灯光所在驰去。一瞬间，烛光、黑影都没入暗处，不见踪影。

“内外一片漆黑，连那边几间破屋的轮廓，都被黑幕遮住，只半空里风声树声，发出凄惨的悲号，愈发形成这深宵古刹的恐怖。豪气凌云的熊经略，在这样环境中，也觉难以久留，但是天生成刚愎自用的性质，非要探个水落石出才甘心！

“略一思索，便拔出宝剑，运用眼光，一步一步走向前去。一面走，一面仔细留神。虽然暗中摸索，可是有内家功夫的眼光，毕竟与常人不同，何况在暗中处的时候略长一点，眼光一拢，原可分辨出周身的景象来。

“熊经略走了几步，便看出走的所在是一条狭长的甬道，前面一道夹墙，中间一个大圆洞。走进圆洞，便见一排矮屋，中间却有一间楼面，楼上隐隐有灯光晃动。熊经略一见灯光，忙一个箭步，蹿到楼下，仰面一听，似乎楼上有人谈话。

“熊经略暗自好笑，如果不到此地探个实在，真以为碰着鬼怪了。现在既然有人，想是寺中香火道人之流，自己闹了一夜，从天牢内畅快地吃了一顿以后，直到此刻，水米未沾，不如上楼去弄点水润一润喉咙，借宿一宵，明日再作道理。这老破寺内的穷道士，大约不见得认识自己。

“主意打定，正要张嘴呼唤，说明迷路借宿的意思。忽然楼上有人大喝一声说道：‘老子在此住宿了几夜，看你是个出家人，不忍亏待你！你倒不知好歹，见着俺们回来，也不打水，也不泡茶，一味价愁眉苦脸的，在俺们面前絮叨个不了。老实对你说，老子坐不改姓，行不改名，河南混天猴便是！恼得俺性起，哼……就给你这个尝一下！’喝罢，通的一声，似乎一人倒地，接着又有一个犷声犷气的，从旁连哄带吓，说了一阵。

“熊经略在楼下一句句听在耳内，暗自吃惊，心想这人自报角色，这混天猴三字非常耳熟，似乎是个绿林角色，怎的在此藏身？想必到京城来做那没本钱的买卖，白天在此窝藏隐身的。先头在前殿跑进两条黑影，定是此贼同伙伴回来，鬼鬼祟祟的定然不做好事！既然被我碰到，倒要看看他是何等角色。

“心头刚这样一转，楼梯上噔噔噔跑下一个人来，手上捏着一支断烛头，一手遮着风，走出楼下这间屋门来。熊经略一闪身，躲在暗处，偷眼一看，此人是个驼背老道士，一身破袍，满脸悲容，拖着鼻涕，挂着眼泪，一步挨一步地到隔壁一间破屋门口，摸了进去。熊经略掩到门外，向里一张，只见他在屋内点着一盏半明不灭的瓦油灯，蹲在一具折脚的炉灶下，觅柴寻草地生起火来，一忽儿舀水洗盆，忙个不了。

“熊经略把剑藏在背后，慢慢地掩了进去。那老道士一回头，蓦见熊经略立在他背后，吓得啊哟一声，扑通跪在地上，抽抽抑抑地哭道：‘爷爷，你积德修好，让俺再活几年！俺两个还伺候不过来，再添上一个，活活地逼死俺了！’

“熊经略知道他误会自己也是楼上的一路了，悄悄说道：‘你不必害怕，我不是那种人！我看得你可怜，特地来此替你赶走楼上的人，你知道吗？’

“老道士一听这话，连连在地上叩头道：‘我的慈悲无量佛，想是小老道一生虔诚敬礼，感动三清天尊，爷爷想是三清殿上黄巾化身，再不然是值日功曹的法相，来救小老道的。’

“熊经略听他满嘴胡说，几乎要笑出来，心想这种人一世也讲不清楚，自己喉内出火，且喝点水再说。不管那老道连叩响头，看炉上一壶水连热气还未冒出，只好在炉旁一只浅水缸内，用椰瓢舀了一瓢，先解了喉渴再说。

“那老道兀自跪在地上，愣看着这位值日功曹亲自舀那混浊的水，比饮甘露琼浆还来得猛急，也不禁发愣。猛听得楼板咚咚的响得厉害，楼上的人跺着脚，一叠声催着拿茶来。急得老道向熊经略又连叩响头，直喊救命。

“熊经略且不理他，咚的一声，把椰瓢掷进水缸，一纵身，跳出屋外，转入楼下那间屋子，噔噔噔三步并作一步，跳上楼梯，一进楼门，楼上的人正待破口大骂，蓦见上楼的不是老道，换了一个仪容威猛的伟丈夫，手上还横着雪亮的长剑，两人一齐惊得直跳起来，一个拔出随身的一对黄澄澄瓜形铜锤，锤头足有汤杯口那么大小。一个在床边抢起一柄镔铁阔刃带槽鬼头刀，指着熊经略齐声喝道：‘你是何人？深夜到此，意欲何为？’

“熊经略并不答话，只顾细看两人的面貌。你道如何？原来这两人相貌可以说奇形怪相，无独有偶！使铜锤的是一张青渗渗的瓜皮脸，两颧上插，鼻根下塌，两个掠天鼻孔，吊着下面一张阔嘴，墨也似的嘴唇，像被马蜂刺肿似的翻在外面，有寸许厚，外带一对三角眼，两道倒挂黄眉，鬓边两撮黄毛，衬着这张怪脸，已够特别。那位使镔铁刀的还来得稀奇，一张黄蜡面孔，像害黄胀病般浮肿异常，两眼细得一条线相似，骤看去像睡熟一般，衬着两道似有似无的眉毛，一张似哭似笑的嘴角。两人相貌稀奇，又一律穿着大而无当的玄色破道袍，头上却一色包着夜行人用的包头帕，前面还打着蝴蝶结。

"熊经略不由得看得出神，暗想这两人怪相大约同妖魔长相也无二致，看他们这种不三不四的打扮和怪相，定非正路，立时厉声喝道：'你们且不必问我，你们自己先说在此何事？'

"那两副怪脸同时向熊经略面上仔细看了半天，两人自顾自悄悄地说了一阵。熊经略看他们鬼鬼祟祟，正有点不耐烦，想要发话，猛见两人忽地哈哈一笑，放下兵刃，突地双双跪倒，叩头说道：'我公果然平安出险，真是天外之喜！'

"熊经略恐防有诈，紧一紧手中剑，喝道：'彼此素昧平生，你们所说，俺一句不懂。天外之喜，又从何来？'

"两人闻言，倏地挺身而起，各自除下头上包巾，向脸上一抹。

"这一抹，倒把熊经略吓了一大跳，只见他们各自向脸上一抹以后，两副怪面皮像金蝉脱壳般褪了下来，另换了两副面孔。那瓜皮脸的，换了一副浓眉大目、色如重枣的面孔，黄肿脸的换了薄耳尖腮、露骨包皮的长相，与先头顿时换了两个人。两人怪相既除，面目之间虽尚透着几分煞气，却都显着满脸精悍之相。

"面如重枣的人拱手说道：'俺们不远千里，赶到此地，原是平日钦慕经略是个好男子，受了奸相陷害，困在天牢，难见天日。经略帐下有几位将爷，又同俺们弟兄平日都有交情，自从经略在边疆受了委屈，独身到京廷辩，麾下一班有义气的军官，不愿替奸臣出力，早已各自星散。同俺们认识的几位便到河南同俺们结合，彼此商量营救经略，大家公推俺混天猴同他袁鹰儿潜踪来京，探听虚实。不料俺一到京，没有几天，便打听得消息不好，奸相密布爪牙，把经略困在天牢，想下毒手。俺们受了一班同道委托，来此保护经略，万一有个好歹，俺们有何面目回到河南去见同道？心里一急，日夜乔装到各处探听。’

“‘今晚四更时分，到了天牢，正想寻找经略所在，忽见天牢下面纷纷骚动，狱官狱卒，跑来跑去，忙个不了。一霎时，外面又灯球火把，照耀进来。无数禁军，挨狱点查，像是逃了要犯一般。俺们正在疑惑，忽见几个红袍纱帽的人，挤在一堆，低低商量了一阵，立时拉着狱官，跑出天牢，翻身上马，一窝蜂飞也似的奔去。俺们两人暗地一商量，看情形难以下去，这班官员又去得可疑，不如赶去探一探这班官员何往，或者可以探出一些消息。当下打定主意，一转身，便在屋面上飞跟下去。赶了一程，远远见那马上几个官员，在这寺院相近的奸相门前下马，个个躬着身，从角门进去了。

“‘俺们也顾不得危险，施展小巧之技，跳进相府，翻墙越脊，居然被俺们找到一所富丽堂皇的厅舍。那几个官员和天牢的狱官正在厅内，向几个相府佳人左一个躬，右一个揖，不知哀求些什么。俺们在他们哀求当口，从厅前树上溜下来，躲入厅角暗处，一座金装玉琢的六尺屏风后面，只见那几个相府家人腆着胸，昂着头，高视阔步地走了出去。一忽儿，云板当当地响了几下，一连声传报：相爷出来了！厅内几个官员一听相爷出来，顿时矮下半截，一齐直挺挺跪在厅门口，连大气也不敢出！

“‘等了一忽儿，只见厅外脚靴声响，先有两个垂发俊童，提着两盏宫灯掀帘进来。接着又是几个童儿，打起软帘，扶着一个白胖胖、疏髯、细目、幅巾、朱履的人走进厅中，升上居中雕花披绣的座上。这人一坐下，厅门口那几个红袍纱帽的官员膝行而进。那狱官却不敢进来，兀自直挺挺跪在帘外。

“‘这时我们已明白上首坐的人，定是奸臣魏忠贤，如果那时我们

要替熊经略报仇，真是一举手之劳！却因未见过经略的面，不敢造次，两人躲在屏风后，只悄悄听他们说些什么话。’

“那人说到此处，熊经略手上的宝剑已慢慢垂了下来，知道所说不假，而且两人到此完全为了自己。猜测两人偷进相府时，正是自己在后院杀人，当时因为不知虚实，未到前院，否则一剑了却奸臣，岂不痛快！凑巧有这两人听得奸相说话，正可从他们身上探出天牢以后的情形，也算一番巧遇了。

“当下便收起宝剑，向两人拱手道：‘俺正是熊某，未知两位从何处认识俺来？又承两位远道到此，一副热肠侠胆，实使熊某感激不尽！’

“两人一听熊经略自己承认，高兴非常，不由分说，又爬在楼板上叩了一阵响头。熊经略拦不住，只好倒身还礼。三人行礼毕，彼此坐下，深谈起来。

“那人正想接说偷听的下文，忽听楼梯响，老道提着一壶茶，若前若却地走来，一见熊经略同他们客客气气地促膝深谈，又是吃惊不小，对于两人换却面貌，却并不惊奇，大约两人天天改头换面，早已看惯了的。

“熊经略看他可怜，从怀里一摸，尚存着一点碎银，随手递与他道：‘这两位不是歹人，原是俺的朋友，先时俺是哄你的。这点银子你先拿去，明天替俺们置点吃的喝的，也许我们明天就离开此地，到时再好好犒赏便了。’

“老道接着银子满脸堆下笑来，连声喊着无量佛。

“袁鹰儿喝道：‘这厮忒惫懒，俺们来时，原好好地对他说，临走时重重地酬谢。便是这两件一钱不值的破道袍，俺们无非暂借一用，走时非但还他原衣，还得格外送他一点财物。偏吃这厮是个老糊涂虫，噘着嘴，一百个不愿意，真把俺们肚皮都要气破了。’

“熊经略笑了一笑，向老道挥手道：‘你只管自去睡觉，明天早晌照俺话去办好了。’

“老道慌不迭连声应是，又千谢万谢地爬下楼梯去了。

“这里熊经略细问以后情形，于是混天猴接说道：‘那时俺们在屏风后面一面张望，一面侧着耳朵细听，只见魏忠贤大模大样坐在上面，让几个红袍纱帽的官儿拜罢起来，才问了一句：“有何要紧事，深夜前来，快说！”

“‘一个穿红袍、胸绣狻猊的官儿走上一步，垂手禀道：“刚才得报，天牢内逃走了熊廷弼，慌飞调禁军到狱兜查，果然不见熊某踪影，看守的兵卒东倒西歪，睡了一地。熊某住的一间屋内，还摆着酒壶酒坛和肴、果等物，草床上被窝内塞着一副完整无缺的头号镣铐，床前桌上还留着一张字条。”

“‘那官儿说到此地，魏忠贤已脸色大变，倏地直立起来，双手乱搓，连嚷：“怎了，怎了，逃了大虫，老夫难以安枕了！你且说他字条上写的什么话？”

“‘那官儿慌一弯身，从靴页内抽出一张纸来，双手送了上去道：“这字条特地带来，请恩相过目！”

“‘魏忠贤看了字条，一声不响。俺们离得远，当然看不出字条内写的字，但只见魏忠贤一手拿着纸条，瑟瑟直抖，连那张纸也飒飒作响！’

“熊经略笑道：‘我知老奸看到那张字条，定要吓得一身冷汗的。其实我只写了“臣罪当诛，然非奸臣矫旨可得而诛；臣何惜死，愿为国诛奸而后死”这几个字，但以后又怎样呢？’

“混天猴接着说道：‘可笑魏忠贤被熊经略几个字吓得浑身发抖，半晌，才颤声说道：“明天就要动刑，只差了一夜，竟被他逃走，你们疏忽之咎，还有何说？”

“‘那几个官儿立时都跪在奸相面前，通通叩了无数响头。那说话的官儿，奓着胆，又禀道：“卑职们勘牢中情形，似乎熊某脱逃不久，已经飞调四城兵马努力兜拿。谅他孤身一人，难以远扬，定可缉获，但不知熊某前几天好好地安身狱中，何以不早不晚，在今晚突然脱逃，定是有人露了风声！卑职们奉职无状，辜负深恩，实该万死！已把天牢狱官带在帘外，跪听处分，乞恩相重重治罪！”

“‘魏忠贤一听这些话，同摇尾乞怜的丑态，恨得咬牙跺脚道：“你们这班该死的东西，此刻还在我面前讲这些不要紧的话！你们也不想，熊某这个人浑同吃人的大虫一般，好容易把他制住，不想他竟有能耐会逃出俺们掌握，这一逃他还不把俺恨死！看他这几句话，早晚要同俺拼命。照他的一身本领，俺手下确没有抵得住他的，说不定此刻已来到此地哩！再说这样的重犯，轻轻被他脱逃，你们又是俺一手提拔的人，如果拿不回来，明天如何复旨？虽说这道圣旨是俺们做的手脚，但假戏真做，这道圣旨已于今晚下到兵部，一到明天日出，还要传旨九边。现在已是丑正，一忽儿就要天明，你们想，这事如何了局？”

“‘那时俺们二人听得这样消息，高兴得几乎忘其所以！忽见魏忠贤把几个官儿狗血喷头骂了一阵以后，立时传进许多雄赳赳的卫士，叫他们轮流保护相府，接着又是一班谋士进府。一霎时，内外闹哄哄人来人往，灯光耀目。这一来，俺们二人倒急得无法可施，厅内人一多，难免藏身不住，便是想逃出奸邸，也非易事。俺们私下商量好，万一败露，擒贼擒王，先制住奸相再说别的！’

“熊经略听到此处，点头道：‘那时两位处境确是危险煞人，万一不免，俺事前并未知道，想救也无从救起，叫俺如何过得去？不知以后又怎样出险呢？’

“混天猴道：‘靠经略的洪福，在俺们焦急当口，恰好奸邸内院起了滔天风波。’

“熊经略笑道：‘这一讲，我明白了。定是我杀死人的事发，有人报与奸相，奸相一听这消息，当然连惊带急，率领着百官卫士，一窝蜂到后院察看。厅内没有人，两位自然容容易易地出来了。’

“混天猴、袁鹰儿齐声说道：‘果然如此。但经略说杀人的事，俺

们却不懂，那时俺们匆匆逃出奸邸，并未留神邸内何事惊扰。'

"熊经略笑了一笑，便把经过的事向他们说明。

"混天猴拍手道：'痛快之至！照这样说来，经略同俺们离开奸邸，只差了前后一些时候，而且还是经略先到寺来，真也算奇遇了！现在我们既然幸遇经略，又喜经略自己脱离奸臣恶计，俺们这趟总算没有丢脸！事不宜迟，俺们候到天明，便侍奉经略到河南去，那边非但有俺们久仰经略的一班弟兄，还有经略的部下，只要经略一个号令，俺们可以聚集许多人马，听候经略指挥。俺们二人情愿执鞭随镫，终身伺候，务求经略俯允才好！'

"熊经略大笑道：'熊某已算两世的人，功名之念既然视如浮云，便是报国之志，也只好让世间血气男子去做的了！国家有福，自然有比熊某强胜万倍的人物出来担当；如果国家气数已尽，便是有万把个熊某，也挽不过天命来！俺在天牢内本已做出世之想，到了奸邸没有结果奸相，愈发觉悟冥冥中自有数在！难得两位高情厚谊，俺心中实在感激不过，要俺再奋发有为，亦难如命！话虽如此，在熊某作此等想则可，在两位和两位的同道，俺却希望尽人事而听天命，做一分是一分。即使没有力量保全国家，也须尽力保护一方百姓。最要紧的奉劝两位，不要以绿林为安身立命之所，这是俺一片愚忱。将来俺浪迹江湖，也许走到贵地奉访，拜谢今晚的盛德，这事务请两位原谅苦衷才好。'

"这一片话，把两人一番高兴兜头浇个干净，弄得两人半晌说不出话来。互相厮看了半天，还是袁鹰儿来得机灵，立时掉转口风道：'既然如此，俺们怎敢相强？不过经略一时尚无安身之所，不如先到河南游一游嵩山小寨，略消胸中肮脏之气，何妨暂时同俺们屈驾一趟呢？'

"这几句说得非常委婉，熊经略想了一想，一时不好十分推却，便也应允下来，不过声明：'尚有一老友，等候左近，而且预约在先，不能不先同那位老友到扬州一游，到了扬州以后，决计转到河南，奉访贵寨。丈夫一言为定，请两位先行一步好了。'

“当下三人商量妥当，这时楼外已现晓色，寺外一片枣林，雾气迷蒙，隐约可辨。

“熊经略一看林梢晓雾，猛地想起一桩事来，慌同两人道：‘两位戴的假面具巧妙绝伦，素向未见，未知俺也可以用得吗？’

“混天猴拍手道：‘幸而经略这一问，把俺提醒。经略遨游天下，正用得着这件东西！这是俺袁兄平生的绝技，俺们戴的面具不足为奇，无非遮掩一时罢了，白大在街上走，到底有点破绽。他另外有一种巧妙奇药，真有脱胎换形之妙，非但皮肤变色，连五官都能改样，不过只可变丑，不能变俊罢了！’

“熊经略笑道：‘这样大妙，俊丑没有关系，俺还希望越丑越好哩！这事便请袁兄费神吧！’

“袁鹰儿道：‘经略要改换面貌，只是又要耽搁一天了。因为俺的换形丹擦在面上，要两个时辰才能药性发作，药性一发作，面部起了变动，虽然没有多大痛楚，却有许多不惯的地方，必定要经过一夜工夫，才能同平常人一般。以后无论如何擦洗不掉，要用俺的解药，方能恢复本来面目。因此俺们不常用它，只用假面具应急。经略如愿意换形，只好再勾留一天。’

“熊经略道：‘此地还僻静，又在奸相府邸附近，他们绝不疑我在此存宿，我们在此多留一天，谅也无妨。俺改了形容，不论何时，咱们都可大摇大摆地出去，准定请两位多留一天。事不宜迟，便请袁兄施药吧。’

“袁鹰儿便从贴身掏出两个很小的药瓶来，瓶上都标签条。先把一瓶内紫红色药粉挑出一些来，在掌心用水一调和，替熊经略连颈带项敷了一面。待了一忽儿，再把第二瓶内黑色药粉倒出一些来，也用水和着敷在面上。

“说也奇怪，熊经略一经擦上这些药，不到两个时辰，顿觉面如火热，难受了一夜。到了天已大亮，两人细看熊经略面上时，只见他面色大变，变成一张黑里翻紫的面孔。再待了几个时辰，熊经略觉得面上奇痒，皮肤倏张倏弛，仿佛百脉牵动，满脸有无数细虫钻在皮肤里面一般，想寻一面镜子，苦于并无此物。

“袁鹰儿从旁说道：‘一忽儿便可没事。’

“熊经略没法，恰好觉得面上一阵牵动以后，已渐渐平复下去。

“又半晌，混天猴、袁鹰儿齐声道：‘真真妙药，倘使有人到此，谁能认得是经略呢？’

“熊经略正想细问，忽听楼梯响动，那老道左手提着酒壶，右手托着肴盘，走了进来，一见熊经略，吓得连连望后倒躲，颤抖抖地问道：‘这位是谁？那一位恩爷又上哪儿去了呢？’

“三人大笑。袁鹰儿拍手道：‘你倒起得早，连酒肴都整治好了，既然如此，我们只好生受你的了！’说罢，替他接过酒肴，摆在桌上，放好杯箸，便招呼熊经略、混天猴一同坐下，喝起酒来。那老道愣在一旁，似乎想说又不敢说。

“熊经略笑道：‘你忙了一早晨，也来喝一杯吧。’”

第六章　小洪相公的踪迹

“老道看得这奇怪面孔而又陌生的人，正在惊疑不止，猛听得让他喝酒，颤巍巍地说道：‘你老请用！不过那位恩爷怎的不见？诸位怎的不待他同吃呢？’

“袁鹰儿大笑，朝熊经略一使眼色，呵呵笑道：‘你问的那位客官，不等天亮早已动身了，此刻怕不止走了几十里路哩。’

“老道信以为真，露着满面失望的神气，低着头一声不响走向楼梯。袁鹰儿明白他记挂着昨夜熊经略允许犒赏他的一招，不禁笑道：‘你回来，俺有话哩。’老道无奈，又挨近前来，袁鹰儿笑道，‘那位客官走的时节，有一块银子交给我，说是待俺们走时再给你，此刻我特地对你说明一声，你可放心了！’

“那老道一听有银子留着给他，立时从满面纵横的皱纹内，露出一丝丝的笑容来，慌向三人千谢万谢，说个不了。熊经略大笑，正想伸手掏银，猛觉得腰中所有，业已掏尽，不禁一愣。

“忽听得桌上铮的一声，混天猴已掏出二两重的整块银子，丢在桌角，指着老道笑道：‘你拿去，这便是那位客官留给你的。’老道心花大放，伸出鸡爪似的手，把银一捞在手中，连后脑勺都要笑出来，不知说什么才好。

“谢了一阵，正要回身，熊经略又喊道：‘你且回来。’老道吃惊，以为到手的银子不稳，走过来待在一边，熊经略问道，‘这许多酒肴，

当然是你清早出去买回来的，不知今早市上有什么稀奇的故事没有？说来我们听听，好让俺们多喝一杯。’

“老道一听这话，似乎精神大振，指手画脚地说道：‘说也真巧，早日老朽没有什么可买的，一年到头，也难得出去几趟。偏偏今天一早出去，便让小老道听得一桩天大的新闻，小老道上得楼来，本来要告诉各位施主的。施主们一给银子，小老道乐糊涂了，偏把这事忘了。施主这一问，恰好又提醒小老道了。’

“熊经略慌问道：‘说了半天，究竟甚事呢？’

“老道说道：‘俺一早起来出寺，到了市上，正逢着一群高头大马，旗锣喝道，火杂杂的兵仗摆了半里长，看的人像涌潮一般，把俺挤在一家店铺的门角内，几乎气都透不过来！想伸长脖子看个仔细，只见一簇簇的人头，看不清是什么事，向旁人一问，才知今天兵部大人奉钦命办红差，杀的还是赫赫有名的熊大将军哩！小道一听，吓得魂灵直冒，急急忙忙买了应用东西，赶回寺来，此刻心头还扑登扑登直跳哩！’

“混天猴、袁鹰儿一听老道的话，满脸惊疑的神气，向熊经略面上直瞧。

“熊经略明白他们意思，一挥手，叫老道下楼，笑向二人道：‘奸臣不知闹什么把戏，弄个俺的替死鬼，遮瞒一时，今晚俺倒要出去探个明白。’

“混天猴道：‘俺们正疑惑经略既已出来，哪有第二个熊经略让他们开红差哩！现在经略一说，准是那套移花接木的诡计了。今晚经略且不要出去，这点差事让给俺们二人去吧。’熊经略含笑点头。

“这天三人便在寺内谈谈，并不出门。到了晚上，混天猴、袁鹰儿又戴上面具，别了熊经略，出寺探听去了。

“两人一走，熊经略觉得面上已无动静，奔到楼下老道房内，好容易寻着了一面镜子，在灯光下一照，连自己也吃了一惊。只见镜内全非自己真面目，鼻拗嘴咧，两个撩天鼻孔，一双歪斜怪眼，满颊疤痕，衬着一张灰紫色的面孔，真同活鬼一般！看了半晌，推镜哈哈一声狂笑，索性除了头上绸巾，拆散长发，向老道索取一柄剪子，一阵乱剪，把长发都截下来，再用手一揉头上短发，立时变成一颗鸡巢似的毛头，愈发增加了几分怪相。又把自己一件宽袖长袍卸脱，硬向老道对换了一下，把老道百年不离的一件七穿八洞泥垢道袍，绷在身上，脚上也换了草履，却把那个朱漆葫芦和宝剑系在贴身腰上。

“这一改装，把旁边老道看呆了。熊经略一声不响，大踏步直向寺外走去，一抬头，只见星月无光，沉沉夜色，穿出枣林，一耸身，便跳上人家屋上，拣着僻静街道，直向老朽寓所奔来。”

以上许多情节，便是高公旦对沈廷扬、徐洁人讲的熊经略奇奇怪怪的踪迹。真是闻所未闻。

当下又问高老头儿道：“当时熊经略既到老丈寓所，当然一同回到扬州了？”

高老头儿笑道：“不是的，那晚熊经略到了老朽寓所，便说混天猴、袁鹰儿邀赴河南的事。老朽略一思索，劝他先同袁鹰儿等到河南看一看情形，如情形不对，再到扬州不迟。那时老朽意思，另有一番存心，总觉得像熊经略这样惊天动地的人物，真个长此埋没，实在替国家可惜，也许在河南绿林道中，另创一番事业。其实熊经略那时也未尝没有此心，所以听了老朽劝告，便同袁鹰儿等到河南去了。

“从那晚一别，过了好几年，不见他的踪迹，老朽还非常担心他，到河南凶吉如何，又不好向人打听。直到今年春天，他居然到琼花观来践昔日之约了。

“老朽问他别后情形，他说，京城寓所别后，他依然回到皇觉寺，混天猴、袁鹰儿也陆续回来。两人已从奸邸侦得兵部办的红差，果然不出熊经略所料，奸臣手下在死牢内拣着一个相貌相似的人，做了替死鬼，还铺凶扬厉地传首九边哩！

“那时熊经略在第二天，便跟两人到了河南。不多几天，便被他窥出混天猴、袁鹰儿以及两人的同党，所作所为都是草寇行径。虽有几个旧部下，也是一丘之貉，无非想利用熊经略，做个招牌罢了！熊经略岂肯落他们圈套？两三天以后，便悄然远避，走得不知去向。

“可是他这趟河南，却也没有虚行。原来他寄身草寇的当口，无意中逢到与自己很有渊源的女英雄，而且收了一个资质绝好的徒弟，年纪很小，一言投契，他居然带着这位唯一无二的高足，隐身严密，像神龙一般见首不见尾了！

“据说这个高足不是别人，正是混天猴的内弟。到了现在，他栖隐之处，不止这一个徒弟，又在各处收了几个。恐怕他们这几个门徒，现在已有了不得的本领了。他也诲人不倦，乐此不疲。对于国家兴亡，浑同隔世，早已灰心到极点！他今天酒后，被老朽一挑逗，舞了一场惊人的双剑，便是他偶然泄露的故态了！”

徐洁人道：“原来他还收了不少徒弟，晚生再三求他收入门下，一味峻却，想是晚生不堪造就，不屑教诲了！”

高老头笑了一笑道：“这却不然。此中自有缘分，并非资质好便能收作徒弟的。”

沈廷扬也问道：“他独来独往，倏东倏西，究竟栖隐之所在于何处，老丈想必知道的。”

高老头儿叹了口气道：“说也惭愧，老朽承蒙他拂眼相看，引为挚友，可是问到他高隐所在，他便说‘上不在天，下不在地’两句话回答，终于不肯说出实在地名来。还有一桩要事嘱咐两位：今天咱们一见如故，老朽又藏不下事的，一高兴，把他以往实情向两位说了出来。可是两位千万守口一点，这倒不是玩的。再说以后两位碰见了他，依然称他鲁颠先生好了，千万不要露出熊经略的字样来，切记，切记！”两人慌忙唯唯答应。

这时沈、徐两人闻所未闻，一面听，一面喝酒，已是既饱且醉，主客尽兴，便起身告辞。高老头儿把那条六合枪依然交与徐洁人，亲自送到门外，坚订后会。

两人将转身，高老头儿猛又记起一事，慌止住二人，笑道："老朽多了一点岁数，记性便这般不济，几乎把一桩要事忘记!"

两人转身，慌问道："老丈有何事赐教?"

高老头儿笑了一笑，长髯一拂，向沈廷扬道："沈兄何时回尊府?"

沈廷扬道："晚生尚未定日，大约尚有一二日耽搁。"

高老头儿昂头想了一忽儿，然后笑道："尊府左近现在有一个了不得的人物，正在落魄穷途，进退失据。沈兄有孟尝雅号，不可不交接此人，望你留意!"

沈廷扬吃了一惊，暗想通州一点地方，有何了不得的人物？自己住宅左右，无非船户粮帮，再不就是商铺买卖，有何出色人物？慌问道："晚生年轻识浅，实未见敝处有此人物，尚乞老丈赐示姓名，以便回去访求。"

高老头儿大笑道："好，好，此人并非此地人氏，却从千里之外到来。足下回去，便见分晓。"说罢，便拱手作别。

沈、徐二人都怀着满腹狐疑，又不便再问，只好揖别下山。两人回到徐洁人家中，已是三更时分。徐洁人扫榻款宾，在书房内又同沈廷扬谈论一会儿高老头儿的豪迈，鲁颠的怪僻，韵娘、莺娘的刚健婀娜，一会儿又谈到门前石鼓搬家，这几天所遇的事，两人同而不同，却都猜不透到底怎么一回事！徐洁人肚里还格外多一桩事，其实沈廷扬也犯同一毛病，不过彼此难以出口罢了!

一晚过去，第二天沈廷扬刚起来，徐家管家引着一人直闯进书房来。廷扬一看，是自己当铺的伙计，慌问何事。

伙计道："昨夜半夜里，南通派人赶来迎接东家回去，说是崇明几家渔户，这几天集了二三十号渔船，到海外捉鱼。头一天便发了大利市，捉了几条大鲨鱼和鲟鱼。第二天晚晌，业已只只装满了海鱼，正待点齐船只，满载而归。不料海里起了大雾，幸而没有风，只可结在一起，等雾散再挂帆行驶。哪知就在这当口，一声炮响，从迷漫大雾中，冲来几十只艨艟大船，挂着海盗的杂色旗帜，排着蜂洞似的枪炮口，众渔户一看情形不对。本来渔船上也备有鸟枪土炮，偏因这几天海面尚平靖，海盗很少发现，因此警备略微疏懈。偏又起了大雾，等到看清来的是大帮海盗的船只，而且已经逼近面前。

“只见盗船上一只只舢板，纷纷吊下，舢板上蚂蚁似的海盗，一个个举着雪亮的短刀长矛，一声呼啸，箭也似的向四面包围拢来。渔船上的渔户，来不及装药开枪，只可拔出随身带的短铳，以及刀剑之类，拼命抵敌。无奈众寡不敌，又是突如其来，不知虚实，不到一个时辰，满满装着海鱼的二三十号船只，只逃出了两三只最快的小船，其余都被海盗掳掠过去。死的、伤的都被海盗掷入海中，活的都绑上盗船，想也难以活命！

“逃回的渔户，一到崇明，立时一面鸣锣，一面派急足赶到通州来请东家做主。据逃回的渔户说，这次海盗突然来到崇明近海，必定不怀好意。他们亲眼看到海盗包围渔船时，当头几个凶恶盗魁，大声问：‘你们是崇明姓沈的子孙吗？沈大眼是你们何人？快快通名上来！如果不是崇明人，或者不是姓沈，还可商量。俺们来报前仇，誓必踏平崇明，杀尽沈姓才能罢手！’

“这一呼喝，偏逢着崇明渔户激烈异常，没有一个人推说不是崇明人的，不是姓沈也愿姓沈，一声不响，咬定牙关，便同他们拼上了！看情形海盗也许上岸来寻事。崇明驻扎着的几个老弱官兵，早已闻声吓得躲在一边，非请东家回去不可！通州得到这样消息，又立刻派人到太仓当铺来通知，昨夜到天亮，已派来两拨人了。今天俺出当门时，又有一只快船来见东家的。俺不敢怠慢，骑匹快马赶来。”

这伙计一口气说完，沈廷扬着实吃了一惊，慌说：“你先回去，俺就动身。”伙计退出。

沈廷扬匆匆一阵盥洗，正想令人知会洁人，他已闻信赶到书房。沈廷扬刚待说明，徐洁人已接口道："俺已明白，这班海盗定是从前令尊整顿粮帮、渔帮，驱逐出帮的恶徒。这几年，漂流海面，劫掠为生。内地犯法亡命之徒，也投入他们，所以这几年，人数越聚越多。以为势力雄厚，来报前仇，或者乘机想探听崇明虚实，下手劫掠，也未可知。这事非同小可，关系崇明九千户人家性命，我不敢再留你！可是你独身回去，尊府虽有许多粮帮渔户，平日很少操练，你一人独木难支，也指挥不过来！依我想，你应该多邀几个帮手才好！"

沈廷扬连连跺脚道："我也正在焦急，召集许多人容易，不过只是乌合之众，枪械不全，怎能当得大敌？但是要请帮手，眼前只有你一人。可是你是个世家公子，一家香烟所关，俺怎敢叫你涉险！其余只有崇明、通州几个父辈，和俺粮帮里面的几个小帮头，本领同俺们差不多少，也算不得好帮手。另外要请也请不出来了！"

徐洁人昂着头想了半天，才说道："人倒是有，只是请得到请不到，没有把握！"

沈廷扬急得面孔通红，向洁人连连作揖道："我方寸已乱，倘然有高人可请，务恳我兄顾念崇明一方人民，替我想个法子，我先替敝处人民拜求！"说罢，真个要行下大礼去。

徐洁人慌一手拉住，大笑道："你我怎的如此客气起来！见义勇为是我辈分内事，何况邻邑有难，披发缨冠而往救之，是古人明训！只是我想请的高人，不是别个，便是昨晚我们同在一起的高氏父女。"

沈廷扬一听他提到高氏父女，立时喜上眉梢，慌抢着说道："真该死，我怎的想不起来？但是我已无法停留，非立时赶回崇明不可！此事只有拜托你极力劝驾，倘蒙高老丈俯允，好比崇明筑了一道万里长城！俺想此老豪气凌云，或以一方人民性命，谅可赏面，事不宜迟，便请你前往代为哀求，如果高老丈肯来，便请先通一消息，俺可亲自迎接。如果碰着鲁颠先生，也请见机行事。能够一道请来，非但保守崇明有余，还可出击海面的海盗呢！时已不早，俺就此辞别，在崇明恭候好音便了。”说罢，便欲起身。

徐洁人慌拦住道：“少待，俺叫人替你在驴上备好鞍子，俺也就此到文笔峰去。”说罢自去，一忽儿，更衣出来，同沈廷扬携手出门，门外早已备好两匹健驴，沈廷扬跨上自己骑来那匹黑驴，两人一拱手，各自举鞭，分道而驰。

且不说徐洁人的事，沈廷扬如飞地回到当铺，南通州家里差来的人，又有几批在当铺内坐候。一见沈廷扬来，好似天上掉下宝贝，纷纷报告消息紧张，快快请回。沈廷扬顾不得细问，立时从水道坐着来迎的快艇飞回通州。一到通州，按照沈大眼传下的帮规，召集各帮首领，说明抵抗海盗救护崇明的意思。

好在帮里最重义气，里边崇明人也不少，何况通州、崇明都是近海紧贴的地方，理应守望相助。一经沈廷扬召集，个个攘臂大呼，愿跟大帮头尽守卫桑梓的责任。廷扬大喜，立时拿出大批银两，散给众人，置备枪械，限定日子到崇明取齐。吩咐清楚，更不停留，自己先带了近身几个人，当天赶到崇明。

将近崇明时，一望岸上，立时显出同别地方两样来。海边沙滩上，已立满了人，有无数壮丁，个个荷着标枪，东一簇西一簇地聚立着。标枪上矛头擦得雪亮，映着海面的阳光，熠熠生辉。麻林似的标枪，好像缀着万颗明星，吐出一股忠勇的锐气。还有许多渔户，都在船头上擦着鸟枪，整理着火药火绳。老的、小的和妇女们，满脸罩着重忧，夹在里边，送饭的送饭，缝甲的缝甲，忙得像穿花蝴蝶一般。这许多人们，却不约而同个个昂着头，张大了眼，望着沈廷扬渐渐靠岸的那只快艇，似乎人人心目中都知道，这只船上是他们唯一的首领！

在沈廷扬眼内心中，也觉着一种不可思议的感喟。他这种感喟，并不是憧憬着这许多壮丁杀尽海盗，保卫崇明，乃是看到沙滩上耀目争光的矛头，蓦地回想到他父亲沈大眼雄视崇明的往迹，这班壮丁手上的武器，还是自己父亲心血造就的成绩。可是一班壮丁东一簇，西一簇，零零落落的，远不如当年整齐雄武，还待自己踏着父亲的前规，下一番整理功夫哩！

他心里想着，艇已靠岸。崇明几个绅士和许多父辈，已闻信赶来迎接。标枪林立中，拥着一大堆衣冠楚楚的人。沈廷扬慌忙步上船头，一跃上岸，同绅士们一一周旋。来不及回到自己老屋，先同地方上绅董到公所来。

这公所是崇明一县的公共场所，绅董商议公益事务都在这公所内。这公所设在靠海镇上一所关帝庙内，自从海盗警报到来，这公所便像崇明要塞司令部一样。沈廷扬一到，无形中他便像司令部的总指挥。

当下大家在所内坐定，便有许多绅士，你一言，我一语，发挥个人的意见。有的纷纷报说已由县衙禀省请兵防堵，已由公所派干练人员四出哨探，并已照尊公所遗规矩，组织团练了。沙滩上的壮丁便是团勇，是照抽丁法抽出来的，可是人数究竟单薄，器械也不完全。诸事只有你老弟台一力担当的了。当年尊大人何等英雄，老弟台年少威武，便是尊大人第二，我们都听你指挥，赴汤蹈火，万不敢辞！说罢，众人便把团勇花名、器械、旗帜、船只等册，交沈廷扬过目。

沈廷扬略一点查，只有三百多个团勇，器械枪船一半破旧，尚待补充。最紧要的是船只，因一批渔船已被海盗掳去，留崇明的不到百余只。幸有粮船不少，倒颇为坚固，却又惯走运河，不惯海道，到这紧要关口，也只可临阵磨枪，统统调齐在海口充数。

沈廷扬正想同绅董们商量，忽然庙外一阵骚扰，十几个团勇，架进一个人来，直架到后殿绅董们议事所在。沈廷扬举目一看，这人器宇轩昂，满脸书卷气，只身上一领蓝衫，已被团勇们撕揉得不成样子，头上一顶头巾，也歪在一边。

沈廷扬慌立起身来喝问，团勇已七嘴八舌地报说："这人是海盗的奸细，乔装书生模样，来此卧底的。"

沈廷扬喝道："你们怎见得他是奸细呢？"

团勇道："这奸细是一老一小，躲在海滩僻静所在一只小船上已有两天。起初他们以为撑船的是通州人，并不注意。此刻我们放哨到那只船所在，忽见那船篷遮盖得严丝密缝，却听出篷内有人讲话，一递一答，都是咭咭吧吧的外乡口音，似乎同海盗口音一般。这才疑惑他们是海盗奸细，赶忙围住那船，进篷搜索，见着一老一小两个奸细。老的已有六七十岁，卧在舱底，拥着一床破被，骨瘦如柴，不能动弹，看情形那老者有病倒是真的。俺们存了几分忠厚，没有把老者带来。只派了几位弟兄，把那只船，和船上舟子一起看管。先把这年轻的奸细带来，让少东勘问。

"再说这奸细一见咱们下船搜索，态度好不从容，而且口音一变，立时说得一口好京话，自说是京城有职分的人，此次从京城出来，不幸老父中途有病，不便行旅，在此耽搁下来，等待一个朋友到来，再作区处。咱们问他朋友是谁，他又现出为难情形，不肯明说。本来他信口乱诌，怎说得出人名来？"

这时在座的绅董们，个个点头，似乎这人确是奸细无疑。

只有沈廷扬一言不发，暗地打量那奸细神情，等团勇报告完毕，吩咐道："这人是奸细不是奸细，待我问明白再说。既然在我们掌握，也不怕他插翅飞去。你们尽管放下他来！那船上有病的人，和舟子，不要难为他，待我问明再作主张。你们且出去，小心在海口一带哨探，遇事急速来报！"团勇得令，唯唯退出。

沈廷扬也不与绅董们商议，径自离座，走向那奸细跟前，拱手说道："团勇无知，又正在这几天盗警纷纷当口，冒犯老哥，抱歉得很！老哥毕竟到此何事？所访何人？务乞详细见示，在下可以替老哥做主。只要老哥说得明白，绝不难为老哥的！"说罢，连连请他上坐。

这人却也奇怪，在这危险当中，毫不露惊慌之色，一听沈廷扬委婉的话，连连点头，竟昂然就客位坐定，只举手朝殿内诸人虚拱一拱，便声若洪钟地说道："晚生姓洪名承畴，福建人，供职刑部。此次从京城侍奉老父回转故乡，一路行来，不意到了太仓地界，老父年衰，长途辛苦，突然生起病来，难以动身，困在太仓宿店内，急得没法。幸而碰着素不相识的一个老丈，热肠相助，殷殷爱护，指点晚生一条明路，叫晚生父子投奔通州一个仗义英雄。不幸俺父子奔到通州，这位英雄没有在家，却在太仓。俺父子没法，权在船上存身，等候那位英雄回来。

"过了几天，从市上探得这位英雄，因有急事，被崇明人邀到此地来了，市上人人都这样说，晚生信以为真。好在通州到此地很近，便坐原船转到此地。可是这样一转折，老父的病又加重了几分。再一打听，此地人又说那位英雄尚未到来。直到今天，船家上岸探得确实，知那英雄确已驾到，不禁喜出望外，正想上岸拜访，不意贵处团丁们，硬说晚生是奸细。不知晚生父子说的是家乡福建话，自然难懂，也难怪贵处疑惑的了！现在经晚生说明，诸位可以恍然了。"

他这一番话，在座绅董们倒不觉得怎样。唯有沈廷扬听得非常疑惑，慌问道："足下在太仓遇着的那位老丈，知道他的姓名吗？"

洪承畴答道："晚生也请教他过，他不肯说明住所，只说你们碰到那位英雄，只说太仓文笔峰卖花翁拜托就是。晚生到现在还疑惑那位老丈，怎的如此称谓哩！"

沈廷扬倏地立起身，拍手笑道："踏破铁鞋无觅处，得来全不费功夫。高老丈临别所托，原来就是……"说到此处，却又咽住，转口问道，"还有足下所称那位英雄，究竟是何人呀？"

洪承畴看他举动，也自疑惑，忽听他问到此处，迟疑了半晌，才答道："此君晚生起初也说不出姓名来，那位老丈称他为小孟尝，晚生用这三字探问通州的人，才知小孟尝就是……"

沈廷扬不待他说下去，大笑道："英雄两字，万不敢当！足下所访，就是小弟！令尊带病跋涉，我兄无故受了委屈，皆小弟失迎之罪！"说罢，连连向洪承畴长揖。

这时洪承畴也惊喜非常，想不到误打误撞倒访着了！而且打量沈廷扬年少英武，谦恭异常，不愧一乡杰出人才！慌也离下座来，躬身下拜。两人拜罢，在座的绅董们自然也另眼相待。

沈廷扬更迫不及待，派人到自己老宅打扫房屋，又另派人急急携带软床，亲自陪他到停船所在迎接洪承畴的父亲。一面又取来衣巾，替洪承畴换了破衫破头巾，一同出了关帝庙，直到自己老屋。

这所老屋，原是沈大眼在世时自己建筑，非常宽宏敞爽。当年沈大眼疏财仗义，宾客如云，有的是闲房，给洪承畴父子安住。洪承畴同沈廷扬到了沈宅，他父亲也被廷扬手下，用软床抬到，安置在一所幽雅的房内，一切茶水饮食，流水般供应进来，而且看病的医生也立时召来，给他父亲诊视开方。这一来，洪承畴感入骨髓，他父亲的病也转危为安，逐日轻减起来。本来受了风霜劳苦的人，一经得到安然宽心的境地，自然病魔远退。他父亲老洪相公，起初人事不知，任人搬弄，现在病退大半，神志清楚，听自己儿子告诉，穷途落难中得到这样扶持的人，恨不得自己起来，亲身叩谢！

其实沈廷扬一天到晚，百忙中总要来看望他们父子几次。这日他们父子说话之间，恰好沈廷扬又从团练公所公毕回来，看望他们来了。一进房门，看见他们父子正在谈心，老洪相公已可靠枕而坐，面上气色润泽了不少，心里暗暗欢喜，慌趋前几步，拱手说道："老伯果然大好了，可喜，可喜！"

两人蓦见廷扬进门，老洪相公极力挣扎，想下床来叩谢。沈廷扬慌进前止住道："老伯千万不要客气，体未复原，切忌劳动！在小侄家中，便同自己家里一样，下人如果伺候不周，千万不要客气，尽管通知小侄申斥他们，偏这几天敝乡有点事情，不能常常侍奉，心里实在抱歉之至！"

洪承畴抢着答道："此次家父幸蒙大德，没齿不忘！非但吾兄高谊如云，便是尊纪们也另眼相待，真是难得！大德不谢，小弟只可永铭心腑的了！"

沈廷扬笑道："洪兄言重，何以克当，只不要责备小弟招待不周，便心满意足了！"

两人谦逊了一阵，彼此就床前左右椅上坐下来。

洪承畴问道："小弟初到，便见此地纷纷赶办团练，都说海盗不日到来。吾兄这几天公务大忙，想亦为了此事。但小弟已到两天，未见海盗踪迹，恐怕是过路的海盗，偶然顺手牵羊，掳了几只渔船就走，未见得真个到此吧？"

廷扬道："这几天尊大人病体初复，小弟未敢把此事提及，其实海上消息，一天比一天紧！打发几批哨探侦察盗踪，据报，有无数海盗，逗留在离此五十里海面一处小岛上，扎了无数营帐，几百号盗船，长蛇般泊在岛下，似有久驻模样。小弟得报，推测他们暂时不来，定已得知敝处团练消息，鉴于当年先父防御得严密，不敢轻视我们，定是召集大股海盗，大举来犯。这一次不比当年，定有一番激烈战争！这两天小弟虽然集合了崇明、通州一带粮帮、渔帮，约莫一千不到，也有八百多人。人数虽没有海盗多，可是这八百人，却是经小弟加意挑选的精壮汉子，虽不能说以一当百，也可以一当十！只是有一桩事，小弟正在发愁，便是小弟在太仓动身时，托人请的几位英雄，到现在尚未驾临，小弟一人实在孤掌难鸣！几位绅董，虽然个个有倾家纾难的勇气，无奈酸气冲天，均非应变之才，等到大盗压境，还要分出力量来保护他们哩！"

说到此处，床上老洪相公忽然向洪承畴道："我们荷沈兄庇荫，安居广厦，今日才知此地有急难到来。既然如此，你应该尽心竭力帮助沈兄。你虽勇武不足，然照见义勇为的古训，必须尽其所能，帮助沈兄。我病已好，不必顾我，快随沈兄去吧！"

第七章　战争的序幕

沈廷扬一听这话，便向洪承畴长揖道："初逢我兄，便知奇士。现经尊大人一说，更知我兄文武兼资，富于韬略，小弟在此先替一方人民拜谢了!"

洪承畴便对拜道："小弟虽略知布阵行军，无非粗袭皮毛。家父所谕，系命小弟恭听驱策，聊报大德于万一！至于冲锋陷阵，运谋决策，我兄成竹在胸，胜弟万倍，但有一事，最为紧要，未知军械饷糈尚可持久否?"

沈廷扬道："军械是标枪、刀剑等杂色兵器，八百人手内都有，随各人练习的使用，其余鸟枪、炮铳在海岸也配置不少。枪械一项，目前尚可敷衍，如果应战，补充却难。说到粮糈，无非小弟纠合些仗义绅董，毁家赴难罢了！好在粮帮、渔帮，因为祸迫桑梓，当仁不让，同官兵不一样，尚能重义轻利，有许多想是裹粮备战，还有自己家中送返的。这一层，似乎尚不足虑!"

洪承畴向他父亲看了一看，徐徐说道："照吾兄所说，目前情形，都仗着一鼓作气，恐怕不易持久。便是八百义勇手上的武器，都是短兵巷战所用，非拒盗上岸的利器，似乎还应备个万全之策才好！就是兵饷全靠几个毁家纾难的义士，一时救急则可，万一海盗源源而来，团勇势必要增多额数，日子一长，吾兄虽借荫丰厚，也有铜山倾倒之时，似乎早应想个妥法！最要紧的，既有敌人，便不能令其入境，与其坐以候盗，不如出而破盗。现在八百子弟和崇明全境的人，全是一股锐气，日子稍久，这班子弟兵究非节制之师，锐气一消，便不堪设想。海盗们故意逗留不进，大约也是看破这一层。我们何不出其不意，仗着这股锐气，渡海到海盗所在，杀他个猝不及防呢？”

洪承畴话锋略停，沈廷扬倏地立起身，拍掌道：“一席话胜读十年书，经我兄这样一讲解，顿开茅塞，足见吾兄智烛万里，料事如神！小弟何尝不顾虑到此，恐怕动摇人心，不敢把这种顾虑说出口来！可喜吾兄又进一层，教小弟仗着锐气，勇往杀敌，既可保境，又可捣彼巢穴，使海盗无存身之地，真是高见！小弟定照吾兄办法。洪兄也不必跟弟到公所去，只管在此侍奉尊大人。”

洪承畴道：“小弟一孔之见，预备参考罢了。不过小弟还有一桩愚见，初到贵地，泊在河下，见岸上一带尽是竹园，又粗又直，颇觉可爱。此刻偶然想起，这种大竹竿，把它采下来，削尖梢头，倒是上阵冲刺的利器！因想海盗们，火器以外，用的短刃主多，若用这种长竹竿，排墙而进，海盗短兵便无所用。而且这种竹竿一经对方用刀乱削，愈削愈锋利，倒是一时应急的好东西，沈兄你看怎样！”

沈廷扬大喜道：“此策大妙！此地竹子最多不过，俯拾即是，俺便叫他们采用去。”

床上老洪相公道：“沈兄且慢，小儿所说，虽也可用，但是要捣贼人巢穴，却非短兵不可。这种竹竿，只可付给防守海盗的人，如果先行捣敌的一招，必须多挑选几个精于武艺的人。此地全仗沈兄一人主持，尤忌轻出。难保海盗中没有能者，如果有间谍埋伏着，探得我们行动，待我们到了盗穴，他却声东击西，乘虚蹈隙，便要不堪设想。此事务须妥议万全之策才好！”沈廷扬、洪承畴都暗暗点头。

沈廷扬道：“现在只缺好帮手，小侄请的几位英雄未到，破敌一招，自难轻举！”

洪承畴道：“我兄请的是何等人物？”

廷扬笑道：“不瞒你说，小弟早夕盼望的，就是吾兄碰见的文笔峰卖花翁。”

洪承畴惊异道：“此老果非常人，但是这样年纪，要他冲锋陷阵，恐怕不能吧？”

廷扬大笑道：“他与我兄匆匆邂逅，难怪你不知底细，其实他比当年廉颇还胜几分哩！”接着便把高公旦父女和鲁颠、徐洁人等情形，略述一二，却不提他们以往真相。

可是这时候廷扬已知道熊经略在相府遇到的，就是他们父子了。倘然洪承畴父子也知道鲁颠就是那晚奸相邸内所逢的熊廷弼熊大经略的话，又不知如何惊喜哩！

当下，沈廷扬同他们父子说了一回，辞了出来。一看时候尚早，又到公所去调度一切，一面命团勇们分头去采办青竹竿，削尖备用。

到了晚夜，警报迭至。有的说是那岛上海盗，业已发动，看情形一定趁着星夜来袭崇明，有的报说，海盗已集合大批人马，集合在战船上待发，怕是倾巢而来。这样的警报，一批比一批严重，弄得沈廷扬也有点担起忧来。忧的是高公旦、徐洁人怎的还未到来？也许高公旦不肯帮助，所以连徐洁人也不好意思独自前来！左右许多绅董，更弄得变貌变色，坐立不安。沈廷扬感觉独木难支，慌命人飞速去请洪承畴来商议。

一忽儿洪承畴骑马驰来，沈廷扬迎接入所，告述警报的话。洪承畴道：“不管真假，咱们今晚自然要尽力严防。到省去的官兵，万万靠不住，不来倒也罢了，来则好好的崇明，反被那班蒙老虎皮的强盗弄糟了！为今之计，除要紧海岸、海港，已设铳手、炮手、弓箭手以外，加派标枪、挠钩和长竹竿沿岸布置。另外多预备灰瓶、金汁，一切抵御的要物。其余在要紧街道分设卡垛，严防宵小乘机扰乱。如果尚有多余的团勇，集中在公所听令。最要紧的，是教绅董们分头晓谕居民，不要自相惊扰，多备救火器具，预备海盗上岸纵火，扰乱人心。小弟不才，理应跟随吾兄上阵御敌，请吾兄不必客气！”

说毕，沈廷扬大喜，果然布置有方，处处暗合行军的要着。立时照他所说，传令分头照办。几个绅董也分头传谕居民去了。诸事粗备，时已上灯，沈廷扬和洪承畴刚骑着马从四面海岸巡视调度回来，两人无暇回家，就在公所内用饭。

正在樽酒间料敌谈兵，忽然团勇匆匆来报：外面有一少年，和一个形状古怪，衣衫不整的大汉，指名求见。沈廷扬疑是太仓徐洁人，但形状古怪的是谁，却不像高老丈，慌立起身迎了出去，

洪承畴一人在席上等候，一忽儿，见沈廷扬笑容满面，陪着两个人进来。一个是英姿飒飒的美少年，后面从人扛着一支家传六合枪。一个却是龙骧虎步，面目奇丑的怪汉。慌抬身离席，拱手相迎。

不料那怪汉抢先一步，拉洪承畴手臂，呵呵大笑，声振屋瓦地说道："幸会，幸会！想不到此地又逢足下！"说罢，仰面大笑不止。

他这样凭空一说，洪承畴愕然不解，不知他从何处识得自己？徐洁人也不知当面的人就是高老丈讲过奸相府内的洪某。这时只有沈廷扬肚内雪亮，却不便说破，只好替徐洁人先行介绍。经他一提洪承畴的姓名，徐洁人恍然大悟。这时鲁颠却掉头同沈廷扬说别的话了。

洪承畴依然是个闷葫芦，满肚皮想不起此人从何处见识过，又不便细细根究，只好闷坐一边，听他们谈话，却见徐洁人说道："自从与沈兄分手，立刻到文笔峰求高老丈相助。万料不到，高老丈早已晓得这事，满口应允，不待小弟再说，叫小弟在家等候，他略事摒挡，便同两位小姐前来，一同前往。而且鲁颠先生，定必一同邀去。小弟一听，喜出望外，再三道谢，回到舍下恭候。讵意等了两天，尚未驾临，把俺急得像热锅上蚂蚁一般，心想高老丈年高德劭，岂有失信于晚辈，定有不得已事故停留住了。正想再去探探虚实，忽然鲁颠先生突然到来，喜问高老丈消息，听说高老丈就于小弟去访的晚上，率领两位小姐，先行到太仓来了。"

沈廷扬急道："这事奇了！此地实未见高老丈们驾临，难道其中还

有别故吗?”

鲁颠大笑道:“这事难怪两位茫然!老实说,海盗的事,沈兄得报的时候,俺早已风闻,两位在文笔峰的第二天,就与高公旦商量过。沈兄虽然了得,要保护崇明一方百姓,尚嫌力量不足。俺们不知道便罢,既然知道,即便不认识两位,为保全许多老百姓,也应该见义勇为,唯力是视!徐兄弟第二次到文笔峰以前,俺同高公旦早已商量好了,事关秘密,未便同徐兄说实话。其实徐兄走后,高公旦父女便于当夜浮家漂海,冒着风险,直探盗穴去了。一面由俺先会同徐兄到此知会,今晚海盗不来则已,如来的话,高家父女定也隐身跟踪而来,遇机便可里外夹攻,否则亦可探得海盗真相,来此知会,可做准备。”

沈廷扬大喜,最奇鲁颠从前初见的狂态一扫而空,口口声声,叫他们沈兄、徐兄,未免暗暗称奇,慌一叠声吩咐在庙内一间静室内,另设盛筵,款待鲁颠和徐洁人,自己同洪承畴便在下首殷殷相陪。

这时洪承畴忍不住用话探问鲁颠,何处认得晚生?鲁颠端起一大杯酒,先不答话,四面一看,并无外人,然后一仰脖子,喝个干净,大笑道:“这一杯酒,祝君脱离奸邸!”接着又是一杯,却说道:“这一杯,祝君地下的红粉知己,含笑九泉!”

这两句突如其来的话,把洪承畴惊得直立起来!刚要开口,鲁颠突又飞过一杯,摆在他面前笑道:“这一杯,你应该祝我异地相逢!”这一句,益发弄得他惝恍迷离了!

旁边沈、徐二人却拍手道:“这一杯,洪兄真该快快喝干!便是我们也应奉陪一杯,敬贺老前辈和洪兄故人重聚!”说罢,两人先已各自喝干,举杯相照。

洪承畴糊里糊涂,也只得姑且喝干了酒,却问道:“今天真奇怪,这位老前辈一见晚生,便像熟识一般,此刻说的,又是晚生以往的隐事,难道老前辈世外神仙,洞烛幽隐的吗?”

鲁颠笑得前仰后合,大笑道:“你这番话便该罚三大杯!”又向沈、徐二人道，“看你们神情，大约高公旦心直口快，统统告诉你们的了。你们既然知道，也不必再瞒他，俺也懒得多说。将来你们英俊少年，聚会日子正长，慢慢地由你们告诉他好了。”

沈廷扬道：“高公虽然和晚生们略提前辈往事，但晚生守口如瓶，罚誓不向外吐！此刻既承前辈吩咐，当酌量告知洪兄，免得他怀疑莫释！”说罢，便掉头向洪承畴删繁扼要，低低说明所以。

洪承畴这才恍然大悟，顿时眉飞色舞地立起身来，向鲁颠拜了下去，口内说道：“家父同晚生自别尊颜，无时不耿耿在念！一别几年，万想不到会在此处重逢，家父如果得知，不知如何欢喜，可惜病后尚难步履，未能立时叩见，晚生先替家父一并在此叩谢了。”

鲁颠扶起洪承畴，笑道：“人生何处不相逢，萍踪偶聚，也是前缘！可喜足下晦纹全除，一脸光彩，从此步步春风！只可惜将来天下不久大乱，足下得志，亦在其时！俺是世外闲人，有一句要紧的话，希望牢牢记住：便是得意之际，千万把‘功罪千秋’的一句话，不要遗忘才好！”

洪承畴很惶恐地说道：“老前辈言重，晚生虽曾食禄，无非小小闲曹，怎敢当得‘功罪千秋’的大肩担，便是此后得有存进，万不敢违背圣贤古训，同老前辈殷殷期许的厚意！”

鲁颠大笑道：“好，好，这样便不枉老朽一片婆心！现在且莫谈未来。在京分手后，贤乔梓想必在京又复勾留了几时？可是此刻怎又会在此逗留，尊大人又途中生起病来呢？”

洪承畴重新回座，先自微叹了一声，才说道：“奸邸那晚事发，恰好老前辈脱身天牢的消息，又同时报到，弄得奸相手足无措，同几个奸党索性做起瞒天遮日手段，把老前辈的事，和后院死的妖姬狡童，一概瞒得铁桶相似。六姨是他心爱的，也只可暗暗偷哭一场，草草埋在邸后花园内。第二天一早，又弄个相似的替刑死囚做了手脚。奸相本人，吃了一场吓，好几天躲在邸内密室装病，不敢进朝。晚生父子，也不免提心吊胆地过了几天。等到半月光景，外面谣言才略略平息，奸相才敢出头露面。趁此见着奸相，假托提拔，求他另觅位置。居然蒙他允许，加级改进礼部。

“晚生父子出了奸邸，如鸟出笼。一时却不敢出京，在礼部供职多时，偏蒙圣上赐见，外放观风钦使，喜得钦定浙江省份，与敝省邻近。秋试事毕，请假回乡省墓，回到敝乡没有多少日子，不幸先慈见背，便弃官守制，在家侍奉家父。今年服满，朝廷又降旨起用，升授东宫经筵。本拟坚辞，却因家父训谕，正在壮年，未便违旨，可知东宫英名天纵，将来定是圣主，奸相定难立足，正是借此启沃圣知，稍尽愚忠。因此遵着家父旨意，也不惊动地方官吏，父子二人悄悄从家乡起身，沿水道上京。不料到了南通州，家父生起病来，资斧又尽，又不便仿效奸吏，向沿途地方官吏去打秋风。正在进退两难，幸蒙高老丈扶助，得见沈兄，栖身有所，家父也渐告复原，真是感激非浅！”

他这样一说，沈廷扬一听，他原来还是一位现任显达的贵官。照理说，洁人是个武举，自己还是一个说不起的秀才，哪有同他称兄道弟、同席起坐的份儿？沈、徐二人，不约而同地立起身来，预备谦逊几句。话未出口，洪承畴已经觉着，急向两人说道：“小弟敢于自报角色，因为两兄一见如故，而且深知两兄绝不以俗吏相待。如果两兄见外，小弟只好立时奉着家父拜别了！老前辈在此，晚生还有一句衷心的话：未见沈兄，已慕高义。相见以后，更是钦佩到万分，便是此刻会见徐兄，也一样地仰慕。家父略明鉴人之法，昨晚曾对晚生说，你能够同沈兄终身为友，得益匪浅！此刻不揣冒昧，想同沈、徐两兄结拜金兰，未知能俯允否？”

沈、徐二人暗暗心喜，却不免谦逊几句，冷眼看鲁颠，却端着酒杯，微笑不言。

这当口，猛听得庙外人声鼎沸，齐喊着：“大家当心呀！海盗快来了！”

沈廷扬大惊，倏地立起身，正想出外问讯。忽又见满头大汗的一个团勇，跑到席前报道："海盗果真发动，哨探的几只渔船，远望见海盗驻扎的岛上，火光四起，人马乱窜，一片喊杀的声音，远震海面，想系离岛上船，杀奔前来。"

一语未毕，接二连三，又来了几批探报，都是一样的话。

沈廷扬一挥手，探子退去，鲁颠已立起身挥手道："沈兄快快集合快艇和精壮团勇，多带火器，跟俺们一同杀奔海盗岛上去，愈快愈妙！"

他这几句话，沈、徐二人都茫然不解，暗想海盗已倾巢杀向前来，只有以逸待劳，尽力防堵才是道理，怎的反叫我们杀向岛上去？而且一来一去，势必在海上混战起来，万一彼众我寡，海盗另出奇兵，偷袭上岸，如何是好？两人不免迟疑了一下。

洪承畴笑道："两兄不必犹疑！老前辈料敌如神，与晚生所见正同。此时据报盗巢火光烛天，人声鼎沸，绝不是人马出发，来袭崇明。海盗积年巨猾，岂肯如此张皇？而且听说那岛上并无居民，何致起火，也没有出发时自烧营帐的道理。依晚生所见，定是高老丈和两位千金偷进盗巢，故意各处纵火，使他自相扰乱，今晚难以出师，使我们又可从容布置。老前辈意思，便想乘他们扰乱时候，一举破敌，可以事半功倍，比晚生所见又进了一层，真是妙策，两兄如何还未了悟呢？"

沈、徐二人听他这一解释，才恍然大悟，慌向鲁颠说道："老前辈且请安坐，容晚辈出去调集人马，再请同行。洪兄便在此留守，以备万一！"说罢，便欲趋出。

鲁颠招手道："且慢！我心中所料，除借此破敌以外，尚怕高家父女行踪泄露，在岛上与海盗混战起来，我们尤应该飞速接应他们。团勇不必过多，点选三百个精锐壮勇，分为左右两翼，由两位分头率领，不必举火张灯，悄悄向岛前岛后包抄过去。另用一队战船，预先停留在盗岛相近海面，一字排列，作为疑兵，却须多备各种响器，一等到两位率队上岛，各人放一个钻天信炮，使海面船上得到信号，立时点起火把、灯笼，鸣锣擂鼓，呐喊助威，使海盗摸不着虚实，不知有多少团勇到来，定必格外惊窜，无心恋战。俺跟你们去，居中策应，临机进退，顺便找寻高家父女同你们会合！但是定法不是法，我虽这样预备，出发以后，尚须看那岛上情形，再作定夺。这里洪兄指挥团勇们多备火器、长枪，扼守沿岸要口便是。”说毕，两人领命趋出。

一霎时，外面画角声起，步履急骤，知已调动人马。

洪承畴微笑道：“沈、徐两兄真是杰出人才，将来足备干城之选！”

鲁颠道：“两人一身傲骨，可惜生非其时！”言罢，微微地叹了一声！

洪承畴不解，正想细问，忽见徐洁人一身劲装，匆匆奔来，一手执枪，一手提着一柄连鞘长剑和一面尖角小红旗，向鲁颠道：“沈兄已遵照吩咐，在海滩调齐应用船只人马，不便分身，特命晚辈来请老前辈一同前往！并知前辈未带兵刃，另选了一柄上好宝剑在此，请前辈暂时委屈一用。”

鲁颠倏地立起身，挥手笑道：“说起宝剑，俺本来有一上好宝剑，现在在俺小徒手内。”说到此处，笑指洪承畴道，“其实那柄剑理应归此君佩带的。”

他这样一说，洪承畴猛想起当年奸邸美人流血的一幕，不禁神色黯然。

鲁颠又笑道：“俺用不着兵器，俺的兵器便在海盗手中。我看你这支六合枪，在岛上短兵相接，不大合用，你就把这柄剑带在身旁吧。”

徐洁人听他这样说，不敢勉强，便老实把剑系在腰上，却把那面红旗交与洪承畴道：“洪兄在此留守，全凭这面号旗，指挥一切，也是沈兄嘱弟特地送来的。”

洪承畴慌恭恭敬敬地接过令旗，笑道：“今晚暂荷重任，敬盼诸位捷报便了！”

鲁颠大笑道：“走，走，多年未开杀戒，不想在海盗身上去泄一泄郁恨！你们看，天上星月稀疏，海雾迷漫，正是杀敌好时候！洪兄少陪，就此起身。”说罢，大踏步昂然走出。徐洁人慌提枪跟在后面，洪承畴也抱旗直送出来。

三人出了公所，穿过市镇，直向海滩而来。一路驻守的团勇，荷着标枪，森然排列，看见鲁颠这般怪相，虽也注目，却不理会，只见最后洪承畴怀中那面小小红旗，个个一齐肃然致敬，好不森严威武。洪承畴暗暗点头，低头一看，旗上红地白圆心内，绣着一个黑的大“沈”字，旁边又绣着“小孟尝”三字，知道这面旗是粮帮大帮头的令旗，暗想草野之中，毫无名义假借，能够如此，真是难得！将来自己能够得意，要好好地为国家练几支节利之师，为国宣劳，为己扬名！

不提洪承畴自己感想，转瞬之间，三人已到海边，一望海上蓬蓬勃勃，像出锅蒸笼一般，涌起浓厚的大雾。从迷漫的雾气中，看出海滩一带桅杆林立，每一支杆上一盏红灯，灯火照耀，隐隐约约，密若繁星。等他们步下海滩，才看出海上排列着大大小小七八十艘粮船、渔船，去掉原装船篷，一律支架灰色尖顶布篷。每船船尾插着一面黄色旗，下立着两个包头扎腿，挺胸凸肚，穿蓝布背心的大汉。其余一个不见，鸦雀无声，大约都藏在布篷里面了。

一路巡视过去，只见最后并着两只油漆光亮的大船，高竖蜈蚣穗、红地白心写一大沈字的帅纛。纛下沈廷扬软盔软甲，背着宝剑，立在那儿，贴身侍立着四个挎刀背弓的精壮汉子，一派严肃整齐气象，也不亚三军司令，建节元戎！

廷扬一见鲁颠们到来，一纵上岸，躬身相迎道：“诸事安排停当，此刻已是戌亥之交，海上晚潮方退，正起大雾，此地船惯于黑夜雾行，近海一带，熟悉不过。海盗们地理生疏，绝不敢乘雾进兵。我们舍短就长，正好乘机破敌。便请前辈和徐兄上船，就此开兵。”

鲁颠微笑点头，便先偕洁人跳上船去。沈廷扬又向洪承畴叮咛一番。这时一班绅董，因为分头晓谕居民，还未得知，等到赶来，已经出发多时。一班绅董怀着满腔忧虑，向洪承畴细细探听。洪承畴再三辟解，才略略放心，静候得胜回来。

且说沈廷扬别过洪承畴跃上船时，和鲁颠、徐洁人并立在一起，一回身，从贴身跟着的团勇手内，拿过一个海螺，运气一吹，发出一阵呜呜声音。螺声未绝，鼓声咚咚而起。一通鼓罢，沿滩大小船只，立时起锚扬帆，一只挨一只地动身离岸。二通鼓罢，每只船上布篷内伸出八支飞桨来，三只一排，像许多百脚蜈蚣，冲进雾阵深处，只听得一派飞桨击水的哗哗怪声，七八十艘船只激箭也似的刺向前去。沈廷扬、徐洁人、鲁颠，并肩立在船头，披襟当风，顾盼非常。

鲁颠问道："在这七八十只战船内，备作疑兵的一队想也在内？"

廷扬笑答道："那队早已先发，再进一程，便可看见。"

鲁颠微微点头。

洁人指道："前面隐隐有桅杆影子直立不动，想是先发的一队泊在此地，这样看来，前面盗岛已离不远，怎的未见盗岛影子呢？"

廷扬笑道："这近海百余里，是俺小时出没之所，闭着眼也可摸得出来。我命那队先发人马，距岛十里下锚，等俺们大队一到，再进五里扎住。你想此刻距盗岛有十里海面，又是黑夜雾发，如何望得见影子呢？"

说话之间，船如箭发，又进了不少里路，果然前面下锚的一队船只，也向前移动了。又前进了一程，沈廷扬忽地拿过一面红旗，嗖嗖嗖，像猿猱似的爬上桅杆，举起红旗，向左右刮动。经他红旗一挥，前面所有桅杆上红灯，霎时一齐熄灭，而且橹桨无声，只乘风扬帆，哑声儿向前直进。

洁人急向前看时，果见前面水平线上已发现一点黑影子，渐渐扩大起来，渐渐看出竦然峙立、怪石嵯峨一座岛屿的全身。同时见着岛上火光熊熊，黑烟四起。又半晌，便听出岛上一片人喊马嘶，金鼓乱鸣的声音。

鲁颠猛地一纵身，嗖的一声，宛如一只大海鸥，直飞上最高的一支桅顶，两腿一盘，手搭凉篷，向岛上仔细一看，又翻然飞下，即向二人道："离岛已近，看那岛上混乱情形，多半中了高老丈巧计，自相混杀。趁此机会，你们两位赶快按照原定计划，领队分左右两翼，向岛前、岛后包抄，而且必须如此如此，方可上岸。"两人领命。

沈廷扬急分一面尖角黄旗，交与徐洁人，低低嘱咐了几句。洁人立时跃到右边并行的大船上，举旗一挥，前面七八十艘大小船只，立时有一半船上落下挂帆，卷起布篷，露出满船团勇来，举起飞桨，离队向右边急进，而且桅杆上一律都换了黄旗。左边沈廷扬也把红旗一挥，挂红旗的一半船只，也落帆卷篷，驶向左面。中间停泊着一队疑兵，一字排开，也有四十余艘。这左右两队船只，像双龙出水般，变了一个人字阵，交尾处，沈、徐二只主将船，依然相近。

鲁颠向廷扬道："你地理熟悉，团勇服从，定可指挥如意。徐君初当大敌，恐有疏虞，还是我到他船上去助他一臂。"

廷扬原是替洁人担惊，鲁颠这样一说，心中大喜，一看洁人的那只大船，此时已隔离很远，约莫也有十几丈路。刚要开口喊一只小船渡鲁颠过去。

鲁颠大笑道："何必这样费事!"一语未毕，猛见他两臂一振，一双破袖向空一卷，整个身子早像海燕似的直向海面飞去。

廷扬大惊失色，满以为他急不暇待，定是仗着熟识海性，泅海过船。哪知鲁颠一纵身，便飞跃了海面两三丈远，身子向海面一落，两脚将点着海波，趁着海浪望上一涌的托力，一提气，两袖向前一分，身子又凭空飞起，向前纵去。这样几起几落，眨眼便上了洁人的船头，向这边沈廷扬点首招手，含笑自若。而且衣襟上一点不沾水痕，只脚下一双破靴底上，微微潮湿了一层。

这一手，非但沈、徐两人惊喜得说不出话来，连左右两队船上团勇，个个看得清楚，生平哪见过这样惊人绝技？如果不因为海岸已近，不敢声响的话，早已震天动地地喝起连环大彩来了。可是这一来，却格外给团勇们一股勇气，人人都想我们有这样大帮手，还怕什么海盗！

这时两队船只已越驶越远，沈廷扬遥见洁人率领的黄旗船队，已迂回着转向岛后，自己一队红旗船，距盗岛也只有里把路了。岛前密排着挂黑旗的盗船，看得非常清楚，可怪盗船上人数寥寥，灯光疏疏落落，非常沉寂。岸上深林内似乎隐着不少营帐，也似没有人一般。可是一片喊杀之声，直冲九霄，依然在耳。

沈廷扬仔细一留神，才明白喊声所在是在岛后，一派红光从林梢雾气中直透出来，夹杂着劈剥燃烧之声。廷扬想不到岛前这样毫无防备，上岸易如反掌，慌先传下一个号令。这时愈逼愈近，岛上岛下几个哨探的海盗，业已瞧出风头不对，拼命吹起告警的号角来。

岛上角声未绝，沈廷扬号旗一飐，霹雳一声，一个钻天信炮，带着一缕火光直上云霄。就在这信炮声内，红旗队团勇个个挽起强弓，把预备好的火箭，一齐向岛下盗船施放。这种火箭，箭镞上包着硝磺引火之物，一霎时，海面上像无数吐火金蛇，疾如流星，飞向盗舟。恰好又是顺风，风仗火势，火助风威，盗船上哪有抵挡的工夫，早已被火箭攒射得只只起火。

用火箭的计划，原是鲁颠上船时所命。这时火焰四射，照彻海面，如同白昼，把大雾都逼退了许多。

这边团勇一面施射，一面催船直进，已到岛下。沈廷扬一声大吼，拔出背上双剑，当先领着四个执刀团勇一跃上岸，其余团勇们弃掉弓箭，抄起标枪、火枪，也纷纷抢上岸来。岛上深林中跃出四五十个海盗，一律都是短刀藤牌，缠头草履。当先一个凶脸大汉，右手仗着一柄雪亮的阔锋带环的大砍刀，左手挽着一面兽头铁叶护铁牌，头上绾一个牛心髻，赤着两臂，连声怪吼着地卷来。

沈廷扬一看来势甚凶，未待近前，先喝火枪手散开，伏在树根、怪石后面，乒乒乓乓先兜头放了一阵。这一阵火枪，便振起了威风！

第八章　血　战

可是来的这班海盗却也了得，一听火枪声响，身子一敛，短刀一收，仗着滚牌护体，一个个像滚球似的，依然着地滚来。虽然也伤了几个，无奈火枪放出的铁沙子多半着在藤牌上，伤不着人。

当头手持大砍刀的黑大汉，一跃数丈，已到面前。沈廷扬看他来势甚锐，双剑一分，喝退标枪手，排在身后，预备先除掉这凶盗再说。他这样一来，那黑矮汉以为廷扬惧却，凶焰格外增了几丈，瞪着一只满布血筋的怪眼，竖着两道一字连心眉，兵刃乱指，口沫四喷，咭咭吧吧不知胡唧的什么。廷扬一句不懂，知是海寇中一部分的首领，哪有心情和他多话，大吼一声，双剑齐举，像飞花滚雪般攻了进去。黑大汉毫不惧怕，舞起刀牌，叫杀起来。

廷扬觉着黑汉武艺平常，只是力大无穷，东一跃，西一跳，一味猛劈猛砍，尤其仗着一柄锋利无比的大砍刀，和一面铁叶护身牌，倒也一时战他不下，未免心中暗暗焦急，正想用计。

忽听岛后一声炮响，一缕火光直冲霄汉，接着金鼓齐鸣，喊声大起，海上一队疑兵，也在深雾中擂鼓吹角，震天价呐喊助威。廷扬知是洁人一路业已上岛，精神一振，奋起神威，把两柄长剑，舞成两道匹练，向黑汉裹将进去。

黑汉似已吃惊，手脚略一松缓，廷扬左剑一晃，右剑一个顺水推舟，眼看剑锋已到黑汉项上。黑汉手慌脚乱，举刀一格，正落腕上，当的一声怪响，大砍刀落地，右腕截断，一声怪叫，回头没命地拔脚便跑。廷扬举剑一挥，身后百把个团勇，震天价一声呐喊，手举标枪，向前冲锋。

前面四五十个海盗，一看首领受伤逃走，早已胆怯，一见枪锋如雪，密麻般冲上前来，齐喊一声，回头向树林便跑。跑得慢一点的，立时洞肠裂肚，死在标枪尖上。有几个狡黠的，尚想逃到沙滩盗船远扬，无奈盗船上劈劈剥剥正烧得火舌乱吐，烟雾迷漫，钻了进去，休想逃出，反死得愈快了！

当时廷扬率领团勇向前进杀，借着一派火光，看清前面一片松林，林下长草没身，怪石蹲路，那班海盗逃入林中，霎时一个不见。廷扬疑惑，止住众人，独自仗剑入林，留神探了几步，毫无动静。上面松枝虬结，星月无光，林中并无路迹，想系岛中素无人烟。可是要绕向岛后，非穿过这片松林不可！细细一看，约有一箭路，林外似有许多奇形怪石，高高低低地蹲着。

廷扬一想，左右要转向岛后，会齐洁人、鲁颠等，才可合力剿灭，逗留稍久，难免不生他变！主意一定，一招手，百把个团勇挺枪进林。大家知道林内地形险恶，提着心，哑声儿一路疾行。这样走了半晌，已看出林外景象。

猛然间，顶上一声呼啸，从松树上纵下无数海盗来。因为林内深黑，只见四面八方鬼影似的横蹦竖跃，看不清多少人数，只见一片刀光围裹前来。这一下，不由得廷扬暗暗吃惊。而且团勇们手上丈许标枪，在这林内左挡右阻，如何用得着？

幸而标枪以外，都挎着腰刀，有数个还带着短铳。廷扬急传令弃枪用刀，且战且走，休要回顾，直冲林外取齐。喝令未毕，四面海盗已混杀上来。到此也只可人自为战，廷扬也看不清谁是盗首，谁是喽啰，只把双剑护体，向林外直冲。

等到廷扬杀开一条血路，冲出林外，耳内兀自听得林内一片混杀之声。回顾左右，跟着自己冲出林外的，只有三十余人，尚有大半在林内困住。正想翻身再杀进林中接应，忽然耳边一声怪吼，从一块丈许高的怪石后，跳出十几个海盗来。

为首两个狰面凶睛，赤臂露腿，一个手持锯齿短柄大砍刀，一个舞着两根熟铜狼牙棒，一言不发，恶狠狠便向廷扬攻来。其余十几个海盗，也滚舞刀牌，向团勇袭击。

沈廷扬钢牙一咬，用尽平生之力，拼命抵敌，不料这两个盗首，比那黑大汉武艺高强得多，兵器又沉，招数又紧。沈廷扬极力支持，只顾得招架，已是汗流气促，步步后退。可恨这岛上满地沙砾和刺荆，钩衣碍足，益发交战不易。无奈到此地步，万不能再退入林中，进退都是死路，只可拼命同两盗死斗，支持得片刻是片刻！也许徐洁人一队团勇，绕到前岛来救自己。念头在心里这样一闪的工夫，手上左挡右架，又厮杀了片刻。

两盗也看出廷扬剑法散乱，汗流满面，格外其势汹汹。使狼牙棒的，一个箭步，蹿到背后，大吼一声，双棒齐举，当头盖下。前面使大砍刀的，缠住廷扬，把一柄刀舞得呼呼山响。

廷扬顾前顾不得后，明知性命难保，心里一急，脚步一乱，一个不留神，未待双棒盖下，先被脚下乱石一绊，整个身子斜跌出去。使双棒的海盗不防他有这一跌，双棒下来，却落了空，用力过猛，向前一趔趄，几乎被前面那柄大砍刀砍在自己面上。两盗各自一愣神，沈廷扬已霍地跃起身来。两盗齐吼一声，又火杂杂赶来。廷扬牙关一咬，正想同他们拼命。

猛听得头上一声娇叱，嗖嗖两道寒光，直射两盗面门。只听得前面的强盗一声惨叫，大砍刀斜飞出手，铛地砍在石坡上，火星四迸，人却望后仰倒，一支钢镖不偏不倚插入咽喉。后面的海盗顾不得别人，慌用左手狼牙棒护住门面，右手棒向前一抡，虽格不开飞镖，却被它护住门面。那支镖钉在狼牙棒上，铮的一声，反震回来四五步远，落在地上。

这时廷扬还不知飞镖从何而来，幸喜一盗已诛，剩下一盗，不难对付，精神一振，便想奋勇上前。

忽又听得头上娇呼道：“小孟尝休得惊怕！且助团勇们杀退余盗，转向岛后合兵要紧，这东西交给我便了。”

廷扬急抬头看时，只见侧面丈许高一座大石屏上，一个渔家装束的美少年，剑光霍霍，直飞下来，人方着地，一纵身，便挺剑直刺过去。

那盗正在吃惊，猛见剑光如山地压到跟前，慌舞动两支狼牙棒，交起手来。哪知少年非同寻常，手上一柄长剑，招数精奇，变化如龙，只一个回合，便把那盗杀得手忙脚乱。廷扬又惊又喜，慌忙仗剑纵入团勇堆里，赶杀余盗。

先头团勇们眼看见四面伏盗尽起，人自为战，也是抵挡不住，而且已伤了几个，跌在乱石缝内呻吟。此时绝处逢生，得到首领助阵，精神百倍，片时枪刺刀砍，杀得众盗落花流水，尸骸满地，逃得命的，钻入林中，躲向暗处。

廷扬一点自己人数，还有不少陷在松林内，慌又率领众人，翻身抢进林中，一路搜杀，又救出许多被困的团勇。等到他蹿出林来寻那少年时，业已踪迹全无。只见大石屏下两支狼牙棒丢在当地，一个无头尸身，叉手叉脚地倒在石边，一看身上装束，明知是盗首之一，想是被少年割了首级去了，只猜不出那少年是何许人，有这样好武艺。此时也顾不得寻他，立时查点人马，才知这一场恶斗，死了七个，伤了十几个，连自己这条命也是那少年救的。心里一阵难过，恨不得立时杀尽海盗，才出胸头之恨！死的团勇，没法收拾，伤的便命健步的背在身上。还余七八十个团勇，奋起精神，跟着廷扬，从嵯岈怪石缝内，左绕右转，绕向岛后。

因为这座荒岛，附近一带渔户素来视为盗窟，从不敢到这岛上游玩，所以这七八十个团勇内，竟没有可做向导的人。幸而岛的面积不过几里方圆，廷扬等在怪石缝内绕了一阵，已听得岛后一片呐喊的方向，急急赶去。片时，声音越听越真，一派火光反照过来，映得左右如林的怪石一片通红。

这样绕过一处突兀的危崖，猛地豁然通明，露出一片平坦的沙碛，无数人马，正在混战。仔细辨认，便见无数短刀藤牌，纷纷向东面败退，黄旗队团勇正在奋勇追杀。最奇的人丛中有几道匹练似的白光，风驰电掣，滚入海盗群内，宛如几条力挟万钧的蛟龙，略一驰骤，顿时波分浪裂，四面飞逃。凡是白光到处，只见一颗颗人头，掷向半空，雪花乱飞，尸骸满地。

这样奇景，沈廷扬也是第一遭看见！而且一片沙碛的西北角，海盗许多营帐，正在烈焰飞腾，火光烛天，把战场上追奔逐逃的一幕活剧，照得分外清楚。只是几道匹练似的白光，滚来滚去，比电还疾，却一时看不清形迹来，大约是鲁颠们施展的剑光了！

这时廷扬心花怒放，精神百倍，一声高喝，率领着红旗队团勇，也一阵风地卷将过去。

沈廷扬的红旗队一加入，立时听得天崩地裂般齐声欢呼，喊着："红旗队也到了，并力杀呀！"原来这样呐喊的是那黄旗队团勇，蓦地见首领自己带的一支劲卒，已从前岛杀到，当然胜利在掌握之中，自然格外气壮力勇，奋力向前。只是苦了海盗，本已抵挡不住，怎禁得红旗队一助阵，崇明一班团勇锐气万丈，山也似的压了过来，只恨少生了两只腿逃不快，多半被标枪刺死。

其实这时沈廷扬领着的七八十个红旗队，从前岛脱难，绕到岛后，也是精疲力尽，锐气大丧。幸而黄旗队业已得手，红旗队趁此打跛老虎，无形中却给黄旗队增了不少勇气！

等到黄、红两队合兵一处，督队的徐洁人提着一支六合枪迎上前来，一看红旗队手上只剩短刀，人数也零零落落，后面还架着不少伤勇，便也明白前岛也打过一仗。此时也无暇细问，只向廷扬一挥手，两人便跟着前面剑光冲杀过去。直追过一片沙碛，离着火光已远，便觉黑漫漫看不清切。就是前面几道矫捷如龙的剑光，此时也收敛起来。

沈廷扬前岛吃过惊吓，有了戒心，喊徐洁人不可轻进，看情形逃脱的海盗也没有多少，前面盗船都已烧光，也不怕他们逃上天去！

洁人还未回答，蓦见前面几丈开外，有人呵呵大笑，飞过几条人影子来。廷扬听得是鲁颠笑声，正想呼唤。话未出口，老少四人，已在面前。一位是鲁颠，依然赤手空拳。一位是须发浩然的高老丈，却提着一柄铁桨。两个却是渔装瘦小的少年，其中一个便是前岛镖击两盗、救自己性命的人。

沈廷扬略向高老丈、鲁颠一道辛苦，转身向那使镖少年深深致谢，殷殷问姓。那少年一面回礼，一面向高老丈一笑，却答不出所以然来。洁人正待指点，鲁颠已大笑道："你怎的便不认识这两人了？这位助你两镖的便是韵娘，那位便是莺娘，她们特地乔装渔家，到此埋伏。今晚足下能保全桑梓，直捣盗穴，老实说，全仗这两位巾帼英雄助你们成功的！此德非小，你们端正报答的法子吧！"说罢，仰天大笑。

沈廷扬这才恍然大悟，怪不得她使镖时喊出自己姓氏来，又感又愧，立时向二人鞠躬致谢道："如此大德，非同小可，非但沈某一人永铭心腑，便是崇明一带百姓，谁不拜谢两小姐扶助深恩！"

高老丈笑道："不必太谦！此地事尚未了，有二三十个狡黠海盗，没命地泅海逃去，想是有遥泊的几只盗舟坐着逃命去了。穷寇勿追，就让他们漏网吧！好在这一下，已把这股海盗剿灭，三百多海盗只剩二三十个逃命，也可算得全军覆灭！而且几个盗魁都被小女们除掉，不足为患！便是别股海盗，大约也闻风丧胆，从此不敢轻视崇明的了！"

鲁颠道："只是满地死的、伤的海盗怎样收拾呢？"

洁人道："死的便用海盗惯行的法子，统统掷向海中便了。倒是一班受伤的，以及半死不活的，倒难安排。"

沈廷扬道："我们与海盗本无深仇，他们咎由自取！但是我们也不咎既往，不管伤重伤轻，且教团勇们检查一下，点齐人数，搭向船中，到了崇明再想法子便了。”

高老丈、鲁颠一齐点头道：“也只好如此。”

沈廷扬便和徐洁人分头传令，叫团勇们收拾沙碛上横七竖八的伤盗和丢下的兵器。

不料刚一转身，忽听得远处隐隐有万马奔腾之声，声音越来越大。向海上一看，便见海天尽头，起了一道银色的白线，向这边奔来。沈廷扬猛然省悟，慌停止命令，大声说道：“我们战了一夜，此刻已近丑时，正是早潮来的时候，看情形，这片沙碛正当潮路，定要淹没。我们已来不及收拾受伤海盗，赶快转向前岛高处驻扎，免被潮水卷去！你们快走，愈速愈妙！”

说话之间，海际那条白线已渐渐移近，看去宛似一道无尽的银墙。团勇生长海滨，当然知道早晚两潮，来势最猛，踏在沙碛上，已觉出脚底潮湿，便知潮水来，水涨是一定的。一听首领吩咐，立时飞奔。鲁颠、高老丈、徐洁人以及韵娘、莺娘，也都督队走向前岛，把一班团勇都聚在高处树林内。鲁颠们一齐跃上最高的石坡上，远望后岛潮景。

便在他们移向前岛的几步工夫，那一道银墙已变成十几丈高的潮头，挟着雷霆万钧之力，崩天裂地之声，向后岛一片沙碛卷来。一霎时，偌大的一片沙碛，无影无踪，全岛的面积顿时缩小了许多，只听得四面怒涛击在突兀的怪石老崖根脚上，喷激起万丈雪花，洒成漫天珠雨，一片轰隆轰天之声，震耳欲聋。那沙碛上死的、伤的海盗，以及烧剩的营帐舟楫，都被怒潮席卷一空，不留一点余痕。好像这次早潮，特地为这海上孤岛洗刷盗血污染的耻辱，又似特地帮助沈廷扬等收拾许多或死或伤的盗众，赖这天地间伟大的自然力量，一扫无遗！这一片潮水，正如初写黄庭，恰到好处了！

这时鲁颠等凭高观赏，心旷神怡，想不到一场血战以后，忽然有此闲情逸致。可见一切都是造物弄人，只是一切运会潜移之间，自有一种不可思议的主宰存乎其中，造成曲折微妙的因果。即如这场悬师袭险，虽说有高老丈父女预先埋伏，鲁颠定策，洪承畴留守，但是一半也算得行险侥幸。即使主客异势，胜券稳操，万一这阵洪潮，正在两军混战当口奔来，岂不玉石俱焚？只差得片刻工夫，崇明团勇便稳稳奏凯而回了！后来崇明一班绅士和民众，每年到了剿灭这股海盗的日子，必定集合许多地方公正绅士，备具牲醴，来这岛上祭潮神和被潮卷去的鬼魂，虽说迷信，也算纪念的典礼，这是后话不提。

且说沈廷扬等立在高处，静候潮送，不免问起高老丈父女，乔装到此情形。

高老丈笑道："不满沈兄、徐兄说，老朽终天蹲在文笔峰上，怎会知道海盗降临呢？那天沈兄、徐兄光降草庐，不是鲁颠先生舞剑以后，飞行绝迹，逃席而去吗？谁知两位走后，他又从草舍后面那座峭壁上，长啸一声，飞身下来，对老朽说道：'小孟尝大事临头，还悠游自在地逗留此地，大约到了明天，便把他急死了！'老朽看他说话神气，不是戏言，吃了一惊，慌问道：'你怎的知道他有大事临头？究竟什么大事呢？'

"鲁颠先生道：'前几天俺带领几个小徒，在通州、崇明一带的岛屿上，教他们历练水上功夫，无意中望见几只盗船，因为海盗旗帜一看便知。从前沈大眼卫村杀盗一档事，俺又知道。便推测这股海盗，十有其九对崇明不怀好意！俺本有意去知会小孟尝，恰好你同他（指徐洁人）也闹了个小小的玩意儿，巧不过他两人又合在一处上你家来了。俺在席上原想通知小孟尝，转念你们这席酒肴兴致非凡，这位的六合枪又跃跃欲试，俺如果多嘴，便把你们一团高兴搅散，何必做这煞风景的事呢！俺到口的话，只好和一杯百花酿一齐灌下肚去了！你们提议六合枪当口，俺正在肚皮里盘算这档事哩。'"

沈廷扬哦了一声，脱口道："怪不得那晚鲁颠老前辈对晚生道：'且待尽了酒兴再说。'当时莫名其妙，现在才明白了！"

高老丈向鲁颠一指，又接说道："那时又对俺说道：'我肚皮里还有一桩事，也有点委决不下，所以趁他们走后，再来同你商量一下。’老朽问道：‘哪有这许多事，一桩还没有想好计策，又是一桩来了。’他笑道：‘现在我想把两桩事并作一事，便好办得多了！’他这样一说，正应了‘不说还好，越说越糊涂’那句笑话了！

“他笑道：‘无意中又碰见一个人，这个人是你知道的，便是从前误入奸相邸内，同六姨闹出把戏来的洪承畴。现在不知为了何事，同他父亲来到太仓，而且他父亲病重得很，病贫交迫，困在一只长行船中，弄得进退不得，看来需要俺扶助他一次了。这人年纪尚轻，将来定非池中之物！但是俺却一时不能露面，只好拜托你了！’

“老朽笑道：‘即如是你故人，理应帮忙。可是你说的两事并作一事，怎能并在一块儿呢？’他笑道：‘无非教你指点洪某去投奔小孟尝，可以暂救穷途之困。如果海盗真有个举动，小孟尝力量不够，洪某也是个帮手。这一来，岂不两事并作一事吗？’

“老朽一听，拍手赞妙。不料他又冷笑道：‘你也不要置身事外，你们父女水上功夫不弱，左右闲着，何妨一游海上，暗探盗情，在崇明小百姓身上，做点功德呢！’

“他这功德两字，比一道命令还厉害，不由老朽乖乖地答应，于是照他所说，一一搬演起来了。照实说，一切事都是他一人捣的鬼，沈兄功劳簿上，还应该大书第一功哩！”

鲁颠抢着说道：“你这一句话真厉害，一切事都是俺捣的鬼，难道说，那班送命的海盗，也是俺勾结来的吗？”一语未毕，众人又轰天大笑起来。韵娘、莺娘只笑得花枝招展，直不起柳腰来！

众人说说笑笑，潮已渐渐退去，天涯海角，已现出晓色来。一霎时，金蛇万道，紫霞一片，从东方海天相接处，涌出血也似的半轮红日来，倏升倏落了好几遍，才整个现出硕大无比的旭日，金光远射，照得岛上隐微毕露，木石华滋。尤其是初出朝阳，映照在韵娘、莺娘的芳容上，玉润珠圆，华光四射，虽是易钗而弁，一身渔装，依然难掩绝世之姿。沈、徐两人一宵鏖战，骤睹此动心震魄的姿色，又在这四面茫茫的孤岛上，仿佛海上蓬莱，忽逢仙女，无形中把一宵辛苦，都抛在九霄云外去了！

二人一看潮已退净，便先跳下石坡，指挥团勇们，一面检点林内殉难的尸身，预备载回去公议抚恤埋葬办法，一面又派一队人查看岛下停泊的船只，有没有被潮水卷去？并先派人回崇明报捷，吩咐去讫。

这时射入松林的日光，照出东一处、西一处的尸首，和丢下的标枪刀牌，触目皆是。团勇们左右搜寻，已把殉难的二三十具尸首搭在一处，其中有不少心头尚温，并未真死，无非受伤过重，流血过多，当时晕厥过去，经团勇们搬动一下，又悠悠醒了转来。

鲁颠、高公旦赶来查看，把随身带的金疮药敷上，尚不致废命。可是倒在林内的盗尸，不管他有救无救，一律抛入海中去了。

这时韵娘、莺娘两姊妹，手携手地遍游全岛。众人等了一忽儿，才见她们手上都拿着许多不知名的花草，兴匆匆地远远走来。

高老头摇头笑道："这么大的丫头，还是孩子气，怎么了！"

鲁颠大笑道："不久雀屏双选，佳婿乘龙，你的老境着实不坏！此地事了回家去，我来做个月老，撮合这美满姻缘吧！我这老饕也可大醉几天，大约这个冰上人，也稳操胜券的了！"说罢，向沈、徐二人一阵大笑，从怀内掏出多日不见那个朱漆酒葫芦来，高高一举，咕嘟嘟灌起酒来。

沈、徐二人都被他这几句话，弄得惝恍迷离，心头鹿撞，一时却又不便搭口。

恰好查看船只的一拨团勇回来报告，说是前岛停泊红旗队船只依然好好地泊着，只有后岛黄旗队失踪了好几只小船，大约被潮卷去。大船在开战时，已与前岛红旗队合并，幸免损失。现已派快艇通知五里外那队疑兵一齐驶近岛来，以便补充承载。崇明报捷的快艇，也已出发。

沈廷扬听取报告后，立时命团勇们飞速搬运尸首、伤病、器械等类，诸事完毕，拣了一只最大的船，请鲁颠、高公旦、韵娘、莺娘坐在一起，自己和洁人亲自陪着招待一切。照韵娘姊妹意思，便要立时回太仓文笔峰。经不得沈廷扬再三恳求，鲁颠和高公旦私下又另有计议，才一同向崇明进发。

这时合兵一处，解缆起锚，乘风破浪，一路浩浩荡荡，得胜而回，好不风光十足！将到崇明口岸，已见海滩一带万头簇簇，齐声欢呼。合邑绅士个个衣冠楚楚，站在码头上，后面排着披红挂彩的鼓吹手，大吹大打地欢迎凯旋人马。

第九章　凯旋后的雀选

当沈廷扬等大队袭击海盗的一晚，洪承畴坐镇在关帝庙公所内，连在病榻上的老父，都不敢回去看视，一夜不曾交睫，静候红旗报捷。接连派了几批探子，却都从半路上那队疑兵船上得些似是而非的消息。直到寅正，沈廷扬派人飞报，才把心上一块石头落地，立时分头知会绅士们。大街小巷从征团勇的家属，也得了喜音，立时欢声动地，不约而同都赶到海滩来盼望到来，家家扶老携幼，塞满了五六里长的一带海滩，也可算得崇明近百年内一桩无上光荣的大事！

这时洪承畴点齐留守的团勇，坐着十几号粮船，船头扯着欢迎旗帜，擂着得胜鼓，先从水路迎接前来。沈廷扬一见上流驶下一队粮船，第一只船头上立着丰容俊伟的洪承畴，心中大喜，慌拱手相迎。两船相接，洪承畴便跳过这边船，先致恭迎之意。沈廷扬也殷殷道劳，谢他留守之功。两人一番谦谢，接着便与高公旦、鲁颠等相见。前面那队欢迎船只，便掉转身来，一路细吹细打，作为先导，片刻抵岸。

一对对标枪手、火枪手，最后一对对又扛着胜利品，雄赳赳、喜洋洋排上岸去。沿滩一带的人们，震天动地喝起彩来，人人面上表现出一种热烈的情绪，简直笔墨难以形容！这班奏凯而回的团勇们，得着这种无上的尊荣，和一种无法形容的痛快，只有一面走着，一面向大众含笑点头，表现出双方热情间的默契。

等到团勇们统统上岸，只留少数团勇在最后几只船上，看守伤勇和殉难的尸首。岸上也有死者、伤者的家族，还在热烈欢呼，以为自己人也在上岸的一队团勇内平安回来，哪知已经长眠或呻吟着在最后船内哩！

这时沈廷扬、徐洁人、洪承畴陪着鲁颠、高氏父女等，也缓步上岸。一班绅士连忙一齐打躬施礼，趋前奉迎。立时乐声大作，一路迎到关帝庙公所来。顿时杀猪宰羊，大摆筵席，犒赏凯旋人马。

公所内几桌盛筵，自然鲁颠、高公旦、徐洁人、洪承畴儿位高宾首座，沈廷扬和众绅士殷殷招待。韵娘、莺娘两位女英雄，早由沈廷扬招呼本家和绅士家中几个知书识礼的闺秀名媛，迎到沈家老宅另筵款待。

这一天崇明的人们，不论老幼，个个欢天喜地，普天同庆。便是受伤殉难的人家，虽然免不了悲哀，却因当天沈廷扬在席上已和绅士们议定，殉难的遗属特别从丰抚恤，并且起造祠宇，春秋公祭。受伤的颁给医药之费，所以人人都赞不绝口。从此小孟尝三字，格外深印入崇明人脑筋内，无论什么事，只要沈廷扬一句话，无不唯唯从命。

且说当日公所内几席酒，宾主尽欢，直吃到日落西山才罢。沈廷扬又从新邀着鲁颠、高公旦、徐洁人、洪承畴等到自己家中，另摆精致酒席替众人道劳。大家顺便齐到客房中看视老洪相公。洪承畴一夜不回，此时陪众人到老父室内，一看自己父亲已衣冠整齐，扶杖而起，面色又润泽了许多，敢自一场大病，竟好了十分之九了，心中自是快活。老洪相公而且谈吐朗朗，向鲁颠、高公旦等一一为礼，显得精神奕奕。

他笑向众人道：“老朽这场病，多亏沈兄扶持，万不料竟好得这般快，真是叨扰沈兄和众位老辈英雄的荫福。昨天晚上记挂着沈兄杀贼，未知是祸是福，直到天亮时，得到凯旋捷报，这一喜非同小可，非但忘记了一宵不睡，连病根都似脱体了！喜得俺挣扎着下床来，扶着杖试了几步，竟像没有病一般！正想挨着出去给众位道贺，不料众位先光降了！”说罢，又向众人连连道贺。

大家谦谈几句，恐怕他不宜久坐，便辞了出来。洪承畴依然陪着到了外边大厅上，大家依次入席。这一席酒不比关帝庙内，大家略脱形迹，谈兵论武，吃得兴致淋漓。内宅女眷们，也陪着韵娘、莺娘浅斟细酌。到了晚晌，内外打扫卧室，给男女贵宾安息。

这当口，鲁颠却郑重其事地拉着徐洁人、沈廷扬，到另外一间静室内，悄悄谈了一阵，两人洗耳恭听，精神百倍，听到节骨眼儿，只齐说了一句："全凭老前辈成全，晚生们终身感激！"说罢，又连连打躬作揖。

鲁颠呵呵大笑道："既然如此，一言便定。我辈不必拘泥繁文缛节，大节目不错便得。明天我自有道理。"说罢，各自分头安息。

这一晚沈、徐二人睡得心安理得，香甜非常，连睡梦里都笑得闭不上嘴。人家说他们二人杀退海盗，全胜而回，自然快乐。但是聪明的读者，定已明白这两位少年的乐处，尚有不仅于此的！

闲文休絮，且说第二天洪承畴起来，别了老父，到前厅来会众宾，已见沈廷扬、徐洁人两人，神采焕发，陪着高公旦、鲁颠笑话生春，大家都喜气洋洋。可异的，沈、徐二人对于高老头儿，比先前更恭敬了许多，趋承得无微不至！最奇高老头儿竟居之不疑，也不似先时客气了，未免暗暗纳罕。又听说两位女英雄在内已改换女装，却不见出来。高老头儿口气之间，决定在今天率领两女回家，沈廷扬坚留不住，只好吩咐管家摆设送行的酒席，一面又预备妥稳快的坐船。

到了中午，珍馐罗列，水陆毕陈，比凯旋宴还要丰盛。韵娘、莺娘却依然不出来，直等到酒尽兴阑，高公旦起立告辞，命人通知二女，才见屏风后，女眷们拥出两位骈肩散馥、凤履含珠的美人来，只看这袅娜体态，绰约丰姿，谁信得昨夜血战场中，也献过身手呢！却见这两位女英雄，徐步转过屏风，便低下头来，梨窝微晕，脉脉含羞，只向鲁颠微一敛衽，便先自出厅上船去了，竟不与沈廷扬等周旋一下。便是沈、徐二人，也像害羞似的，低着头，避在一边。洪承畴冷眼看得诧异，一时想不出所以然来。接着高公旦笑吟吟与众人一一相别，沈、徐二人一路恭送出来。

百忙里不见了鲁颠，一忽儿，见他左肩扛着一支六合枪，右手并提着两柄雌雄剑，枪杆和剑鞘上，却都结着红绿彩绸，打着双扣同心结，余绸拖着尺许长，跟着步趋如风的鲁颠，一路红绿耀目，飞舞而来。

急匆匆来到高老头儿面前，笑道："这两件要紧东西，不敢叫下人们送下船去，此刻叫他们两人（指沈、徐）自己送下船便了。"

高老头儿笑道："这几件干脆我带下船去便了，教他们分拿着一路走去，未免不大合适!"说着，接过枪剑，拦住众人道："后会有期，不劳远送，请留步吧。"又向沈、徐二人道，"你们有客在此，不必远送。我诸事都托付鲁兄，你们有事，同他接头便是。"

沈、徐二人口内唯唯应着，脚下却跟在后面，直送到停船处所来。

鲁颠、洪承畴送到沈宅大门外，便回身进内。这时洪承畴心里一个闷葫芦，已从枪、剑的红绿绸上明白过来，却已来不及向高老头道喜。这时见鲁颠回身进内，笑道："老前辈大喜！这个月下老人，做得真是珠联璧合，美满绝伦！却怪老前辈怎的不先通知一声，害得晚生没有向高老丈贺喜!"

鲁颠大笑道："别人不知道尚可，你怎的会不知道，还待我通知你哩?"

洪承畴诧异道："咦！晚生是局外人，怎会知道的呢？晚生不看到红绿彩绸，此刻还在鼓里呢!"

鲁颠笑得跺着脚道："你是局外人，尊大人可成了局内人了，你且怨你尊大人没有通知你便了。"

这一来，洪承畴愈被弄得莫名其妙。鲁颠也不和他多说，一路笑着，回自己屋内去了。

洪承畴急匆匆来到自己父亲屋内，一进屋，一眼看见桌上摆着几件兵器，也结着花花绿绿的红绿彩绸，心里一开，两只眼盯在几件兵器上，竟舍不得离开。

老洪相公笑道："你看这几把宝剑不错么？"

洪承畴且不答话，过去把略短的双股合鞘雌雄剑抽出来，细细鉴赏。觉得剑光如水，寒气冰人，确是宝贝！剑镦上金线嵌出一个古篆"莺"字，而且剑鞘上似乎还留着似兰如麝的脂香。再把那柄单剑出鞘，却有三尺长，通体发出蓝荧荧的宝光，锋口上还隐隐留着海盗的血痕，大概昨夜匆匆战罢，没有拂拭干净。细看剑身近镦处，似有蝌蚪古文，因为细如发丝，一时却辨不出什么字，只镦上分明嵌出一个金线"韵"字，便知这是韵娘、莺娘的了，却又奇怪，怎的摆在自己父亲屋内呢？

老洪相公看他沉吟不语，笑道："想不到这两家美满姻缘，我这穷途病体，也忝作月下老人，真是想不到的事！"

洪承畴惊喜道："原来父亲也是媒人呀，怎的儿子一点不知道呢？"

老洪相公道："说也可笑，这位鲁颠老先生真是趣人，前一刻我也毫未知道，刚才没有多久工夫，他扛了一大堆红红绿绿的兵器，把这两件拿出来摆在桌上。匆匆一说高老丈的大小姐韵娘许给沈兄，二小姐莺娘许给徐洁人，双方都已说明白，便用乾宅、坤宅亲用的兵器交换为聘，硬叫我做个现成的媒人。他是女家的媒人，我便算男家媒人。他把男家聘礼送给女家，把女家兵器留在我这里，叫我转送男家。最有趣是沈、徐两家的男媒、女媒，同是他与我，实在完全是他一人包办，我算是陪衬罢了。可是这两段姻缘真是铢两悉称，在这凯旋以后，倒是一段佳话，我倒也乐爱撮合的！希望你将来续弦，也有这样佳偶才称我心哩！"

原来洪承畴娶过亲，不幸娶不到几时便赋悼亡，直到此时还没有择配，一半也因这些年境遇不顺，风尘仆仆，无心于此。却不料客途之中，父子逢到这样佳话，还替人做了撮合山。

也难怪老洪相公卧室内摆列盛筵，算是谢媒，一半也替老洪相公浇浇病根。这席酒当然是鲁颠和老洪相公首席。

酒过数巡，鲁颠笑道：“大事已了，我要告辞了。我这几天酒醉饭饱，却把俺几个小徒忘掉了，他们定是盼望得不得了！我们暂且别过，将来你们两位青庐交拜，再来叨扰喜酒便了。”

沈廷扬急忙离座，连连拜揖道：“晚辈有一点微诚，想老前辈俯允，晚生和徐兄洁人，对于武学一道，苦于求不到明师，得不到一点进益。这次杀退海盗，幸蒙老前辈大力扶助，才得凯旋，否则非但一方人民遭殃，连晚生和洁人两条性命也一齐送在里边！这样再造鸿恩，固然万不能让老前辈轻轻一走！便是晚生私情方面，好容易逢到老前辈这样恩师，真可说得千载难遇，情愿侍奉老前辈一辈子，也不放老前辈舍晚生们去的！”说着，便同洁人跪了下去。旁边老洪相公父子，也一齐替他们说话，委婉挽留他答应下来。

鲁颠大笑道：“你们且起来，听我明白告诉你们，如果这样，我便恼了！”

沈、徐二人没奈何，立起来，站在一边。

鲁颠笑道：“我平生施恩不望报，杀几个海盗乃是我本愿，算不了什么大事，此层且提开。至于你们两人武学不够，想求进益，倒是正事。照你们资质，也未始不可传授点真实本领，但是不用我亲身指点，我也没有分身功夫，这一层，我早已替你们安排好。非但替你们安排好，连崇明一方的人民，也替他们安排好保障了！”

沈廷扬、徐洁人被他这样一说，摸不着头脑。洪承畴却已明了，微笑着连连点头。

鲁颠笑道：“眼前的事，你们怎的还不明白？我替你们两人配了两个英雄无敌的美人儿，外加上一个白发苍苍的老将军，还不够做你们的师父了吗？还不够保障崇明的人民吗？你们要明白，我不是真想喝喜酒，才替你们撮合，我完全是替一郡人民谋保障，免得时愁海盗的蹂躏，顺便还替你们找到了老师。这一撮合，八下里都合适，还用得着我留在此地吗？”说罢，呵呵大笑，连喝了几杯，霍地立起身，迈步离席，便要告辞。

沈、徐二人和洪承畴父子，一齐死命拉住道："老前辈便是不肯屈留，也不必急急一走，好歹请终了席，再屈留一夜，明天待晚生们备好船只恭送。便是这儿绅商百姓们，谁不感戴老前辈驱除海盗的大德，这几天公所内，正商量着报德的办法哩。我们知道老前辈不稀罕这一套，业已对他们解释过。但是老前辈这样一走，绅民们要向晚生们请出老前辈来，教晚生怎样对付呢？"

鲁颠笑道："好，好，想不到俺还走老运，到了崇明，居然成了香饽饽了！你们既然这样诚意，我且不走。诸位请坐，咱们再来多喝几杯。"

沈廷扬等大喜，重新轮流把盏，谈笑起来。

这时洪承畴却愀然说道："晚生侍奉家父进京，不得已重又出仕，想不到半途奇遇，得逢前辈，且结识许多英雄，真是万分之幸！如果不因君命难违，晚生情愿和家父在此多盘桓几日，多亲近老前辈几天，也是好的！这几年晚生常有一点小小志愿，存在心坎。自蒙老前辈拯拔以后，时受家父训诲，不做官则已，既做官定须登贤除奸，以清君侧。也只有这一点志愿，可以报答老前辈拯拔的鸿恩！"

鲁颠虎目突张，停杯向他熟视了片刻，微微点头道："你这点意思，也是应做的事，尤其是地下的那位美人，大约天天盼望你有此一日哩！可是俺盼望你的并不在这上面，俺早已飘然世外，恩仇早忘，便是那奸相，恐已到恶贯满盈时候，也不劳你费心了！你此番到京城去，非但从此飞黄腾达，一帆风顺，恐怕将来旋转乾坤的重担在你肩上，也说不定！到了那时候，请你不要忘记地下的红粉知己，更不要忘记我们在此聚会的今日，这是老夫临别赠言，请你千万努力自爱！"说罢，一声长叹。

洪承畴听得汗流浃背，不知他说的主旨何在，连几句谦逊话都说不出口来。老洪相公也听得高深莫测，似乎含着极大用意，却摸不着根由，也弄得瞠目结舌。

再看鲁颠时，似乎大醉酩酊，口角歪斜，含糊着说了一句“我醉欲眠君且去”，便推席而起，脚底下画着之字步，一溜歪斜冲出书房去了。沈廷扬慌追出去，想去扶他，不料他脚步真快，一出书房门，便已不见，敢情回到自己卧室去了，便打发一个书童去伺候，自己回屋来应酬席上的众人。

沈廷扬回到席上，和诸人谈不到几句话，蓦见一个书童跑进房来，禀告道：“鲁老英雄并未回房，四处寻觅也不见影踪，不知到何处去了。”

老洪相公桌子一拍，立起来说道：“鲁公走了！”

沈、徐和洪承畴大惊，慌忙一齐离席，赶出书房去前后找寻，哪有鲁颠影子，直赶到河岸，向停泊船只探询，也没有消息，径自鸿飞冥冥，走得不知去向！这就叫“龙性难驯”，这种人物，独来独往，倏现倏隐，便像神龙一般，沈廷扬等怎挽留得住？何况他真有几个高徒盼望着呢！

说到鲁颠的高徒，上回高公旦口中只约略吐了一点，本回书中，便要补提鲁颠改头换面，同大盗混天猴、袁鹰儿到了河南，弄出许多奇奇怪怪的事来了。现在且把崇明沈廷扬等暂放一边。

且说河南彰德府属同山西潞城交界地方，崇山峻岭，路险人稀，出名多盗的山乡。一直从摩天岭起，到怀庆府玉星山止，凡是险恶的山头，都有绿林好汉，做那没本钱的买卖。那时节恰值河南、山西、陕西一带都闹饥荒，结果凶悍一点的饥民，便放下耕锄，捏起刀枪，投奔各山落草，所以河南、山西交界的一带的山头，强人出没无常，最小的山头也有几百喽啰，其中最出名的，要算玉龙冈玉面观音这一股，声势最大。

说起这玉面观音的来历，非常奇特。原来玉龙冈相近有一处地方，地名叫作三义堡，堡内为首大户姓路名鼎，从小聘请名师，练习拳棒，凡在豫、晋、陕一带山乡内的人家，因强盗时常借粮，没有一家不练习枪棒，保卫身家的。而且筑起土城子，要路口设起堡垒，公推大户为首，指挥一切。一有盗警，鸣锣聚起堡内各家男子，齐上土围子御寇。

这三义堡有四五百户人家，被路鼎训练得士饱马腾，同外来的盗贼打了几次胜仗，英名大著。从此各路绿林再也不敢到三义堡来骚扰。这时路鼎也不过二十多岁，已练得一身武艺，名震远近。不料有一天，在自己堡内跌了一个筋斗，却从这筋斗内跌出一个好老婆来。

原来他这三义堡内只有三姓，三姓祖先原是三个结义兄弟，隐居于此。后来子孙繁衍，便成了现在几百户人家的三义堡。三姓中只有路家财丁两旺。次之是袁姓，袁鹰儿便是袁姓中佼佼人物。

路、袁两姓外，还有姓李的一户。可是这一家的来历非常奇特，在二十年前，三义堡本已只剩袁、路二姓，李姓人丁不旺，业已断绝。这年忽然从外省来了两个逃荒的夫妇，自称夫妇二人，向以保镖为业，现愿隐居此地，吃碗太平饭。当时袁、路二姓看这对夫妇，举动潇洒，丰度出众，虽说逃荒，随身带的财物却也不少，偏又姓李，便允许在三义堡长居下来，不久便生下一男一女。后来老镖师的老伴身故，老镖师的一身武功渐渐被三义堡人们知道，请他教本堡的子弟武艺，袁鹰儿、路鼎二人也算是开蒙的门徒。

但这位老武师以前的来历及名号，从没有听他说起过。李武师沉默寡言，独来独往，也没有人敢问，只知他确有了不得的武功，而且是内家的一派。

这一家人丁单薄，只剩了姊弟两人，相依为命。姊名李紫霄，年才二九，是三义堡出名的美人儿。她的弟弟才九岁，乳名虎儿，长得活泼玲珑，眉目如画。姊弟两人真是三义堡钟灵毓秀的人物，没有一个不称赞、不爱惜的。但是老英雄不久去世，袁、路两人无非挂了个名，内家的功夫连皮毛都没有学得一些！虽然如此，路鼎感念师恩，时常周济他们。自从老英雄去世，几次三番，请李紫霄姊弟住在他家中。紫霄总推说热孝在身，不便叨扰，情愿姊弟两人孤苦伶仃，在一间小屋内，度那惨淡日子。一半也因路鼎尚未娶亲，须避嫌疑。

其实路鼎对于这位师妹，早已深深嵌入心中，每月打发人送米送柴，流水般送将过去，紫霄总是淡淡的，若即若离，有时路鼎暗暗同袁鹰儿商量，叫他也向紫霄探听口气，因为袁鹰儿也算是老武师的门徒，彼此都有同门之谊，袁鹰儿的老婆又同紫霄最说得上来，路鼎托他设法，原是高着儿。但是紫霄面若桃李，冷若冰霜，提到这上面，便默默无言，给你摸不着门路，恨得路鼎牙痒痒的，奈何她不得！知道她父亲一身了不得的内功，自己和袁鹰儿无非空挂了个名，一点也没有摸着，传说李老师傅的本领统统传给紫霄了。可是紫霄平日从没有露一手给人看过，也没有看见她自己练习过，看她平日弱不禁风的样子，谁也不相信老头子功夫会传给她！都说老头子一身好功夫，撩在棺材里头，实在太可惜了。

只有袁鹰儿，却一口咬定："李紫霄定有了不得的功夫。你不信，将来媒事成功，娶过门来，便可明白！"

路鼎问他："你从何处看出她有功夫来？难道她在你面前，露过一手两手不成吗？"

袁鹰儿摇头道："凡是内家功夫，不到真真交手时，是看不出来的，不比外家操练筋骨皮，摆在面前，一望而知。俺生平以得不到内家真实本领为恨，自从李老师父去世以后，俺春秋两季游历江湖，市场访求内家高手，总是无缘，有几个略懂内家门径的，够不上传徒，却从他们嘴上听来，说是内家功夫有几层功夫，全在一对眼睛上分辨，别的地方是一点看不出来的。俺仔细留神紫霄师妹，果然与众不同。虽说姣好女子，双眸剪水，异样精神，可是紫霄的一对秋波，从晶莹澄澈之中，又蕴藏着闪电似的神光，好像威棱四射，不可逼视一般。紫霄自己深藏若虚，深怕行家知道，故意低着头，不同人家对眼光，人家以为女孩儿害羞，其实她别有用意呢！"

他这样一说，路鼎格外心痒难搔，恨不得立时娶过门来，偷偷地拜在石榴裙下，称一声："知心的老师，快传给俺内功吧！"这样才心满意足！

却不料媒事尚无头绪，忽然平地生起风波来！因为路鼎威镇一堡，相近山头的强人，非但不敢招惹，而且改装富户，慕名拜访，互相结识。路鼎是个海阔天空的角色，明知人家不是好路道，总以为看得起自己，也是英雄惜英雄的意思，何妨来往交谊，这样一来，四近山头的绿林好汉，时常进出三义堡，外面也有点不好的风声。

袁鹰儿来得机警，忙知会路鼎，叫他谨慎一点。路鼎和这班人物走得起劲，怎好意思突然拒绝？偏在这当口，相近玉龙冈的塔儿冈一伙强人，劫了卫辉府一批饷银。官厅因为事体闹大，难以装聋作哑，侦骑四出，探出是塔儿冈强人作的案，夤夜调了一支得力军队，统兵的是卫辉总兵黄超海，这人马上步下功夫都十分了得，只是性情暴躁，凶猛异常，出名的叫作黄飞虎。他手下一个副总兵刁干，武艺平平，却是好色贪财。这两人统率着一队大兵，一路耀武扬威，作威作福，弄得百姓叫苦连天。

三义堡偏是进剿玉龙冈、塔儿冈的要道，是这队兵必经之路，早由三义堡的人从前路得着消息，报与路鼎、袁鹰儿知道。

两人一商量，知道官兵过境，看得本堡富庶，定要进堡骚扰。又素知副总兵刁干是个无恶不作的角色，他们一路扯着官兵旗号，百姓吃了亏，还没处申冤，定须想个妥当办法才好。

袁鹰儿皱眉道："如果不叫他们进来，定必加上我们窝盗窝赃的罪名；如果让他们进来，我们三义堡妇女老幼，定被欺侮，三义堡的英名也从此完了。依我主见，不如给他个软硬俱全。我们村南、村北两条要路的碉堡，和连接碉堡的土城子，赶快整理一下，布置好一切守卫，多备点鲜明兵器旗帜，给黄飞虎看看我们三义堡不是好惹的！一面我们宰几只猪羊，备几坛土酒，等官兵路过时，推举堡中几个老年人迎上前去，表示我们箪食壶浆以迎王师，也算尽了我们地主之谊。就在那时节，好言对他们说，请他们不必进堡，免得鸡犬不安。好在他们到塔儿冈，原不必进堡来，咱们土城子并没有碍着官道，谅堂堂官军，也不能不讲理。”

路鼎点点头道：“这样也好，我们也不能不预防万一。”

正说着，外面走近几位年长的老头子来，路、袁二人一看，都是两姓的前辈，慌立起身迎接。

为首的一位，长须如银，约莫有七八十岁，腰板笔挺，很是精神，首先说道：“两位大约正商量官军的事。现在听说官军前站，离此已只二三十里路，这一路只有我们这三义堡还像个样子，难保他们不进来无理取闹，两位想个妥当法子才好。”

袁鹰儿便把商量好的办法一说，几个老者互相讨论了一下，也只可这样办。有两个老者便答应押着犒军羊酒，当天迎上去。说毕，路鼎即派人备好了应用物件，挑选了二十个壮丁，挂了花红，两个老者骑了牲口，押在后面，立时动身去了。欲知如何，下集分解。

注：本集合作出版社民国三十一年十一月初版，总发行：北京书店天津支店。

第二集

第十章　李紫霄与小虎儿

话说路鼎听说官军过境，一面布置守堡，一面派了二位老者押着羊酒，迎前犒接官军，出发时候刚才午正。路、袁两人打发这班人去后，立时鸣锣聚集路、袁两姓壮丁，宣布了意思，立时在土城上按平日分派职守，各依方位，布置得兵甲森严。路、袁两人也暗藏软甲，带着兵器，站在官军来的要路口第一座土堡上，静候消息。

不料等到日色西斜，尚未见犒军的回来，正想派人迎接，忽见对面官道上尘土起处，一匹马驮着一个人，捧着一面红旗，飞也似的驰到堡下，勒住马，仰面大喝道：“黄将军有令，此地邻近塔儿冈，难免没有强人藏匿，暗探军情，特命俺唤取此地为首之人，到军前听候问话，怎的关闭着这鸟门，是何道理？现在没有工夫同你们多话，快叫为首的滚出来，随俺去复命！军令如山，谁敢不从？快叫那人出来。”

这人这样耀武扬威地一来，几乎把堡上路鼎肚皮气破，立时便要发作。袁鹰儿慌忙止住路鼎，探身向下问道：“你既然从大军前来，当然知道我们这儿已有村中几位长老，押着花红羊酒迎上前去，那几位长老便是俺们为首的人。再说俺们这三义堡是强人的硬对头，吃了俺们好几次亏，谁敢到这里埋伏呢？”

袁鹰儿话未说完，马上那军健大喝一声道：“哇！闭上你这鸟嘴！你们宰了几口不花钱的猪羊，差了几个老废物，到俺们大军前装穷说苦，想哄小孩子不成？老实对你们说，你们这样诡计，不要说黄将军不听这一套，便是前站先锋尢副总兵那一关就难过去！你们想那几个老废物回来也容易，只要唤出你们为首的人，乖乖跟随俺去好了。”

路鼎忍不住大喝道：“叫俺们为首的去，有什么事？你且说个仔细。”

那军健一抖缰绳，滴溜溜马身一转，回头望着路鼎，看了又看，用马鞭一指道：“怪不得尢副总兵早已探得你们同强人暗通声气，现在一看情形，果然很对，好的，你们等着吧！”说毕，刚待扬鞭催马，猛地堡上一声大喝：“狗才，着镖！”喝声未绝，那军健已翻身落马，痛得满地乱滚。

原来，堡上路鼎听得话头不对，知已凶多吉少，气不过掏镖在手，给了军健一镖。路鼎的毒药镖很有名气，发无不中，这一镖正打在军健后腰，药性发作，顿时死掉。

袁鹰儿一看事已做了出来，慌差人下堡，把尸身收拾，那匹马也藏到一边，正待和路鼎商量对付办法，猛见官道上尘土大起，一批军马打着先锋旗号，一霎时前面一面镶边大旗，招展出一根大“刁”字来。看去有一百多个步卒，二三十个骑兵，骑兵在先，步兵在后。当先大旗底下一匹点花青鬃马，骑着一个尖嘴薄腮、全副甲胄的副总兵刁干，背弓挂箭，鞍横一柄春秋刀，催马到了距堡一箭路，便喝住后面军马，踞鞍望上观看，土城上已排列着麻林似的标枪，旗帜耀目，很是雄壮。刁干似乎吃惊的样子，回头向身后骑马的几个偏将、把总之类说了几句话，便见旗影一动，人马雁字般排开，由许多步勇推推搡搡，拥出几个绳束反绑的人来。路鼎、袁鹰儿急看时，原来军前捆绑的人，正是派去犒军的几位老者，和二十个壮丁。

这一来，连袁鹰儿也双眉倒竖，怒火高升。堡上和左右土城子上面排列着的壮丁，个个愤怒填胸，齐声大喝道：“这哪是官军，比强盗还不讲理！俺们一番好意去犒接官军，反而受了这样折辱，世界上还有理可讲吗？既然这样，俺们齐心合力，打掉他们再说！”

接着一片喊杀之声，震天而起，那堡下刁千和一班步兵、骑兵也似有点气馁，想不到这区区三义堡，有这样声势。

刁千两只鼠眼一转，计上心来，一拾缰绳，跑出旗门，向堡上一指道：“大军过境，你们居然盛张兵卫，闭堡阻抗，莫非真想造反吗？”

不料他神气十足向堡上大声呼喝了几句，堡上睬也不睬，一个个壮丁张弓搭箭，朝着他怒目相向。

刁千讨了没趣，正想回马，猛听得堡门内震天价一声大响，堡门大开，泼剌剌冲出一匹黑炭似的骏马，马上跨着威棱四射、身体魁梧的路鼎，倒提着一柄长杆截头大砍刀，身后五十几个壮丁，一色短衣窄袖，包头扎腿，雄赳赳挎刀提枪，一阵风似的卷出堡外，一字排开。

路鼎大刀一横，双腿一夹，冲上几步，向刁千喝道：“俺们三义堡累世清白良民，不幸这几年四面盗贼蜂起，时来薅恼，屡次禀请官府，一概装聋作哑，任贼横行！俺们三义堡几百户人家，没有法子，才挑选壮丁，设起保乡团练，自卫身家，几次同强人对敌，幸能保全一村老小。现在府里派黄将军进剿，总算为国为民，所以俺们略备羊酒，聊表微意，并请你们顾念百姓，整肃军纪，不要扰及平民，这原是一番好意，不料你们把俺长老们当强盗般绑了起来，这是何道理？请你说个明白！”说罢，虎目圆睁，直注刁千。

刁千冷笑一声道：“见了本先锋还不下马请罪，竟敢耀武扬威，强词夺理，真是大胆狂徒。”说到此处，又是一声大喝道，“狗才报名！”

路鼎哈哈一声狂笑道：“谁不知道三义堡路鼎是个磊落丈夫，血性男子！你如果知道统率官军，全在除暴安良，保护百姓，立时把这班人释放回堡，而且严令不准一兵一卒，进堡啰唣，这样，俺路鼎立时下马给你赔礼。”

刁千一听这些话，气得满面通红，指着路鼎骂道：“原来你就是路鼎呀！怪不得有人指名告你暗通强人，谋为不轨！看你这样目无官长的举动，也用不着三推六问，准是强人无疑。今天本先锋统军到此，为的是明查暗访，察看真假。想不到你胆大如天，悍不畏死。照理说，擒住你这区区之辈，也不费吹灰之力，现在本先锋姑且法外开恩，让你投案自首，免得大军压境，玉石俱焚！这是本先锋一番好意，你且仔细想想。”

刁干这番话并不是真有好意，其实他看得堡上堡下，兵备森严，路鼎横着一柄厚背阔锋截头刀，天神般雄视一切，感觉事情有些棘手，自己心中计划有点行不开。

原来他一路统军而来，派了几个心腹，沿路打听某村有多少富户，某处有无绝色女子，以便随机恫吓，财色双收。将近三义堡境界，早已安排好计划，想在堡中大大地抽一笔油水，尤其是他手下几个营混子，替他打探明白，知道三义堡内有个李紫霄色冠全堡，同时也探出路鼎英雄，不大好惹，所以安排好通盗罪名。偏逢堡中父老担酒牵羊，前往犒军，正迎着刁干的前站人马，立时不分皂白，先来个下马威，统统捆绑起来。他以为来犒军的定是堡中为首之人，路鼎谅必在内，哪知偏出所料，细细一问，并无路鼎，立时差一军健，骑匹快马，背着令旗前往传唤，自己统军随后，急急赶来，满望借着军威王法，当头一罩便成。哪知路鼎已把先到军健打死，势成骑虎，索性满不听他这一套，弄得大僵特僵。这时他想自找台阶，又要出花招儿来，说了一番哄人的话。

路鼎哈哈一笑道：“在你口中，左一个强人，右一个强人，硬指定我是强人！大约你知道玉龙冈的强人降伏不下，想把三义堡当作玉龙冈，杀几个平民百姓，好去献功，容容易易地便升官发财了。老实对你说，你想动三义堡一草一木，须放着路鼎不死。”

这一来，刁干计穷智尽，羞恼成怒，向左右一声大喝：“擒了他过来！”

这一喝令，旗门开处，便有两条枪，两匹马，双将齐出，直冲过来。

路鼎一声冷笑，并不动身，等待枪临切近，猛可里霹雳一声大喝，一催战马，只抡刀向左右一扫，咔嚓一声，双枪齐折，路鼎顺势用刀背一拍，转身又用刀柄一击，两个偏将连招架工夫都没有，一个滚落马前，一个跌向马后，立时拥上几个堡勇，掏出绳束捆个结实。

路鼎呵呵大笑，用刀一指道：“这样脓包也想到玉龙冈去，真是好笑。如果不服输，连你也难逃公道了！”

这时刁干面上真有点挂不住，暗想路鼎果然名不虚传，便是自己出马，也是白饶，看来强龙难斗地头蛇，今天同他用强是不成功的了。正在进退两难之际，万不料路鼎胆大包天，一柄刀，一匹马，一声不响，直奔自己过来。这一下，真把他吓得冷汗直流，慌忙带转马头，退向队后。哪知主将一动，一班兵卒吃了齐心丸似的，个个转身便跑。刁干也身不由己夹在骑兵当中，没命地向来路逃走了。捆绑在军前的几位父老和二十余个壮丁，却纹风不动。

路鼎看看大乐，慌忙止住堡勇，先把捆绑的长老释放，堡上袁鹰儿看得清楚，也下堡迎接。路鼎押着两员偏将，率兵进堡，一时欢声动地，个个都说官军这样不济，也来太岁头上动土，未免可笑了。独有袁鹰儿默默无言，跟着路鼎布置好看守土城的堡勇，两人一同回到路宅。

这时已掌灯火，路鼎留住袁鹰儿一同饮酒，商量办法。

袁鹰儿道：“今天这一下，和刁干已结下了深仇。这人武艺虽不足惧，却要防他诡计。他主将黄飞虎武艺不在你我之下，也是一个劲敌，再说他们究系官军，万一刁干在黄飞虎面前挑拨是非，真个大军压境和俺们对垒起来，俺们弹丸似的土城，几百个堡勇，如何抵挡得了，非要想个釜底抽薪的法子才好。”

路鼎大笑道：“这样不济事的军马，多来几千几万，何足惧哉！便是黄某有点虚名，谅也没有多大真实本领。”话还未毕，猛听得轰天价一声炮响，连地皮都有点岌岌震动。

袁鹰儿酒杯一顿，喊声：“不好！”

正想出外探问，忽见一个堡勇飞步进来报道：“黄飞虎亲统大军到来，在五里外安营，刚才一声响，便是官军安营信炮。”

一语未毕，接连又跑进几个堡勇，飞报道：“无数官军已把前堡围住，刁干引着黄总兵已在堡下，指名要堡主答话。”

路鼎霍地推案而起，大喝道：“俺正要他们到此，待俺出去会一会黄某是否有三头六臂。”说罢，提了截头刀，便要趋出。

袁鹰儿慌拦住道：“且慢！这般时候，他们急急到来，定必倚恃人多势众，乘此天晚夜黑，混战袭堡。事已到此，只有先布置好坚守的东西，再和他们交战。事不宜迟，路兄请先上堡指挥，待俺召集全堡户口，不论老幼妇女，合力助战，方可抵挡得住。”

路鼎一面答应，一面已大步踏出，袁鹰儿也急急知会老幼去了。

路鼎出得自己大门，抬头一看，堡外火光烛天，一片人喊马嘶之声，自己门口排着一队近身堡勇，已替他备好战马。路鼎一跃上鞍，领着这队人马，飞也似的来到前堡，只见堡勇们一面张弓搭箭，一面搬运灰土木石等一切守城之具，却都暗地布置，并不举火，人心也并不慌乱，这也是平日路、袁两人教练有方的成绩。

路鼎下马趋上第一层堡垒，攀住前垛，向外一看，只见灯球照耀如同白日，火光中照耀出无数官军，一层层按着各队旗色围住土城，静立无哗，似乎没有攻堡的样子，中间大纛底下，却设有一把折叠蒙皮的交椅，虎也似的踞着一个全身甲胄的雄壮汉子，面目却看不清切，身后排着许多的将弁，似乎刁干也在其中。

这时忽有两匹马驰近堡下，大喝道：“上面听真，将军有令，叫你们为首的路鼎下堡答话！怎的还不现身？如再支吾，立时下令进攻，踏平全堡，那时不要后悔！”喊毕，泼剌剌又跑回去了。

路鼎大怒，等不及袁鹰儿到来，便想出战，刚一转身，猛见磴道上缓步走上三个人来，头一个袁鹰儿满面喜气洋洋，和初闻官军到来一副匆遽神气截然不同，路鼎却不同他招呼，怔怔地只望袁鹰儿身后，原来他一眼瞥见袁鹰儿身后，跟着一个天仙似的李紫霄。

这时李紫霄虽然依旧一身缟素，头上却包了一方素巾，腰上加束了一根丝绦，练裙微曳，露出窄窄弓鞋，扶着虎儿的肩头，袅袅婷婷地走上堡来。

路鼎初时很诧异，心想："袁鹰儿真荒唐，便是叫老幼出来帮助守堡，也不能叫她和这小孩子出来。"谁知再定睛一看，又大为惊奇。

原来弱不禁风的李紫霄，身后却斜背了一柄函鞘长剑，连小虎儿也挂了一具小小的皮囊，而且凸凸的似乎装着暗器。蓦地记起袁鹰儿说过，她得了李老英雄真传，今日一看，谅非虚语，但是平日见她荏弱样子，终有点信不及。

等三人走上堡来，慌躬身相接道："师妹、师弟，何必亲自驾临！弓箭无情，便在这堡上也不妥当，万一有个闪失，愚兄如何对得起地下恩师？依我说，袁兄，还是请师妹安心回府吧。"

袁鹰儿还未答言，李紫霄嫣然微笑道："今天不比往常，全堡老幼性命，全在路兄、袁兄身上，既然袁兄集合全堡老幼分头助守，愚妹虽然女流，岂能安坐闺中，好歹也要凑个数儿，再说，咱们三家先世义结金兰，手创此堡，也费了无数心血，今天大难当头，只有路、袁两姓拼命出力，没有敝族一人，于义亦属不合，敝族虽然式微，愚妹和舍弟也应唯力是视，以报九原之心，以全三义之谊。"

这一番话，非但路鼎佩服得五体投地，连连打躬，便是左右一班壮丁也被这番话感动得忠义奋发，勇气百倍了。

袁鹰儿拍手笑道："路兄，师妹说的话，你听到吗？这番大道理，你驳得倒吗？这你就知不是俺请她老人家出马的，事后可不能怪俺了，而且俺也曾极力劝她，同众妇女们到后堡去助守，后堡官军还没有合围，万一前堡有个闪失，众妇女从后堡逃走，也容易一点。万不料俺说了这几句不中听的话，受她一顿教训，说出来的道理，真愧死俺们男子了，没法才一同到此的。"刚说到此处，猛听得堡外震天价又是一声炮响，接着官军大队天摇地动地喊起攻城来。

路鼎还痴心想让李紫霄、虎儿二人回家去，满以为堡外这样一威吓，女孩儿家哪经过这样阵仗，定是吓回家去的了，哪知偷眼看李紫霄，镇定如常，比自己还来得落落大方，最奇小小年纪的小虎儿，一手摸豹皮囊，在垛口上东一张，西一探，竟似馋猫找食一般，不禁暗暗称奇。这时堡外已紧张万分，一时顾不了许多，向袁鹰儿道："你不必出阵，千万保护着师妹、师弟，我去杀退了黄飞虎再说。"

袁鹰儿张嘴正想说话，李紫霄秋水为神的一双俊目，电也似的向袁鹰儿一扫，接过去笑道："路师兄只管放心下堡，待愚妹预祝师兄旗开得胜，马到成功。"

这几句俗不可耐的话，出诸李紫霄口中，听在路鼎耳内，比大将军出师，皇帝亲行推毂大典，还要荣耀，还要舒服，只喜得路鼎趾高气扬，哈哈大笑道："不是愚兄夸口，像这种鼠辈，无非到此送死而已。"说毕，举刀一挥，堡楼上擂起战鼓，一队出战壮丁排队出堡。

路鼎跨上战马，押队提刀而出，到了堡外，约住队伍，一马当先，却又回头向堡上一望，只见李紫霄已飘飘若仙地立在垛口，和袁鹰儿指点官军。

路鼎想在李紫霄眼前卖露自己本领，横刀直冲垓心，大呼道："三义堡路鼎在此。"

喝声未过，官军队里闪出一匹马，一员将来，提着一支长枪，直奔过来。

路鼎举目一看，只见来将身躯虽然魁梧，坐在鞍上，晃晃漾漾的不稳，一看便知不济。路鼎哪把他放在心上，更懒得和他搭话，两腿一夹，直迎上前，来将似想张口，不料路鼎觌面便拦腰一刀横扫过去，慌得来将举枪迎格，无奈心慌意乱，未及一合，竟被路鼎斩于马下，路鼎正待枭取首级，官军队里一声大喝，又是一个手抡双锏的战将，飞马而出。路鼎一看来将颇为精悍，便横刀踞鞍，来个以逸待劳。

那将骤马而来，喝一声："大胆村夫，竟敢戕杀命官，看俺取你首级！"喝声方歇，两马已交，双锏盖顶而下。

路鼎喝声："来得好！"举刀往上一迎，格开双锏，顺着双马盘旋之势，一个独劈华山，向那将后脑劈下。那将也颇知趣，未敢翻身，一催战骑，向前一冲，避过刀锋，重又回身迎战。这样一来一往，战了几十合，路鼎杀得兴起，把一柄长杆阔锋截头刀，舞得呼呼山响，逼得来将心慌意乱，原想虚晃一锏，跳出垓心，不意路鼎这柄刀，力沉势猛，快捷如风，哪有脱身的地步，一个招架不住，便被路鼎拨开双锏，当胸砍入，甲破血飞，滚落马下，那匹战马却自回阵去了。

路鼎一连斩了二将，得意扬扬指着官军喝道："不济事的少叫出来送死，叫你们黄飞虎自己出来，我有话说。"路鼎喝毕，却未见官军答话，只见旗影翻动，战鼓雷鸣，一忽儿从大纛底下趋出一二百个异样服色的官军来，火光耀处，只见这队官军个个都蒙着虎皮，一律荷着倒须挠钩，远望去便像一群斑斓猛虎。

这群虎皮兵出队以后，又是一个高大的虎皮军弁，双手捧定黄字帅旗，飞也似的抢出阵来，将到路鼎相近，帅旗向旁边呼呼一摇一摆，猛可里霹雳般一声巨吼，从旗影下突然飞出一员步将，倒拖一条黄澄澄、粗逾核桃的熟铜镏金棍，一现身，便一个箭步蹿近路鼎马前，举起铜棍向马头砸下。这一下势如疾风暴雨，锐不可当！

路鼎眼光正注在那面帅旗上，想不到旗后隐着一员步将，人还未看清，猛孤丁地便赶上前来。换了别个，这一下马头先来个稀烂，幸而路鼎究是惯家，跨下也是名马，向后略一退步，横刀一格，当的一声，火星四迸，总算把棍扫开。这一碰一格，两下里都明白，对方兵器、膂力势均力敌，却不料那员步将凶悍异常，一看当头一棍砸不了人家，立时改变花样，嗖嗖嗖，左一个枯树盘根，右一个乌龙扫地，专在路鼎马前马后，马腰马腿，乱捣乱扫，忙得路鼎左顾右盼，前挑后拨，夹着马团团乱转。

可是一个马上，一个马下，加着那员步将举步如飞，器沉势足，路鼎自然老大吃亏，一发狠，纵身一跃，跳落马背，恶狠狠提刀指着步将喝道："哪里来的蛮汉，你爱步战，咱便与你步下交手，但是好汉须通上名来!"

那步将此时却也对面立定了，指着自己鼻子笑道："你不是要会一会黄飞虎吗？本总兵便是！我看你也是一条好汉，怎的同强人暗通声气，劫杀官军，做出埋名灭族的勾当来?"

路鼎仔细打量黄飞虎，见他矮矮的身躯，紫巍巍的面孔，却长得虎头燕颔，铁髯如猬，颇为雄伟，即大喝道："你休听刁干胡说，俺们清白良民，岂肯辱没祖先！你们倚势凌人，信口诬蔑，有谁见俺同强人来往，有何证据为凭?"

黄飞虎哈哈大笑道："如果真是清白良民，还能提刀杀戮俺的部下吗？今此话暂且休提，只怨他们脓包，死不足惜。你同强人有无瓜葛，也挂在一边，现在咱们用真实本领来较量一下，你胜得了我，本总兵一概不究。如胜不了我，只有两条路，让你自择，第一条是活路，从此在我手下，做个军官；第二条是死路，便是杀身灭族。这两条路让你挑选。"

路鼎大笑道："好，好，咱就较量一下再说!"说罢，两人各自抖擞精神，酣战起来。

两人这样各逞武艺，才是棋逢对手，斗了一百多回合，兀自不分胜负。

堡上观阵的袁鹰儿，恐怕路鼎有失，和李紫霄带了一小队堡勇，出堡来掠阵。小虎儿也不肯落后，依然跟在李紫霄身旁，惹得对阵官军诧异非常，尤其是隐在旗门后的刁干，看见了李紫霄，馋涎欲滴，恨不得飞马过去，抢了过来，却见李紫霄身旁立着一个棱棱的汉子，双手提着两柄西瓜般的大铜锤，便不敢冒昧，只希望黄总兵一棍打死路鼎，挥动军马杀过去，便可如愿以偿，不料他这番痴心，几乎被他料着。

原来，这时路鼎和黄飞虎又战了许久，虽然旗鼓相当，却只吃亏了手上使的是长家伙，在马上固然挥霍有余，这番下马步战，却嫌累赘，黄飞虎又是步战惯家，手上熟铜棍又是步战利器，初时并未觉得怎样，战到一百多合开外，便觉相形见绌了。

这时黄飞虎看出便宜，奋起凶威，把一根铜棍舞得呼呼山响，招招都是利害招数，逼得路鼎渐望后退。路鼎心里一急，蓦地生出急智，故意虚掩一刀，向斜刺里拖刀败走，黄飞虎笑喝道："无知村夫，在老子面前休想用拖刀计!"

路鼎闻言暗喜，故意脚步放缓，暗地刀换左手，掏出毒镖来，蓦地一回头，右臂一扬，喝声："着!"

黄飞虎真也辣手，他虽料不着敌人拖刀计是虚，施暗器是实，却也逐步留神，一见路鼎放镖，微一停步，只举手一抄，便把迎面飞镖抄住。路鼎见头一镖落空，正想施展连珠镖法，黄飞虎已提棍赶来。

路鼎一个箭步，蹿离丈许远，正待回头放镖，不料脑后一阵寒风袭来，路鼎喊声不好，慌一低头，以为黄飞虎也施袖箭、飞镖之类，低头便可避过，哪知黄飞虎惯用类似套马索一类的东西，从小练成的绝技，这种套马索不用时，藏在胸兜内，临用时只用手向胸兜一探，顺势向外一抛，便抛出五六丈长的索子，这种索子是用牛筋细发绞就的，头上绾着一个大圆圈，打着活扣，套住人和马时，只向后一抖，便把人马捆住，顺势一拉，像风筝般连扯带收，捆了过来。黄飞虎倚仗这套马索，擒降无数马上勇将，因此得了威名。此时路鼎一施飞镖，把他套索引了出来，而且出于路鼎意料之外，一低头时，当头罩下的套马索，已扣住颈项。

路鼎心里一急，反臂一刀，想把绳索砍断，哪知这种牛筋细发绞成的绳索坚韧异常，而且黄飞虎手段何等迅捷毒辣，刀方砸下，人已跌倒，原来套住脖子的活扣儿，经黄飞虎用劲一收，立时紧紧地扣住路鼎咽喉，这一下猛劲儿，非但咽喉被人扣住，连大气儿也几乎背了过去，所以想举刀砍索时，那边猛力一扯，当然跌倒，哪有还手的工夫。

在这危及一发当口，眼看路鼎要被官军生擒，想不到黄飞虎蓦地一声狂吼，右手甩掉套马索的皮套儿，急急捧着面孔，回头就跑，同时各人眼前一亮，宛似堡下飞起一只大白鹤，却似闪电般落在路鼎身旁。

众人急定睛看时，原来便是一身缟素的李紫霄。却见她宝剑出鞘，只随意一挥，便把路鼎项上拖着的套索斩断，路鼎这时绝处逢生，真合得上感愧交萦的那句套语，一骨碌跳起身来，自己解掉项间活扣，恶狠狠便要提刀赶去。

恰好袁鹰儿也自赶到，挽住路鼎道："路兄息怒，黄飞虎没占了半点便宜，反而吃了大亏，这一下已够他受的了，你看他们自己也鸟乱起来了。"

路鼎不解，向官军队里一看，果见他们弓箭手在前，后面旗影翻动，也步步退去，猛想起黄飞虎为何不见，正想启问，忽见李紫霄身后转出小虎儿，拉住李紫霄衣襟问道："姊姊，你看那边装老虎吓人，想射死俺们咧，俺再赏他几下吧。"

李紫霄笑喝道："不许你胡来，快随俺回去。"一手拉住小虎儿，笑对路鼎说道，"今晚他们不至攻堡，同他们这样厮拼，也非了局，不如暂先回堡，从长计议吧。"说罢，和小虎儿径自姗姗回堡去了。

路鼎还想再决雌雄，经不住袁鹰儿死拉活扯，才劝住收兵回堡，好在那边官军，因为主将受伤，也不敢轻放一箭，副总兵刁千更是明白自己不济，只调弓箭手挡住阵前，后队作前队，步步向后退去，等得路鼎收兵回堡时，官军已退下里把路了。

路鼎和袁鹰儿回到堡上来，问起黄飞虎正在得手，如何便吃了亏，收兵退去？

袁鹰儿笑道："我真佩服小虎儿，这样小小年纪，有这样智谋，这样本领，将来真不可限量，谁也料不到李老师傅留下这样一双姊弟，更想不到咱们三义堡有这样人物，而且还是出在人单丁薄的李姓家内。"

话还未完，路鼎急得跳起脚来道：“你怎的变成这样婆婆妈妈的脾气，我问的要紧话不说，老绕这大弯子做啥?”

袁鹰儿笑得跺脚道：“你且休急，听我说呀！当你下马步战时候，紫霄悄悄对我说，断定你要吃亏。她说了这句，却向小虎儿耳边低低说了几句话，等得你们一追一赶，施展毒药镖当口，小虎儿已溜步到你们近处。你果然无暇顾及，便是黄飞虎也心无二用，小虎儿一个小孩子家，官军也注意不到，等到你吃亏跌倒，俺急得没法当口，却在那一霎儿工夫，小虎儿伸手在豹皮囊中掏出两枚金钱镖，觑准黄飞虎，悄没声儿地双手齐发。黄飞虎总算祖上有德，两眼没有全废，一枚着在眉心，弄得血流满面，掩脸而逃。这一下，大约黄飞虎也够受了。最惊奇的，黄飞虎掩面而逃的当口，紫霄师妹金莲一点，便像白凤凰似的凭空飞出五六丈远，并不落地，只在半天空里再一叠劲，便飞落在你身旁了。你想这种燕子飞云纵的功夫，从来只有耳闻，并未目见，想不到出在咱们三义堡女子身上，岂不可喜？而且这位绝世无双的俏佳人，又是你的……”

路鼎一听明了来踪去迹，不待他再说下去，拉住袁鹰儿，拔脚便向堡下跑去。袁鹰儿被他一路拉着没命地飞跑，闹得个脚不点地，外带着昏头昏脑，不明所以，路上连连问他是何意思，路鼎偏不搭理，一忽儿工夫，被路鼎拉着跑到李紫霄家门口。

第十一章　三义堡与玉龙冈的关系

袁鹰儿这才明白，呵呵大笑道：“我的路爷，原来你想谢谢人家救命大恩，为何不早说明，害得俺跑得满身大汗，这是何苦呢?”

路鼎哈哈一笑，正想答话，猛见两扇短短的篱笆门内，蓦地跳出小虎儿来，指着两人憨笑道：“我道是谁在俺门口失神落魄，原来是你们两人，你们来此作甚?”

路鼎慌赔着笑脸说道：“小弟弟，师妹在家吗?”

小虎儿点点头，两只黑漆似的小眼珠儿，骨碌碌向两人看个不停。路鼎心里急于要见李紫霄，拉着袁鹰儿便向门内迈步，不料小虎儿两只小手一拦，笑嘻嘻再回手向自己鼻尖一指，道：“先还我宝贝，再见姊姊去。”

两人茫然，你看我，我看你，一时答不出话来。

小虎儿一张粉搓玉琢的小脸蛋儿，顿时绷得鼓一般紧，两个小眼珠滴溜溜一转，冷笑道：“唉！亏你们养得这么大，刚才的事儿，便忘记了！”边说边向路鼎脸上一指，道：“我为你失掉了两枚金钱镖，难道好意思不赔俺吗?”

路、袁两人猛然觉悟，路鼎更为惭愧，慌向小虎儿作揖道：“我的小弟弟，今天愚兄真亏了小弟弟！岂但那两枚小小金钱镖赔还，小弟弟要什么东西，愚兄只要有法子想，都要送给小弟弟的，愚兄同袁兄到来，便是向师妹、师弟道谢来的，你不知愚兄心里这份感激，不是嘴上说说便能算事的。小弟弟，日子长着呢，你看着吧！”

路鼎刚说到此处，李紫霄已从屋内姗姗出来，一面同路、袁两人敛衽为礼，一面数说小虎儿道：“小孩儿口没遮拦，又向人使刁了！平日怎样说你来的？”

小虎儿咬着指头，一蹦一跳跑到篱外去了。

路、袁两人慌打躬说道：“师弟并没有说什么，俺们来得鲁莽，乞师妹原谅。”

李紫霄一笑，引两人到了屋内坐下，笑说道：“官军虽然退去，未必甘心，今晚倒要格外当心！两位师兄怎的还有闲工夫光降呢？”

这样一说，路、袁两人格外钦服，显得自己举动躁切。路鼎心有别注，也顾不得这许多，倏地立起来，便向李紫霄裙下拜倒，真来了个五体投地。

李紫霄大惊，慌退在一边道：“师兄为何如此？岂不折煞愚妹。”

这时袁鹰儿开言道：“路兄在堡外交战时，顾不及旁事，收兵回堡，经俺说明，才知师妹救了他。路兄不听则已，一听到这话，拉着俺一阵风似的便跑到府上叩谢来了。”

李紫霄刚要答话，不料路鼎直挺挺跪在地上，两手乱摇道：“不是这个意思，俺今天跪在师妹面前，是有求而跪，并不是谢恩来的。”

袁鹰儿一听话风不对，心想这才是笑话，明明是谢恩，却说不是，难道有恩不谢，先来个锣对锣，鼓对鼓，死赖活扯地求起婚来吗？也要问问人家愿意不愿意呢，大约今天连俺姓袁的也要弄到没趣才散！

哪知袁鹰儿念头刚起，路鼎已跪在地上说出一番话来，他说：“今天师妹非但救了俺路鼎一人，同时也救了三义堡一堡性命，这样大恩，岂是跪在地上，叩几个头就能算数的！再说，俺这位侠肠义胆的师妹，也不稀罕这几个头。愚兄所以百事不管，先拉着袁兄急急到此，完全为的是此后全堡老幼性命！俺们今天既然和官军破了脸，看来难以善罢甘休，将来又不知发生若何风险的事。俺和袁兄这点本领，万难济事，天幸一堡有救，俺们有这样智勇双全、强胜男子万倍的紫霄师妹，从此以后，俺们两人和全堡壮丁都得恭听师妹号令，才能转危为安，否则全堡几百户人家，都要不堪设想了！所以俺秉着十二分诚心，代表全堡老幼，总得求师妹应允下来！师妹是巾帼丈夫，千万念着当初三姓祖先，手创三义堡的义气和英名，俯允愚兄吧！”

这一番话真说得词严情至，面面俱圆，大出袁鹰儿意料之外。袁鹰儿又惊又喜，真想不到路鼎有这一手，心里一机灵，也咕噔地跪在路鼎身旁了。

不料路、袁两人矮了半截当口，屋门外小虎儿正在偷偷地看着，两人说完，小虎儿猛地跳进屋来，朝着两人舌头一吐，扮了一个鬼脸，嘻嘻地一指道：“唉……”

话未说出，李紫霄笑喝道：“虎弟休得顽皮，快扶两位兄长起来。”

路鼎连连摇手道：“师妹好歹看在祖先面上，应允了愚兄们，才能起来。”

李紫霄面孔一整，似带着不悦的神气，一霎时却又满面春风，敛衽为礼道：“愚妹早已说过，唯力是视，否则也不到堡外助两兄一臂了，这层不必两兄求的。至于两兄要把千斤重担加在一个女流身上，这事关系何等重大，教愚妹怎敢冒昧应承？而且也不必这样举动，两兄只管照旧行事，用得着愚妹时，一定效微劳便了。虎弟快请两兄起来。”

小虎儿一语不发，向两人中间一插身，两臂一分，一手提着一人手膀，喝一声：“起来吧！”竟把两人轻轻提起。

路、袁两人吃了一惊，想不到虎儿小小年纪，膂力真还不小，自己想赖在地上万不能够，身不由己地被他提了起来。路鼎厚着脸，兀自千求万求，要李紫霄统率全堡。

李紫霄笑着请两人坐下，然后笑道：“依妹愚见，咱们要抵抗黄飞虎这支兵马，却也容易，就怕事情闹大，弄假成真，牵动别处官军，接二连三地来薅恼，那时节众寡悬殊，有通天本领也难以在此安身。现在咱们千万不要小题大做，总要从息事宁人方面着想。”

袁鹰儿道：“黄总兵这人脾气，到死也不服输的，又加上刁干从中挑拨是非，事情已到这样地步，还有什么和解的法子呢?”

话未说完，忽然门外火光熊熊，人声嘈杂，抢进几个壮丁，提着火把，喘吁吁报道：“俺们各处寻不着堡主和袁爷，原来在此。”

路、袁慌问道：“有何急事?”

壮丁道：“堡后又来一支兵马，打着玉龙冈旗号，为首一个凶脸大汉，骑着马，直叩堡门，口称探得三义堡被官军围困，特来助阵，请堡主出来，便能认识。”

路鼎大喜道：“事已到此，索性同他们真个联合起来，便不惧官军了！待我出去见见来人是谁!”说毕，便向李紫霄告辞。

李紫霄蛾眉微蹙，似想说话，忽又咽住。袁鹰儿一时心乱如麻，也说不出所以然来，只好任路鼎去了。

李紫霄和袁鹰儿送了路鼎出屋，重又回转屋内。

李紫霄便向袁鹰儿问道：“玉龙冈离此不远，却不知为首何人？有多少人马？平日怎样规模?”

袁鹰儿道：“说起玉龙冈强徒，啸聚已不止一二年。玉龙冈周围四十余里，重山叠岭，路径险仄，天生是绿林潜伏之所。现在为首的，绰号叫作翻山鹞，原是逃军出身，武艺颇不弱，手下很有几个骁勇头目，其中有一个绰号黑煞神，一个叫过天星的，本领最高，是翻山鹞的左右臂膀，统率着一两千喽啰，玉龙冈四面要口，设有关隘，布置得铁桶一般。平时翻山鹞本人仰慕路兄，曾经到咱们堡中来过几次，俺也见过他，虽是绿林，却也长得堂堂威武，咱们路兄同他还很说得来。这次俺们为了他们的事，殃及池鱼，大约他们探得官军消息，过意不去，所以派人来助阵了。但是这样一来，刁干诬蔑我们的话反而坐实了！这时俺真心乱如麻，想不出怎样对付才好。师妹智勇出众，定有高见，趁此要紧当口，千万求师妹想个万全之策才好。”

李紫霄毫不思索地说道："这时哪有万全之策？官军方面已是有嘴难分，玉龙冈方面又明目张胆地赶来助阵，当路兄匆匆出门时，愚妹本想说话，因路兄走得慌忙，不曾说出，此刻袁兄问到筋节儿上，不由愚妹不说了。不瞒袁兄说，今天的局面，在两三年前，先父在世时，早已料及了。"

袁鹰儿茫然不解，怔怔地望着李紫霄问道："这事真怪，李老师傅怎能料到死后的事呢？"

李紫霄黯然道："说破一点不奇！先父在世时常对愚妹说，自从路、袁、李三姓创设三义堡以后，足足过了百把年太平世界，洪武爷一统江山以后，直到现在，中间不过百余年政通人和，可是天下没有长安的道理。在上面的，一代不如一代；在下面的，自然也一年不如一年。你看近年天灾兵祸，接连而至，奸臣朋党，络绎而兴，都是由盛而衰的坏现象。

"就眼前说，咱们三义堡在太平时，真可算世外桃源。到了现在，却正居豫、晋、陕三省险要用武之地，为兵家所必争，以后哪有好日子过！为堡中三姓子孙着想，到了乱世没有道理可讲时候，只有全堡迁地避乱。如果子孙有特出人物，部勒群众，做一个海外扶余，再进一步，也不妨待时应变，由保身保乡而进于保国。

"我平时留心，近在咫尺的玉龙冈，形势天险，战守俱宜，倒是三义堡的一个退步。由内也可开垦出几百顷良田，最没法想，便是三姓子孙在玉龙冈自耕自织，也可苟全乱世了。上面是先父一番遗言，时时存在愚妹心上。不幸先父去世以后，便闻山上已占据了强人，最近这些日子，更是强人迭起，到处弄得兵乱年荒，果真被先父料着了！加上今天被官军一逼，咱们想再安居三义堡，已是万万不能！恰好此刻玉龙冈强人又派人来助阵，依愚妹见，不如因机乘势，暂先和玉龙冈结成犄角之势，过几天再看风色如何。万一官军逼得咱们无路可走，只有把全堡老幼迁入玉龙冈中，可是此地为玉龙冈咽喉之地，将来为屏藩玉龙冈基业起见，也应坚守此地，使省里官军，不敢轻视山寨才好。

“至于玉龙冈翻山鹞等强徒，大约都是智勇不足之辈，不是愚妹夸口，略使小技，便叫他们服服帖帖恭听两兄命令。那时咱们有了这班人马为羽翼，便可随时号召四近绿林，增厚自己势力，万一国家有事，咱们一样可以异军突起，做一番惊天动地的事业，谁敢说咱们是绿林呢！这是愚妹女流之见，袁兄你看怎样?”

李紫霄这一番话，袁鹰儿非但口服心服，而且惊奇非常，想不到平日沉默寡言的美人儿，忽然一鸣惊人，有这样胸襟，说出这样志高气壮的话来，不但保全了三义堡，而且还埋伏了将来的大事业！平日自己和路鼎虽曾有过这样意思，却没有想得这样透彻，决断得这样果敢，现在经她一说，果真非这样做去，绝没有第二条善路！看来要统率全堡和号召四近绿林，也除非有她这样本领，这样智谋不可！自己在江湖上奔走了这些年，想起来真也惭愧，听了这一席话，才豁然开朗，愁云扫尽，当下连连拍手称妙。

却在这当口，路鼎近身堡勇已奉令来请袁鹰儿、李紫霄到路宅赴席，堡勇还郑重说明：“务请李小姐驾临，有玉龙冈几位英雄在那边恭候。”

袁鹰儿笑道：“路兄未免疏忽，既然仰仗师妹，怎不亲自到此迎迓?”

李紫霄笑道：“这倒应该体谅路兄，他不明白玉龙冈来人小妹愿不愿见面，没有把握，自己又不能分身，只好差人来了，但是小妹既然说出那番话来，两兄如果赞成，此后小妹断难深藏闺阁，说不得要替两兄分劳。今天玉龙冈来人关系非常重大，路兄来叫愚妹赴席，也藏着此意，愚妹只可略去小节，出乖露丑的了。”

袁鹰儿大喜，真佩服她心细如发。

李紫霄又说道：“袁兄，且请稍待，让愚妹和舍弟到侧屋略一更衣便得。”

袁鹰儿唯唯应着，挥手叫堡勇先回去通知路鼎，自己在外屋坐候。

半晌，忽见李紫霄换了一身玄色衣服而出。这身衣服在别个女子身上，无非乡村的荆钗布裙，毫不足奇，但是在李紫霄身上，便觉得修短合度，纤洁绝尘，另外用一幅玄巾齐眉勒额，束住一头青丝，在鬓边随意打了一个不长不短的燕尾结子，衬着一张宜嗔宜喜的俏面孔，格外显得莹润如玉，淡雅若仙。身后跟着小虎儿，梳着一条冲天杵，胸前斜挂着豹皮囊，还背上李紫霄用的那口长剑。

袁鹰儿一见李紫霄出来，慌立起身笑道："师妹真是细心人，恐怕一身白衣不便进人家，特地换上青色的衣服，可是不论青的、白的，一到师妹身上，便觉飘飘绝世，那班插花衣锦的庸脂俗粉，益觉其形可丑了。"

李紫霄微笑不答，便同袁鹰儿姗姗向屋外走去。

袁鹰儿回头笑道："师妹、师弟都出门，怎不把家门锁上呢？"

李紫霄一笑，指着小虎儿背上宝剑道："愚妹家除掉此剑，别无长物，也不怕别人偷了东西去，再说咱们三义堡别无杂人，两兄管理得井井有条，也可以说路不拾遗了。"

袁鹰儿一面走一面笑道："俺不信师妹这柄剑比旁的东西贵重，难道真是口宝剑吗？"

李紫霄尚未答话，小虎儿已忍不住，小嘴一撇，悄悄笑道："亏你走南闯北，活得这么大，连口宝剑都不识，还混充练家子哩！"

李紫霄笑喝道："小孩儿又胡吣的什么？"

袁鹰儿讪讪的不好意思，顺手在小虎儿背上抽出宝剑来，立定身，细细一看，果真澄如秋水，寒若秋霜，映月生辉，鉴人毛发，不觉失声喊道："果然是口好剑，想是李老师傅的遗物。"

李紫霄道："此剑名称甚奇，剑身上面刻着'流光'二字，一面刻着'建兴二年'，都是汉隶。据先父说，'流光'是此剑之名，'建兴二年'是后汉吴国孙亮年号，确系古物。最可贵的，看表面并不十分锋利，一经运用，不但吹毛断发，而且无坚不摧，便是今天黄总兵所用的套马索，完全用发丝牛筋制成，不是俺流光剑，怎能一挥而断呢！这柄剑，先父爱若性命，因为它是俺家祖先传家之宝，先父去世，愚妹无非代为保管，等待虎弟长成，便归他保守了。”

袁鹰儿赞叹一番，依然插入鞘内，两人一路谈谈说说，已来到路家门口，只见路宅大门外，拴着几匹骏马，列着许多手持军器大汉，却不是堡勇装束，便知是玉龙冈的人物，其中也有几个堡勇，正在殷殷招待，一见李紫霄、袁鹰儿到来，慌进内通报，一霎时，路鼎春风满面直迎接出门外来，后面跟着铁塔般一个浓眉环眼的大汉。

袁鹰儿向李紫霄耳边微语道：“此人便是玉龙冈的黑煞神。”

一语未毕，路鼎已抢至面前，向李紫霄兜头一揖道：“师妹，惠然光降，真是蓬荜生辉，荣幸之至！”复向黑煞神一指道：“这位是玉龙冈……”

李紫霄立时接过去说道：“已听袁兄说起，久仰得很。”

黑煞神未曾见过这样姿色女子，竟有点目乱心摇，举动失措，慌把双手乱拱，犷声犷气地说了几句俗不可耐的周旋语。彼此寒暄一阵，相同入内，到大厅坐下，路鼎还未开口，袁鹰儿先向路鼎使个眼色，调到一边，把李紫霄一番高见细细地告诉他。

在这当口，客座上只剩黑煞神和李紫霄、小虎儿三人。黑煞神原是个色中饿鬼，起初听路鼎说出李紫霄如何本领，如何一出手便打退黄飞虎，黑煞神以为这样女子，定是母夜叉一般的人物，路鼎又有意把李紫霄大捧特捧，说是敝堡一切全仗李紫霄内中主持，便是自己，也要听命于她。黑煞神原是联络三义堡来的，当然力求拜见。路鼎也要倚仗着李紫霄本领，抬高三义堡英名，两下里一凑，便派心腹堡勇竭诚邀请，还怕李紫霄不来，想不到他离开李家，李紫霄和袁鹰儿已定下大计了。

不过黑煞神一见李紫霄，原来是个弱不禁风的美貌女子，便把路鼎高抬的话，当作有意吹牛，又动了色心，此刻相对之下，趁路鼎离座，未免言语之间露出轻薄来，一时忘其所以，涎着脸，借着献茶为名，竟想挨近前来。

不料刚一抬身，哈着腰，双手捧起茶碗，猛听得当的一声响，手上茶碗无故四分五裂，纷纷掉落地下，整碗滚热的茶飞溅了一脸，闹得个颈粗脖红，手足失措，而且碗片掉地，其声清脆，惊得路鼎、袁鹰儿，慌慌跑来，还以为黑煞神粗手粗脚，偶尔失手，慌命人将脆裂瓷片扫过一边，却没有留意到小虎儿在一旁暗暗冷笑。

李紫霄却依然谈笑自若，毫不理会。黑煞神难以为情之下，还疑心自己指劲太大，茶碗太薄，其实他没有留神地下碎瓷片中，还有一枚小小的金钱镖，也被下人们扫在垃圾堆内了，这一来，小虎儿连前一共损失三枚金钱镖了，一厅的人，只有李紫霄看得明明白白，暗暗好笑，心想这一下警告，黑煞神居然尚未觉察，如果再做出下流样子来，说不定自己要给他一个厉害看看了！

这时，路鼎、袁鹰儿已有了主儿，就扫却浮文，和黑煞神谈起正经来了。

照黑煞神意思，便要当晚会同三义堡人马，攻上前去，索性杀得官军片甲不回，一了百了。袁、路两人却是仔细，说是且看今晚官军有无动静，明日再作理会。当下吩咐厨下，摆设盛筵，款待黑煞神，谢他助阵厚意，一面也算向李紫霄姊弟道劳。

酒席摆上，依次入座，自然上面首座是黑煞神，次座是李紫霄和小虎儿了。李紫霄在平日深藏不露时节，虽然是个深闺弱女，不要说同绿林人物坐在一起喝酒，便是路宅一个大门，也休想她抬头一看，但是今天一显身手，和侃侃表示一番计划以后，同以前截然换了一个人，虽然一样妩媚多姿，却落落大方，一扫女儿羞涩之态，席上杯筹交错之间，从容应酬，处处中节，这期间乐煞了路鼎，想不到黄飞虎一来，倒成全了自己和她容容易易地接近了。

路鼎本人虽无眷属，家内也有不少女眷，听得李紫霄忽然露出绝大本领，而且踏进门来，和陌生男子一块儿喝酒，也算得一件稀罕事儿，一齐偷偷躲在大厅屏风后窥探，而且都知道路鼎这几年痴心妄想，全为的是她，益发要看看他们两人在席上怎样词色。

岂知席上乐兴大发的，不止路鼎一人，还有高踞首座近接芳邻的那位黑煞神，也乐得迷糊了。原来黑煞神打碎茶杯以后，还不死心，此刻美人儿坐在自己最近的第二位上，香泽微闻，脂香若即，又加上酒为色媒，几杯落肚，狐狸尾巴又要显露真形了。他两只野猫眼珠，被黄酒一灌，红丝密布，怪眼圆睁，直勾勾只管向李紫霄直瞧，他看得李紫霄面前一只酒杯内，点水不沾，便怪声怪气地催李紫霄干杯，形状非常难看。路、袁二人恐怕李紫霄着恼，慌用话打岔，无奈黑煞神是个蠢物，只管向她兜搭，哪还有心情理会别人。

这地方李紫霄真也来得，依然有说有笑，益发逗得黑煞神魂离魄散，心里一迷糊，倏地立起身，在席面上抢起一把酒壶，涎着脸，挨近李紫霄，嘴里疯言疯语的，逼着李紫霄快干了面前杯，意思之间，还要敬她三杯。

这一来，路鼎勃然大怒，正想发话，猛见李紫霄身子并不动弹，只微微一笑，伸出纤纤玉指，向黑煞神执壶右臂轻轻一按，笑说道："不劳劝酒，且请你安静一会儿。"

这一下，黑煞神乐儿可大发了，腰儿哈着，壶儿捧着，眼珠儿瞪着，依然板着一副尴尬面孔，留着半身小丑丑相，却把这副身架端得纹丝不动，宛如木雕泥塑，可是面上由黑变黄，由黄变青，满头迸出黄豆大的汗珠儿，一粒粒直滴落下来。

路鼎由怒变惊了，袁鹰儿由惊转喜，都瞧着黑煞神这副怪相，弄得变貌变色，唯独小虎儿拍手大笑。

袁鹰儿啧啧称赞道："师妹本领，真无人可及，谈笑之间，施出点穴功夫，而且点得又准又确，恰到好处，非内家功夫真有心得，绝难办到的。"

这时路鼎虽也怒恼黑煞神亵渎自己爱人，可是自己是主人，又关系着玉龙冈情面，慌离席向李紫霄连连长揖，替黑煞神求情。

李紫霄笑道："这种混账东西，让他难受一忽儿，使他明白我们三义堡连一个妇女也不能欺侮的。"

袁鹰儿也笑道："师妹，暂且饶他初犯，我们看在玉龙冈寨主面上，宽恕他吧。"

二人左说右说地一阵讨情，其实黑煞神听得出，看得见，肚内也是明白，只苦整个身子已不由自主，非但出不了声，连动一动都不能。他这才明白李紫霄不是好惹，幸而点的是麻痹穴，还不至有性命之忧，但是这副怪形状，也够人看半天的了！正在哑急，却听得李紫霄冷笑道："愚妹今天若不顾全两家大体和两兄情面，定要追取他的狗命！现在姑且饶他初犯，下次再有这样行为，撞在愚妹手上，不要怨俺心狠手辣。"

路、袁两人慌诺诺连声，称谢不止。

李紫霄一抬身，先从黑煞神手上夺下酒壶，随手向他后脑一拍，说也奇怪，黑煞神铁塔似的身躯，经不起这一拍，立时"啊呀"一声，全身打了一个寒噤，便直挫下去。李紫霄又随手向他肩上一按，端端正正坐在椅上，却耷拉着脑袋，兀自说不出话来。

李紫霄趁此立起来，拉着小虎儿走下席来，向路、袁二人道："妹已叨扰，即此告辞。"

路鼎不敢强留，再三道歉，袁鹰儿却看得黑煞神兀自垂头耷脑，不知李紫霄真个能救过来没有，向黑煞神一指道："此人怎的还是如此?"

李紫霄笑道："不妨，少待一会儿，便能复原，妹不便在此，教他自己警觉便了。"说毕，扶着小虎儿肩头，姗姗向外走去。

路、袁两人恭送如仪，直送到大门外，李紫霄却在有意无意之间，回眸一笑。这一笑，袁鹰儿并无感觉，只路鼎领略温馨，宛如甘露沁脾，百体俱泰，直至李紫霄走得不见身影，兀自引颈痴立。

袁鹰儿笑道："路兄赶快努力，真个能得这样巾帼英雄，白头偕老，这份福气，也就无人及得了。”

路鼎一转身，向袁鹰儿深深一揖道：“全仗大力成全。”

两人大笑，回到厅来，一看席上空空无人，不知黑煞神到何处去了。路鼎大惊，慌问侍候酒席的壮勇。

壮勇回答道：“两位堡主送客出去当口，黑煞神蓦地如梦初醒，面上似羞似怒，一顿脚，立起身，指着厅外说了一句‘不报此辱，誓不为人’便跳出厅外，一拧身，飞上屋檐，眨眨眼便不见踪影了。俺们不敢拦他，正想报知，恰好两位堡主进来了。”

路、袁二人听了这话，面面厮看，作声不得。袁鹰儿更是满脸愁容。

路鼎恨道：“这人太无礼了，自己不够人味，反恨人耻辱他，再说我们并没有亏待他，怎的不辞而别，径自逃走了？”

袁鹰儿道：“这倒不然。黑煞神是个草包，他偏在我们送客当口回复过来，一看席上无人，以为我们串通一气，有意羞辱他，所以恼羞成怒，跺跺脚就走了。这一走，定必瞒住自己短处，在翻山鹞面前挑拨是非。翻山鹞也是有勇无谋的角色，说不定又要闹出事来，这一来，岂不把我们计划满盘推翻，另生枝节吗？”

路鼎经袁鹰儿这样一说，也是双眉深锁，连连摇头。

袁鹰儿忽然向旁立壮勇吩咐道：“你去看门外黑煞神带来的人马，有无变动，快来回话。”

壮勇领命去讫，路、袁二人也无心再入席，命人撤去，就在厅上商量办法，谈不了几句话，忽见小虎儿飞步进来，拉着袁鹰儿在耳边低低说了几句话，回头就跑。袁鹰儿想再问几句，小虎儿脚步飞快，已跑得无影无踪。袁鹰儿慌立起身，拉着路鼎向门外直跑。

路鼎慌问：“甚事？”

袁鹰儿匆匆说了句“到后便晓”，只一个劲儿催着快走，两人像弩箭离弦似的飞奔了半里把路，正是李紫霄住屋相近所在，一片人迹稀少的荒林。两人来得匆忙，没有带着火种，幸而一轮明月，当头高照，依稀看出林外立着一个小孩，不住地向两人招手。

两人奔近一看，正是小虎儿，慌问道：“令姊何在？”

小虎儿向林内一指，两人不问所以，便跑进林内，却听得一株粗逾合抱的老年枯树上，有人喊着：“我的老祖宗，我的姑太太，俺黑煞神有眼无珠，得罪了你老人家，从今以后，俺黑煞神算服你了，求你高抬贵手，饶俺一条狗命吧！”

又听树下不远，似乎是李紫霄口音，喝道：“你此刻也知道厉害了，你要活命，须罚誓从今以后，听俺号令行事，我叫你往东，你便不能往西。”

黑煞神没命地求饶道：“俺已是口服心服了！从今以后，准听你老人家的号令，叫俺水里火里去，俺绝不皱一皱眉头。俺黑煞神一生口直心直，便是鲁莽一点，你老人家高抬贵手吧，迟一息儿，咔嚓一声，俺黑煞神便交代了！”

路、袁两人听得又好气，又好笑，却又佩服李紫霄本领，真有神出鬼没之能，慌抬头向树上仔细看时，原来这株枯树，年久月深，足有五六丈高，顶上有虬干四攫，盘屈如龙，最高的一枝弩出的细干杈子内，似乎横搁着黑丛丛的东西，看情形便是黑煞神。这样高的一枝细干，硬搁着黑煞神的笨重身躯，真也险到极点，而且细看手脚并未缚住，却一动不敢动，因为四肢朝天，没有着力地方，一动，便掉下来，成为肉酱了，偶然微风飘过，枯枝上飒飒直响，吓得顶上黑煞神，哑着声儿喊救命。

这时李紫霄仗着明晃晃宝剑，从树后飘身而出，一见路、袁两人，便悄悄向他们摇手，似乎叫他们退出林去。两人不解，猛地身后有人拉扯衣襟，转身一看，正是小虎儿，低低向他们说道：“你们快随我来。”说毕，拉着两人直跑出林外来，立定身，向两人说道：“我忘记一句话嘱咐你们，俺姊姊本对我说，叫你们不必进林，叫我在林外候着你们，陪到俺家去，等候姊姊事毕到来，有要紧的话和二位说。俺几乎误了事，你们快随俺家去吧。”说毕，便拉着两人直奔李紫霄家中。

袁鹰儿猛然觉悟李紫霄用意，知道李紫霄预备收服玉龙冈一班人物，看准黑煞神是个莽夫，恩威并施，先把他收服下来，然后于中行事，这样一看，可见李紫霄用心之深。

原来李紫霄和小虎儿离了路家慢慢行去，偶一回头，蓦见路家围墙上立着一个大汉，四面狼顾，借着月光，看出是黑煞神的形状，略一凝思，便知他恼羞成怒，不安于席了，秋波一转，顿时计上心来，在小虎儿背上解下宝剑，束在自己腰间，又低低嘱咐了小虎儿几句话，一转身跳上沿路人家屋檐，施展轻身本领，宛似一道青烟，直飞到黑煞神相近对面屋上，猛地一声娇喝道：“黉夜跳墙，意欲何为？”

黑煞神路径不熟，正在四面乱望，想辨认自己带来人马，驻在什么地方，好下去率领出堡，连夜回山寨去，再兴问罪之师。猛不防冤家路窄，李紫霄突然在面前出现。他这一份怨气可大了，也顾不得利害关系，只想拼个你死我活，泄一泄满腔怨气！当时大吼一声，拔出腰刀，纵身跳向前去，乘势用一招“乌龙入洞”，连人带刀，直搠过去，满望把李紫霄搠个透明窟窿，哪知这一搠，把一个娉娉婷婷的美人儿，搠得无影无踪，而且用力过猛，搠了个空，上身一扑，脚底下便站不稳，踏得人家屋瓦粉碎，响成一片，幸而屋底下没有住人，是所废屋，否则惊动左邻右舍，必闹得天翻地覆了。

黑煞神心慌意乱，待得稳定身形，向前看时，李紫霄笑哈哈立在两丈开外一堵墙上，向他招手儿，逗得黑煞神眼中出火，他也不想想人家何等功夫，兀自暴躁如雷，跳向前去。

等到他跳上那堵墙时，李紫霄已翻身飘落，指着他喝道：“你有胆量敢到那面林中较量胜负吗？”

黑煞神两颗眼珠瞪得鹅卵大，喊一声：“丫头休走，今晚你逃得天边，老子也要赶上你！”喊毕，便跳下墙，追向前去。

两人紧追慢赶了一程，便到了那片树林，李紫霄倏地立定身，铮的一声抽出流光剑，向黑煞神一指：“你有本领，尽管献出来吧。”

黑煞神哪顾高低，大吼一声，舞动腰刀，飞也似的冲将进去，哪知棋高一着，缚手缚脚，李紫霄只轻描淡写，分花拂柳般同他周旋，不到几个回合，莲鞋起处，便把他腰刀踢去，再用金莲一点，黑煞神身不由己地跌躺下去。李紫霄这番却不用点穴法了，一伏身，单臂提住黑煞神腰带，一个旱地拔葱，直飞上那株枯树半腰交叉干上，提着黑煞神，一口气渡干躥枝，直到树顶上，拣了杈丫交干处所，把黑煞神仰天一搁，更不停留，自己飞身飘下地来。

以上这番情形，路、袁两人从小虎儿口中打听出来，又亲自听得黑煞神在树上哀求口吻，自然惊喜交加。三人等了一忽儿，便见李紫霄引着黑煞神到来，看那黑煞神形态，宛如斗败公鸡，以前飞扬跋扈的神情，一点也无，一看二人在此，闹得紫涨了面皮。

李紫霄却笑说道：“咱们不打不成相识，这位黑兄端的好本领，而且性气直爽，不愧英雄本色，此后咱们都是休戚相共的人，两兄要另眼相待才是。”

路、袁二人明白李紫霄意思，慌起立相迎道：“我们正找黑兄不见，有人说在此，所以特来奉迎，诸事简慢，还要请黑兄原谅才是。”

黑煞神虽然粗鲁，众人这番周旋，他也觉悟得出来，心里异样地感激，不觉真诚流露，大声喊道：“俺有眼无珠，到此才识李小姐，英雄无敌，怪不得黄飞虎吃了苦头，便是俺山寨平日称雄道霸的翻山鹞，论真实本领，哪及得李小姐。俺黑煞神别无好处，只不会藏奸。不瞒两位说，俺从此对李小姐五体投地了！依俺主见，这一带绿林人物，哪一个及得李小姐？俺们便推李小姐为主，先占据玉龙冈做个基础，然后号召各山头，大大地干他一番，谁不听李小姐号令，俺便同他拼命！

“此刻俺已同李小姐商量好，把俺带来人马留在此地，帮助守堡，由俺一人回玉龙冈去，和翻山鹞等说明就里，叫他恭迎小姐进山，做个总寨主，此地算个分寨。这一来，哪怕黄飞虎，便是合省官军齐来，也不怕他们，而且闯祸的瓦冈山一股人马，也不由他不感激咱们。俺早知瓦冈山寨主姓马，绰号老狸狸，也是个有勇无谋之辈，不愁他不听俺们号令。事不宜迟，俺就起身回山，好歹明早准有回话。”说罢，向众人一拱手，便要趋出。

袁鹰儿暗暗欢喜，却一把拉住黑煞神笑道：“黑兄心直口快，做事豪爽，真使俺佩服！但是你一人回去向翻山鹞去说这一套，谁知他愿意不愿意呢？他好容易创造一座玉龙冈基业，哪肯拱手让人呢?”

黑煞神大笑道：“袁兄放心，俺若无把握怎敢夸下海口？你不知俺们玉龙冈的内容，山内为首的便是翻山鹞、过天星和俺三人，俺们三人中自然要算翻山鹞本领比俺强一点，所以俺和过天星奉他为首，但是俺们三人情同手足，平日不分彼此，时常感觉玉龙冈地面又辽阔，又险要，绝不是俺们三个胸无经纬的人，可以占得长久的。平时原常四处物色英雄，想奉他为主，把玉龙冈整理得铁桶一般。无奈英雄不易得，要一个文武全才更是难上加难！万想不到真人不露相，露相不真人，李小姐这样天下无双的本领，埋没在这小小堡内。”

他这几句无心话，却把路、袁二人说得满面惭愧，但是黑煞神如何理会到，他又一伸大拇指，大声说道：“现在可被俺找着了，俺黑煞神此后卖命也值得了！两兄请想，俺主意怎么会行不通呢?”说罢，又向李紫霄高举双拳道：“李小姐暂在此地屈居一宵，明日俺们便下山恭迎。”说毕，头也不回，径自大踏步出去了。

李紫霄向二人笑道：“此人虽是蠢汉，心地倒不坏。我也不想做寨主，无非想到先父遗言，大有道理，借此代本堡父老谋个安居之地罢了。黑煞神此去成功与否，且不去管他，今晚三更时分，愚妹单身先到官军那一边一探，见机行事，或者天从人愿，就此退去官军，也未可知，两兄只顾看守碉堡好了。”

路鼎一听李紫霄要单身涉险，心里便觉非常不安，慌开口道：“黄飞虎吃过苦头，未必再来讨死，半天没有动静，或已悄悄遁走了，何劳师妹亲身窥探。师妹辛苦了一天，也该休息休息了。”

袁鹰儿也说道：“路兄所见甚是，便是要探一探官军动静，也不劳师妹亲自出马，这点功劳，让与俺吧。”

李紫霄侧着玉颈，思索了半晌，微笑道：“袁兄要去，也未始不可，不过依俺猜测，黄飞虎一生不肯低头，今天阵上吃亏，在他思想，以为暗箭伤人，不是真实本领，绝难使他心服，怎肯轻易退去？黄飞虎平日何等倔强，一息尚存，怎肯甘休，也许俺们不去，他自己也要前来探堡哩，横竖今晚咱们要格外当心才好！所以愚妹以为与其等他来，不如俺去寻他，也许一了百了，免得旷日费时，咱们还有许多正经事要办哩!”

路、袁两人都不放心她单身涉险，袁鹰儿抢着立起身来，声明立时前往，请路鼎、李紫霄看守堡中，但是李紫霄觉得袁鹰儿不是黄飞虎对手，又不便明言阻拦，心里却暗暗存了主意，叮嘱袁鹰儿探得官军动静，急速赶回，不必露面。袁鹰儿一面应着，人已出门，自己预备马匹、军器去了。

这时屋中剩得路鼎和李紫霄、小虎儿三人，小虎儿可是好动不好静的孩子，没有自己的事，早已一溜烟跑得不知去向，两人相对，在路鼎心内恨不得把自己肺腑的话，立时掏了出来，无奈没有这份勇气，偷眼看李紫霄一副桃李冰霜兼而有之的面孔，益发不敢挑逗她，可是李紫霄依然大大方方，谈论些正大光明的话。

第十二章　将军入彀

路鼎唯唯之间，忍不住想出一些话来，问道："师妹在舍下被黑煞神一捣乱，酒米不沾，便回转家来，直到此刻，谅已饥饿，不如和师弟仍到舍下去略进饮食，免得饿坏了身体，就在舍下等候袁兄回音，也觉方便些，此后愚兄们全仗师妹策划，彼此情如手足，愚兄一点真诚，务求师妹不要见外，千万勿存客气。愚兄屡次求师妹到舍下屈居，一向未蒙允诺，其实师妹是巾帼丈夫，全堡主干，何必拘此小节。倘若愚兄早能求师妹旦夕指点，今天也不致在堡外出丑了。"

说罢，一脸诚挚委屈之态，不期然地流露出来，而且语气之间，似已把心中思慕之情，委婉托出，也算措辞得体的了。

不意李紫霄默然不答，只微一抬头，运用一对剪水双瞳，向路鼎面上注视了一忽儿，慢慢低下头去，顿时柳眉深锁，溶溶欲泪。路鼎大惊，以为自己说错了话，惹得她不高兴，闹得个心慌意乱，踧踖不安。

李紫霄觉察他这副神情，早已了然，不禁破涕为笑，低低说道："吾兄厚情，早铭肺腑，此刻偶然感触先父弥留的遗言，不禁悲从中来！偏又这几天生出刁干、黄飞虎无理取闹，逼得妹子不得不出乖露丑，此后为福为祸，正未可料，所以妹一时伤感起来，请吾兄幸勿误会。"

路鼎听了这几句话，才把心上一块石头落地，而且语重情长，从来没有听到她向自己说过这样的话，立时心神大畅，如膺九锡，便想抓住这个千载一时的机会，单刀直入，正筹划好一片说辞，在心口千回百转，欲吐未吐之际，忽听得外面一队巡逻堡勇，乱哄哄吆喝而起，接着更锣响处，已报头更，小虎儿从外面也跳跃进来，乱嚷肚饿。

这一打岔，路鼎喉头打滚的一片要紧话，只得咽下肚去，接着小虎儿嚷饿的话头，抢着笑道："俺正说师妹、师弟大半天水米不沾，定已饿了，现在快随俺到舍下去，弄点可口的随意吃一点吧。俺还有许多事，向师妹求教哩。"说毕，先立起身。

李紫霄微一点头，便携着小虎儿一同回到路宅来。

路鼎陪到自己最精致一间书房内，屋内琴棋书画，色色俱全，居然也布置得古香古色。三人落座，路鼎立时指挥宅内搬出一桌精致便饭，三人匆匆用毕，已敲二更。

李紫霄道："袁兄此去，妹实在不大放心。路兄和舍弟且在此安坐，待愚妹去接应他回来。"

小虎儿嚷着也要跟去，路鼎知道阻不住她，也要伴她前去。

李紫霄笑道："这样，不用争办，堡中岂可无人？路兄万不能离堡，虎弟同去，也嫌累赘。你们可以放心，俺此去自有道理，少时便回。"说毕，转身向帐后卸下外面裙衫，露出里面一身窄窄的青色夜行衣靠，背上流光剑，步出房外，向路鼎、小虎儿嘱咐了几句，说声再见，人已穿窗而出，不见踪影。

李紫霄仗着一身功夫，蹿房越脊，来到堡上，暗地留神守堡壮勇，似尚严密，便不惊动他们，悄悄跳落堡外，举目四眺，静荡荡的寂无一人，想是官军退得很远，一伏身，便施展夜行功夫，顺着官道飞奔前去，行不到里把路，蓦听得道旁林内沙沙一阵风声，飒然向身后飘过，霎时便寂。她走得飞一般快，虽然觉得，总以为林内飞禽落叶之类，并不深切注意，只顾向前奔去。一忽儿又走出半里多路，忽听得前面蹄声甚急，一匹马驮着一个人，箭也似的由对头跑来。马跑得快，李紫霄行得更快，一来一往，霎时近身，李紫霄何等眼光，早已看清马上的人，慌立定身，喊一声："袁兄住马！"可是人马已擦肩飞过。

袁鹰儿闻声赶紧勒住马缰，转身跑来，跳下马相见，喘吁吁地说道：“今晚事有蹊跷，俺骑马跑了二三十里路，兀自不见官军营帐，正想再探一程，忽见前道上远远奔来两条黑影，俺马已摘了铃，包了蹄，声音甚微，远一点的不易听出，不意远远奔来的两条黑影，机警异常，唰地一晃，便不见了踪影。这样益发令人起疑，俺慌拔出铜锤骤马赶去，一看两旁都是密密丛林，林外田埂纵横，岔道纷歧，恐有埋伏，不敢单独进林，却想起俺分手当口，师妹说过，黄飞虎死不甘休，也许暗地前来探堡，越觉那两条黑影鬼鬼祟祟，大有可疑，所以飞奔回来报告，想不到半途会着师妹，事不宜迟，我们赶回去吧。”

李紫霄听得吃了一惊，陡然想起道旁林内风声可异，悔不该一心跑路，没有留意，此刻和袁鹰儿一对照，准是那话儿了！又一想堡中路鼎独木难支，小虎儿究竟年幼，暗地喊声不妥，慌催促袁鹰儿上马赶路，自己一伏身，宛如一道青烟，眨眼已不见倩影。

袁鹰儿见她陆地飞腾比马还疾，自己喊声惭愧，也急急赶回堡来。飞马赶到近堡半里多路，猛见堡中红光烛天，人声鼎沸，情知堡中出了祸事，急得他没命地抽鞭飞奔。

万想不到这当口，马后又喊声动地，尘土冲天。袁鹰儿诧异之下，慌催马走到一个土坡上面，回头一看，只见远远火光如龙，四野影绰绰有无数官军，摇旗呐喊，分三路冲杀过来。这一吓，几乎吓得他滚下坡去，急急带转马头，不管路高路低，死命地赶到堡下，一看堡楼和周围土城上，也是火把照耀，标枪林立，似已得知消息，戒备得严密非常，心中略宽，匆匆敲开堡门，骤马进堡，正想先打听起火缘由，忽见前面街道上灯球翻滚，一队堡勇扛着一个四马攒蹄的凶汉，如风地抢上堡来。后面马上督队的人，正是如花似玉的李紫霄，兀自穿着一身夜行衣靠，这时骑在马上，凤眼含威，神光四射，一见袁鹰儿刚进堡来，满脸惊惶，一抖丝缰，越队赶到袁鹰儿身边，悄悄说道：“袁兄休惊，黄飞虎已被愚妹擒住，前面扛着的就是！只要如此这般，便不愁官军不退，只是愚妹迟到了一步，路兄业已受伤，指挥不得守堡人马，袁兄尽速上堡，照愚妹所说办理好了，快去，快去！”

袁鹰儿又惊又喜，来不及细问详情，高应一声遵命，急急跳下马，当先奔上堡来。李紫霄却从容不迫押着黄飞虎到了第一重碉楼上，将人马和捆缚的黄飞虎交与袁鹰儿，自己绕着土城子巡视守城壮勇去了。

这里袁鹰儿有了主意，胆气陡壮，吩咐举起灯球火把，将黄飞虎领近堡垛口。袁鹰儿一手挽着护身牌，一手高举铜锤，立在垛口上，向堡外一看，只见三路官军，已逼近堡下，正忙着布云梯，曳炮架，预备立时猛攻。

袁鹰儿哈哈一声大笑，高声喝道：“城下小辈们听真，你们刁干诡计在老子们面前卖弄，还差得远哩！你们且抬头看看你们主将，如果你们不知好歹，先把你们主将脑袋砍下，再和你们一决雌雄。”

这时，官军副总兵刁干满以为黄总兵潜入堡中，业已刺死路鼎，斩关开堡，里应外合，而且约定举火为号，原已看清堡中火光四起，人声鼎沸，绝可成功！不意一逼近堡下，却看得堡上戒备森严，毫未慌乱，本已惊奇，此刻又听得袁鹰儿几句惊人的话，全军吓得个个仰头向堡上细看。

这一细看，才认清堡上当中垛口上，火把照耀之中，无数堡勇押着一位五花大绑、八面威风的黄总兵黄飞虎，而且直勾勾瞪着两只怪眼，高高地鼓着两腮，怒气填胸，只苦说不出话来。这一下只把刁干吓得魂飞魄散，全军魄散魂飞，最厉害的，雄赳赳的堡勇手上十几柄雪亮钢刀，都在黄飞虎头颈上高高举着，只待袁鹰儿一声吩咐，便可剁成肉酱。

在这千钧一发当口，诡计多端的刁干也弄得一筹莫展，却不料官军齐声大喊道：“休得伤我主将！今天的事，都是刁干副总兵一人惹出来的！冤有头，债有主，我们情愿把刁副总兵献与你们，凭你们处治，你们放还我们主将，从此和你们解开这点结儿，我们剿我们的匪，你们守你们的三义堡。如果杀了我们主将，你们也算不了义侠汉子，俺们情愿都死在你们堡下，看你们有甚好处!”

这时众口一词，喊得天摇地动，只苦了刁千一人，骑在马上，急得上天无路，入地无门，连他贴身两员把总也悄悄溜开了。

堡上袁鹰儿听得官军众口同声地这样喊着，也觉黄飞虎平日很得军心，不愧是个赫赫有名的角色，便高声向下喝道：“你们不要起哄，且自压声，听我一言。”

袁鹰儿这一吆喝，比什么都有力量，下面立时鸦雀无声，仰面静听。

袁鹰儿大声说道：“我们三义堡平日安分守己，不管外事，你们何尝不明白！偏是你们副总兵刁千歪着心肠，搬弄是非来，这是你们咎由自取，并不是三义堡得罪你们。至于你们黄将军，俺们也敬重他是个汉子，只要你们发誓不来薅恼，不诬蔑俺们与盗通气，俺们绝不为难黄将军一根毫发！但是现在黄将军已在俺们掌握之中，你们副总兵刁千是个毫无信义的人，除他以外，你们却无做主的人，你们这样呼喊一阵，有什么用处？

“我替你们设想，你们如要保全主将性命，应该立时退到五十里外，公推几位明白事理的好汉，到俺们堡中好好商量，俺们等待你们表示真心实意，黄将军也意回心转以后，那时节，俺们自然恭送黄将军回营。至于刁千这样东西，俺们不愿见他，依我看，你们有了刁千，把黄将军的威名，和你们全军的荣誉，都给他一人毁尽了。”

袁鹰儿这一番话，可算得杀人不用刀，本来官军个个切齿刁千，怎禁得加上袁鹰儿一激，只听得官军队里天崩地裂般齐声大喝，万刀齐举，一阵乱剁，立时把刁千剁得碎骨粉身。袁鹰儿立在堡上隔岸观火，乐得哈哈大笑，却把身落陷阱的黄飞虎气得两眼通红，火从顶出。他知道这乱子闯得不小，全营官军砍死副总兵，等于倒戈造反，罪孽通天，即使自己还有返营之日，也难以出头。如果想率军返省，除非把自己这颗脑袋送到上司面前去。这时黄飞虎真是哑巴吃黄连，说不出的苦，其实他还不知道袁鹰儿这下毒着儿，完全出于李紫霄的锦囊妙计哩。

当下袁鹰儿一看官军砍死刁干以后，队伍纷乱，沸天翻地地闹了一阵，忽然各归队伍，排列整齐，转身便退，渐退渐远，顿时堡下寂寂无声。

袁鹰儿正想命人去请李紫霄，恰巧李紫霄早在土城上远远看清，业已缓步而来，两个堡勇提着火把在前引路，走到堡上，便向袁鹰儿道："官军很有训练，全军无主，居然尚能团结军心，足见黄总兵治军有法，不久当有代表全军的人到来，我们应该以礼接待，开诚商量才是。"说毕，又转身走向黄飞虎面前，敛衽施礼，微微笑道："妾冒犯虎威，深自不安，尚乞将军原谅不得已的苦衷。现在事已到此，将军处境也非常困难，解决此事，非一言两语所能尽，且请将军屈驾路宅，妾有详情奉禀。"说毕向袁鹰儿一使眼色。袁鹰儿会意，立时命押解堡勇，把黄总兵推到堡主宅内去了，李紫霄和袁鹰儿也赶回路宅来。

原来路鼎在李紫霄出堡时节，和小虎儿两人在书房内瞎聊，小虎儿活泼不过，指东问西，滔滔不绝。路鼎又把他当作未来的小舅爷看待，想从这小孩儿口中探出一点李紫霄平日的性情和行为。哪知小虎儿年纪虽小，比大人还机灵，只一味胡扯，休想从他口中探出实情。

两人正讲得起劲，忽听得外面一阵骚动，大喊火起。路鼎吃了一惊，慌推窗瞭望，只见红光满天，火鸦乱飞，似乎起火所在，即在自己边宅，慌一回身，在帐钩上摘下一柄宝剑，拔出鞘来，一看房中不见了小虎儿，一时无暇理会，急匆匆向房外奔去。

刚一迈步，猛听窗外霹雳般一声大喝道："村夫休走，全堡已破，走向哪里去！识时务的，快向本总兵屈膝投降，饶你一条狗命！"

路鼎一时心乱意慌，不辨真假，一伏身，随手撩过一把椅子，向窗外掷了出去。黄飞虎一闪身，路鼎遂趁势跳出窗外，更不答话，恶狠狠挺剑便刺。

书房窗外也有一座小小天井，和大厅前空地原是相连，中间只隔了一堵墙，在墙心开了一个月洞门，可以通行，平日却关着，只由厅内侧户通行，这时黄飞虎突如其来，何以认识路宅，竟找到书房来呢？

原来他在阵上被暗器伤了一只眼睛，又丢了一具套马索，回到营中，怒发冲天，刁干便又乘机献上诡计，黄飞虎报仇心急，哪顾利害，立时选了一个熟悉堡中道路，善于飞檐走壁的健卒，一同飞越土城，潜入堡内。好在路宅房子特别高大，一找就着。按着刁干诡计，先命跟来健卒，在宅旁四处放火，引得路鼎出来，乘机杀他一个猝不及防。一得手，便可斩开堡门，接应刁干袭堡人马。所以健卒放火当口，黄飞虎已在宅内厅屋对面照壁上伏着。

他一看厅上无人，蛇行鹤伏，来到书房外面那堵墙上，正听着路鼎和小虎儿讲话，仇人相见，分外眼红，一伸手拔出一柄二尺长的阔锋利刃，跳下墙来，隐身在天井花坛背后。外面火光一起，路鼎推窗出看，飞虎倏地回身，赶到窗前大喝一声，便想下手。不意路鼎挺剑直刺，黄飞虎便舞动利刃，狠斗起来。这一场狠斗真是性命相搏，各凭真实本领，而且在这小小天井内龙争虎斗，外面毫未得知。一半是关着那扇月洞隔墙门，一半是外面四处起火，路宅的人们和随人堡勇，都奔出去救火去了，所以路鼎死命斗了许久工夫，兀自无人帮助。

这时路鼎又吃了亏，手上那柄剑平日轻易不用，无非挂在帐钩上图个好看，此刻急不择器，随手拿来，未免不甚称手，心里又以为黄飞虎既然到此，外面又四处起火，乱得不成样儿，定是官军得手，攻进堡来，未免心慌意乱，勉强支持了不少工夫，想夺路逃出门外，一看实情，无奈黄飞虎死命相扑，一柄腰刀把自己裹得密不透风。

路鼎无法，心里一横，索性拼出性命，同他狠斗。这样又支持了半晌，黄飞虎忽然刀法一变，使出生平绝技——一路地趟刀来，刀随人滚，贴着地皮，滴溜溜只绕着路鼎下三路乱转。这一来，路鼎剑法大乱，汗流浃背，猛听得黄飞虎一声怪吼，着地一长身，一个猿猴献果，健腕一翻，刀锋到了路鼎咽喉。路鼎正在全神注在地上，万不料有这一手，略一疏神，眼看雪亮刀光已在眼下，想反剑招架已来不及，只可用出铁板桥功夫，望后一倒，趁势就地一滚，一个鲤鱼打挺，便想跳起身来。黄飞虎岂肯放松，在他将起未起之际，一个箭步早到跟前，一腿起处，着实地正踢在路鼎后腰上。这一下，力量非轻，把路鼎踢起三尺多高，隆然一声，跌下来正撞在月洞上，直把那扇薄薄的木板门撞落下来。

这时路鼎非但宝剑出手，人也跌得发昏，一时竟挣扎不起来。黄飞虎哈哈一声狂笑，怒狠狠举起钢刀，便要抢来割取首级，万不料墙头上娇滴滴一声喝道："休得猖狂，李紫霄在此！"话到，人到，剑也到。

黄飞虎人还未看清，只觉剑光如虹，已逼眼前，不禁老大吃惊，慌连连退步，瞋目横刀，大声喝道："听人传说堡中有一无礼丫头，是路鼎妻子，想必便是你了？"

李紫霄面孔一红，更不答话，玉臂一挥，剑似闪电，分心便刺。

黄飞虎白天未曾同李紫霄交手，虽然刁干说过，总以为一个女孩子，何足挂心？此刻一看剑法出奇，慌忙留神招架。哪知两人一交上手，不到一会儿工夫，铮然一声，手上腰刀被流光剑斩成两截，这一下，真把黄飞虎吓得不轻，手上只有半截刀，哪里还敢恋战，一顿脚，便想越墙逃走，人方飞起，李紫霄金莲一点，猛觉腰里一软，一个倒栽葱跌下地来，恰好跌在路鼎身旁。

这时路鼎已缓过气来，唯有后腰痛楚不堪，一眼看见李紫霄到来，顿时精神百倍，正想挣扎起来，忽见黄飞虎从半空跌下来，滚在自己身旁，一咬牙，跳起来，骑在黄飞虎背上，举起拳头，狠命大擂。

李紫霄立在身后笑道："路兄且自休息，这厮已被愚妹点了穴道，昏迷不知了。"

路鼎闻言，慌罢手立起身来，猛觉后腰一阵大痛，宛如骨折，忍不住哎呀一声，身子一软，一屁股又坐在黄飞虎身上。

李紫霄大惊，慌扶住他臂膀，问道："路兄受了这厮刀伤吗?"

路鼎哼哼不已，痛得说不出话，只把手向后腰乱点。

李紫霄仔细一看，明白是踢伤的，替他解下腰巾，转手便用汗巾将黄飞虎捆好，任他水鸭似的放在地上，一转身，轻轻挟着路鼎，跳进窗去，然后扶着路鼎躺在书房内一张小榻上。

这时路鼎依香偎玉，大出望外，几乎痛楚都忘记了，反而想入非非，要感激黄飞虎这番成全之德，一看李紫霄把自己抱小孩似的放在床上，便要走去，急得他一伸手拉住李紫霄，哀声说道："师妹救愚兄的命，这是第二次了，教愚兄粉身碎骨，也报答不过来。"

李紫霄起初因为并无第三人在旁，只可从权把他送进书房内，此刻被他一拉扯，又说出这样恳切的话，不禁粉面通红，羞得别过头去，悄悄说道："快放手，教人看见，成什么样儿?"

正说着，门外脚步声响，蓦地跳进小虎儿来，一见李紫霄，大嚷道："姊姊回来得好，快到外面看看去，有贼人放火，已被俺弄死一个，恐怕不止一人，特地赶回来找他。"

这他字一出口，忽见路鼎躺在床上，大为诧异，咦了一声，道："你倒自在，竟百事不管，先高卧了。"

小虎儿这样猛孤丁地一说，连路鼎也讪讪地不好意思。

李紫霄已离床远立，向小虎儿道："你又胡说，教你不要离开这儿，害得路兄受了伤，怎的反说人家高卧呢?"

路鼎一听李紫霄责备兄弟，慌探头抢着说道："不要怪虎弟，只愧愚兄无能，但不知外面究竟怎样了?"

小虎儿噘着嘴道："谁知道你们有这许多纠葛，火起时，我一看窗外通红，三脚两步跳出大门外，只见许多人都嚷着，宅边左右几间马棚和草料房走了火，许多堡勇同邻舍们，都赶去救火，俺也随着跟去。先到左边马棚，已有十多个堡勇驱出牲口，将马棚拉倒，压住了火苗，再反身赶到右边，猛一抬头，看见草料房顶上，立着一个异样装束的汉子，正向四下里乱撒火种，草料房已有多处着火，那人正四面环顾，寻垫脚飞跃的地方。俺知他不是好人，也不通知别人，悄悄走到近处，摸出金钱镖，两手齐发，恰幸火势正炽，人声鼎沸，也顾不到暗器飞来，竟被俺打个正着，只见他一个筋斗，跟着塌下的草屋顶葬在火窟中了。俺想这厮定是官军奸细，说不定不止一人，故而跑回来通知路兄，想不到他竟已受伤了，究竟受了谁的伤呢?”

李紫霄截住话头道：“不要紧，让他们来多少人，也不打紧！蛇无头不行，黄飞虎已被俺捆在天井内，不愁他们闹上天去。虎弟，你且在此陪着路兄，看住了黄飞虎，让俺外面去救灭了火再说。”说罢，飘然而出。半晌又走进屋来，一看黄飞虎已被小虎儿提进屋来，身上横七竖八加上好几道绳束，嘴上又塞了麻核桃，缚得像端午粽子一般，却依然昏迷不醒。

路鼎一见李紫霄进来，慌问：“外边怎样?”

李紫霄笑道：“没事，几处火，他们救得快，早已熄了，半晌没有动静，大约来的只有两人，一死一擒，自然没事了。可是黄飞虎竟敢轻身到此，定有奸计，也许官军伏在堡外待机接应，想来个里应外合，一战成功。天幸我赶回来得快，擒住了他们主将，不愁他们不乖乖地听俺们吩咐，大约天助我们成功。难得他身为一军主将，竟敢送上来受死。”说罢，便向门外喝道：“你们进来!”

原来李紫霄早定下主意，喊进几个为首堡勇，叫他们押解黄飞虎到堡墙上去。

路鼎不明所以，忙问道：“师妹把他押向堡上枭首示众?”

李紫霄摇头微笑，并不答言，一弯腰，啪的一掌，向地上黄飞虎后脑拍去。经她这一拍，黄飞虎蓦地大叫一声：“闷煞我也!”身子一动，把眼一睁，知已被人擒住，立时两眼一闭，大喝道：“想不到俺黄飞虎堂堂丈夫，竟死在一女子手上！罢了，罢了！快拿刀来，送老子归天。”

李紫霄不去睬他，喝一声：“推出去!”

顿时走进雄赳赳的几个堡勇来，七手八脚从地上扶起黄飞虎，一阵风似的扛了出去。李紫霄也跟着出去，押队直到堡上，便半路里会着袁鹰儿了。此段情节，便是补叙路鼎受伤的事，但是在李紫霄口中说与袁鹰儿时，无非略略一提大概情形罢了。

当下袁鹰儿、李紫霄两人赶到路宅，路鼎已勉强支持着，和小虎儿坐在大厅上等候。黄飞虎却由许多壮勇押在阶下。李紫霄、袁鹰儿进厅后，大家先悄悄商量了一阵，便请李紫霄居中高坐，主持一切。

李紫霄无法推辞，坐定后，向阶下娇喝一声："请黄将军上厅讲话！"

厅下壮勇暴雷价一声答应，推着黄飞虎拥上厅来。

众人一齐起立，李紫霄独高声喝道："我叫你们请黄将军谈话，怎的还缚捆上来，快快松绳。"

袁鹰儿亲自抢步上前，便要替黄飞虎释缚。

黄飞虎倏地单目圆睁，大声喝道："不必假惺惺这样做作，要杀便杀，绝不皱眉！"

李紫霄微微冷笑道："我们自始至终，没有亏理，要杀你也不费吹灰之力，无非念你一条好汉，你自己又说过，死在一个女子手上，似乎不大甘心。既然如此，俺们便释放你回去，再决雌雄。到了你死而无怨时，再叫你死便了。"说罢，自己缓步到了黄飞虎身边，伸出纤纤玉手，由上向下只一拂，黄飞虎身上绳束便像刀截一般，纷纷掉了下来。

黄飞虎大惊失色，半晌瞪目不语。厅上下无数眼球，都注在他一个人身上。

李紫霄却俏步春风地回座了，指着黄飞虎笑道："将军，身上已无拘束，何必还待在这儿，快回去重整干戈。如果觉悟我们确系无辜，也应该率军直捣盗穴，将来凯旋，妾定恭迎虎驾，庆贺功成。"

一语未毕，猛见黄飞虎把脚顿得山响，大声喊道："罢了！罢了！俺黄飞虎一生未遇对手，想不到你是我的克星！俺死在你这位女英雄手上，确也值得，确也无怨，还讲什么重整干戈，直捣盗穴？不必羞辱，干脆请你拔剑一挥便了。”说罢，把眼一闭，脖子伸得老长，静等受死。

不料黄飞虎等了半晌，厅上厅下鸦雀无声，毫无动静，不免又睁开眼来，却见李紫霄亭亭玉立，向他敛衽为礼道：“将军死在三义堡里，死得太不值得了。便是将军决计求死，俺们也不愿将军死在这儿，损俺三义堡的英名。不是妾夸口，妾这柄流光剑，专刺奸人之心，不斩英雄之首。将军权且安坐，听俺们一言。”

这时，袁鹰儿早已搬过一把椅子，放在上首，复向黄飞虎一躬倒地，徐徐说道：“敝堡一番委屈，将军还未明了，请将军略坐片刻，待俺诉说苦衷，然后恭送返营。”

黄飞虎见众人这样态度，摸不着路道，挡不住袁鹰儿几句娓娓动听的话，又把他推在椅上，情不由已一屁股坐了下来，却高声说道：“你们不提此事，俺也明白。俺率兵到堡下，何尝不知刁干别有用心，但是俺一生眼中无人，听得你们三义堡英雄无敌，存心要向你们较量较量，想不到惹出这位女英雄来，活该俺黄飞虎一生英名，要送在三义堡上了！可是话又说回来，三义堡虽小，有了这位女英雄，俺黄飞虎也情甘服输了。这事且不谈，承女英雄抬爱，非但不杀俺，还要送俺返营，这份度量，俺黄飞虎便赶不上。

“但是前一忽儿，眼看你们行了绝户计，激变军心，杀了刁干，刁某为人虽杀不可恕，但是俺这份总兵官衔，也从此完了。你们叫俺回去，等于把俺送到鬼门关去，与其俺死在上司手上，反不如先死在女英雄宝剑之下了，所以回营一层，今生休想。不瞒诸位说，俺黄飞虎原是绿林出身，受抚以后，大小数百战，受尽了官场龌龊，才挣得这点前程。弃掉这点前程，俺并不心痛，只俺手下近千人，却是俺一手训练出来的，一旦弃之如遗，未免心痛，这班人大半也从绿林收抚来的，没有俺统率，早晚定又散伙，回到绿林。这一来，岂不是俺黄飞虎两面不够人，除去死路一条，还有俺黄飞虎立足之地么？”说毕，一声长叹，豪气全无。

李紫霄听他说过这番话，欠身微笑道："将军休得烦恼，俺们想不到将军也有许多苦衷，这样一来，俺也懊悔杀死刁干了。可是事已做了出来，难以挽回，悔也无用。像将军一身本领，应该做一番轰轰烈烈的大事业，区区的总兵官，做得出什么大事，弃掉它原不足惜。至于将军部下一层，这事在妾看来，却容易办理，只要将军立志做大事业，便不愁没法安排。"

黄飞虎听出话中有话，不禁问道："照女英雄高见，怎样安排呢？"

李紫霄笑道："妾自有主见，现在暂且不谈，将军奔波一夜，未免过劳，我们不打不成相识，英雄聚会，大家应该披诚布腹，痛饮一场，才是我们本色。"说罢，向袁鹰儿、路鼎一使眼色。

两人会意，立时吩咐手下在厅上摆开一桌丰盛酒席，请黄飞虎高坐首席。路、袁、小虎儿三人打横作陪，李紫霄自居主位，殷殷劝酒。

黄飞虎这时已钦佩李紫霄是个巾帼英雄，不甘示弱，居然昂然入席，暂把诸事置之度外，同众人高饮起来。饮酒之间，看得路鼎被自己踢伤，勉强支持着，未免于心不安，只可向路鼎告罪。

路鼎领了李紫霄命令，不得不笑脸对待，连说："已敷上秘制药散，过几天就好，不必挂心。"这样由干戈变为樽酒，觥筹交错地一来，时候可已不早，眼看一宵光阴，便从这绝大波折中度过。

黄飞虎天生是豪爽之流，一生都是意气从事，被李紫霄恩威并济，旁敲侧击地一笼罩，早已堕入李紫霄手掌之中，而且在酒席之间，听出袁鹰儿在无意中说起玉龙冈、塔儿冈一带绿林，都想推举李紫霄为首，预备做一番惊人事业，不禁心里怦怦欲动，暗想朝廷奸臣当道，不久乱生，自己由绿林受抚，做了一名总兵，把自己拘束得像小媳妇一般，平日又受尽了上司的龌龊，到了目前地步，塔儿冈的强人固然剿不成，官也难以做下去，进退两难，不如仍旧还我绿林本色，也许同他们混在一块儿，倒比受上司龌龊气强些，心里这样一转，嘴上未免附和了几句。

其实袁鹰儿故意说出这样话来，无非领受李紫霄秘计，特地引他上钩罢了。等李紫霄察言观色，早已了然，却又故作波折，谈锋一转，又转到别的上面去了，但是这席酒却已吃到夜尽天明。

正在这将曙未曙之际，忽见厅下奔上几个堡勇，报道："官军派人求见。"

李紫霄问："来了几人?"

堡勇答说："来了两个，都是便衣空手，每人只骑了一匹马。"

黄飞虎一听自己营中来了人，慌说："叫他们进来，我得问问他们。"

可是他这几句话算是白说，立着的几名堡勇仿佛没有听见一般，依然直立不动。

李紫霄接过去说道："黄总兵说得对，快叫他们进来，见见主将，也好放心。"

堡勇们立时领命趋出，一忽儿带进两个魁伟汉子。黄飞虎一看，原来就是自己贴身两员把总。那两名把总一见自己主将高居首座，谈笑甚欢，大出意料之外，一时不得主意，不知怎样说才好，却不料李紫霄倏地盈盈立起，叫人添设杯座，便请两名把总入席。

这一来，两人益发踧踖不安，齐声说道："姑娘安坐，不敢越礼。"

李紫霄笑道："你们以为主将在座，没有你们座位吗？但是我们这儿不似你们营帐，有许多臭排场，我们讲究的一视同仁。你们到这儿，无论如何总是客，哪有客人立着，主人自顾坐吃的道理，何况你们两人还代表着全营士卒，来此接洽正事呢!"

黄飞虎大拇指一竖，大声说道："好一个一视同仁，来，来，来!我们从此不必拘束，就照这位女英雄的话坐下来，我有话说。"

两人无奈，偏着身，直着脸，诚惶诚恐地坐下来。

两人坐定后，黄飞虎急不可耐地大声说道："你两人来得正好，刁副总兵这一桩事，已经做了出来，在官场上自然弟兄们理亏，在我们方面讲，却是他咎由自取，死得一点不冤枉！但是我这小小前程，也和刁干一齐死了。你们二人和众弟兄的本意，无非想用义气来换我性命，对于其中利害，也许你们还不明白。这位女英雄本领无敌，肝胆照人，你们益发不知道。现在事情摆在面前，我干脆说一句吧，俺黄飞虎从今天起，要跟着这位女英雄另创事业了！我们共患难的弟兄们，应该怎样安排，我信服这位女英雄，定有高见，绝不至亏待你们的，你们两人且听这位女英雄吩咐就是。”

这一席话，二人听得面面厮看，万想不到自己主将竟变了心，和三义堡走上一条路，说的另创事业，又不知如何事业，越发摸不着头脑。

正在沉思间，忽听李紫霄欠身微笑道：“两位既然跟黄将军多年，将军雄迈豪华之气，当然略知一二，我们幸蒙将军虎驾亲临，得以面谈里曲，彼此心迹都释然冰解。不过黄将军因为我们砍死了副总兵，这祸却闯得不小。无论刁干如何可恶，总算是一位命官，他的罪孽未露，忽然死在万刃之下，叫黄将军如何发付上面官宪？势必把‘兵变’‘造反’等罪，加在弟兄们身上。黄将军身为主将，又岂能置身事外？最小的处分也要革职听勘。那时节，你们救不了将军，将军也难以顾全你们，这一来，岂不大糟特糟？

“但是事已做了出来，像将军部下千多个弟兄们，都是身经百战的健儿，将军又是个英雄汉子，怎甘自暴自弃，也不甘心把你们一齐葬送在暗无天日的牢狱里，所以黄将军决定弃掉前程，和俺们志同道合，另创一番事业。至于这番事业，此刻暂且不提，好在天已大明，大约到了中午，你们就可明白。现在扼要说几句，请你们回去，对弟兄们说，如若全营弟兄情愿终身跟随将军，只要换去全营旗号，依然是一旅节制之师，而且从此不受官厅约束，可以凭将军大志，名震天下。否则听弟兄们自便，各奔前程好了。”说罢又向黄飞虎笑道：“妾这番愚见，将军以为然否？”

黄飞虎伸出巨灵般的毛掌，拍得山响，呵呵大笑道：“女英雄说的话，便是俺心里想说，嘴上说不完全的。你们回去便照女英雄的话，遍告众弟兄，只说俺说的好了。”

两人站起身来说道：“经这位女英雄一说，我们才明白了！俺两人可以代全营兄弟坚决说一句，我们不管前途祸福，只万众一心，跟着俺们主将。此刻俺们暂先告辞回营，可以宣布主将意旨，但是……”

李紫霄不待他们再说，便抢着说道：“此后你们旗号和饷糈军械，俺们同黄将军慢慢磋商，好在一半天便可解决。现在我们已成一家，你们回去便整顿全营人马，直到堡下扎住营盘，听候黄将军出堡传令便了。”

两人领命告辞，出堡自去宣达这番意见不提。

这里黄飞虎看得李紫霄披诚相待，布置有方，大为安心，竟放怀畅饮，越谈越投机了。

酒阑席散，众人回到书房，黄飞虎还不知李紫霄想创如何大事业，私下里袁鹰儿也不敢明说，只说到了中午，大约可以揭晓。这时众人都熬了一夜，因为大事当前，各人都提起精神，毫未困倦，唯有路鼎后腰着了黄飞虎一脚，虽然敷上珍贵药品，止住了痛，精神却有点支持不住，无奈自己原是重要人物，怎敢在李紫霄面前露出颓唐神气，叫人看不起自己。他这样咬牙支撑，别人不觉，却逃不过李紫霄眼光，暗地和袁鹰儿设个计较，把路鼎扶进内宅安心休养去了。她自己携着小虎儿和袁鹰儿，在书房内陪着黄飞虎，高谈阔论，连黄飞虎在阵上弃掉的一具马索，也命人拣了出来，还给了他。

这时天色已鱼白，众人尚在谈论之间，忽听堡外号角声响，接着又是三声炮响，堡勇进来报说：“官军已在堡下扎营。”

不到半个时辰，门外銮铃响处，堡勇又领着玉龙冈黑煞神，匆匆跨进房来，一进门便大声嚷道：“俺去得快，来得快，奔波了一夜，总算事情办妥了！”一语未毕，一眼瞥见黄飞虎在座，顿时闭了嘴，怔怔地瞧着李紫霄，显着诧异神气。

李紫霄和袁鹰儿已笑着起迎，李紫霄笑说道：“黑兄回来得真快，现在我先替你介绍一位英雄。”说着一指黄飞虎道：“这位便是久已闻名的黄总兵黄飞虎将军。”又指着黑煞神向黄飞虎说了姓名。这一来，两人都愕然，一齐怔住了。在黄飞虎还不觉十分惊异，以为玉龙冈强人，既在相近，当然闻名交接，唯有黑煞神听说这人便是统率官军，剿寇打堡的黄总兵，未免觉得事情透着奇怪。两人面对面，一时说不出话。袁鹰儿却哈哈大笑道：“难怪两位都觉诧异，此刻我来说明吧！”

第十三章 席上飞刀

“这位黄将军原是我们道中人，一身本领无敌，白天同我们李师妹一见面，英雄惜英雄，立谈之下，黄将军痛恨官场龌龊，情愿弃掉前程，当场杀死副总兵刁干，率领全营人马，和我们合在一起，另创事业了。”

黑煞神一听这话，立时趋至黄飞虎面前，抱拳为礼道：“这才是大英雄本色，佩服，佩服!”又回头对李紫霄道：“怪不得俺一马跑来，见官军逼近堡下，却又偃旗息鼓，毫无动作，官军们还同堡上壮丁谈笑哩。俺正看得诧异，原来如此，这才明白了。”

黄飞虎也笑道：“今天虽然同黑英雄初会，但是黑英雄豪爽脾气，一看便知。俺最爱这样人，以后咱们还得多亲多近。”

黑煞神大乐，握住黄飞虎手掌，紧紧地摇了两摇，笑道：“这样说，俺今天又多了一个好朋友。你是带兵的官，见俺从玉龙冈来，定是疑惑。不瞒你说，俺黑煞神吃亏在一生不会说谎，俺老实对你说，俺黑煞神一生不肯服人，可是对于这位女英雄的本领，实在心服口服，因此俺回山去，和俺们老大翻山鹞说明就里，公奉这位女英雄当瓢把子，大大地干他一番。想不到老哥也合在一起，这一来，非但免除了许多手脚，我们的声势也益发雄壮了。

“昨晚俺回山去，听俺们老大说起，朝廷自魏忠贤一手掌权，奸臣满朝，弄得天下暗无天日，许多山林志士，暗地都有集合，想做点除暴安良的事业。现在俺们有这位女英雄为首，又有老哥这样英雄辅助，何愁基业不稳！”

他说到此地，李紫霄笑道：“恐怕事情没有这样容易，翻山鹞许有点不甘心吧？”

一语未毕，黑煞神双手脆生生一拍道：“嘿！女英雄真是明见万里，可是翻山鹞也同俺一样脾气，眼见为真，耳闻是假，非到死心塌地不肯低头的。俺对他说了无数的话，他未尝不信，亦未尝不佩服。只是他和过天星商量好，先命俺回来恭迎女英雄们上山，他和过天星率领全山人马在山口迎接，一面在山上聚义厅摆设大筵席，款待女英雄。他这番意思，无非想当面讨教女英雄一点本领，然后才心服。但是俺心里有数，像他这点本领，比俺强得有限，女英雄上山时节，只略露一手半手，便把他吓死了。照理说，俺该提醒他，免得他当场出丑，但是借此给全山好汉看看女英雄手段，便不怕他们不听号令！再说俺山寨过天星等人们，不是这样做作，也不肯低头的！所以他一说，俺满口应承，规定今天午后，女英雄起马，他们率队在山口迎接。现在时已近午，女英雄也可预备起身了。应该带多少人去，留谁守堡，也趁此时分派停当，免得临时匆促，未知女英雄意下如何？”

李紫霄、袁鹰儿听得这番话，都略为思索，一时未及回答。黄飞虎倏地立起身，拍着胸脯道：“俺当年闯荡江湖，专爱干这种事，想不到今天又给俺遇上。女英雄不必踌躇，也不必多带人，只黄飞虎一人，替女英雄来个马前张保，前往拜山，便可停当。”

李紫霄笑道：“此去原替大家着想，并不是争夺江山，赴什么鸿门宴，原也不必一齐前往。只是翻山鹞心里存着较量的成见，难免在大庭广众之间，分个高下。人家是个一寨之主，如果面上弄得下不来，俺心里也是不安。

“此刻俺可以开诚布公地说一句，先父在世时，断定大明江山，不久要属他人，豫、陕、晋一带，定有一番糜烂，倘能集合失意英雄，同心合力，保守一处形势之地，开辟一所世外桃源，进可保君，退足自守，最不济也可保全数万生灵，免遭涂炭。恰好这里玉龙冈天险之区，先父弥留时，尚谆谆嘱咐，继述未竟之志，所以妾久存此心，巧不过黑英雄志同道合，遂生出此事来。早晨席上妾对黄将军所说，另创大业，便是此意。其实妾一女流，毫不希望做一绿林首领，更不愿俺们志同道合的英雄，老死在绿林中，希望身在绿林，心存君国，从绿林中开出一条光明坦道来，这便是妾的区区之见。”

她这几句光明磊落的话，最受感动的是黄飞虎。

黄飞虎原是绿林出身，现在由总兵又回到近乎绿林的地方，无论如何，心里也是不好受，今听李紫霄这样一说，一夜的折腾，到此才吃下一服安心药，却把李紫霄愈发看重了。至于黑煞神，粗而且浑，罚誓不了解的，何况李紫霄城府深沉，用一派冠冕堂皇的话，先把众人的心笼络起来，其实她心里主见，连袁鹰儿等也莫测高深，何况黑煞神呢。

当下黑煞神粗声粗气地附和着众人，把李紫霄抬得高高的，一力主张，多带人马，连黄飞虎部下也一齐带去，以张声势，后来还是李紫霄自己决定，只带黄飞虎、袁鹰儿和黑煞神，另外在官军中挑选三百虎皮兵，改张三义堡旗号，即在午饭后出发。小虎儿嚷着要同去，经李紫霄说了几句，才凸着嘴不响了。

饭后，李紫霄把堡中诸事安排妥帖，又命小虎儿进内宅去嘱咐路鼎几句话，便命小虎儿伴着路鼎，小心照料，一一吩咐清楚，自己略一修饰，带了流光剑，选了四匹良驹，带着三义堡旗帜，和袁鹰儿、黄飞虎、黑煞神各骑着马先到官军营中，由黄飞虎晓谕一番。官军原是绿林人物居多，这种勾当正对胃口，今见主将和三义堡一鼻孔出气，自然服服帖帖地听凭调遣。当下黄飞虎修理好套马索，带在身边，依然提着黄澄澄熟铜镏金齐眉棍，挑选了三百虎皮兵，立时跟着李紫霄向玉龙冈进发。

玉龙冈距三义堡不过几十里路，都是盘旋曲折的山路，不能纵马放缰，未免迂缓一点。这样翻过几个山头，望见前面一座峻岭，颇为险恶，中间却有一箭路的坦道。众人一见这样坦道，立时加鞭，泼剌剌奔跑，跑到岭脚，忽见半岭土坡上竖着一面黄旗，写着玉龙冈字样，旗下并立着四匹马，马上四个大汉，一色裹头缠腿，带弓挎刀，一见三义堡人到来，便跑下两人来，迎着李紫霄马头，高声喝道："俺家寨主，恭候多时，特命俺们迎上前来。由此进山尚有不少路，一路都有伏弩陷坑，你们初到，地里不熟，由俺两人当先引导好了。"说毕，死命盯了李紫霄几眼，又望着李紫霄身后一行人马，笑了一笑，便一挽马缰，当先跑上岭路。

那半腰土坡上，尚并马立着两人，却一动不动，只掏出哨角般东西，含在嘴上，尖咧咧地吹了起来，大约以此为号，通知三义堡人马进山了。

李紫霄看了这番情形，回头向袁鹰儿悄悄说道："看情形难免要费手脚。"一语未毕，已远远听得一路吹着哨子，似乎是按站传递的法子。

李紫霄等跟着前面引路的两匹马，缓缓进发，又翻过了好几处岗陵，都是陡峭峻险的地方，有许多地方只马难行，大家只好下骑。每一个险要地方，都设着卡子，扯着玉龙冈旗号，卡子上的人们，看得李紫霄的袅娜、黄飞虎的雄伟、袁鹰儿的精悍，人人现着诧异之色。李紫霄谈笑自若，履险如夷，愈发使玉龙冈人们奇怪得了不得。这样又过了几重峻险地方，蓦见前面现出十几丈高的一座漆黑峭壁，寸草不生，远看去活像方整整的一块秤锤子。

黑煞神走上前来，向李紫霄笑道："这里土名叫作天铸谷，这座峭壁，天生的一块整铁，玉龙冈风水，全在这里呢。转过这天铸谷，便是一条蜿蜒如龙的长冈，冈上磊磊块块，奇奇怪怪，都是白玉似的磨盘坚石，远望过去，好像龙身上鳞甲，所以出名叫作玉龙冈。山寨便在龙脊上，也是玉龙冈最高的所在了。"

袁鹰儿笑道："这么大的一块铁采下来，打造军器，可用之不尽了。”

黑煞神两手乱摇道：“这却使不得。早年山寨中也有人提议过，无奈风水所关，轻易不能乱动。”

黄飞虎大笑道：“风水两字害人不浅，如何信得？倒是这座峭壁，正挡住玉龙冈全冈风景，好像大户人家的影壁一般，于行军上颇有关系。如守住这谷，便用红衣大炮来轰，也休想轰开。这座峭壁真是最好的一座要塞。”

李紫霄点头道：“将军所见，与妾相同，不过采用军铁，也是要着。倘然此处四近，还有煤矿可采，更是妙极了。”

众人谈谈说说，已走入一条羊肠小道，原来此处两壁中分，都是遮天蔽日的高壁，走在中间，仰着脖子望上去，只露一线天光。

这条山道，足有里把路长，李紫霄笑向黄飞虎道：“有前面的天然屏障，还有这条通行小道，造物之妙，真真无奇不有，如果里面水道不绝，粮食有余，这条小道，也可说得一夫当关，万夫莫入了。但是翻山鹞在前面几处山开设了无数卡子，此地接近山寨，最是扼要所在，却又一人不设，未免太大意了。”

黄飞虎笑道：“他们懂得什么，便是俺也在这几年，才略知一二的。”

谈笑未毕，将出谷口，一阵谷风吹来，隐隐听得谷外人喧马嘶之声，那前面引路的两个骑卒，牵着马回过头来道：“走尽这条小道，便可见着俺们寨主。俺们先去通报一声，好恭迎诸位。”说毕，急匆匆跑去。

这里李紫霄悄悄向黄飞虎道：“请将军传令，拨一百名虎皮兵守住这条要道，玉龙冈的人，任他们随意进出，不过预防万一，倘有风吹草动，我们有人在此，便不愁没有退路。”

黄飞虎连连点头道：“有理，有理。”便转身拨了两名把总，一百名虎皮兵，分守山道两头，自己带了两百个虎皮兵，跟着李紫霄等缓缓行去。

一忽儿走尽羊肠小道，显出一大片广场来，四围尽是参天古木，广场对面，却是一座横亘南北的峻岭，岭上立着一座石牌坊，凿着玉龙冈三个斗大的字。牌坊下旗帜缤纷，戈矛林立，鸦雀无声地一一排着无数人马，把这片广场围成一个大圈，只留着天铸谷一处路口。

广场上的人们，一见三义堡旗号，从谷口招展出来，接着李紫霄一马当先，领着黄飞虎、袁鹰儿、黑煞神和后面两百虎皮兵，像长蛇出洞般步入场心。

黑煞神早已一挽缰绳，跑到李紫霄面前，向牌坊下一指道："请女英雄暂先驻马，他们已迎上来了。"

李紫霄抬头一看，只见五色缤纷旗下，其势虎虎地趋出奇形怪状、俊丑不一的十几个汉子，为首一个生得鹰眼狮鼻，猿臂猬髯，一身劲装，外披风氅，身后紧紧跟定一老一少。老的鬓发俱白，却生成一张酒糟红面，中间一个大蒜鼻，通红发亮，光可鉴人，远看去有点像鹤发童颜，其实一脸横肉，专吃人心。那年少的细眉细目，薄耳尖腮，一路行来，和那老的交头接耳，讲个不了。其余后面许多人，高高矮矮，光怪陆离。

黑煞神先已悄悄指点给李紫霄道："披风氅的便是翻山鹞，身后老的便是塔儿冈老狪狪，年轻的是过天星，其余全是山寨开拔出来的头目。"说毕，一转身，向前迎去，跑到翻山鹞身边，又向这边指点。

翻山鹞等人紧趋几步已到跟前，李紫霄诸人慌下马相见，两面经黑煞神均先已指点明白，倒简省了许多话，翻山鹞只说了一句："恭候多时，此地不便谈话，请诸位上岭，到敝寨歇马便了。"

双方一阵谦逊，翻山鹞便转身向前引导，往岭上走去，却见他撮口一呼，立时见旗帜摇动，围住广场的人马，分成左右两路，从别道卷上高岭去了。

这里翻山鹞等领着李紫霄一行人马，由石牌坊下一条坦道上，步上玉龙冈。走不到半里路，便见要路口筑着几座碉垒，垒上高竖着山寨旗号，垛口上安着几具铁炮，颇是威风。众人走过几层碉垒，越上越高，到了岭顶，才见大寨的大栅门，栅内一条很长的宽道，直达最高的岭巅，宽道两旁，整整齐齐地盖着许多瓦房，也有不少店铺。

翻山鹞直向栅门内宽道上走去，李紫霄等也跟着进了栅内，留神两旁店铺进出的人，也是普通装束，女子小孩，老少都有，只每人都带着兵器，衣襟挂一支红布条，布条上似乎写着字，大约由山寨拨给，作为标志，免得奸细混入。一路走去，忽听得前面大吹大擂，鼓乐喧天，抬头一看，原来这条宽道尽头才是山寨大门，却是一座很高的碉楼，周围围着乱石墙，墙上和碉楼上刀枪密布，站满了山寨喽兵，下面寨门大开，翻山鹞、过天星、老狪狪同十余个凶悍头目，全分立两旁，肃容躬身。

李紫霄等免不得略自谦逊几句，便昂然直入。一进寨门，便是一条铺沙甬道，拾级而登，便是一座宽敞大厅，足可容纳千许人，大约就是山寨聚义之所。聚义厅两旁，连接着无数院落，一进厅内，只见上面正中一排，设着十几把兽皮交椅，左右两行，也设着无数椅子，每一把椅子后面，站立着两名抱刀卫兵，雄赳赳立着，好像木雕一般。

这时黄飞虎带来的两百虎皮兵，遵照命令，已肃静无声地排立在厅阶两旁，黄飞虎、袁鹰儿紧跟着李紫霄跨进厅内，翻山鹞只领着黑煞神、过天星、老狪狪三人，陪进厅来，其余十多个头目，却分头招呼阶上虎皮兵去了。

翻山鹞等李紫霄进厅后，便请李紫霄高坐居中交椅，李紫霄从小听父亲说过拜山规矩，当然谦逊不遑。两面一阵客气，彼此便在左右两旁椅上分主客坐下，上面一排兽皮交椅却都空着。

主客坐定，翻山鹞首先开言道：“敝寨和贵堡原同邻舍一般，贵堡路堡主曾经拜识，端的英雄。这几天听说黄总兵带着官军打堡，俺气愤不过，特地差黑二弟前往助阵，想不到昨晚黑二弟回来，得知前一年过去的李老师傅膝下，有一位小姐一鸣惊人，本领无敌。据俺黑二弟说来，非但路堡主甘拜下风，便是这一路山寨好汉，也无人及得。俺闻悉之下，高兴得不得了，这几年俺自问艺疏学浅，屡想访求一位大英雄，求他上山整顿寨基，领袖群英，万想不到踏破铁鞋无觅处，得来全不费功夫，强胜须眉十倍的李小姐近在咫尺！俺真喜得不知如何是好，慌命黑二弟又辛苦一趟，去恭迎小姐上山，一面又把这位塔儿冈的老大哥请了来，咱们先来个小小的群英会，见识见识李小姐的惊人绝技。”说罢，两目圆睁，直注李紫霄，却又张着嘴，呵呵大笑，声振屋瓦。

李紫霄欠身微笑，莺声呖呖地答道：“李紫霄是一个琐琐女子，有何本领，敢劳寨主夸赞。既蒙寨主派黑英雄助阵解围，又蒙寨主连夜相邀，哪敢违命不来！偏巧敝堡路兄身子略有不适，不能亲自到此，特命李紫霄等代表前来，叩谢寨主助阵美意。”说罢，盈盈起立，向翻山鹞深深敛衽。翻山鹞一面答礼，一面便命手下在聚义厅上摆设酒席。他们这种酒席却与众不同，每人面前端上一张茶几似的小桌子，一张桌子摆好一只酒杯，余无一物。

一忽儿，阶下一个凶面大汉，高喝一声：“上菜！”

顿时乐声大作，厅外十几个喽兵，每人双手捧着一具木盘，装着满满一盘红烧大块牛肉，牛肉上插着明晃晃一柄尖刀，刀柄上插着一朵红鲜花，鱼贯而进，把一盘盘牛肉依次分送到各人桌上。这班人退去，又是几个喽兵，披着红绸，提着酒壶，在各人面前敬起酒来，依次敬毕，退立一旁。

这当口，翻山鹞倏地站起身来，端着面前酒杯，高声说道：“敝寨没有别的敬意，权请诸位英雄喝几杯水酒，聊表微忱。”说毕，自己咽的一声，把酒喝干，举杯四照。

李紫霄等只好领情，各自饮了面前酒。旁边侍候酒席的喽兵，又提着壶一一斟满。酒过三巡，翻山鹞举手拔出肉上尖刀，向各席一挥，说一声：“请！”

便听得满座哧哧割肉的声音，宛如风卷残云，霎时盘盘俱空，只有李紫霄面前一盘肉，毫厘未动，一柄刀也依然直立在牛肉上，但是翻山鹞手下的过天星、老狪狪、黑煞神和几个头目，肉虽吃尽，手中一柄尖刀，却依然紧紧捏住，并不撒手，好像等候又上一盘肉似的。李紫霄一双秋水如神的妙目时时贯注各人动作，看出他们执刀在手，神情有异，愈发留心翻山鹞举动。

恰好翻山鹞也留神李紫霄面前一盘牛肉，丝毫未动，似乎露出鄙夷之态，以为李紫霄毕竟是个寻常女子，身体脆薄，怎吃得下这样英雄之肉，霎时眉目一动，向阶下大喝一声“收刀”，便见厅外两个喽兵扛进一块木牌来，宛似一座小小屏风，木牌有一人多高，中间画着一个精赤的人，五官四肢俱备，掌中又画出一个红圈，圈中写了一个心字。喽兵扛进这块木牌，放在离席远远的中间。

翻山鹞笑向三义堡诸人道：“咱们练武的人，三句不离本行，不比酸溜溜的先生们，在吃酒当口，行什么酒令儿，哼几句诗曲儿，俺们可干不上来，所以俺想了一个法子，弄出这样一个玩意儿来：每人吃完了肉，把手上小刀儿向那木牌上的人儿掷去，同时嘴上喝一声掷中何处，譬如嘴上喝一声‘中目’，刀发出去，果然掷中眼上，刀不跌下，便见功夫，咱们大家公贺一杯；如掷不中，或中了以后，刀仍跌下来，便罚他一杯。俺想这法子最公道不过，也可以助兴，而且这种玩意儿，有武功的人也不甚难，大家一定乐意的。现在俺先来试一下，诸位不要笑话，看俺献丑。”一语未毕，猛喝一声：“看俺取他心肝!”

就在这一声大喝中，哧的一线白光直射木牌，当的一声响，那柄割肉的尖刀，入木三分，正插在画出的红心中间。大家不免齐声喝彩，公贺了一杯。

翻山鹞得意非常，呵呵大笑道：“快上酒来，看哪一位英雄出马，咱们好举杯恭候。”

这时黄飞虎再也忍不住了，一抬身，离开酒席，居中立定，向两面一抱拳，笑道："俺也来试一下，但是一柄刀不够用，无论哪一位，借几柄用用。"

袁鹰儿凑趣，慌把自己桌上一柄递与黄飞虎。

黄飞虎接过了刀，又转身走到黑煞神面前，笑道："黑兄，你的权借一用。"

黑煞神正乐意三义堡人物献点能耐，仿佛自己面上也增光彩，一听黄飞虎改变花样，慌忙笑嘻嘻把刀送上，却悄悄说道："将军绝艺，何消说得，尽量施展吧！"

黄飞虎微笑接过，反身直退到中间设兽皮椅所在，距离席下木牌约有五六丈远，比翻山鹞坐席所在，又远了不少。黄飞虎退到不能再退地方，然后立定身，笑向左边玉龙冈席上说道："俺武功浅薄，偶然凑个趣，想借花献佛，敬诸位几杯，敬得上敬不上，休得笑话。"说毕，先把一柄刀插在腰带上，两手分执两柄，突然喝一声："看俺取他双目！"

只见他双手一扬，那边木牌上，当当两响，两柄刀不偏不倚，分插在两只眼珠上，众人不由得喝起连环彩来，不料他一转身，面朝里，背朝外，拔出腰间那一柄，反臂一抡，喊一声"再来一下"，众人急看时，只见木牌画的人头上，三柄刀插成一个倒写"品"字，最后反背掷的，正中在嘴上。这一下，把袁鹰儿、黑煞神乐得手舞足蹈，过天星、老狪狪惊得目瞪口呆。

那翻山鹞却一手端杯，一手指着黄飞虎向李紫霄问道："这位英雄，素未谋面，也是贵堡的人物么？"

李紫霄端坐微笑道："寨主久闻黄总兵大名，何以见面却不认得？"

这一句话，宛如石破天惊，厅上厅下，凡是塔儿冈的人，没有一个不大吃一惊的，无数眼光，都注在黄飞虎一人身上，猛听得当的一声怪响，翻山鹞手上一只酒杯，掉在桌上，幸而离桌甚近，砸得不重，没有粉碎，只把满满一杯酒，流得点滴无余。

原来黑煞神跟三义堡人马回到山寨，大家匆匆会面，无暇细说，到了厅上，大家全神都注在李紫霄一人身上，对黄飞虎全没有理会，彼此便是在岭下广场上见面时，虽经黑煞神介绍一次，无奈李紫霄早已暗嘱黑煞神，不到相当时节，不必说明黄飞虎来踪去迹，所以黑煞神在广场上给翻山鹞指点时，只含糊说了句这人姓黄便完，这时突然出现了黄总兵，在翻山鹞耳中听到黄总兵三字，怎的不惊，以为官军和三义堡合在一起，借机进山，抄袭山寨来了，连自己同气连枝的黑煞神，也疑惑他吃里爬外，同他们一鼻孔出气了。

这当口，厅上厅下，凡是山寨的人，除出黑煞神，个个手握刀柄，预备拼命，却听得坐在首席上的李紫霄，盈盈卓立，一双神光瑰潋的妙目，电也似的向全厅一扫，嫣然笑道："寨主休惊，诸位英雄不要误会，这位黄总兵黄飞虎，现在不是率领官兵的总兵官，却是三义堡志同道合的人了，诸位不信，请问黑英雄便晓。"

黑煞神慌也离席，笑嘻嘻向老狮狮说道："今天女英雄到此，还带一桩天大喜事来，别人还可，唯独你老哥还应该拜谢这位女英雄呢。"

老狮狮竖着一个高红鼻子，满脸布着惊疑之色，正想开口，黑煞神两手一摇，大笑道："你且别躁，听我细说。"接着便粗枝大叶，把黄飞虎弃官的情节，说了一遍。这一番话，听在塔儿冈人们耳中，等于吃了一席压惊酒，各人眼光，却不注意黄飞虎，只一齐注到李紫霄身上，人人心里都惊奇这样一个美人胎儿的女子，有这样了不得的本领和智谋，怪不得三义堡要唯她独尊了。

这时黄飞虎早已回到自己席上，暗地留神翻山鹞，见他听了黑煞神一席话，低头不语，一会儿又抬头打量打量李紫霄，似乎心里正打算一桩主意，猛听得李紫霄又笑道："现在诸位疑虑尽释，我们不要辜负寨主一番盛意，刚才黄将军三刀齐中，我们应该公贺一杯，以后再请哪一位英雄大显身手？"说毕，自己先举杯喝尽。

大家被她一提，如梦初醒，翻山鹞身居主席，反觉着不得劲儿，慌也一仰脖子，举杯相照，大声笑道："我们非但该公贺一杯，黄将军绝艺惊人，而且还要同贺一杯，黄将军，与我们志同道合，前程无量。”

众人齐声应道：“寨主说得有理，我们多欢饮几杯才是。”

于是大家干了两杯，老狏狏吃了几杯酒，鼻子格外发光，一张脸红得像鲜血一般，配着雪也似的须眉，红白相映，非常别致，这时也离席而起，先向李紫霄打了一躬，转身又走到黄飞虎席前一躬到地，开口说道：“将军弃官，原由塔儿冈而起，虽然将军豪气凌霄，弃官如遗，在俺心里，总觉抱歉，特地向将军谢罪，此后将军如有用得着俺的地方，虽死不辞！”说毕，又是一躬。

黄飞虎看他这般年纪，还有这样精神，说话也谦恭有礼，不免也周旋几句。

老狏狏说了几句门面话，又回身走到中间，向木牌一指道：“黄将军连珠三刀，刀刀中的，实在无人及得，俺年老艺疏，满心想借花献佛，敬诸位几杯，无奈艺不由人，恐上不了诸位法眼，姑且借酒盖脸，玩他一下，练得好练不好，请诸位多多包涵。”

翻山鹞一见老狏狏出马，高兴得了不得，慌笑说道：“生姜老的辣，我们洗杯恭候吧！”

老狏狏且不答言，走近木牌，伸手拔下两把刀，回身走到起先黄飞虎发刀所在，却不回转身来，背着木牌，连头也不回望一望，只听他猛喝一声：“穿掌！”同时两手反腕一扬，便见两道白光，从他肩头发出，当的一声，两柄刀正插在木牌人的左右手心内，接着又听他喝一声，“穿膝！”照样又把余的两柄刀发出，整齐地插在木牌人的两膝上。

众人都喝起彩来，齐说这手功夫真不易，最难得的背后无眼，怎能够得心应手，发得这样准呢？翻山鹞更是乐不可支，连说干杯，干杯，于是众人又公贺一杯。

这时李紫霄喝了几杯酒，面泛桃花，益显得娇艳欲滴，神采照人，却见她笑吟吟抬身而起，指着木牌说道：“咱们饮酒作乐，却苦了这画人儿，一连吃了好几次尖刀，现在我来变个花样儿。”

众人听她要出手，精神大振，都一齐望着她，不知她变出什么花样儿来，却见她袅袅婷婷地走到木牌边，伸出玉手，把木牌上的尖刀，一齐取下，又分花拂柳地将手上的刀，一一还与本人，然后又退到木牌前面立定，向众人笑道：“木牌上画人儿苦头吃得不小，现在俺来发个慈悲，我来代替它一下。诸位不要替我担心，手上有刀的，尽管用力发出来，只当我同木牌人一样。发一柄两柄，没有多大意思，席上有刀的，尽管一齐发来，且看我是不是同木牌人一样。”

这几句说得真是惊人，而且出人意料之外，非但塔儿冈的人，以为她多吃了几杯酒，胆大妄为，连袁鹰儿、黄飞虎都有点惊疑起来，黑煞神更是不安，连连摇手道：“女英雄本领绝人，我们早已知道，何必弄出这样玩意儿来，便是要来个新鲜着儿，也有的是花样，这样举动，谁也不肯发刀的。”

在座众人个个惊疑，原也在情理之中，而且一半也怕李紫霄过于张狂，弄得没有好结果，其实这班勇夫哪知李紫霄没有确实把握，岂肯冒昧从事。原来李紫霄此举，早已算定，席面手上有割肉小刀的，除三义堡来人外，只有翻山鹞、过天星、黑煞神、老狪狪几个人，黑煞神心服口服，名义上尚是玉龙冈的人，其实已列在自己一边，这样，能向自己出手的，只有翻山鹞等三人，这三人的武功一望而知，满让他们一齐发刀，凭自己功夫，绝尚可应付得下。当下成竹在胸，向黑煞神笑道：“黑兄万安，不是俺夸口，这几柄小刀，在俺眼中，也同纸糊的差不多，哪一位胆大英雄，快请出手吧！”

一语未毕，只听得主席上翻山鹞大喝一声：“俺先敬你一刀！”

众人大惊，急看时，只见李紫霄不离方寸，笑吟吟右手两指钳住一柄尖刀，向众人一扬道：“你们看，这种刀不是纸做的是什么？”随说随将两指一翻，那指缝里的尖刀，便像面糊似的折了过来，咄的一声成为两段，掉在地上。

这一下，把厅上厅下镇压得鸦雀无声，如果有一根绣花针掉在地上，也可听得出来，连喝彩都不敢喝出声来了。

却不料黑煞神肩下一席上的过天星使出坏心眼来，他以为李紫霄此时卖弄手段，意气飞扬，定难兼顾，暗地擎刀在手，看准李紫霄咽喉，用足腕力，冷不防喝声："着!"

刀光如电，只一瞬工夫，眼看雪亮尖刀上了粉脸香颈之间，说时迟那时快，只见李紫霄一退步，朱唇微启，牙齿透香，巧不巧，正把尖刀噙住，趁势玉腕一舒，执住刀柄向过天星席上一掷，娇喝一声："还你一刀!"

这一下真把过天星吓得魂灵直冒，"啊哟"一声刚才出口，只听得哧的一声，那柄刀擦着过天星头皮，直飞到身后一支大木柱上，钉在柱上，余势猛劲，来回直晃，可是过天星网巾前面一朵慈姑结儿，却已削断，掉落下来，只把过天星吓得面白唇黄，向桌底直躲，两旁的黑煞神、老狪狪也吃惊非浅，以为李紫霄要取过天星性命。

在这惊心动魄当口，猛听得翻山鹞大喊一声："好本领!"推案而出，抢到李紫霄面前，纳头便拜，口内说道："耳闻是假，眼见为真，今天俺碰着英雄，这座玉龙冈寨基业可以稳固了!"

李紫霄见他说拜就拜，真个跪在地上叩起头来，慌忙退在一旁，连说："寨主多礼，折煞妾身，快请起来。"

一语未毕，翻山鹞腾地跳起身，向两面席上一拱手，高声说道："俺今天恭迎这位女英雄上山，原有一个大大的宏愿，便是俺平日想访求一位智勇双全的大英雄主持玉龙冈，集合绿林同志，另做一番事业。凡是玉龙冈的人大约都知道，便是这位塔儿冈老大哥，也抱此心。想不到黄将军率领官军到此，倒替俺们引了这位女英雄出来，此刻见识到女英雄惊人绝艺，怪不得黄将军倾心相随，现在我们有了女英雄和黄将军，便像有了主心骨儿似的，趁此群英聚会，俺翻山鹞率领玉龙冈大小人马，情愿恭奉女英雄为总寨之主，以后悉听女英雄命令，如有不服的，便请他挺身出来，和我先较量较量!"

翻山鹞话音未绝，厅上厅下欢呼如雷，齐声喊着：“愿听女英雄号令！”

黑煞神更乐得手舞足蹈，向老狪狪竖着大拇指，喊着：“玉龙冈从此兴旺了，你那小小的塔儿冈快趁此打主意吧。”

老狪狪笑道：“你且不要忙，俺自有主意，也不必忙在一时呢。”

黑煞神误会了他的意思，以为老狪狪不乐意，一赌气，回过头去，猛见过天星霍地托案跳出，高声嚷道：“拣日不如撞日，俺们寨主既然虚衷让贤，便在今天奉女英雄坐上第一把交椅，有何不可？然后把三义堡、塔儿冈两处英雄合起来，排定座位，歃血为盟，咱们就可轰轰烈烈干起来了！”

翻山鹞也是急如星火的人，连说：“有理，有理，咱们就摆起香案，当天盟誓。”

这句话刚出口，早有几个头目掇去中间那块木牌，换上长案，设起香烛，中间还放了一大盆黄酒。这时闹闹哄哄，人多口杂，弄得李紫霄插不下嘴去，袁鹰儿、黄飞虎暗喜目的已达，私下一商量，索性袖手旁边，让玉龙冈的人们瞎起哄。

一忽儿备齐了白鸡黑狗，当场宰割，取血滴在案上酒盆内，旁边放了一个瓢子，一面令头目伺候，诸事齐备，人语略静，翻山鹞便请李紫霄主盟。

李紫霄立在香案面前，向众人略一敛衽，然后从容说道：“李紫霄今天原是奉路堡主之命而来，万想不到承诸位这样抬爱，但是李紫霄一女流之辈，如何担当得了大事，望诸位不必多此一举。再说大家既然志同道合，第一以义气为重，只要众志成城，向前做去，便可业成基固。”

李紫霄说到此处，话锋略顿，便听得众人轰雷般喊道：“女英雄不必再谦逊了！如果这样谦让，我们没有办法，只好散伙了！”

这时黄飞虎挺身而出，抱拳说道：“女英雄这番话，全因为今天到此做客，这一来，好像喧宾夺主，其实在座英雄都是光明磊落汉子，尤其是此地寨主，久存让贤之心，求贤若渴，才披诚相见，这种举动，俺第一个钦佩万分。如照实在情形说，在座英雄虽然各有绝艺，所学不同，但是包罗众长，智谋出众，实在要推女英雄为首。以后有许多大事，我们在女英雄领导之下，合力去做。今天香案已备，万万不要说了不算，俺劝女英雄以大义为重，不必再让，免失众人之望。”

黄飞虎这一阵劝驾，加上众人齐声附和着，李紫霄也只可点头应允。众人大喜，翻山鹞立时烧起一大股香，双手献与李紫霄，请她为首通诚。

李紫霄双手捧香，面孔一整，缓缓绕到香案前面，对着厅外，把香高举过额，默默通诚，半晌，回身插在香炉中间，又绕到香案里面，面南背北，叩下头去，盈盈起立，一挽袖，露出雪白皓腕，举起瓢匙，在酒盆内舀了一瓢白鸡黑犬血和成的盟酒，一口吸干，瓢放回原处，然后朗声说道：“俺既承诸位抬爱，只可暂时担当。但是俺有三件事要当众声明，诸位如有不愿意的，也可趁此讲明，万一事后翻悔，那时节，寨规森严，须怨不得俺不懂情面。至于俺要预先声明的三桩事，也是正大光明的事。

“第一件，俺强煞是一个女流，虽然暂时忝为诸英雄之首，应该仍照翻山鹞寨主志向做去，将来倘有比俺高强的英雄到来，不论男女，俺情愿相让，绝不留恋！

“第二件，咱们虽是身为绿林，却不能同一味劫掠的绿林同道，咱们取的是贪官奸商，救的是忠臣义士，希望诸位同抱此心，替玉龙冈发扬声威，增加光耀！

“第三件，从今天起，不论玉龙冈、三义堡、塔儿冈一切人等，不得随意行动，凡事须秉承总寨命令而行。所有应该整顿的山规和布置的军事，以及侦察外面情形的职司，俺邀集全寨诸英雄，从长规定，分派妥当，各司其事，不得混乱。

“这三件，诸位如依得，便请饮此血酒。”

众人齐声喊道："这样正大光明的事，不要说三件，便是三百件也情愿。"

众人大声一嚷，翻山鹞便挥拳捋臂，来取酒瓢，不料人丛中挤出一颗雪白头颅，一个劲儿钻到香案边，一抬头，伸手抢起酒瓢，咽的一声，便喝了一瓢，酒瓢一摔，一转身，抢到李紫霄面前，双腿一跪，咚咚叩了一阵响头，跳起身来，大声喊道："俺率领塔儿冈三百健儿，愿奉李总寨主旗号，一言为定，俺先饮此血酒了。"

黑煞神乐得嘻着大嘴，在人缝里向老猸猸大拇指一竖，哈哈笑道："怕你不投到女英雄门下。"

接着翻山鹞、黑煞神、过天星、黄飞虎、袁鹰儿和玉龙冈众头目一一饮过盟酒，然后黑压压跪了一厅，行参拜总寨主大礼。

翻山鹞又吩咐后寨杀牛宰羊，重整筵席，犒赏全山喽卒，连三义堡堡勇、新降官军都有一份。这时聚义厅上李紫霄高居首座，和众好汉重整杯盘，开怀畅饮起来。

席上李紫霄和翻山鹞等商定交椅名次，彼此谦让一回，遂算定局。规定的是：玉龙冈总寨主李紫霄，寨主翻山鹞、黄飞虎、黑煞神、袁鹰儿、过天星、小虎儿，三义堡分寨寨主路鼎，塔儿冈分寨寨主老猸猸。

当下名次排好，诸事粗定，日色已渐渐西沉，照翻山鹞意思，便要打扫后寨房屋，请总寨主、黄飞虎、袁鹰儿留在寨内。经紫霄说明，尚须回到三义堡布置一下，然后挑选新降官兵和堡勇，再回到山寨来，于是席散以后，李紫霄依然带着黄飞虎、袁鹰儿和虎皮兵下山。

这时紫霄下山，便与上山时大不相同，全山人马直送到山口来。紫霄一马当先，走到天铸谷口，那守谷的一百虎皮兵，正在席地而坐，大碗酒肉喝得兴高采烈，想是寨上派人送来犒赏他们的。

第十四章　流光剑的奇遇

紫霄等到来，慌忙都跳起身来，合队出谷。一出谷外，紫霄便拦住翻山鹞等不必远送，就此暂行告别。于是紫霄一行人马回到堡中，已到掌灯时候。路鼎和小虎儿率领着堡勇，已在堡楼上久候，一见紫霄等高高兴兴回来，心中大喜，慌一同迎到宅内，带来的虎皮兵仍然返营休息。

李紫霄等到了路宅，说明就里，路鼎自然格外钦服。小虎儿听说自己也是一个小寨主，又听得在玉龙冈席上，众人怎样大显身手，乐得跳上跳下，恨不得立时赶到玉龙冈，显一显自己豹皮囊里金钱镖。

却听李紫霄说道："此行总算不虚，但是俺这样抛头露脸，实非本意，此后一切布置，全仗黄将军帮助才好！"

黄飞虎笑道："俺留神翻山鹞、老猸猸等举动，倒是真心实意，我们只要秉大公做去，事情也很容易。至于调度人马，布置大寨，俺知道的，没有不尽心尽力的。"

袁鹰儿道："依我想，照师妹主意，此地算是玉龙冈分寨，却首当官军来路，应该格外厚备实力，作为压寨屏障。堡中老弱似乎都应该迁到玉龙冈去。紫霄师妹在堡中户口内，挑选一队强壮女子，加紧训练，作为贴身娘子军，到了山寨起居饮食，也方便一点。"

路鼎说道："袁兄想得周到，真非这样不可。"

李紫霄点头道："此层也是要着。还有一节，俺想将堡外官军，从明天起，赶速换了旗号，调到玉龙冈，再将玉龙冈喽兵拨一半到此，交由路兄加紧训练。每逢朔晦之日，将分寨人马集合广场，总检阅一次，这是关于军纪方面。至于山内开垦，饷糈支给，也要详细筹划一下才好。”李紫霄说毕，众人都极力称是。

路鼎又说道：“从此师妹总揽全寨，不久即须回山，俺想身为总寨之主，第一要笼络人心，明天俺多备金帛，托袁兄带去，上上下下犒赏一番，也显得师妹雅量。”

袁鹰儿拍手道：“果然应该如是。”

李紫霄却朝路鼎看了一眼，点头不语。

当下众人商议定当，就在路宅安息，以后李紫霄、黄飞虎、袁鹰儿带着新降官军和堡中父老，同到总寨，果真照预定办法一一做去，从此玉龙冈、塔儿冈、三义堡都在李紫霄掌握之中，而且整顿得日见兴旺。各处绿林望风投奔，声威大振。官厅方面自从黄飞虎一去不回，索性装聋作哑，只求相安无事，轻易不敢擅捋虎须。河南近省一带绿林，都替李紫霄起了一个绰号，叫作玉面观音，提起李紫霄，或尚有人不识，提起玉面观音，没有人不竖大拇指。

这样过了一年多，有一天，是玉龙冈集合分寨人马操演之日，路鼎带着三义堡分寨人马也来与会，操演完后，李紫霄在聚义厅上大摆筵席，款待全寨好汉。筵席散后，彼此寻友问好，互相谈心。

单说路鼎，好容易来到总寨，同众人敷衍了一阵，便急急来找袁鹰儿密谈。原来路鼎同李紫霄的婚姻大事，被官军攻堡以后，接着李紫霄身为玉龙冈总寨主，闹哄哄耽搁下来，偏派他主持三义堡分寨，和李紫霄分离两处，连袁鹰儿、小虎儿也被李紫霄带上山去。这一年多光景，虽每月朔晦，大家会面，总没有提亲机会。私下同袁鹰儿商量过几次，但是李紫霄已不比从前闺阁身份，身为总寨主，内外之事，都聚在她一人身上，想做个媒人，也不容易，生生弄得路鼎像热锅上蚂蚁一般。好容易又望到集合之日，所以酒席散后，急急来投袁鹰儿。

两人在无人处密谈了半晌，忽见两个女兵到来，说奉总寨主之命，叫两位寨主到后寨相见。路鼎大喜，慌一齐跟女兵走到后寨。

原来李紫霄在岭上另建一所房屋，布置得幽雅非凡，一切起居饮食，全由近身女兵伺候，外面不听呼唤，不准轻入一步。袁鹰儿和路鼎来到后寨，不敢擅入，先由女兵进内通知，然后两人进去。

路鼎却未来过，细看这所房屋，全是本山石木构造，外面围着短短红墙，墙内松竹夹道，用石卵子砌成一条不长不短的甬道，两边女兵持枪鹄立。走尽甬道，才是小小的一所一明两暗的楼房，楼上为李紫霄寝室，楼下筠帘垂下，寂静无声，只见一缕白烟，从竹帘缝内袅袅而出，散入空中，滉漾如丝，两人跑上阶沿，便觉一股非兰非麝的幽香，透入鼻孔，百体俱态。帘外两个秀丽女兵，一见二人到来，卷起筠帘，让两人进去。

路鼎一眼看到中间画几上，供着一个牌位，一具兽鼎，正焚着异香。

袁鹰儿指着牌位笑道："你看师妹这份孝心。"

路鼎趋近细看，原来牌位上写着李紫霄父亲名号，慌整衣下拜，立起身来，猛见李紫霄穿着一身雅素衣裳，已在一旁冉冉回拜，口中说"路兄少礼"。

路鼎猛然一惊，慌又躬身向她为礼。紫霄便请他们二人侧室坐谈。路鼎到此还是第一遭，每月聚会总在大庭广众之间，没有李紫霄命令，不敢擅自进来，此刻蒙李紫霄传见，如逢奇遇，打量室内画几琴床，雅洁绝伦，比自己宅内书室，顿有天渊之别！但是平日千思万想，等到内室相对，反觉无话可说，每一启口，恐怕谈错了话，惹她不快，小心翼翼地坐在一边，百下里都觉不合适。幸而有袁鹰儿从旁打诨，把他局促不安的神态遮盖不少。

其实紫霄肚内雪亮，笑向路鼎道："路兄此地没有来过，一年光阴，过得飞快，反不如我们在三义堡，倒可常常见面。"

路鼎慌垂头恭答道："总寨主这一年整顿山寨不遗余力，其余不讲，只俺们三义堡几百户人家，迁移到此，有田可耕，有树可种，安居乐业，足食丰衣，谁不仰总寨主的恩德。"

紫霄笑道："路兄一口一声的总寨主，实在使愚妹不安。咱们通家，不比常人，在别人面前，只可照寨规做去，咱们在自己私室，何必这样称呼？以后千万不要如此。愚妹请两兄到来，便想同两兄说几句体己话，两兄如果这样拘泥，反而见外了。"

两人唯唯之间，女兵们献上香茶，紫霄一挥手，女兵退出。

紫霄说道："请两兄到此，原有一桩事同两兄商量。愚妹为三义堡几百户人家，谋个妥当处所，不得已出乖露丑，一半也因为先父遗言，但是一个女流老是这样干下去，总不是事，幸而这一年多光阴，承众位英雄重视，一切进行，都也顺利，但是愚妹心上，只想早早抽身而退。"

袁鹰儿笑道："师妹现在可不比从前，一进一退，关系重大，再说也没有相当人物，能替师妹的。师妹急流勇退的念头，只可在俺们两人面前略谈，千万在众好汉面前不要露出口风，众人心志一懈，就不好办了。"

紫霄笑道："这一层，俺何尝不晓得！此刻愚妹忽提此事，并非口头空谈。因前几天北路探子报道，朝中魏忠贤设计陷害坐镇辽边的统帅，把熊廷弼囚在天牢内，早晚要把这赫赫威名的熊廷弼置之死地。那位熊元帅不但熟谙韬略，便是一身武功，也是别人所不能及的。事情凑巧，昨天老猸猸带了两名军官，向本山投奔，那俩军官便是熊元帅部下的将官，还是参将的前程，从前也是绿林中人，与老猸猸有旧。熊元帅一下天牢，部下星散，那两人还算有点忠心，想搭救故主，才投奔老猸猸求救，老猸猸又引到总寨见俺。俺时常听先父说起熊元帅本领，久已钦佩，愚妹意欲独自一探天牢，救出这位英雄，倘然天从人愿，把熊元帅救到本寨，请他号召旧部，定可做一番大事业。那时节，愚妹也可脱身了，所以暗地请两兄进来商量一番。"

路鼎首先开言道："师妹近来威名远震，外面难免认识师妹，万一远行涉险，孤掌难鸣，如何是好？再说山寨里不可一日无主，此事还宜商酌。"

紫霄道："路兄话也有理，但是熊元帅宛如浅水蛟龙，无人救得，心实不甘。"

路鼎思索了半晌，猛然一拍手掌，笑说道："愚兄近年来，闲得心慌，不如由俺代替师妹一行吧！"

袁鹰儿也说道："我也有此思想，不如咱们两人暗地北上一趟。俺不久前得到一种秘术，可以改换形容，此去倒用得着。俺想北京是帝王之居，戒备必定严密，断难强来，只可智取。咱们两人到了北京，寻个妥当处所，见机行事，好歹要救出熊某来。咱们两人随处可安，到底比师妹方便些。"

紫霄大喜道："路兄一人独行，愚妹还不放心，有袁兄同去，诸事都有照护，但愿两兄马到成功。便是两兄此去，对于山寨诸人也要瞒过，免得走漏风声。"

路鼎道："准定如此，事不宜迟，咱们明晨动身了。"

当下三人计议妥当，李紫霄又叮嘱再三，两人领命出来。

袁鹰儿陡然记起一事，慌笑道："路兄在甬道少候，俺还有一句要紧话，问一声师妹才好。"说毕，又匆匆反身进室，良久，良久，才见他满面春风地跑出来。

路鼎慌问："为了何事？耽搁这许多工夫，害得俺痴立了半天。"

袁鹰儿不答，拉着他三步并作一步，奔到岭腰一片松林内，才立定身，四面一看无人，向路鼎肩上一拍，哈哈笑道："你应该怎样谢我？"

路鼎被他猛孤丁地说了这么一句，茫然不解。

袁鹰儿大笑道："你一年来朝晚念念不忘的是什么？"

路鼎如梦初醒，一把拉住袁鹰儿问道："难道已得到好消息么？"

袁鹰儿道："咱们这位师妹，真非常人可及，自从你把月下老人的责任搁在我肩上，我常常留意机会说话，无奈接连发生大事，她又冷若冰霜，看不透她老人家存何主见，不敢冒昧启口。此刻咱们两人出来，俺偶然想起，这一去北方，又要把这事搁冷，拼着讨个没趣，好歹要探个口风出来，故而俺又回身进去见她。你猜她怎样说？”

路鼎急道：“定是一口应承，所以你要我谢媒了。”

袁鹰儿冷笑道：“事情哪有这样容易！我二次跨进门，她正也预备出门巡视各处去，一见我翻身重进，不待我开口，便玉手一挥，凛然说道：‘你不必开口，俺早知来意，请你转告路兄，只要他救得出熊廷弼同到山寨来，使我得以早早抽身，那事便好办了。’她说了这句话，径自率领女兵，从一重侧门出去了。俺始终开不了口，幸喜事有指望，她虽然没有指明，已尽在不言中，只要你此去事能成功，便可稳稳到手了。俺替你做到了这一步，已算宝塔合尖，只差一层，而且还要陪你跑这一趟远道，你自已想，应该不应该谢我呢？”

路鼎又惊又喜，慌忙兜头一揖道：“照这样看来，咱们行动都在她眼中！但愿袁兄陪俺此去，天助人愿，请得那位熊元帅来才好。横竖俺立誓达到目的，便是跳龙潭虎穴，也要试他一试。唯望袁兄多担点辛苦，助我一臂，袁兄大恩，永不敢忘！”

袁鹰儿笑道：“想不到你们婚姻，系在天牢内的熊元帅身上，而且咱们的寨主，把这场功劳以自己身子作奖赏品，不怕你不死心塌地地去干！只苦了俺空自冒热气，也夹在中间，算什么来由呢？”

路鼎唯恐他不愿意同去，作了无数的揖，赔了无数小心，两人才暗地打点，悄悄动身。他们两人这一去，在开元寺内巧遇熊经略夜探相府，陪同熊经略回到山寨一段情节，已在前几回表明，不必再叙。

只说两人陪着熊经略到了河南玉龙冈，好像得着奇珍异宝一般，尤其是路鼎念念在自己婚姻上面，以为这种功劳，定蒙紫霄首肯，诚惶诚恐地陪着熊经略到了寨内，先由袁鹰儿进去通报。

紫霄正在聚义厅，和黄飞虎、翻山鹞、黑煞神、过天星等谈论山寨之事，忽见袁鹰儿回来，报说熊经略业已请到，大喜过望，向众人说道：“诸位尚未知晓此事原委，但是熊经略的威名，诸位谅必早有所闻，因受奸宦陷害，困在天牢，俺特地暗暗命路、袁两兄北上，设法救出，请到本寨来。居然蒙熊经略屈驾到此，真是本寨的大喜事。诸位快整衣一同迎接！”

众人一听坐镇辽藩的熊经略到来，真出意料之外，尤其黄飞虎久任总兵，深知熊经略文武全才，智勇盖世，虽然听人说过，被魏忠贤奸党掣肘，军事很不顺利，却不料忽然到此。众人个个心中猜疑，紫霄也不去管他们，只叫跟着自己直迎到寨门外来。

这时，熊经略和路鼎已在寨门碉楼下等候，忽见袁鹰儿引着一大群人出来，碉楼下刀枪如雪，大吹大擂。熊经略久经戎行，统率貔貅，何等威势，这种山寨规模，虽然也整顿得有声有势，但在熊经略眼中，便同儿戏一般，却见高高矮矮、横眉竖目一班汉子，拥着一个淡妆素服，外披玄色风氅的绝色女子，见她举步安详，神态娴雅，夹在这不三不四一类汉子当中，格外如鸡群鹤立，看神情，一班雄赳赳的汉子对于这女子好像众星拱月，唯命是从，便料到这女子定非常人。

果然，路鼎在他耳边悄悄知会：“先走的便是敝寨总寨主李紫霄，后面的全是李总寨主手下了得的好汉。”

熊经略笑了一笑，便大踏步迎上前去。

李紫霄后面各好汉，总以为熊经略定必天神模样，不同凡俗，万想不到远远过来一个奇丑黑脸、一身破袍的怪汉，便是恭迎的嘉客。

只有李紫霄已由袁鹰儿暗地通知易容改装的事，慌忙紧趋几步，恭立道左，敛衽致敬，口中说道：“蒙熊经略虎驾降临，山寨增辉！”

众人一看总寨主如此，也只可躬身为礼。

熊经略哈哈大笑道：“诸位好汉少礼，俺梦想不到来此一游，同诸位觌面，此刻蒙路兄知会，知道这位李小姐家学渊源，本领超群，更是幸会。”

李紫霄一阵谦让，便迎到聚义厅上，殷勤奉客，众人也依次落座。

熊经略开言道：“俺奉当今圣上提拔之恩，统兵边塞，原期马革裹尸，捐躯报国，可恨魏忠贤这厮，蒙蔽圣聪，通敌弄权，矫旨召回，把俺困在天牢。俺本不难一死报国，只恨奸臣一手蔽天，奸党满朝，忠良匿迹，俺虽尽忠一死，于国毫无益处，而去这样死如鸿毛，也不值得，所以略施小计，便脱牢笼，当夜仗剑入奸宦内院，意欲为国除奸。不料奸宦恶贯未盈，被他巧脱，却在这夜，无意中逢到贵寨路、袁两位好汉，才知众好汉谬采虚声，仗义营救，想不到素未交往的贵寨，倒有如此侠肠，使俺不免有动于衷。可是俺已决志匿迹销声，不问国事，从此易容换名，徜徉山水，做一个世外遗民。只因路兄两位再三邀游贵寨，诸位一番侠肠义骨，也是可感，不容俺不前来一谢。现在见着诸位好汉，乘此当面谢过，就此告辞。”说罢，站起虎躯，向众人一抱拳，便欲拂袖而出。

众人看他落落寡合，旁若无人的神气，原已不快，一见他说完要走，谁也不起立挽留。便是路鼎、袁鹰儿两人，陪同熊经略回山寨来，已算有了交代，熊经略去留却不在心上。

这当口，只有李紫霄一见熊经略拂袖告辞，赶忙盈盈离座，朗声说道：“山乡茅舍，当然难留虎驾，但是妾千里恭迎，也有一片微忱，千祈经略稍坐片时，容妾一言！”

熊经略哈哈笑道：“女英雄虚衷识贤之心，俺在途中已听得路、袁二位提及一二，不瞒你们说，正唯有此先入之言，使俺不敢多留。倘然彼此萍踪偶聚，朋友盘桓，俺已是世外闲人，一无挂碍，何必做此矫情之举呢？”

李紫霄一听，话不投机，慌掉转口风，委婉说道：“妾无非钦敬经略，故而千里邀迎，并无别故。如蒙经略鉴谅愚忱，屈留几日，使敝寨稍亲教益，不致走入迷途，便已心满意足，受赐不浅。”说罢敛衽肃立，意甚恭诚。

熊经略目光如电，在座人物早已一览无余，对于李紫霄神仪莹澈、秀丽天成的风度，也暗暗惊奇，此刻又听她一番谈吐，竟是一个巾帼中不可多得的人物，不禁又回身就座，徐徐笑道："熊某百战余生，弄得这样结果，可称得不祥之身，尚蒙女英雄另眼相待，实深惭愧，现在既蒙款留，盛情难却，且同贵寨好汉，稍作勾留便了。"

李紫霄大喜，一声吩咐，立时在聚义厅上摆设盛筵，殷殷劝酒，恰好塔儿冈寨主老猸猸闻信赶到，而且领着投奔的两名参将一同前来。这两名参将一名赵奎，一名雷宏，此时在老猸猸手下，也算山寨人物。老猸猸领着闯进聚义厅，一见当中首席上，虎也似的踞着一个奇丑怪汉，却不见熊经略的面，后经李紫霄说明，才恍然大悟，赵奎、雷宏慌忙紧走几步，俯伏在熊经略席下，低低报名参见。

熊经略低头一看，依稀认得是自己部下，顿时触起往日雄心，发须磔张，目光如火，不禁长叹一声，叫赵、雷两人起来。两人却不敢就座，悄悄走到熊经略背后，分立两旁。

这当口，一个山寨头目正捧着酒壶上来斟酒，熊经略忽然喝一声："且慢！"一伸手，从腰间解下一个朱漆葫芦，去掉塞子，举手一摇，却是空的，呵呵大笑道，"俺吃不惯闷酒，把俺这葫芦灌满就得。"

头目真个依言，把一壶酒灌入葫芦内，不料葫芦虽小，容量却大，连灌了三壶才装满。

熊经略提起葫芦，便直着脖子，咕嘟嘟灌入口中。满满一葫芦酒，少说也有四五斤，被他鲸吸长川般灌下肚去，两个头目轮流灌酒，还来个手忙脚乱。他挺着胸脯，张着怪嘴，来个葫芦到嘴，一口吸干，一忽儿便喝了三四十斤，兀自咂嘴吮舌地大呼"酒来！"

众人看他喝了这许多酒，面皮连红也不红，也都骇然。老猸猸平日也以饮酒自豪，今天一看人家这样喝法，真是小巫见了大巫，吓得搁着杯，瞪着目，看呆了。但在李紫霄眼中，便看出熊经略内功深纯，非同小可。这种陈年花雕，一口气吸下三四十斤，酒力一点不发泄出来，无论如何好酒量，也不易办到，定是运用气功，将酒逞聚肚内，料知熊经略已看出山寨诸人轻视态度，故意如此做作，一半借酒浇愁，一半略露功夫，说不定下面还有妙文。却一眼看见小虎儿坐在过天星肩下，两人鬼鬼祟祟，挨着肩，不知商量什么，料知小虎儿又要作弄过天星。

原来小虎儿自到山寨，众人喜他聪慧，又是总寨主胞弟，诸事都爱护他。过天星年轻好事，想在小虎儿身上，巴结总寨主，格外同小虎儿亲近。小虎儿却看不起他，时常想法作弄他。这当口，小虎儿偷眼看熊经略怪形怪状，旁若无人，黄飞虎、翻山鹞等也竟存轻视，默坐无言，灵机一动，便悄悄拉了过天星一把，低低说道："你看俺姊姊把这怪物这样推崇，黄寨主等却有点看不起他，定是没有什么大本领，你何妨当场显点能耐，把这怪物的气焰压他一压，也显得咱们山寨有英雄。你一开头，黄寨主等便可接着你一显身手了。俺姊姊还有意思留这怪物在山寨里，俺第一个看不上眼，你有法把他赶走，我真感激你一辈子。"

他这几句话，真搔着过天星痒筋，而且他也看出翻山鹞等神气，自己一出场，真能够博得大众同情。低头一想，便有了主意，悄悄对小虎儿道："你不要响，我去去便来。"说毕，立起身溜出去。

这当口，熊经略兀自一语不发，一个劲儿猛喝，又喝了一二十斤下去。忽听厅外鼓乐大作，十几个精壮汉子鱼贯而进，一色穿着棋布坎肩，紫花布短裤衩，光着两臂两腿，头上绾着抓头髻，鬓插鲜花，足踏麻鞋，每人两手捧定一个朱红大盘，每一盘内放着一尾炙香四溢的黄河大鲤鱼，分献各席。

为首一个汉子长得一身细白皮肤，刺着遍身蓝靛花纹，面上却用烟煤涂得精怪一般，雄赳赳捧定鱼盘，步趋如飞，奔近熊经略席前，单膝点地，举盘过顶，尖咧咧地高喊一声："请贵客用鲤！"

小虎儿眼尖，早已看出这怪模怪样的汉子，是过天星乔装的，正在暗暗直乐，却不料在过天星高喝一声，熊经略低头一瞪之间，猛见过天星一长身，单臂托盘，倏地从腰间拔出明晃晃一柄尺许长、两面开锋的牛耳尖刀，用刀锋戳起一大块鱼肉，腕上一攒劲，竟这样连刀带鱼，疾向熊经略口内送去。

这一下真是出人意外，一厅的眼光正在集聚那柄尖刀当口，猛见熊经略鼻子哼了一声，阔口一张，迎向刀锋，咔嚓一声，刀锋立断，嘴上一阵大嚼，霍地仰面一吐，厅上顶梁中间，当的一声，那寸许刀尖深深嵌入，众人眼光一阵晃乱，俱各骇然。

过天星在他咬断刀锋之际，只觉虎口一震，暗暗生痛，心里一惊，正想放下鱼盘，收起断刀，转身便走，忽又听得熊经略在上面哈哈大笑道："俺不是王僚，怎的你学起专诸来？这出戏未免唱得景不对题啊！"说罢，虎目一张，威棱四射。过天星机灵灵打了一个寒噤，放下鱼盘，转身要走。

过天星一转身，熊经略倏地眉头一皱，双手一拍肚皮，喊声"要吐"，众人以为灌下这许多酒去，真个禁不住要呕吐出来，万不料在这一瞬工夫，只见熊经略朝着过天星身后，大口一张，喉头哧一声怪响，匹练价冲出一道亮晶晶的水龙来，正喷向过天星背上，猛听得过天星啊哟一声，身不由己地腾空而起，被这条水龙直冲出厅外，跌下阶沿，最奇的，熊经略口中喷出来的那条水龙，原是喝下去的远年花雕酒，却不知他用什么功夫，由口中喷出来，宛似千寻飞瀑，聚而不散，而且有这样大的力量，竟把过天星冲得跌出厅外，那条酒龙也跟着飞出厅外，才四散开来，化成酒雨。厅外立着的头目、寨兵，被这阵酒雨淋在头面上，觉得滚热非常，隐隐生痛，可是厅内却点滴不沾，只嗅到厅外酒香，一阵阵直冲鼻管。这一下子，宛如奔雷骇电，席上的人相顾失色。因为玉龙冈各好汉，除出李紫霄功夫绝众，刚柔兼到，其余如黄飞虎以下，都是一身硬功夫，骤见熊经略这种惊人举动，实是见所未见，猜度不到他喷出酒来，有这样大的力量！

好笑熊经略兀自假充酒醉，在上面哈哈大笑道："这位小专诸难道纸做的不成？怎的被俺喷了一口酒，便喷得无影无踪呢？"

一语未毕，当场电光一闪，李紫霄提着流光剑，翩然离席而出，笑吟吟说道："经略内家功夫，毕竟不凡，待妾也来班门弄斧，略献薄技，权当佐酒，不对地方尚乞经略指教！"语音清脆，宛同花外莺啭。

众人正听得出神，蓦见柳腰一转，便见剑光错落，遍体梨花，身法略变，又似银梭乱掣，素练悬空，剑影人影，一时都无，只觉凉风嗖嗖，寒袭四座。

正舞到酣处，猛听得上面熊经略霹雳般拍桌连呼："好剑！好剑！"忽又喝一声，"且慢舞剑，俺有话说！"

这一喝，众人又不知何事，李紫霄收剑现身，行如流水，走近熊经略席前，不喘不涌，从容问道："经略有何吩咐？想是剑法平常，有污尊目，万祈不吝教诲为幸。"

熊经略霍地立起身，抱拳说道："女英雄端的好本领，但是俺有一句要紧的话，想问一声。俺看女英雄剑法家数，与俺同出一门，尤其是尊剑尺寸和剑光极为熟识，未知尊师何人，尊剑何处得来，可否见告？"

李紫霄听他问得奇怪，便据实说道："剑名流光，系先父遗物。妾一点微技，也是先父家传。"

熊经略哦了一声，两只怪眼向上一翻，似乎满腹凄惶，忽又向李紫霄面上直注了半晌，才开口道："这样说来，铁臂苍猿李飞虹便是尊大人了？"

李紫霄吃了一惊，暗想父亲年轻时的江湖外号，已二三十年没有人提起，晚年遁迹三义堡，不预外事，连三义堡人都少有知道，怎的他会知道这样清楚呢？不禁迟疑半天，才问道："经略怎知先父当年名号？"

不料熊经略一语不发，劈手夺过流光剑，大踏步赶到厅中，双手持剑一举，向天大喊道："师兄，师兄！想不到廷弼在这侘傺无聊之时，会碰见师兄后人，现在俺已辜负你当年一番期望，只可隐迹埋名了。"喊毕，双目一闭，眼泪夺眶而出，撒豆般洒了下来。

这番举动，比他用酒喷人，还来得突兀，连李紫霄也弄得惊疑不定，慌赶近熊经略身边，急问道："经略如此情状，难道是先父好友吗?"

熊经略虎目一张，兀自含着几滴英雄之泪，却把流光剑还与李紫霄，然后正色说道："姑娘，你那时年纪尚幼，大约尊大人也未向你提及当年之事。俺与尊大人岂止好友，多年同门之谊，不同泛泛。想不到无意之间，会逢着姑娘，可喜姑娘长得一表非凡，深得师兄真传，只可惜师兄业已作古，不能同俺一叙久阔了。"说罢，抚胸长叹，沉痛非常。

李紫霄一听他是父亲同门，又悲又喜，慌忙招手把小虎儿唤至跟前，一同向熊经略跪下行礼，口喊："叔父!"

熊经略一看小虎儿长得英秀非凡，扶起两人，问道："这孩子是侄女何人?"

李紫霄凄然说道："先父一生，只侄女姊弟二人，这便是舍弟虎儿。"

熊经略大喜，一蹲身，抱住小虎儿，左看右看，又用手把小虎儿骨骼上下摸了一遍，一长身，哈哈笑道："我师兄一生行侠仗义，当然盛德有后。此子骨骼非常，倘能得着名师指授，不要走入邪途，将来不可限量。贤侄女尚须好好教导才好。"

这时黄飞虎、翻山鹞等本已惊服熊经略本领奇特，忽又见他们认起父辈交谊来，大家自然离座道贺。李紫霄于无意中逢着父亲同门，又是赫赫有名的熊经略，自然格外高兴，彼此又重整杯盘，请熊经略入席。

李紫霄细问当年同门情形，熊经略才说道："说起俺老师，并非江湖人物，原是一位寒儒，是湖南人氏。他老人家隐姓埋名，谁也不知道他真名实姓。俺们年轻时，只尊他一声洞庭先生，如果有人向他请教台甫，他便一笑走得老远，种种怪僻脾气，令人莫测。他到处游山玩水，却被俺先父看在眼里，请到舍下教书。洞庭先生一见俺，却非常投机，偏逢俺从小爱舞棒弄拳，那位洞庭先生每逢月白风清之夜，暗地授俺武艺，吩咐俺不准告知别人，教了两三年以后，洞庭先生忽从远处带了一名英俊少年来，对先父说明，是从读的学生，是河南人，名叫李飞虹，比俺年纪长了好几年。先生教俺叫他师兄，说这位师兄，在五年前已从他练武，这次又带他来，预备文武两学，再深造一点。

“那时俺得着同学之人，高兴非凡，白天一同习文，晚上一起练武，整整又过了七八年，不幸洞庭先生便在俺家无疾而亡，临终时，从随身皮箧中，取出一口宝剑，几册破书来，对俺们二人说道：‘飞虹目有怒棱，身具傲骨，天生风尘豪侠一流。廷弼骨骼出众，志气迈群，将来可以为国驰驱，封侯勒铭。只可惜你们二人，都生非其时，到头来都是一场春梦。现在我将这柄流光宝剑赐予飞虹，作日后行侠除暴之助。这几本破书，却是俺一生心血所在，都是行军布阵的要诀，赐予廷弼静心参究，将来定有得益之处。俺一生就只这两件东西，权为永别纪念。’说毕，便一瞑不视。俺两人替他料理身后清楚，便各自分手了。

“分手以后的头几年，飞虹师兄每年定必来我家看望一次。俺知道他浪迹江湖，到处除暴安良，得了铁臂苍猿的外号，颇为有名。自俺走入仕途，相隔千里，便与师兄从此隔绝。直到前几年俺奉旨征辽，曾托人四处探听师兄消息，想请他助我一臂，哪知他已洗手江湖，隐迹不出，无从寻访。万想不到事隔多年，在此得逢师兄后人，回想先师临终的话，真是一场春梦。所幸贤侄女巾帼英雄，侄儿英秀，也非凡俗，足可慰我师兄于地下了。”语毕，微微叹息，捧起葫芦，喝得咽咽有声。

紫霄应对之间，却已有了一种主意，暂不露出口风，只殷殷以晚辈之礼相待。

席散以后，紫霄又坚请熊经略到后寨款待。熊经略既然以父执自居，起初落落寡合的态度，只可收起，而且也存了一番热心，想规劝紫霄几句，在席散后，便由紫霄、小虎儿引导到后寨来，紫霄、小虎儿陪着到了后寨书室，从新献上香茗，细谈衷曲，紫霄便把先父遗言，为三义堡几百户身家安全，才到玉龙冈来的原因，说与熊经略听。

熊经略沉思了片刻，开言道：“在这奸臣当朝，盗匪充斥当口，侄女主意也是一法，但是这样做去，恐怕有进无退，以后结果实在难以预料。如果贤侄女能够把一班绿林好汉，训练成节制之师，一有机会，索性做一番忠君保国的惊人事业，俺也非常赞成。就怕绿林道中，很少有这样胸襟的汉子，只贤侄女一人抱此志愿，未免德高和寡，到头来玉石难分，骑虎难下，便没有多大意思了。贤侄女现在是我师兄的后人，俺不能不直言相告，起初贤侄女想把这个担子加在俺肩上，俺这样决绝，便是这个意思。”

紫霄笑道：“先时不知师叔是自己人，现在既然明白，怎敢把此事污浊师叔。天幸得与师叔会面，想是先父之灵，暗暗启迪，千万请师叔在此多屈留几天，侄女有一桩要事，要和师叔细谈。”

熊经略想问明何事，忽远远听得岭后，锣声当当乱响。李紫霄一愣，正待呼唤女兵出外查询，袁鹰儿已匆匆跑了进来，口称“怪事”。

经李紫霄一问，袁鹰儿说道：“秤杆岭后有一处山坳，离此约有四十多里山路，土人称作白骨坳，因为白骨坳是个死谷，四面都是插天危崖，阴森森不见天日，地既险僻，路又难行，绝少有人进去。据说凡进去的人，从来没有出来过，有人从白骨坳上面危崖顶上看坳内，望见古木枝条上面，挂着几具白骨骷髅，吓得砍柴采樵的人，连崖顶上都不敢去了。从此白骨坳三字叫出了名。此地人提起白骨坳，便吓得变貌变色，有时风雨凄凄，或者日落星稀的深夜，常听见白骨坳内鬼哭兽嚎的怪声。

“这几天俺们三义堡的人在岭后开辟山田，有几个壮年汉子，偶不经心，走入白骨坳地界，便从此踪影不见了。本地人都说丧命在坳内了。那几个壮汉家中，原已报与路兄和俺，据路兄意思，不愿报与师妹知道，恐怕师妹轻身涉险，路兄自己想邀同几位寨主，先到白骨坳内探看一番，查个水落石出，后来奉命到京，去请熊经略，把这事耽搁下来。不想今天席散后，不见了过天星，据寨兵报说，他带了几名贴身寨兵，携着鸟枪兵器，打猎去了。

"他本来闲着无事时，常到后山打猎，也没有人注意，不料此刻后寨守望的喽卒，忽然鸣锣告警，说是他们在白骨坳近处一座山冈上，远远看见过天星等走进白骨坳，不到半盏茶时，便见火光一现，听得火枪响了几声，接着又是几声惨叫，以后便寂寂无闻，料知事情凶险，慌鸣锣报警，现在黄寨主、翻山鹞等都在聚义厅上商量此事，特命俺来请师妹的!"

李紫霄道："好，你先去，我就到。"

熊经略道："白骨坳三字甚奇，究竟出了什么怪兽，我出去见识见识。"

小虎儿也嚷着要跟去，李紫霄叫他在此看家，小虎儿噘着嘴，两只小圆眼却骨碌碌瞅着熊经略。

熊经略笑道："小孩儿家，也要教他历练历练胆气，教他跟在我身边便了。"

小虎儿大喜，一溜烟跑上楼去，挂上一具小小的金钱镖囊，提了一柄小钢刀，又赶进屋来，恰好李紫霄已齐备二十几个女兵，个个持枪挟弹，在门外伺候整齐。熊经略携着小虎儿的手，陪李紫霄一同到了前寨。

厅上众人业已到齐，翻山鹞、黄飞虎一班人正在议论纷纷，一见李紫霄到来，一齐躬身为礼。

翻山鹞首先说道："俺在此好几年，四面要紧山头都亲自巡视过，偏是不近不远的白骨坳，因为那处是绝地，不愁奸细窝藏，未曾留意。不料近几月出了好几次人命，现在连过兄弟也陷在里面了，究竟白骨坳有何怪物，俺兄弟是否丧命，应当切实查勘一下，所以请总寨主出来，多派几位寨主到白骨坳搜查一番。如果真有怪兽出现，也可趁机除掉它，免得寨民、寨卒疑神疑鬼，众心不安。"

李紫霄笑道："俺也是这样主意，事不宜迟，趁此日色刚刚偏午，由俺亲自出去巡视一趟便了。"

黄飞虎、路鼎同声阻拦道："何必总寨主亲自前去，随便派俺们去几个人好了。"

李紫霄笑道："我们这位师叔，志在游山玩水，既到此地，应该陪他游览游览俺们玉龙冈景物。再说俺们师叔韬略在胸，趁此机会，请他老人家给俺们指点指点，岂不一举两得？至于过天星这厮，平日品性浮躁，轻举妄动，原实可恶，俺屡次看在诸位寨主面上，宽恕了他，今天俺师叔到来，没有我的命令，竟敢假充寨兵，戏弄贵客起来，更属可恶，此刻又是他轻举妄动，单身涉险，万一送命，也是咎由自取。"说罢，杏眼含威，神色俨然。

翻山鹞等不敢再开口，熊经略却呵呵大笑道："原来那位小专诸叫作过天星，依我想，那位寨主定是被俺喷了一口酒，弄得颜面无光，悄悄独自溜到岭后去打猎遣闷，误入白骨坳中，迷了路出不来，也许有的。如果真有怪物出现，遇了险，事由我起，倒使俺抱歉万分了。现在真相不明，不必多说，诸位在此稍候，由俺陪我侄女、侄儿到出事地点仔细勘查一回。

第十五章　白骨坳

“好歹要弄个水落石出，诸位且请宽心。”熊经略这样一说，黄飞虎等抱拳称谢，黑煞神、路鼎、袁鹰儿也要跟去。紫霄向袁鹰儿一使眼色，力阻他们同行，只吩咐了众人一番，即带着两个引路寨兵，二十几个女兵，和熊经略走了出来。

出了总寨门，向左边一条山路迤逦行去。这时人们都是步行，因为往白骨坳去，尽是崎岖山路，不便骑马。先是走的一段山道，一面尽是依山形开辟出来的梯田，一面是汩汩长流阔涧。紫霄、熊经略、小虎儿三人在先，率领着一队娘子军，不急不徐行来。

这时正值天高气爽的秋天，四山林木尚未尽凋，被秋日一照，兀自绿油油地爽目。远远山林中透出几点血也似的红叶，随风飘动，闪闪生光。近处足下一带溪流，澈底澄清，荇藻可数，上面走的一行人影，倒映溪面，如在镜中，加上山谷内幽鸟啾啾，田畴中山歌迎唱，也不亚桃源仙境。

熊经略先自高声喝好，紫霄也觉怡然自得，唯独小虎儿急巴巴只想赶到白骨坳，看看稀罕儿，小心眼儿还惙记着过天星，料到过天星多半被熊师叔用酒一喷，扫了面子，才溜到外面来，当时自己也作弄他，万一他遇险身死，自己多少也担点不是。

他心里估惙着，忽见两个引路的寨兵趋至李紫霄面前，向那边一指道：“转过那个峰角，便离白骨坳不远了。”

众人朝指的所在看去，只见半里外青草摇天，云岚回抱，山势合拢处，两座高峰拔地并峙，中间一条飞瀑，倒挂十丈，远望去宛似一条银线。一路行来的溪流，便发源于那条瀑布，分派别流，成为十余里曲曲折折的溪涧，恰好利用它灌溉玉龙冈内的山田。

紫霄遥指道："那面两峰相夹，瀑布飞悬，远看好像路尽，其实下面松林内，另有一条樵径，可以深入。俺曾行猎到此，可惜志在行猎，匆匆来去，未曾深入。白骨坳那处僻地，就差过了。"

熊经略道："那处藏风聚气，风景甚佳，在此筑几间茅屋，听泉策杖，清福不浅！"

紫霄笑道："这很容易。师叔爱此，明天便叫他们搭起几间精致草舍便了。"

熊经略呵呵大笑道："可惜尚非其时，待俺游遍名山，再践此约吧！"

两人谈谈说说，不知不觉已到瀑布下面，满耳奔腾澎湃之声，加上峰腰龙吟虎啸的松涛，汇成繁响。熊经略正领略不尽，忽听紫霄在松林内呼唤，回头一看，引路的寨兵领着他们走入窄窄的一条樵径，正向一座满布绿苔的石屏后面转去。

熊经略追到紫霄跟前，路转峰回，山形又变，两面尽是数十丈高的峭壁，朱藤蟠路，异草纷披，顶上一线天光，只见白云片片，悠然而逝。

熊经略道："大约前面就是白骨坳了？"

引路的寨兵回身答道："此地土名叫作青龙谷，出了此谷，向右越过瘦牛脊，才是白骨坳哩。"

这时众人脚下觉得步步登高，回头一看，似乎距入坳进口处，已有好几丈高。原来，这青龙谷是两峰中分处，恰是从峰顶斜分下来，两面虽是百仞峭壁，宛如斧劈，但是走进坳内，如登高坡，越走越高，越高峭壁越短，等得紫霄、熊经略一行人走完青龙谷，已在峰顶上了。看脚下峰形，并非两峰并峙，原系山峰自顶中分，如人两股，向左右分张开来，峰后依然整个峰形。

众人立在峰顶四眺，峰前山形开展，直望到玉龙冈寨基。峰后情形大不相同，危冈奇岩，层层栉比，云封林密，奇奥无穷。

引路的寨兵领着众人向峰后走下半里许，向右一转，恰是一座奇形的石冈，通体洁白的云母石质，上锐下丰，形如牛脊，而且滑不留足，一跌下去，两头都是百丈深谷，怕不粉身碎骨。熊经略、紫霄何等功夫，自然行走无事，小虎儿年轻体轻亦无大碍，只苦了二十几个女兵，拄枪作杖，战战兢兢地你扶我拉，勉强渡过瘦牛脊，幸而没有一人失足。大家过了牛脊岗，现出一片松林，全是合抱不交的百年老松，却无路可寻。

引路的寨兵说道："山内的人都是到了牛脊岗，便不敢再进一步。多年下来，路径便渐渐湮没了。总寨主不妨先上那面高峰俯瞰白骨坳一下，似乎也比较安全一点。"

紫霄笑道："你说的高峰，不是松林那面一座危崖吗？照你所说，白骨坳大约便在那峰背后，既已不远，何必再上那座峰头。"说话之间，大家已穿入松林，上面松叶蔽天，人行其中，显得须眉皆碧。

行不到一箭路，前面引路的寨卒和女兵，忽然怪叫起来！李紫霄慌赶上前去喝问，几个女兵已从林内拾起几件东西来，请紫霄过目。紫霄、熊经略一看，原来是一柄折断的腰刀和一支鸟枪。枪的铁管已经砸扁，而且弯了过来，还有一件衣服，却是血迹淋漓，已撕得粉碎。紫霄认得衣服军器是寨兵的，便料得确有厉害怪兽伏在其中，过天星和几个寨兵，多半性命难保，一看熊经略，却拿着弯折的火枪，昂着头，如有所思。

紫霄问道："师叔，你看这怪物，气力倒不小呢！"

熊经略道："我看了这几件东西，猜想这怪物定是稀罕东西。你看这枪上留着几处毛手印，和人一样，不过瘦得出奇，长上了毛，似乎仿佛猩、猿一类。最奇的，咱们进林以后，不见一鸟一兽，连树上的黄雀，林下的野兔儿都不见一个，想是被那怪兽尽数吃在肚内了。照这样看来，那兽凶猛异常，不是平常人所能制服的。依我主见，我们带来的人，不必跟到白骨坳去，免得误伤性命，不如留在松林外牛脊岗下，反不致碍手碍脚。”

紫霄连答应是，便叫小虎儿带着女兵退出林去，连引路的两个寨兵也不叫同去。小虎儿一百个不愿意，却怕紫霄，转身退出林去了。

小虎儿等走后，紫霄在前，熊经略在后，施展本领，捷如猿猴，霎时便穿过松林。林外怪石参差，危崖峭立，崖缝内却有天然石阶小径。两人记着方向，蹿高越矮，又趋了一程，看见浅水溪流，向崖壁下流进去。两人沿着溪流，转过崖巅，忽见四山环抱，都是天险绝伦的石壁危坡，中间古柏参天，藤萝铺地，阴森森的一所幽谷，那道溪流却从谷内曲曲而出。

熊经略道：“这大约就是白骨坳了。”

一语未毕，紫霄忽悄声说道：“师叔你看，怎的有人在此上吊呢?”

熊经略大奇，慌向她指处仔细看时，原来谷内溪边上有一株十余丈的老柏，上用藤串着几具白骨骷髅，高高地吊在上面，随风摇曳，四肢飞舞，宛如活的一般。两人立的所在距那骷髅还有一箭路，在紫霄心思那大树，挂着的一串白色骷髅定是从前有人在此自缢身死，因人罕至，无人解救，直挂到现在，变成一副骷髅了。但是熊经略却已看出绝非缢死的，无非那怪物的把戏罢了。

熊经略暂不说明所以，只向紫霄说道：“我们立在这边崖上，地方又高又窄，不便施展，不如下去，到那边仔细搜寻一下，看一看那怪物藏身何处。过天星那班人究竟有无全数丧命，便可分晓。”

紫霄应是，从背上拔出流光剑来，熊经略却依然空手，一先一后，跳落崖下，沿着溪涧，往白骨坳深处走去。

两人走到那具骷髅底下，古木参天，落叶铺地，四面尽是高岩峭壁，益显得坳内深奥出奇，而且举步之间，脚底沙沙直响，有时山风吹下，枝叶飞舞，宛如鬼啼魅吼。胆子略小一点的，到此幽静境界，怕不魂飞魄散！可是熊经略、李紫霄艺高胆大，满不在乎。

紫霄在先，用剑拨开碍足榛莽，向前直进，猛抬头，“咦”了一声，停住步。熊经略闻声举目，也看见了。

原来前面枝叶凋落的枯树上，又挂着两具骷髅，却与前不同。一具是脚下头上，也是人骨，一具却是极大的兽骨，看那骷髅形状，似是虎豹之类。那株枯树足有八九丈高，这一人一兽的骷髅，却高高地吊在枯树顶上。

紫霄看到这两具骷髅，便觉得不是自己上吊的了，回头向熊经略笑道：“这怪物颇具智慧，把人吊得这般高，而且吊的法子同人一样，难道是通灵神怪不成？”

熊经略四面留神察看，忽向她摇手道：“莫响，你看那边是什么东西？离它巢穴定已不远了。”

紫霄慌向指处定睛细看，只见溪头一块五六丈高的屏风怪石，从涧内拔地而立。怪石从上到下，布满了绿苔，碧油油鲜翠欲滴，淙淙不绝的泉水却从石上冲泻而下，直注涧内，大约这条溪涧便从石上发源。最奇那块碧绿的石头，在晶晶生光的泉流内，露出一只雪白的手来，五指倏伸倏拳地颤动着，却因两人立处地势低洼，看不出怪石上面是人是怪。

熊经略悄悄说道：“你随我来。”说毕，一撩衣襟，双足一点，便是一个飞燕点波的式子，平飞起足有三四丈远，早已越过溪涧，再一顿足，人又飞起，已到了溪头那块屏风怪石上。

紫霄岂肯落后，熊经略一落在石上，李紫霄也跟着上来。两人一到石上，奇境顿现，不禁同声称怪。

原来上头依然是一道曲曲折折的溪涧，却是一泉三折，直接高岩，清耳泉声，如鸣幽乐，景物清奇，同下面幽闷黑暗，如隔天渊，但是两人立的所在，正是急湍疾流中高出溪面的突兀大石，上面冲下来的流泉，冲在大石上，水珠喷舞，积成琼雪，两人衣襟上，不免沾湿了一大片。两人满不理会，只低头搜寻一只人手所在，搜寻了半晌，却又找不出踪迹来，不禁暗暗称奇。

紫霄一弯腰，偶然用剑向奔流内，随流拨划，在如同翠带般的水藻内拨视，蓦地喊一声："在这里了！"

熊经略仔细一看，倏地跳落溪水内，一俯身，伸手在石缝内水藻底下一探，猛一长身，随手提上一件水淋淋的东西来。两人一看，又惊又喜。熊经略更不怠慢，抬头向溪上一打量，只见左面孤零零一处石坡，凭空伸出，离头上约有丈多高，一蹲身，提着那件东西飞上石坡，回身一招手，紫霄也跟踪而上。两人到了石坡上，熊经略才把手中提着的东西，平放坡上。

原来这水淋淋的东西不是别物，就是那过天星，却已死了过去，周身都有枯藤缠绕，身上兵器果然无存，连上下衣服，也撕破得一片上一片下，加以遍身泥浆水藻，弄成活鬼一般。

熊经略俯首贴在过天星胸头，听了一听，说："还可有救。"说了这句，慌忙斩开缠身藤索，扶起过天星上身，把他背脊靠住坡后峭壁，再将两条腿盘起，在他胸口丹田各处，按摩了半杯茶时，渐见过天星白纸般脸色，慢慢转了过来，肚子里咕隆隆响了一阵，猛见过天星大嘴一咧，哧地呕出一股清水来，接着又干呕了一阵，才两眼睁开，说了一声："闷死人了。"

过天星死里逃生，骤然一睁眼，金星乱冒，神志昏迷，等得眼神聚拢，看见总寨主和熊经略都在面前，自己身子兀自在遇险之地，便知总寨主亲自到来救他，急想起来叩谢，无奈周身如棉花一般，动弹不得。

紫霄摇手道："你且不要动，你究竟遇到何种怪物？怎会塞在泉眼里，弄到这样地步？快说与俺们听，俺们好设法替一方除害。"

过天星有声无气地说道："俺本来心爱打猎，前几天听人说起白骨坳的奇闻，存心要来查勘一下。今天厅上席散，闲着无事，便带了四个年轻的寨卒，背着火枪军器，急匆匆赶来。哪知一过瘦牛脊，走入冈下松林时，蓦地听得林上一声怪叫，眼神一晃，似乎林上飞下绿茸茸的一个怪物。那怪物行动如飞，俺们还未看清怪物长相，它已一手一个，抓住两个寨卒，飞上林巅，霎时踪影全无，却只见远处林上，掷下几件东西来。俺们大惊，慌忙端整鸟枪，向林上放了几枪，姑且先壮一壮胆，那时身边还有两个寨卒，已吓破了胆，只望后倒退。

“俺虽然吃惊，却想带来四个寨卒，凭空被怪物攫去两个，这样回去，在总寨主面前如何交代？再说怪物长相也未看清，回去如何说法，岂不益发被人耻笑？这样一想，决计拼着一条命不要，也要探一探再说。主意打定，便对两个寨卒说明，叫他们姑且先在林中稍候，如果自己一去无踪，急速回寨通报。

“当时我一人穿过松林，寻着一条溪流，沿溪慢慢走去，手上端着一支打猎的双眼火枪，四面留神，预备一见怪物，便迎面一枪。哪知主意虽好，怪物狡凶得出奇，俺正走到白骨坳谷口，猛又听得头上吱吱一声怪叫，不用见着那怪物，便是听那一声怪叫，已令人毛骨森然。当时俺听见一声怪叫，慌立定身，端起火枪，凝神探视。万不料那怪物已通人性，故意在俺面前怪叫一声，引得俺全神注意在前面，那怪物却仗着疾如飞鸟的手足，早已跳下一层危崖，绕到俺身后，闪电一般飞袭过来。待俺觉得身后风声有异，正待转身，猛觉背后伸出一只碧绿的毛手，猛向俺脖子上一夹，一阵刺痛，立时昏迷过去。

“也不知过了多久，悠悠醒转，人已塞在急湍下面的石缝内，周身似有东西捆缚，不能动颤。可是一张口，冰冷的溪水直灌进来，猛力一挣扎，似乎脱出一只手来，无奈人在水中，如何能够持久，挣扎了几下，重又闷了过去。天幸蒙总寨主亲自到来，救了性命，大约那凶猛的怪物，已被恩主们除掉了。”

紫霄急问道：“照你说来，这怪物形状，你也未曾看清。既然怪物把你塞在此地，何以怪物又跑了开去？此刻怎的又无踪影？那四个寨兵的尸骨又未曾见着，这倒奇怪了。”

熊经略笑道：“此怪定非寻常，种种离奇举动，自有它的主意。依我想，这种怪物与寻常猛兽不同，它把过天星捆住，放在此地，定是一时吃不了许多，又怕他逃脱，故而塞在水底石缝内，预备慢慢受用。此刻他定然摆布那四个寨卒去了。”

紫霄道：“这样说来，咱们赶快寻一下，也许四个寨兵还未全遭毒手。”一语未毕，猛又听得头上咧咧的一声怪叫。这一声怪叫尖锐异常，而且音带凄厉，非常难听，连李紫霄这样功夫的人，也觉肌肤起栗。

两人慌抬头一看，只见上面峭壁顶上，现出一个满头长发的怪脑袋，满脸满头都是绿森森、金闪闪的毛发，只露出一对火赤赤有光的怪眼珠，中间赤红鼻子，下面一张奇形大嘴，厚唇上掀，两排雪白的獠牙，低着头，正朝着紫霄似笑非笑地望着。

在这时候，突然出现这样怪物，饶是紫霄、熊经略十分英雄，也觉骇然，坡上坐着的过天星原已吓破了胆，经这颗怪脑袋一吓，“啊哟”一声，又昏迷过去。

紫霄心里一急，抬头一看峭壁顶上，离坡约有十五六丈高下，并无援攀之处，谅那怪物一时也无法下来，可是自己也上不去，正在无法可想，熊经略说道：“过天星九死一生，不能再落怪物之手，此地是个孤立的危坡，左右不到方丈之地，难以施展手足，不如你在此保护过天星，由俺引怪物下来，到下面林内去，设法制伏了它再说。”说罢拔出自己随身佩带的宝剑，两足一顿，一个野鹤投林式，向下越过溪涧，直飞到那面近林处所。

紫霄原想自己下去，却被熊经略走了先着，自己被昏迷的过天星绊住，一时不便走开，颇为焦急，向上面一看，那颗怪脑袋却已隐去，下面林内熊经略撮口长啸，发出宏亮悠远的丹田长音，震得对面山谷回响不绝，如同千百人啸声，一时并作。啸声过去，却不见怪物露面。

紫霄正在四面狼顾，忽听下面熊经略喊道："侄女留神，怪物从那面来了！"

紫霄急向前看时，只见离坡十余丈开外，溪边峭壁顶上，一株凭空横出的奇松古干上，骑着遍身绿毛的一个怪物，绿毛上面似乎又罩着一层金黄色，映着日光，照眼生炯炯。远看去，那怪物约有六七尺长，略具人形，两条长臂，便有三尺来长，四肢并用，正抓着松树上一枝极粗的长藤，向溪面直挂下来，眨眨眼，怪物手脚并用，盘藤而下，到了溪面一丈高下，并不跳落，却身子一缩，两腿一拳，直向那边荡了开去，秋千似的，又向李紫霄立的石坡上悠了过来。

紫霄这才明白怪物用意，以为自己夺了它的俘虏，却用藤束悠到坡上来。转念之间，怪物愈悠愈高，离自己立身所在已只几丈远近，回头一看，过天星兀自昏迷不醒，心里一急，不暇顾及利害，乘怪物悠来之际，金莲一顿，一个"健鹞奔空"，凭空纵起五六丈高，照准怪物头上乘势横剑一挥，咔吱一声，朱藤立断。那怪物不防有此一招，悠荡之势甚猛，一经中断，下面怪物如断线风筝，抛过石坡，扑通一声，水花飞溅，直跌在十余丈外的溪流中，跌得怪物随着急流一阵乱滚，腾地跳起身来，张着大嘴，吱吱高叫。

这里紫霄一剑砍断悬藤，身子也向这面溪涧落下，亭亭立在一块溪石上面，正想追踪过去和怪物拼个高下，举目之间，已见熊经略从那边溪岸飞身而下，举剑向怪物刺去。

怪物身手很是矫捷，一纵丈许，早已避开。熊经略飞身追去，怪物已跳上溪岸，却张着两条长臂，伸着一双钢钩似的锐爪，蓄势待扑。熊经略大喝一声，一纵上岸，舞起一团剑光，重向怪物刺去。只见怪物竖跳八尺，横跳一丈，朝着一片剑影，团团乱转，口中叫声愈急愈厉，熊经略用尽手法，一时也刺不着怪物要害，有时看得明明刺在怪物身上，却只纷纷掉落几根长毛，依然毫不受伤，似乎钢筋铁骨，刀剑难伤。紫霄怒气勃发，柳眉倒竖，顾不得看护过天星，一声娇叱，接连几纵，赶到怪物跟前，和熊经略两下里夹攻起来。

这一夹攻，怪物似乎手忙脚乱，有点吃不消了。恰好熊经略乘怪物转身，两手乱舞当口，一剑向肋下刺去。这一下，熊经略用了十成力量，哧的一声，似乎已刺破毛皮，怪物急护痛处，转身一抓，正被它抓住剑锋。这样锋利的长剑，怪物铁爪抓住，竟不放手。

紫霄一见熊经略宝剑被它抓住，慌一个箭步，枯树盘根，横剑向怪物足跟扫去。好厉害的怪物，竟像满身解数一般，不待剑锋到身，手上死命抓住一柄宝剑，下面两足一顿，旱地拔葱，直飞上一株数丈高的古柏干上，一阵怪叫，铮的一声，拗断手上宝剑，掷向下来。

熊经略大笑道："孽畜休得猖狂，少时便叫你受用。"却向李紫霄说道，"咱们同它瞎斗无用，你且少待，我自有法子处置它。"

紫霄按剑抬头一看，树上怪物似乎肋下已经受了微伤，在树巅上伸开一条长臂，攀住一枝老干，一手拿着熊经略的佩剑，两只火赤的圆眼突得如鹅卵大，瞪着两人，口沫四喷，钢牙咯咯乱响，似乎野性大发，欲得两人肝心。

熊经略却若无其事，慢条斯理地在树下来回大踱。紫霄莫名其妙，几次想飞身上树捉那怪物，都被熊经略阻住。却见熊经略一蹲身，从地上拾起几枚石卵子捏在手内，又从怀内掏出那个朱漆葫芦，拔去塞子，顿时酒香扑鼻。原来中午席上没有吃完，还灌着大半葫芦好酒哩。熊经略举起葫芦，对着嘴，两颊乱动，假装着喝了几口酒，偷眼一看树上怪物，鼻子乱撅，似乎嗅着酒香，减去许多凶性，嘴下馋涎，竟点点滴滴地挂下许多来。

熊经略暗喜，悄悄向紫霄说道："我们赶快远远避开，好让怪物下来。"说毕，把酒葫芦放在地上，假作不经意似的背着手缓缓走向溪边，紫霄不明其意，也只好跟着走去。

这时两人立的所在，离那怪物树下已有五六十步开外，回头看时，树下酒葫芦倏已不见，原来已到了怪物手中，依然半骑半坐地踞在那横出的古干上，一臂挟着宝剑，一手却抓住葫芦，学着熊经略样子，向阔嘴内咕噜噜直灌，不一会儿，便把大半葫芦远年陈绍喝得点滴无存。

熊经略远远看着它酒已喝完，向紫霄说道："这种怪物原是猩猩狒狒一类，最爱学人样子，尤其欢喜红色的东西，喝上酒便醉，醉了便发酒疯。你看它这样钢筋铁骨，却经不起那一葫芦酒，不一会儿酒性便要发作，咱们便可以从中行事，制它死命！但是它周身刀枪难入，只有胸前一片较稀的白毛所在，定是它致命之所，可以赏它一剑。"话未毕，猛听怪物在树上吱吱怪叫。

两人转身一看，只见它把手上一柄剑、一个葫芦都掷下地来，一忽儿又纵身下来，捧起朱漆葫芦，纵上树，捧着葫芦，嗅个不停。它直上直下，身轻如燕，在五六丈高下来往自如，毫不费事。

熊经略悄悄说道："你看那怪物喝了这半葫芦酒，便发起酒疯来了，待它精疲力乏时，咱们再下手不迟。"

两人说话时，那怪物蹿上蹿下，一刻不停，竟似忘记强敌在侧一般。不一会儿，倏见他长臂一扬，两足在树枝上一蹬，凭空斜纵起七八丈高，直向溪涧中跳去，扑通一声，水花溅起多高，径自在溪水中竖蜻蜓，翻筋斗，大撒酒疯。

怪物跳入的溪涧，距熊、李两人所在，也不过四五丈远近，中间却有十几株合抱的大树挡着。熊经略捏紧两手石卵，鹭行鹤伏，借树掩蔽，蹑隐过去。紫霄也倒提流光剑，如法跟上。熊经略轻轻掩到怪物相近的溪边大树身后，留神怪物举动，见它蹲在溪中，用手拍着溪水，似乎比前安静了许多。熊经略知它酒力发动，发了一阵酒疯以后，似乎昏昏欲睡，正是制它的机会，慌一步转出树后，先举起右手，啪的一声，一枚石卵宛如弹丸，脱手飞出，眼看已到怪物胸前.

不料事有凑巧，怪物正把绿森森的长臂一抬，啪的一声，那枚石子正击在怪物那条长臂上，把石卵反撞开去一二丈远，落在对面溪岸上了。可是怪物被这枚石子一惊，倏地立起身，长发四披，昂头乱顾，两颗火眼金睛又放凶光。熊经略不敢怠慢，早已两手都预备好石子，左右齐发，急如流星，又是噼啪几声，一枚中在怪物肩上，一枚恰中前胸，虽然一样撞落，却见怪物吱的一声怪叫，在胸前一阵乱抓，绿长毛根根直竖，形状可怕已极，一个掀天拗鼻，四面乱嗅，忽地长臂一扬，向紫霄隐身的一株大树奔去。

熊经略刚喊了一声“侄女当心！”那怪物舒开两只爪，连树带人一抱。好李紫霄，并不慌忙，在怪物伸爪之际，早已一矮身，从怪物肋下转出，一看怪物兀自抱住大树不放，一声娇喝，奋起长剑，向怪物背脊上刺去，铮的一声，火星四爆，如中铁石，刺得怪物一声厉吼，抱住大树乱蹦乱跳，把一株合抱的古柏，撼得呼呼乱响，落叶纷飞。

原来这怪物嗅觉极灵，嗅出树后有人，发起野性，要连人带树抱住，人虽抱不着，怪物两只钢爪，真够厉害，插入树中有几寸深，又觉背上被紫霄刺了一剑，虽然背脊坚如钢铁，刺不进去，也觉一阵剧痛，急想转身奋斗，苦于两只钢爪插入树中，急切拔不出来，这时身后又中了几剑，惹得它凶性大发，把大树乱摇乱撼，闹得沙石乱飞，山风怒号，声势颇为骇人。猛听得巨雷般一阵爆裂声，树皮片片飞裂，那样大的柏树，竟被怪物生生裂下半边，脱出两只钢爪来。树身半裂处，一阵奇香，白色的乳浆喷射老远。那怪物钢爪一脱，凶焰益张，倏一转身，全神一抖，张开两臂，又向紫霄扑来。

这时熊经略早已赶到，又同第一次一样，两人把怪物夹在中间，狠斗起来。熊经略全凭内家真实功夫，运用一双铁臂和怪物周旋。两人夹击多时，兀自制不住怪物。照说两人本领非同小可，尤其熊经略功候精纯，胜李紫霄十倍，无奈这种稀世怪物，非同寻常，一身钢筋铁骨，任你用尽如何厉害的重手法，它都担得起，加上两只长臂，挥霍如风，急切难以伤它要害。最奇是，怪物胸前白毛所在，被熊经略打中了一石子以后，怪物似乎知道这是自己致命所在，斗起来，保护得异常严密。怪物只要保护胸前尺寸地方，其余都可悍然不顾，在熊经略、紫霄却要留神怪物两爪，看它裂树之力，两爪足有千斤力量，万一被它抓住，便难脱身，两臂又比人长了几倍，纵跳又比人灵便，这一来，便宜了怪物不少。

紫霄未免心中焦急，恰好熊经略奋起神威，在怪物旋身对付李紫霄之际，一腿起处，正踢中怪物腿弯。怪物也禁不起这一腿，毛腿一屈，一个踉跄，向前跌了出去。紫霄一见有机可乘，一纵身，跃出侧面，趁旋转之势，横剑一挥，向怪物前胸横砍过去。怪物向前跌去，正留不住腿，两只长臂又向前伸得笔直，想在前面大树上撑住身子，万不料剑如长蛇，已到胸前，势难躲避，只听得吱的一声惨叫，怪物胸毛纷落，血花四射。紫霄大喜，满以为这一剑已中要害，不难再一剑结果怪物。

哪知怪物胸骨高突，致命之处，只有胸窝凹进的一点地方，如果紫霄向前胸直刺，自然直透心窝，不难立时致死，无奈剑从侧发，虽然砍到前胸，却被高出的胸骨格住，只在紫霄抽剑之际，剑尖余锋所及，把怪物白毛所在割破皮肉寸许，幸喜怪物另有特性，最怕自己流血，一看自己致命所在，皮破血流，吓得一声惨叫，两足一顿，倏地飞上树枝，穿枝越干，没命地向谷外逃去。

熊经略、紫霄正想飞身追赶，忽听得怪物又是一声极惨厉怪叫，重又翻身奔了回来。

怪物在树梢上飞行了几步，似乎一个失足，从七八丈高的树上掉了下来，正跌在一块大石上面，把怪物跌得像肉球似的反弹起丈许高，重行跌下。怪物满不理会，腾地跳起身，两爪捧住一个毛脸，飞也似的冲了过来，似乎跌昏了心。这一冲，又冲在一株参天古柏树上，来势既猛，弹力又大，又把怪物跌个发昏，这一来怪物野性大发，兀自两手捧住脸，在树林内瞎了眼似的乱冲乱撞，没个停止。在它奔突之所，四面尽是千年古树，被怪物东一冲，西一撞，又闹得树摇枝舞，石走沙飞。那怪物恰像进了八阵图似的撞得昏头晕脑，筋斗连翻，总撞不出林外去。

熊经略、紫霄都看得莫名其妙，以为怪物酒性未尽，奈何不得两人，拿几株大树出气，再一细看，却见怪物两爪捧着脸，一缕缕鲜红的血水，从两只铁爪缝内汩汩流出，点点滴滴顺毛而下。两人一看这样情形，才恍然大悟，明白怪物两眼受伤，所以捧着脸这样瞎撞，但不知怪物一上树，飞行没有多远，两眼何以忽然受伤，跌下树来，兀自猜不出所以然来。两人一商量，正想赶去乘机刺死怪物。

忽听得谷口不远一株古柏上，有人喊道："姊姊，我在此藏够多时了！"

紫霄吃了一惊，听出是小虎儿声音，却因树林层蔽，看不出他藏身所在，慌遥应道："是虎弟吗？躲在树上，千万不要下来，当心伤着你！"说了这句，一眼看见熊经略已飞身奔到怪物所在，来不及找寻小虎儿，慌忙一个箭步，挺剑赶去。

这时怪物在几枝大树中东跌西撞，已折腾得精疲力绝，气如牛喘，两眼又瞎，不辨东西。熊经略赶上前去，并起两指，疾向怪物胸窝点去，吱的一声，立时透胸而入。李紫霄赶上，又加一剑，直进心房，这样双管齐下，怪物如何经受得起！又吃亏了两只瞎眼，钢爪虽凶，两臂虽长，无法抵抗敌人，只落得一声惨叫，跳起丈余高，跌下来四肢乱舞，一阵翻腾，径自死在地上。

怪物既除，两人正想招呼小虎儿下来，却见他很快地奔到身边。

紫霄数说他道："你这孩子，叫你不要来，你却胆大如天，竟独个儿偷偷溜进谷来，万一被这凶狠的怪物抓住，那还了得！"

小虎儿鼓着嘴，悄悄自语道："没有我用金钱镖打瞎两眼，看你们制得住它才怪哩。"

李紫霄一听，怪物两眼原来是他打瞎的，又惊又喜，慌问道："你怎样凑巧打中怪物两眼呢？"

小虎儿笑道："你们走后，我想见识见识谷内怪物，究竟怎样长相。再说过天星生死不明，心里放不下，决计跟在你们身后，偷偷走来。俺同女兵们回到牛脊岗下，向她们撒了谎，独自溜了出来，不料你们脚步太快，俺略一迟延，便找不着你们的踪迹了。好在穿过一片松林，便是白骨坳，认定谷口，左绕右转地走来，可是路太崎岖，遍地碎石丛木，好容易奔进谷口，正听得满谷飞沙走石，呼呼怪响，吓得俺不敢近前。

“忽见一个遍身绿毛的怪物，一跳丈把高，在前面树林内，呼呼乱跳，同时又看见姊姊剑光，和熊师叔的呼喝声，料到已同怪物斗上。俺没见过这种怪物，哪敢上前，急向身边一株数丈高的古柏树纵了上去，直盘到顶上枝叶丛密处，隐住身子，满想悄悄偷看你们争斗情形。不料躲在树顶上，四面都是绿沉沉柏叶，比树下还要看不清楚，空自替你们出了一身冷汗，侧着耳朵听了半晌，谁知你们打了一阵，忽然停手，待了一会儿，又听得山摇地动地打了起来，正听得出奇，猛的一声怪叫，那怪物从树顶上飞也似的向俺所在奔来。俺这一惊非同小可，以为怪物看出俺躲身所在，想来个顺手牵羊，慌急中不由分说，掏出满把金钱镖，用姊姊才教我那手刘海撒金钱的绝招，向怪物夹头夹脸掷去。万想不到，瞎撞瞎中，怪物负痛，一翻身，便跌下地来，便被你们容容易易地除掉了。俺此刻看这怪物凶悍的尸身，兀自胆战心惊哩，究竟这怪物是什么东西变的呢?”

熊经略大笑道：“你这小小年纪，一出手便得了彩头，胆气也不错，好好地用功夫，将来定有成就。至于这种怪物，俺初见时，还猜不出它是什么东西，后来接连听它叫声，和一切举动，便明白了。这类怪物，古今来很少见，原是秉天地山川的戾气所生，它一出现，不是刀兵四起，便是国破家亡。这怪物在古书上叫作‘独’，也是猩猿一类，但是这怪物一出娘胎，便把同类尽数赶尽杀绝，剩了自己独个儿才快意。又天生一副钢筋铁骨，力大无穷，便是虎豹遇上它，也是望影而逃，所以这怪物出没处所，绝对找不出另外一禽一兽。

“照古书上说，猿啼三，独啼一，便是说这怪物叫的声音，只有极单调的一个凄锐的叫声，和猴猿长啼短叫不一样，而且性质特异，既无同类，也无配偶，不阴不阳，独往独来的一个怪物，所以古人替它起个名字叫作‘独’，后人便把这字，形容到人类上去，像鳏寡孤独等字义便是。讲到鳏寡孤独的‘鳏’字，也是一种畸形鱼类，正和‘独’相仿。万想不到此地会出这类怪物，眼看中原一片锦绣江山，要生灵涂炭了。”言罢，一声浩叹，频频搔首。

李紫霄也不禁胸有惆怅，抚剑叹息。

大家沉默半晌，小虎儿忽想起一事，跳起来大喊道：“怪物既除，过天星那班人，究竟有无踪迹呢？”

熊经略一掉头，指着溪面危坡上笑道：“那不是过天星好好地坐在那儿吗？”

紫霄、小虎儿都向坡上望去，果然过天星颤巍巍地在坡上晃动，远看去竟像一个穷叫花一般。

原来怪物出现，紫霄斩藤追击当口，过天星已经吓昏过去，下面几番争斗，他毫未知觉，熊经略、紫霄也照顾不到他。直到此刻才悠悠醒转，全身痛处，骨软如棉，几次挣扎，如何立得起来，但是坡下熊经略、紫霄、小虎儿互相立谈，和地下横着的怪物尸身，依稀看出，知怪物已除，连小虎儿都到此了。熊经略知他动弹不得，重又飞身上坡，把他夹在肋下，飞身下来，放在林下平坦处所，又从树下捡起自己酒葫芦和那柄佩剑，曳在腰下。大家一商量，仍叫小虎儿回去通知牛脊岗女兵们，到白骨坳来扛抬过天星和怪物尸身。

小虎儿走后，熊经略、紫霄又设法到四面峭壁危崖上寻找一番。这一寻找，便找出过天星带来的四个寨兵，都被怪物弄死，也有塞在石缝里的，也有吊在崖树上的，只好由女兵们设法掩埋。

诸事完毕，天气差不多傍晚，当即率领女兵们，扛着过天星，抬着怪物尸首，回转山寨。

第十六章　山寨的旖旎风光

李紫霄、熊经略、小虎儿率领了女兵、寨卒，扛着怪物尸首，抬着受伤的过天星，一路急行回寨，轰动了全寨老幼，把寨门口一条长长的甬道，挤得水泄不通。寨内黄飞虎、翻山鹞等得知消息，也一齐拥了出来。霎时火炬如龙，人语如潮，寨卒们提着皮鞭，分开闲看的人，让出走道，接着总寨主一行人，到了聚义厅，先将过天星扶回卧室调养。这里紫霄便发命令，将怪物尸首，即在寨栅口示众，再把皮剥下来，蒙在聚义厅第一把交椅上，作为永久纪念。此后山寨人民都知怪物已除，白骨坳地方一样可以采樵打猎，好不喜欢，把李紫霄一发当作天神般看待。

这天晚上，大家席散后，都知总寨主、熊经略一天辛苦，未免身乏，不敢多谈，好让贵客早早安息，一个个都散归自己处所。李紫霄心里有事，也巴不得众人散去，好同熊经略细谈心胸。不料众人散后，唯独路鼎、袁鹰儿二人，好像吃了齐心酒似的，跟定了熊经略，有一搭没一搭地扯东谈西，偏是熊经略海阔天空，也是滔滔不绝。紫霄没法，先自立起身，领着小虎儿辞回后寨。

路、袁二人一见紫霄别去，正中心怀，谈锋一转，正想启齿。

熊经略忽地向外一指道："今天月色大佳，我们何妨到后寨岭上，盘桓一下。"

袁鹰儿、路鼎慌立起身，陪着他缓缓走向岭上。两人回头一看，见身后跟着几个贴身寨卒，一挥手，叫他们避去，只他们三人走上秤杆岭最高处所，恰好后寨李紫霄住的一所小楼，正在岭腰，两人留神紫霄寝室楼窗，兀自灯光闪闪，楼下几个佩弓带剑的女卒，也人影幢幢，时来时往，便料得熊经略也许和自己一样，别有话讲。

两人正在胡思乱想，熊经略忽向他们问道："我们师兄在世时节，你们两人既有这样师父，当然得到一点益处？"

袁鹰儿慌答道："说起来都惭愧欲死，俺们两人从小便与李老师傅早夕相见，无奈李老师傅真人不露相，谁也不知他是内家高手，直到俺们俩年纪长成，在江湖拜师访友回来，从江湖上先辈口中，才探得李老师傅当年名气，急速赶回，在李老师傅面前苦苦哀求，总算列入门墙，可是起首路已走错，比初入门的还要费事，不到一年半载，李老师傅又撒手归西，返魂无术，越发绝望。我俩提起此事，认为终生遗恨！天幸先师一身本领，传授了俺们师妹，足以保障一方，三义堡全堡父老身家性命，此后全仗俺师妹维持，一半也要追念先师在天之灵呢！"

熊经略点头叹息道："人生如露如电，真也难说！两位虽然把千斤担搁在俺侄女身上，但是她强煞是个女孩儿家，年已及笄，难道就这样下去吗？俺师兄志向未了，撒手而去，偏又误打误撞地叫俺遇见了她和她的弟弟，不瞒两位说，这种地方，俺是一刻不能留的，现在为了她姊弟两人，倒惹起了我一腔心事，想必我师兄在天之灵，鬼使神差，引我到此，替他了此一桩身后大事，但是……"

熊经略刚说到此处，忽见路鼎一脸惶急之态，倏地矮了半截，直挺挺跪在他面前，一颗头却只管低了下去，几乎贴在胸口上了。

熊经略诧异道："你为何如此？快起来，有话好说！"

路鼎不便开口，却由袁鹰儿婉转说道："你老不知，我们路兄，思慕师妹，非止一日。撮合的人，也不知费了多少心机，俺们师妹也未始不知。便是这次千里长途，来迎你老，也因师妹在晚辈面前，露过口风，只要请到大驾，此事便可商量。现在幸蒙屈驾成全，万事俱备，只欠一位月下老人。路兄早和晚辈商量多次，难得你老提起此事来，路兄情不自禁地，跪求你老成全了。”

熊经略呵呵笑道：“想不到你们两位跑到几千里外，来请我撮合你们婚姻的，我还睡在鼓里，只当你们来救我出狱哩。”

路鼎被他说得不好意思，弄得没有话说。

熊经略笑道：“起来！起来！不瞒你们说，我这人脾气特别，不愿管的事，凭你跪在我面前三天三夜，也是白费，偏逢我顾虑到她终身大事，你的家世和你们三姓的渊源，我也明白一点。既然她自己露出口风，也许我这撮合佬不致碰钉子。现在这样办，回头我探一探她意思再说。”

路鼎大喜，倏地跳起来，连连打躬。袁鹰儿一看大媒请好，向路鼎使了眼色，两人便告辞而别。

熊经略独个儿赏了一会儿明月，便想回身，忽见岭腰松林内，款款步出一位美人来，月光映处，益显得风鬟雾鬓，绰约多姿，仔细一看，正是紫霄，也不带随侍女兵，只携着小虎儿缓缓走上岭来。熊经略暗道：“我这侄女，真是巾帼中不可多得的人物，谁看得出来是雄踞山寨的女英雄。怪不得路鼎这样哀求了。”一阵思索，紫霄、小虎儿已到跟前。

紫霄笑道：“侄女在楼窗内，望见路、袁两人，随着师叔到此，一忽儿又鬼鬼祟祟地回去了。”

熊经略大笑道：“他们举动瞒不了你的眼睛。他们此刻求我的情形，当然你也看见了。好在你不是世俗女子，有什么主意，尽管对我说，趁我在此，好替你做主。”

紫霄沉默了一忽儿，忽然整色说道：“此事暂且抛开，侄女本有一桩很要紧的事，想求师叔俯允，不想被路、袁两人来鬼混，哄闹了一阵，好容易等他们一走，才急急赶来。这里好歹要求师叔看在先人面上，成全侄女的了。”说着，便同小虎儿一齐跪了下去。

熊经略诧异道："你也有事求我，难道又是你请我到此的那个主意吗？论理你的事，无论如何为难，我不能撒手不管，只是那桩事，却勿强人所难，我实在难以答应。"

紫霄道："师叔不要误会！那桩事，侄女早已说明，既知师叔是自己人，怎敢污尊师叔。"

熊经略道："咦，除此以外，还有何事？快起来，有话便说，不必如此。"

两人起立，三人就在岭上几块大石上，拂土分头坐下。熊经略催问："何事这样郑重？"

紫霄微笑道："先父弃养以后，在侄女心上一桩最大的事，便是想培植虎弟，成个人物，不致有堕先父声名。师叔请想，虎儿一年大似一年，在这山寨混迹，耳濡目染，气质易变，万一走入歧途，侄女如何对得起先人？幸而天缘凑巧，蒙师叔千里光降，侄女想来想去，只有跪求师叔，把虎弟收为徒儿，传授他一点真实本领，非但侄女终生感激，连黄泉老父，也要衔环结草的。"说罢珠泪盈盈，重又跪了下去。

熊经略双手扶起紫霄，长叹一声道："你这一番话，我也很受感动，我真无法推辞。论小虎儿资质，我也乐意陶融，但是我不能在此教导。既然你一心把他托付于我，只有带着他随遇而安了，你能放心吗？"

紫霄道："侄女早已想好主意，留得住师叔，果然最好；留不住时，任凭师叔海角天涯，带他同去便了。"说罢，便叫小虎儿当场行了拜师大礼。

小虎儿年纪虽小，却也知道这位师父不比他人，只要自己用心，准能得着好本领，心里非常快活，恭恭敬敬拜罢起来，便垂首侍立于侧。

紫霄又说道："论理，这样拜师大典，未免草草，无奈侄女不愿意不相干的人知道，此时却是好机会，未免亵渎师叔一点。"

熊经略大笑道："这种小节，俺素来不理会，你说不愿意人知道，正对了俺心思。不瞒你说，俺从此以后，便要隐去真名实姓，仿效个世外逍遥的人。这里的人还口口声声称俺熊经略，反而教俺难受，万一传扬出去，更不适当，所以俺决定明天悄悄一走。可有一节，你弟弟总算托了我，从此由我管教他，你可放下心了，但是你弟弟一走，你究是一个女孩儿，举目无亲，孤零零在这虎狼之窟，毕竟不安。我看路鼎这人，心地、气质都还不错，虽然本领配不上你，门第家世，也还相当。再说你们三义堡三姓渊源，不比他人，你现在统率这一班好汉，他们如何能够持久，便把玉龙冈地产尽量开辟起来，也是缓不济急。倘然有路鼎担当，他的家资产业足可帮助你雄踞待时。依我之见，不如你们两家便联了姻吧。我这一番话，却不是给路家说媒，是完全替你想的。你是聪明的人，当然想得周到，此刻别无外人，何妨对我说个明白呢?”

熊经略一口气说完这话，却见紫霄梨窝微晕，只管沉吟半晌，才说道：“侄女何尝不知道，便是先父弥留当口，也曾提及侄女终身大事，注意到路鼎身上。路家屡次求婚，侄女不是不答应，只因热孝在身，弱弟尚未成立，不愿举行此事。现在到了此地，又是骑虎难下。再说强盗窝里举行此事，将来也被人耻笑，而且……”

熊经略不待她再说，抢着说道：“你所虑的事，兀自闺阁之见！既然到此地步，也只好做一步是一步！依我看，天下乱源已萌，不久鼎沸，将相本无种，男儿当自强，只求你们夫妻抱定为民为国的主意，将来定有机会到来。俺此去云游天下，难免结识几个英雄人物，也许有助你们一臂之处。你们夫妻二人，把山寨整顿得好好的，也可以成一旅之师，依然可以垂名竹帛。现在山寨基础未稳，正应该合力同心。你与路鼎如果没有特殊障碍，不如早早完成大事吧。”

紫霄听得连连点头，倏地含泪跪下，低低说道：“师叔教诲，怎敢不从！无奈侄女形单影只，别无长辈主持，只有求师叔屈留几天，替侄女做主吧。”

熊经略笑道：“天下事真是难说，这一来，又不由我不依你了。好好，明天我定有两全其美的办法，现在我们回去吧。”

于是三人返回后寨，路鼎婚姻，总算片言定局了。

第二天清早时候，袁鹰儿便上后寨探问。熊经略早已想好主意，安排妥当，却故意对他说道："事颇棘手，一时难以打动。现在她有一桩最要紧的大事，立刻要办，她已打发女兵们传谕各位寨主，立时齐集聚义厅，听候命令，我也跟着就到，快去，快去！"

袁鹰儿惊疑不定，又不敢多问，慌不迭去知会路鼎，同到聚义厅来。来到厅上，黄飞虎、翻山鹞、黑煞神等已在。过天星一夜调养，业已复原，也在其中。路、袁两人进厅，众人招呼，翻山鹞等以为袁、路两人是总寨主近人，必定知晓今日聚会的事，谁知一问两人，同众人一样，你问我，我问你，都是暗中摸索，猜不出所以然来。

待了一忽儿，熊经略和小虎儿到来，却不见寨主紫霄同来。众人慌请熊经略高坐。

熊经略两手一拱，笑吟吟说道："今天惊动诸位，并不是俺侄女主意，却是俺同她商量好以后，请诸位到此一谈的。这桩事，可以说完全由俺主动，可是关系贵山寨的兴隆，因为俺师兄去世当口，曾留有遗言，说是三义堡路、袁、李三姓，必须始终保持密切关系，又看中了一个爱婿，临死时，已在俺侄女面前露过口风，在俺侄女自己，虽然没有说出详情，但是我已知道。既然凑巧到此，必须替她做主，完成她终身大事，好对得住我去世的师兄！她终身有了着落，便可一心一意整理山寨，此后她放手做事，也可便利一点。诸位也可同舟共济，做出一番大事业来！"

说到此处，话锋略停。这期间，却急坏了路鼎，喜煞了袁鹰儿。在路鼎当局者迷，一听到李老师傅在世时已看中了一位爱婿，必定另有其人，品貌本领，必定胜过自己百倍，这样一思想，焉得不急？但是袁鹰儿却旁观者清了！他先听到三姓必须始终保持密切关系，后说的那位爱婿，不是路鼎还有哪一个？熊经略先头说的事情棘手那句话，无非故布疑阵，略做惊人之举罢了。

不提两人暗地乱想，一忽儿，又听熊经略向袁鹰儿笑嘻嘻地指道："凑巧这位袁兄，早已把大媒责任扛在肩上，向俺侄女不知提过多少次，说的那位新郎，也正是俺师兄在世时看中的那位爱婿。"

这一句话听在路鼎耳内，宛如震天价一个大霹雳，凭空当头打下，又像打下的不是霹雳，却是一个九天仙女，心里惊也惊得过，喜也喜得出神，又加上立在身旁的袁鹰儿，暗地扯他衣襟，益发急于想听出下文。可是心腔子里咚咚乱跳，一上一下，宛如十儿个吊桶在水井内来回打滚一般，熊经略以后说的什么话，罚誓也听不出一句来，只听得众人一阵拍手欢呼，轰的一声，立时把他围住，贺喜的，说笑的，撮弄得腾云驾雾一般，闹了一阵，总算袁鹰儿能说善道，把他架出重围，溜回两人住所。

路鼎坐了片时才觉心神安定，便说了一句："熊经略这样大恩大德，教俺怎样报答！"

袁鹰儿大笑道："我的路兄，你怎么啦，难道真乐糊涂了吗？佳期就在眼前，多少正经事要你去办，怎的说出这样痴话来。"

路鼎茫然道："怎的佳期就在眼前？究竟熊经略说甚话来？"

袁鹰儿笑得打跌道："原来你真乐迷糊了，大约熊经略以后对众人说的许多话，你都没有入耳。他说路、李两家婚姻就此定局，他是女媒，我是男媒，而且因为没有尊长，他也算女家主婚的长辈。又因为他不能在此多留，明日恰是黄道吉辰，一切俗礼尽行删去，你们两人，就在明天正午时，在聚义厅上交拜，后寨就做洞房。三义堡分寨，暂请黄寨主主持，好让你腾出身子，稳做新郎。所有张灯结彩、采办喜庆筵席、犒赏全寨士卒，都已派定干练头目，连夜分头赶办起来，不信你此刻再到厅上去看，保管已焕然一新了。你想时机这样迫促，你难道真个百事不管，光身做新郎吗？"

路鼎一听，急得跳起身来，拉住袁鹰儿道："我不知事情办得这样急促，不怕简慢了俺们师妹吗？"

袁鹰儿忍住笑声，说道："谁说不是！但是他老人家（指熊经略）独断独行，谁敢道个不字。"

路鼎又道："现在咱们两人得速回三义堡去，筹备一切，我总要对得起我师妹才是。袁兄你好人要做到底，帮我赶回咱们三义堡去，知会家里人置办应用东西才是。"

袁鹰儿道："李紫霄师妹不比他人，又关系着山寨面子，男女两家应办东西，都在你一人身上。至于装饰洞房，置备妆奁，那是万万来不及的。好在师妹是女中豪杰，这种东西满不在她心中，只要你礼貌周全，诚心诚意，也就罢了。倒是总寨分寨，上上下下一切人等，满得重赐，于你面上也风光。依我看，事不宜迟，咱赶回三义堡，筹备犒赏羊、酒、财帛，知会三姓父老集寨贺喜，才是正理。"

路鼎连连称是，于是两人备了几匹快马，带了几个得力人，也不通知别人，立时飞也似的赶回去了。

当天晚上，两人又赶回山寨，大家手忙脚乱，分头办事，人多手众，易于告成。各处分寨和三义堡三姓族人俱都到来，连各处山头好汉，也纷纷闻名赶到，参与婚礼，顿时把玉龙冈上下弄得人来人往，宾客如云。李紫霄身为总寨主，变了新娘子，一时难以见客，只好分派黄飞虎、翻山鹞分头款待，黑煞神、过天星内外纠察，老狪狪管理聚义厅上的喜堂。女家总提调是熊经略，男家总提调是袁鹰儿，其余全寨头目和路、袁两族父老，都派定执事，倒也井井有条。

一宵易过，转瞬便到了第二天正午吉时，忽听得厅内，赞礼的一声高唱，阶下鼓乐又细吹细打起来，寨门外又是通通几声炮响，接着哔哔啵啵鞭炮声直响到后寨去，原来这时新郎路鼎，全副戎装，骑着雕鞍鲜明的高头大马，带着二十多名雄赳赳的堡勇，到后寨举行迎亲之礼去了。

待了一忽儿，袁鹰儿如飞地跑进聚义厅，向众人一拱手道："吉时已到，新郎已迎将来了。"话言未毕，寨栅外又是震天价几声炮响，聚义厅阶下一条甬道上的人们，春雷般一声欢呼，立时波分浪裂般两下分开，让出一条长长的道路，显出一对绣字大旗来，旗上绣着“三义堡分寨寨主路”几个黑字，旗后紧跟着二十多名壮勇，一对对披红插花，手捧提炉，炉内香烟缕缕，笼罩着喜气洋洋的堡勇，缓缓趋近阶下，倏地分开，相向而立。壮勇对面立定，銮铃响处，新郎诚惶诚恐地翻身下马，由厅上黄飞虎、翻山鹞迎扶进厅，直到正中香案前向北立定。

这时聚义厅大非昔比，厅前挂灯结彩，当然不用说，便是厅内也布置得锦绣辉煌，正中香案点着蟠龙舞凤的臂膀粗巨烛，兽鼎内焚起百合异香，屏风上挂了一副刻丝的三星大轴，其余罗列着奇珍异宝，绣帐罗屏，把袁、路两家宝物和山寨历年积存的贵重物品，都装饰得干干净净，连寨主们几把虎皮交椅，也改头换面，给锦绣交错的帷幔遮住了，只有从白骨坳怪物身上剥下来的那张金碧毛皮的第一把交椅，却依然高供在香案上面，说是山寨规矩如此，总寨主的交椅不能随便移动的。

这时新郎一到，赞礼生又高唱入云，前边厅外乐声刚住，寨门外炮声又作，寨外人如潮涌，呼声震天，宛如千军万马一般，反掩住了迎接新娘的礼炮。

厅上众人吃了一惊，以为发生了事故，慌派人赶去一探，原来满不相干，却是玉龙冈、塔儿冈、三义堡三处赶来看热闹的男女老幼，把寨栅外一片广场，拥挤得万头簇动，等得新娘子彩轿和一行执事到来，众人呼声雷动，一齐包围住新娘轿马，都想看看总寨主装扮成新娘的丰采。新娘子身边女兵、寨勇们，又都和这班看客厮熟，平日原是一家人一般，怎敢逞蛮驱逐，呼的一声，早已把一行整整齐齐的执事，冲得七零八落，把新娘彩轿围挤得水泄不通。

众人一半好奇，一半李紫霄平日对待三处寨民，抚慰体恤，如同家人一般。再者又都是女兵、寨卒的家属亲友，平日听熟了总寨主怎样姿色，怎样本领，怎样智慧，个个心里都当她天仙一般，这时改装了新娘子，益发要看个饱了。

厅上各寨主一听新娘被寨民包围，恐怕误了吉时，慌派了几个出去，高声晓谕，哪知护卫新娘的熊经略，依然披着一件破道袍，挡在新娘面前，早已连说带笑，大声说道："诸位高邻，不要乱挤。新娘是总寨主，今天做了一次新娘，明天还是总寨主。诸位要看，明天后天有的是日子，尽管慢慢来看，何必忙在一时？如果诸位拥挤不去，误了吉时，这可不是玩的！"

他这样一喊，看热闹的人明白事理的，也齐喊道："这位道爷说得对呀！咱们全仗总寨主顺顺利利地保护咱们，今天是她老人家大好日子，咱们不要误她的吉时才对呀，众位乡亲散散吧！"

这一下，众口同声，立时像蝼蚁归洞般，纷纷散开，让出中间直连寨门的一条道来。女兵、寨卒依然执着仪仗，排列成行，向寨栅门内鱼贯而进。

这几队仪仗却比新郎来得威武堂皇了。第一队为首一个山精似的头目，卖弄他的膂力，捧定一面长逾二丈的大旗，镶着火红蜈蚣穗，迎着风猎猎山响，中间绣出"玉龙冈总寨主李"几个大字，身后几十个精壮寨卒，一色荷着映日耀光的长矛，矛上都结着红绿彩球。

这一队过去，第二队又是两面绣旗，分绣着"卫乡保国""除暴安良"八个字，旗后二十四个鼓吹手，吹打着异样细乐，听之心醉。

后面几队都是挂红插绿的女兵，提炉的，撑扇的，执拂的，捧剑的，一个个迈开扁鱼大脚，昂头而进。这班大脚婆后面，才是翠帷绣幕、四平八稳的新娘轿子，两旁拥护着十几个姣俏的女兵，全身软甲，挂剑背弓，很是英武。新娘轿后，跟定两匹骏马，马上便是送亲的熊经略、小虎儿了。

这队仪仗到了聚义厅下，也两面分开，让新娘轿子直抬到阶下。熊经略、小虎儿弃鞍下马，由袁鹰儿等迎接进厅。

这时厅上厅下，鼓乐喧天，三吹三打已毕，又听得堂上赞礼生提着丹田音，高唱一套照例吉词，然后唱起新贵人、新玉人就位，行交拜礼的仪词来。这时赞礼生宛同百万军中的司令官一样，谁也得听他的话。

他一声高唱，新娘轿边几个女兵慢慢打起轿前绣幔，扶出总寨主来。厅上下各寨主头目人等，谁不注视在彩轿中间，一经轿帘卷起，众人眼前仿佛打了一道电闪，再仔细看去，才认清女兵们扶出珠冠霞帔、玉佩云裳的美人儿来，比较平日淡妆素服，玉骨冰肌，又是不同。此时只觉雍容华贵，仪态万方，但是众人尽是看了个饱，只有那位新郎路鼎，早已面朝里，背向外，诚惶诚恐地立在香案前红毡上，哪敢回过头来看一眼呢！好容易等得美人驾到，香风阵阵从背后袭来，又听得环佩叮当，夹杂着佩佩锵锵，已到红毡上面，饶是路鼎英雄，到这地步，也觉心头乱跳，满身不得劲儿，只好眼观鼻，鼻观心，怡恭将就地听赞礼的摆布。

一霎时，嘉礼告成，大家送新郎、新娘进了后寨的洞房，照俗礼和大家的性气，恨不得尽量闹一闹洞房，向路鼎大开玩笑，但是新娘是总寨主身份，平日威严肃穆，领袖群英，大家如何好意思露出轻佻举动来，又加上一位不怒而威的熊经略，监视在旁，只可老老实实地退到厅上，大闹喜筵，尽量喝酒了。

众人正喝得兴高采烈之际，忽听得寨卒们报道："总寨主和路寨主亲来道谢！"

一语未毕，七八个女兵已簇拥一对新婚夫妇，缓步进厅，寨外又奏起安席细乐，众人慌一齐起立，却一眼看到盈盈卓立的紫霄，已换了个样子，把交拜时的宫装去掉得干干净净，依然是平日的素服练裙，只有面上脂粉，尚未洗掉。路鼎也换了华服，比平日还要朴素些。

两人一进厅，紫霄敛衽，路鼎抱拳，向全厅席上致敬，路鼎并说了几句谦谢的冠冕话，即由几个女兵，抢起酒壶，代他们夫妇分头向各席敬酒。

这时厅上也有不少因亲及友，借此观光的三山五岳成名好汉。靠左第一席上，便有两个魔头在座。一个是过天星幼年一起从师练武的同学，是襄阳人，绰号笑面虎，约莫有三十多岁，生得阔面浓眉，豺声蜂目，外加一脸横肉，满颊疮痂，不笑则已，一笑起来比哭还难看。此人原是襄阳一个恶霸，一面结交官府，鱼肉良民，一面又坐赃窝盗，无所不为。他不知从何处得知过天星在玉龙冈坐了交椅，又得知玉龙冈英雄了得，威震一方，起了拉拢念头，特地备了几样名贵礼品，邀了一个本领高强的盟弟，指名来见过天星，却不料正赶上山寨举行喜事，居然也混充起贺客，高踞厅上筵席了。

和他同来的那位盟弟，在长江上下游大大有名，不论是谁，提起他来，都是吓得变貌变色。原来此人是长江一带出了名的独脚飞盗，外带着到处采花。他作的案子不计其数，却从来没有破过案，因为他一身软硬功夫，倏来倏往，无迹可寻，官厅捕役，非但不敢同他拼命，反而暗中得他贿赂，上下其手。这其中，一半也因有笑面虎庇护他，一发可以逍遥法外了。

这人匪号也特别，叫作“红孩儿”，因为他天生成一副短小身材，全身不够三尺长，却又长得一张白里翻红的俊俏面孔，虽然年已二十出外，看外表兀是一个十几岁的童儿。他利用这副短身材，每逢晚上作案，便穿上小孩的红色短衫裤，又截短了长发，剪成一圈齐眉刘海，两边又梳了两支冲天杵小辫，冷不防飞进大家绣闱，女娘们骤然一看，真还不疑他是采花大盗，当他是邻居顽童哩！有许多无耻娘们被他破了贞操，反爱上了他，留在深闺中，十天半月不出来，也是常有的事。这次他在笑面虎家中盘桓，听笑面虎说起玉龙冈总寨主是个少女，如何美貌，如何本领，说得他心痒难搔，拉着笑面虎非要同去不可，因此两人搭档，同到山寨，也算两位宾客。

红孩儿起初看见两人交拜，觉得路鼎没有风流温柔的资格，配不上这位天仙般的总寨主，很替紫霄抱屈，等得紫霄、路鼎穿着平常便服进来周旋，他两只眼直勾勾地盯在李紫霄面上，觉得这位美人儿，无论金装玉裹，荆钗布裙，都掩不住她的姿色，自己枉称采花使者，竟没有碰着这样绝世佳人。他这样痴痴地想着，两只色眼又直勾勾地盯着，笑面虎和他说了几句，全然不睬，竟似失了魂魄似的，形状非常可笑。

这席主位上正是过天星，一看红孩儿失神落魄的，弄出这副怪相来，也觉十分不雅，万一被总寨主和别人看到，追究起来，总是自己的朋友，自己的性命才蒙总寨主亲自救出，怎么又引进这种坏坯子来，当这大喜的日子，万一弄出事来，自己如何吃消得下！这样一想，愈想愈怕，屡次想开口用话点醒笑面虎，叫他转知红孩儿放尊重些，无奈笑面虎也是色中饿鬼，忘记了自己坐在何处，直着一双怪眼，也自看呆了，过天星屡次用目示意，何曾理会得到。

偏巧有两个女兵，提着两把酒壶敬到这席上了，紫霄、路鼎的眼光自然也转到这席上，互相行礼之间，在路鼎只觉这首座两人，面目甚生，也不注意到别的地方，可是紫霄目光如电，何等聪明，一瞬之间，早已把两人怪相看到肚里，也不作声，姗姗地向席上一一周旋告竣。

夫妇俩正要双双退出，忽见中间一席上几个白发萧萧、衣冠楚楚的老头儿，走下席来，齐向李紫霄躬身为礼，笑着说道："俺们这几个小老儿，已是风烛残年，平日仗着总寨主庇护，安居家中，足不出户，平时耳内听得总寨主如何本领，如何智慧，却苦于行动不便，每逢寨主大显身手时，总赶不上饱饱眼福。俺们这几个小老儿，时常聚在一起议论此事，总想设法亲眼看一看总寨主本领，这样死去，俺们才算没有白活了这许多年。无奈在平时不敢冒昧亵渎，幸得今天是总寨主大喜日子，又知总寨主平时敬老怜贫，提着胆气，借酒遮脸，想求一求总寨主赏个面子，只是动刀抡杖，今天大喜日子，实不相宜，请总寨主随意施展一点，俺们几个小老头儿死也甘心了。"说罢，又连连打拱。

这几个倚老卖老的这样一说，却合了一班宾客的胃口。在本寨，各好汉早已见识过，原不稀罕，可是各处赶来贺喜的江湖好汉，平日对于紫霄也只闻名，既是洞房闹不成，正苦没有题目，此刻一经几个老者提议，立时异口同声地响应起来，其中笑面虎、红孩儿两个宝贝，更是别有用心，巴不得有此一举，看一看美人的本领如何。

这时路鼎恐怕紫霄不乐意，一个别扭，便要弄僵，偷眼看她时，却见紫霄看出头的几位老者，都是路、袁两姓族中的长辈，说的话又这样委婉，笑吟吟地说道："今天承诸位尊长和诸位贵客光降，使山寨增辉，非常感激。至于妾一点微末之技，在座贵客都是此中高手，恐怕难以入目，反不如藏拙为妙。"

紫霄话未说完，宾客堆里早有几个人齐声喊道："我们久仰总寨主内家功夫出众，务必赏面才好。"这几个人一喊，和者益众，闹得个乌烟瘴气。

紫霄再想接说几句，已是不能，又苦于自己究是崭新的新娘子，不好意思大声说话，幸而袁鹰儿挤进人圈，笑吟吟向众人说道："诸位要敝寨主一显身手，也未始不可，不过只她单人独练，未免枯燥无味。诸位贵客都是行家，何妨出来先练几样绝技，也教敝寨见识见识呢？"

这一句话，正合紫霄心思，因为今天来客良莠不齐，难免有别的山头，假充贺客，暗探虚实的事，借此也可看看来人本领如何。

这时众客里面，也有持重不露的，也有想卖弄几手的，也有自知自己本领不济，不声不响的，你推我让了半晌，忽听得左面席上有人怪声怪气地喊道："有几手的就下场，何必学娘儿们似的，扭扭捏捏耽误工夫呢？咱们还要看后面压轴子的好戏呢！"

这一喊，谁也听出语中带刺，不免都伸起脖子，寻说话的人。哪知他喊了几句，脖子一缩，没事人似的，自饮自酌起来。只有同席的人，知道喊的就是笑面虎。可是过天星心里格外难受，暗想你这小子真损，你既然不顾体面，俺也不顾交情。眉头一皱，计上心来，便笑道："咱们多年不见，大哥功夫当然一日千里，趁此机会，何妨出面露几手，也使小弟面上增光呢。"

笑面虎笑着向那面一指道："你不要忙，咱们先得看看别人的。"

过天星等朝着他指的所在一看，果见一个油墩似的胖汉从左面席上被人架了起来，推推拥拥，一直推到厅中铺红毡的空地上。

那胖汉生成一张四方大黑脸，走起来，颌下两块肥肉一动一哆嗦，一个小鼻子却躲在两块肥肉下面，一双猪眼也被面上肥肉挤得变成一条线，下面还凸着一个大鼓似的肚皮，这副怪相，谁也禁不住要笑。

袁鹰儿、路鼎、紫霄一看这样宝贝，也来献艺，只可忍笑退到下面主席上坐下，静看胖汉怎样施展。可笑胖汉踏到红毡上，把袍袖向上一卷，伸出短短的两只黑肥手，十个指头却有萝卜般粗，忽地向两面席上一抱拳，发出尖咧咧的刺耳嗓子说道："在下生长凤阳，自幼爱好武艺，淮南淮北一带英雄好汉，没有一个不知道俺的，承他们不弃，送俺一个铁肚皮的雅号，因俺功夫都在这肚皮上。"说到此处，径自解开袍带，大敞胸膛，端出黑油油、亮晶晶的一个大肚来，而且两手开弓，接连几个巴掌，把自己肚皮拍得山响。他这副尊荣，配着他一副尖嗓子，已经够看的了，怎禁得他这样一做作，逗得众人哄堂大笑。

这时熊经略、小虎儿都在席上，众人笑时，小虎儿直笑得蹲下身去，直扶肚子，连紫霄也忍不住别过头去。唯独熊经略始终没有正眼看他一眼，只顾喝自己的酒，这且不提。

那胖汉把肚皮拍了一阵，又说道："诸位不要笑，淮南淮北一带的英雄，在俺肚皮上跌筋斗的不知多少。俺这铁肚皮绰号，得来也不容易哩。口说无凭，诸位不信，便请过来，在俺肚皮上重重地打三下，俺绝不还手，且看俺肚皮结实不结实。"

话犹未毕，猛听右席上大喝一声："好的，俺来试一下！"喝声未毕，人已到铁肚皮面前。

原来此人就是笑面虎。他暗想，不管他肚皮怎样，横竖他愿意让人打，这样便宜，落得找的！他打好如意算盘，挺身而出，来到胖汉面前，也不招呼，只把袍袖一勒，伸出油锤似的拳头，在胖汉面前晃了一晃，哈哈笑道："足下肚皮虽然结实，俺这拳头分量也不轻，咱们往日少怨，今日无仇，万一打坏了尊腹，倒不是玩的。咱们预先声明一下。"

胖汉瞪着一双猪眼，向笑面虎看了又看，然后冷笑一声道："俺肚皮摆在这里，原不是摆空架子与人看的。打坏了肚皮，只怪自己腹皮不结实，便是打破了肚皮，也怨不得人拳重。万一俺肚皮没有受伤，打的人倒受了伤，当然也不能怪俺肚皮无情，这也得预先声明一下！足下如果自问没有把握，还不如回去安坐吃喝的好!"说毕，两手叉腰，两腿一蹲，端得四平八稳。

笑面虎原是个凶暴角色，怎禁胖汉一反击，又自恃着拳头上用过苦功，平日一拳可以击碎三块水磨方砖，这样棉花似的大腹，包管一拳过去，便打得他大小便齐出。那边架子端好，这边便举拳奔去。还算笑面虎良心发现，拳头未下，心里一转念，万一真个一拳打死，在这喜庆席上，似乎说不过去，不如只用八成力量吧。他念头一转之间，油锤似的拳头已到胖汉肚上，只听"啪托"一声，笑面虎拳头整个儿陷入肥肉之内，看的人吃了一惊，以为一拳捣破了肚皮，连拳头都打入腹内了。

说时迟，那时快，未等笑面虎拔拳，忽听胖汉鼻子里哼了一声，同时墨油油的肚皮，突地向外一鼓，扑通一声，笑面虎仰面一跤，跌出三四步开外。

笑面虎在众目睽睽之下，岂肯吃这个亏！一骨碌跳起身来，虎也似的一声大吼，一双满布红筋的怪眼，突得鸡卵一般，火杂杂重又扑将过去，恶狠狠用足力量，腾的一拳。

这一下，乐子可大了！拳到了肚皮上，只觉得胖汉肚子真像蒲包一般，松松的毫不着实，四围肥肉却跟着拳头往里收。这回拳势既猛，皮肉也格外收得紧，非但整个拳头没入肉堆内，连小半条臂膀也裹将进去了。

笑面虎一看不好，急想收拳时，哪知拳头到了人家肚皮上，被四围肥肉裹得紧紧的，宛如生了根，再也拔不出来，挣扎了几下，拔不动，心头火发，恶胆顿生，正想举腿兜头踢去，猛听得胖汉喝一声："滚你妈的!"

这一下真要笑面虎好看！在胖汉肚皮运气一鼓之间，笑面虎伸腿欲踢之际，猛觉全身一震，凭空弹出一丈开外，头下脚上，一个倒栽葱，直跌落大厅门角落里，跌得他发昏了半晌起不来。因为头下脚上，跌下来，头和地面便撞了一下，自然震得昏迷过去了。

过天星到底不忍，慌和头目们赶来，把笑面虎抬了出去。这边把受伤的笑面虎抬出，那边胖汉得意扬扬，把肚皮拍得山响，哈哈大笑道："那位仁兄真可以，看他神气，定想一拳打死俺才甘心，哪知在俺这肚皮上打得轻，跌得轻；打得狠，也跌得狠。有了那位仁兄做榜样，大约没有人来尝试的了。俺总算献过了丑，要失陪了。"

他正想掩好衣襟，忽听得右席又有人大喝道："休走，还有一个不怕跌的！"众人急看时，只见右席上走下一个满身锦绣、俊俏风流的瘦小书生来。

第十七章　红孩儿

身子虽然短小，几个春风俏步，却像台上做戏一般，原来此人就是红孩儿。

他在席上，看清胖汉肚上功夫，无非仗着一点蛤蟆功。笑面虎练的是一身硬功，想用猛力伏人，所以上了他的当。红孩儿存了报复主意，便一步三摇地走近胖汉，假充斯文，向胖汉兜头一揖。

胖汉正在趾高气扬，哪把红孩儿放在心上，略一抱拳，便哈哈笑道："足下乳臭未干，吃完了喜酒，上学堂去是正经。咱们以武会友，没有你们念书人的份儿。"

红孩儿并不生气，依然笑嘻嘻地说道："我看那位打你肚皮的朋友跌得怪有趣的，所以俺也想照样跌他一跤。再说你自己说过，不论是谁，都可以打你肚皮三下，并没有说念书人不能打你的话。你如果怕俺打你，那倒好办，你只要在众人面前朝俺叩三个响头，俺就放你过去了。"

这一番尖刻的话，说得胖汉真像气蛤蟆一般，怪鸟似的大叫，立时重敞胸膛，端好功架，向红孩儿招手道："来，来，来，你自己找死，可不能怪俺。"

红孩儿嬉皮笑脸并不动手，只管朝着他端详。

胖汉等了许久，有点不耐烦起来，喝道："叫你打，你又不敢来打，只管耽误工夫作甚？"

不料胖子话声未绝，红孩儿一个箭步，疾起右掌，向胖汉肚脐眼上只脆生生一拍，托的一声响，猛见胖汉脸色骤变，一声怪呼，望后一个倒坐，蹲在地上，竟起不来了。

红孩儿朝地上胖汉看了一看，冷笑道："原来铁肚皮功夫，也只如此。"说毕，头也不回，向厅外走出去了。

这当口，忽见老狪狪一跃而起，向厅外喝道："去客且请留名!"

红孩儿仰天大笑道："俺便是长江红孩儿，是此地过寨主朋友。"说完这话，依然扬长而去，老狪狪记住姓氏，转身来看铁肚皮胖汉，已由众人七手八脚地从地上架起，向厅外扶出。

原来那胖汉是老狪狪的旧友，跟着老狪狪从塔儿冈赶来瞻仰婚仪，这时受了红孩儿的掌伤，面如金纸，牙关紧闭，老狪狪慌同几个寨卒，把他架回自己下处调养。

可是聚义厅上被这几个宝货一闹，闹得兴致索然，也没有人敢提议请紫霄再显身手了。

坐在左面首席上的熊经略，半晌没有开口，此时却呵呵大笑道："这几个宝货，都不是好东西！那胖子蛤蟆功没有练到家，便想在这儿耀武扬威，偏又碰上他的克星。那孩子这一掌，真够狠辣。可怜的胖子，包管不到三天，便要裂肠而死。"

众人吃了一惊，紫霄却从容不迫地走到熊经略身边，慢慢提起酒壶，替熊经略斟了满满一杯酒，然后在相近空椅上坐下，笑问道："师叔说的使掌的人，大约用的是铁砂掌功夫，却不料他年纪轻轻，竟忍心下这样毒手。刚才听他自己报名，叫什么红孩儿，这个绰号，也够特别的了。"

熊经略笑道："这红孩儿眼光不定，满身邪气，出手又这样毒辣，如果他常到山寨来，你们应该留神一二才是。"

紫霄不住点头。黄飞虎、翻山鹞齐声说道："那三个贺客面目很生，山寨素未见过这等人，据说那胖子是老狪狪的朋友，那跌一跤的汉子和红孩儿，都是过天星的熟人，刚来山寨访友，凑巧遇上喜事，便也列入贺客之列了。”

本寨执事人等，招待宾客的，依然分头待客；巡逻壁垒的，依然分头纠巡。这天全山头目寨卒，虽然不能擅离汛地，却没有一个不沾着喜庆的恩惠，整天地吃着大碗酒肉不算，外带着几两白花花的犒赏，连山寨境界内居民，多少也得着一点好处。这笔开销，数目却也不小，当然是路鼎掏的腰包，但是全山寨卒、居民都感念着李总寨主，并没知道是路寨主的恩惠。

最可笑这天晚上，路鼎身为新郎，当然是步入洞房，克偿夙愿的了。哪知这位新郎与众不同，由爱转敬，由敬转畏，到了这要紧关头，爱也爱到极点，畏也畏到极点。这也是紫霄在平日言笑不苟，冷如冰霜，到了做总寨主时，又令出如山，不分亲疏远近，一律看待，哪有路鼎亲近谈笑的机会。洞房所在地的后寨，平日又是禁地，不奉命令，不得擅入一步的。

这天到了华灯四上，晚筵告竣，别人是欢天喜地，高谈阔论，唯独路鼎一颗心，七上八下，宛似热锅上蚂蚁一般，天色愈晚，心上愈难受。他的新夫人，依然大大方方地周旋众人，满厅张罗，唯独他少言无味，连正眼也不敢看她一眼，愁眉苦脸，好似大祸临头一般。众人看他这样神气，也猜不透他是什么心思，只有袁鹰儿肚里明白，暗暗好笑，心想我们这位路兄，何苦千方百计，自找这样苦头！新婚一夕，变了难关，真是好笑，看来这重难关，要他独个儿单枪匹马闯过去，恐怕没有这种勇气的了，少不得又要求我锦囊妙计，但是这档事，却不是别人可以代出头的，骨子里依然要他自己下功夫才是。

袁鹰儿刚在思索，路鼎果然踅到身边，悄悄说道：“袁兄跟我来。”

袁鹰儿笑着一点头，两人便悄悄离开众人，在无人处低低商量了一阵，也不知袁鹰儿传授了什么锦囊妙计，路鼎眉头顿展，一人坐在下处，静等好音。袁鹰儿却不然了，一忽儿找着熊经略谈几句，一忽儿又寻着小虎儿探点消息，一忽儿又向女兵们鬼混一阵，东奔西跑，忙得个脚步不停。

直到了起更时分，后寨四个女兵分执四盏垂苏纱灯，冉冉而来，直到路鼎下处，说是“遵熊经略命，迎接路寨主，送入洞房，成就百年佳偶”。

这几句话听在路鼎耳内，宛似皇恩大赦！明知袁鹰儿一番奔走，功劳不小，熊经略的恩德更是难忘，慌不迭立起身，跟着女兵到后寨来。

未到后寨，在半路上先掏出四锭雪花花银子，分赏四个女兵，女兵们自然乐得笑纳，却都笑道：“刚才袁寨主已分赏给总寨主身边女兵，俺们都有份，此刻又蒙寨主犒赏，此后寨主也是俺们主人，伺候不周之处，还要请寨主包涵哩。”说罢，个个嘻着嘴，笑得花枝招展。

路鼎大乐，这几个女兵又都长得有几分姿色，一面走着，一面莺嗔燕叱，拥着路鼎走来。

到了李紫霄住屋门口，守卫的女兵早已看见，跑进去通报。路鼎以为这一通报，定有人出来，把自己迎接进去，说不定熊经略亲自出迎。

哪知在门口站了半晌，不但熊经略踪迹不见，便是小虎儿也不露面，连身边跟自己来的四个女兵都溜进门内去了，一个人凄凄凉凉地在门外来回大踱，又不好意思闯门进去问个缘由，满以为袁鹰儿安排妥帖，可以走马上任，谁知这座大门，又成了一座难关！虽然看两扇大门明明开着，毫无阻挡，但在路鼎眼内，便像千山万水一般，屡次想一鼓作气迈进门去，总顾虑自己面皮不好看，又摸不透紫霄是何主意，说不定紫霄和熊经略商量好的，故意这样做作，要试一试自己心地如何，是不是急色儿一流。

路鼎正在心口相商，彷徨无计，偶一转身望到来路上，蓦见岭腰路口，一条黑影箭也似的向松林内蹿去，倏忽不见。路鼎以为紫霄身边的女兵退值下来，在山上玩耍，或者背地偷窥自己也未可知，因此并不在意，心里又念念不忘如何进门，根本想不到别的事情上去。

这样又出了半天神，猛听得身后有人低低唤道："路寨主!"

路鼎吃了一惊，慌回身一看，认出就是迎接自己的四个女兵中的一个，路鼎仗着特别犒赏，问道："怎的你们进去了这半天，一个也不出来了?"

那女兵笑道："寨主休急，俺恨不得立时替你通报，怎奈总寨主正和熊经略密谈，似乎谈的非常重要，不许一人进房去。俺们都替你焦急，但是俺们总寨主山规森严，谁敢进去通报呢？俺恐怕寨主等得心焦，特地溜出来悄悄通知你老一声，请你安心再等一忽儿。他们谈话一完，俺们立时替你通报便了。"

路鼎暗想，早不谈，晚不谈，偏在这时密谈起来，横竖我已等了这许多工夫，也不在乎再等一等，便是等到天明我也干。铁杵磨钉，好歹有个结果！主意打定，便点头道："既然总寨主有机密要事，我再候一候便了。"

女兵嘻着嘴，又转身进内去了。

这样又等了半天，侧耳听见远远钟楼上已打二更，蓦然间门内跑出几个女兵，娇声喊道："总寨主亲自出迎!"

这一声，虽然出自娇滴滴的喉咙，在路鼎耳朵内，宛如晴天霹雳，完全出于意外，反闹得举措不安，偷眼向门内看时，果见几个佩刀女兵，提着宫灯，导着紫霄缓缓下阶，向外走来。

路鼎又惊又喜，人还未到跟前，已向内深深一躬打下地去，等他直腰而起，紫霄已在门内，敛衽为礼，低声说道："适有小事和熊世叔商酌，她们通报稍迟，有劳吾兄久候，尚乞恕罪。"

这时路鼎心花怒放，如登天上，更想不到紫霄竟亲自出迎，又说了几句告罪的话，几乎要感激涕零，哪还说得出整句的话来，口里只连说不敢……说了一大串的不敢，人却依然立在门外。

倒是钱可通神，紫霄身后几个乖觉的女兵，看得路鼎可笑，念着得过他的重赏，便笑着过去扶他进门。

紫霄转身时，举手一挥，女兵们便悄悄退去，只剩紫霄房内两个贴身的侍女，提灯前导，居然引上楼梯，直引到紫霄卧房内，雅洁绝伦，却不像新婚洞房样子。路鼎家中移来的一切富丽堂皇的陈设，一物不见。

路鼎心中大奇，却不敢则声。紫霄察言观色，早已了然，瓠犀微露，嫣然一笑道："既然夫妇，重在同心。妾又出身微贱，爱好朴素，又想到身在山寨，尚非安居乐业之时，所以一应如旧，但吾兄所赐，何敢轻弃，业已另辟一室陈列。吾兄不信，请到对室一看，便可明白。"说罢，亲自在前引导。

路鼎跟着走进对面室内，一到这间房内，立时焕然一新，处处争光耀眼，果然把路家送来的东西，一件件陈设得有条不紊，雕床绣被，宝镜锦屏，件件皆备。

路鼎肃然起敬，嗫嚅说道："师妹是巾帼奇女士，这种俗物怎能看得上眼。愚兄自愧不才，得蒙师妹惠允下嫁，实在一生万幸！此后唯有一片诚心，万事听师妹指教，便是叫愚兄替师妹执鞭随镫，也是甘心。"说罢，满脸诚惶诚恐之色，一面又连连打躬，意思之间，似乎要屈下膝去。

紫霄悄说道："俊俏郎君易得，诚实丈夫难求。得兄如此，妾尚何求！不过妾尚有片言，与君一谈。"于是两人就在这间房内分头坐下，絮絮情话起来。

你道紫霄说的是什么？原来紫霄虽然是个女子，却是胸怀大志，别有用心，自从压服群雄，统率山寨以来，还觉玉龙冈力量不足，羽翼尚未丰满，黄飞虎、翻山鹞等武艺，虽然不恶，还不是好臂膀，所以想出远救天牢内的熊经略来。题目虽难，一半也借此难一难袁、路两人。万不料熊经略自脱樊笼，毋庸袁、路费心，居然顺顺当当地请到山寨，口上虽说退位让贤，一半也是试试黄飞虎等，对待自己究竟怎样。万不料熊经略不是外人，原是自己父亲的师弟，反替路鼎做了媒人。诸事凑巧，话难翻悔，只好顺水推舟，允了这头亲事。

正在双双进入洞房，香泽微闻的当儿，忽然出了一桩惊人的奇事，路鼎险些儿新郎未做成，先丧了性命。正所谓好事多磨，欲知后事如何，请看下集分解。

注：本集民国三十一年十一月合作出版社初版，总发行：北京书店。

第三集

第十八章　半面人

第二集正说到玉面观音李紫霄，经改头换面得熊经略主婚，同路鼎在玉龙冈大寨结婚，同入洞房，李紫霄当面说出一番大道理。

李紫霄笑说道："妹子尚有一点苦衷，此刻劳吾兄在门外久立，便因为与熊世叔密商山寨之事。他说：'天下不久大乱，关外英雄崛起，兵强马壮，必为国家大患。朝廷奸臣，蒙蔽圣上，障塞贤路，将相无人，将来全仗四海英豪，义师勤王，那时也是英雄扬眉吐气之日。你们如果没有大志，在此啸聚一时，落个草寇名目，便也罢了。如果想做大事，应该以此为根本，广揽英贤，收罗时杰，推近及远，大收羽翼，隐为日后大举之备。'

"他这一席话，说得妹子顽石点头，将来俺们夫妇能够做到这种地步，才不愧咱们来此山寨的初衷，也对得起咱们三义堡的英名。倘以此自豪，一旦身败名裂，非但咱二人洗不脱落草耻辱，连三姓父老，也污了一世清白。妹子强煞是一女子，此刻虽暂总率山寨，他日兴师起义，自然要推吾兄为主。吾兄素来英雄，谅必以妹子之言为是。"

路鼎慌说道："师妹所说的都是金玉良言，愚兄早已说过，事事以师妹主意为主。"

李紫霄欣然道："既然咱们夫妻同心，从今天起，咱们立定志向，照熊世叔吩咐，慢慢做去，只是咱们儿女之私，只可暂时束起，免得被他们耻笑，借此也可做个榜样与他们看。将来大功告成，再享咱们林泉倡和之乐，也还未迟，未知吾兄意下如何？”

这几句话，可算得文到本题。路鼎是个老实人，怎知李紫霄一番话半真半假，话里藏机，总以为李紫霄全是肺腑之言，虽然听去，口气似乎叫他暂时做一对干夫妻的意思，心里有点不大合适，无奈对面题目来得冠冕堂皇，一时插不下嘴去，口里只可唯唯应是，心里却又暗暗着急，暗想难关已过，身入洞房，难道还有变卦不成？他虽然这样暗急，却万料不到李紫霄别有用心。

其实李紫霄对于这头亲事，究竟有无诚意，也只有她自己明白。好在以后自有事实表明，此处先毋庸表白。

且说路鼎坐在对面，一时默然不语，紫霄早已窥透心胸，低低说道：“路兄休怪妹子不情，实因前程远大，关系非常。我们一身本领将来用处甚大，妹子练的又是内家正宗，最忌那个……”说到此处，双颊立晕，满面娇羞，益显得娇艳欲滴，弄得路鼎雪狮子向火一般。

正在不可开交之际，猛听得山风拂尘，岭上松林怒号如潮，纱窗外也沙沙作响，似乎要下雨光景。

风声过去，紫霄似乎猛然一愣，回头向窗外一看，倏地立起身，走近路鼎身旁，在他耳边悄悄几语。路鼎正在神志彷徨，怎禁得香泽微亲，低声软语，还以为紫霄到底不忍冷落他，哪知入耳的话，却是“有奸细”三字，而且一语甫毕，便翩若惊鸿地反身出屋去了。

路鼎究竟也是行家，一听有奸细，慌跳起身来，想赶去问个明白。人未出屋，忽见对面紫霄寝室，顿时乌黑，心里一警，慌也回身，噗的一口，把桌上一对花烛吹灭，却苦于未带兵器，一时又不知奸细在何处，猛听得屋上紫霄娇叱一声：“贼子休走！”立时刀剑叮当交击之声，响成一片。

路鼎心里一急，打开楼窗，涌身一跃，跳到楼下天井内，抬头一望，屋上四无人影，许多女兵，已纷纷抢着军器，赶出门外去。路鼎不由分说，顺手在廊下兵器架上抢了一支长矛，倒提着跳出门外。他前脚出门，后面小虎儿也舞着双刀大喝而出。

前面几个女兵，回身向上指道："寨主赶快去，总寨主在屋后岭上松林内，与贼子狠斗哩。"

同时四面警锣铛铛，号角呜呜，响成一片。前寨黄飞虎等也闻警率领寨卒，分头向岭巅兜拿上来。路鼎一看，几条上山大小道路，人声鼎沸，火把如龙，知道奸细万难脱身，抖擞精神，飞也似的抢向岭巅，抬头向前一看，只见岭巅一块空地上，剑光电掣，宛似万道银蛇，裹住一个通体纯青的人影子，再几个箭步，越过一个危坡，才看清紫霄仗着流光剑，和一个蒙面黑衣的短小贼子，正杀得难分难解。虽然紫霄挥剑如龙，步步紧迫，那贼子身体煞也机灵，手上一把单刀护定全身，浑身解数，居然在一片剑光中，滴溜溜乱转。

路鼎想提矛助战，刚喝得一声："该死贼子，俺路鼎来也！"

紫霄霍地向后一退，举剑向蒙面人一指，说道："路兄仔细，务必活捉这厮，待审问明白再处治他不迟。"

路鼎应了一声，便火杂杂地赶上前去，一个"乌龙出洞"，举矛分心便刺。只见蒙面人面上露着两个眼珠窟窿，一面提刀架格，一面窟窿内两颗乌溜溜的贼眼，骨碌碌四面乱转，似乎把路鼎全不放在心上。路鼎大怒，一声大喝，一矛紧似一矛，招招刺向要害。哪知蒙面人毫不在意，鼻子里一声冷笑，猛地健腕一转，一个斗大刀花，向矛杆上电也似的一绞，便听得咔嚓一声，矛杆立断。路鼎万想不到他手中还是一柄斩金截铁的宝刀，偏逢自己惯用的那柄大砍刀，因为初入洞房，不便带在身边，随手掣了一杆檀木杆子的长矛来。这时被贼子一刀砍断，刀光一闪，暴风骤雨般，顺着半截断杆向腕上截来。

路鼎这一惊，非同小可，只可弃掉断杆，斜刺里纵了开去。哪知蒙面人故意使了一招狡猾手段，路鼎一惊一退之际，他趁此机会，单刀一收，倏地向后一退丈许远，身子一转，便向后岭松林奔去。

哪知人还未奔进松林，猛听得林内一声娇叱：“大胆狂徒，快快束手受擒!”语音未绝，一柄剑活似长蛇出洞般，当胸刺来。蒙面人大惊，慌举刀招架，定睛细看，恰是紫霄。

原来李紫霄初战蒙面人，知他功夫不弱，手上一柄宝刀，不亚于自己流光剑，又想生擒活捉，故意同他游斗，等众人四面围住，乘他力乏时再行生擒，所以路鼎未到时，故意施展一手八仙剑法，团团把他围住，使他脱身不得，后来一听警号四彻，兵马已动，路鼎先赶到，又不愿双打一，索性退身下来，让路鼎同他略一交手，自己抽身可以指挥一切，刚一抽身，几个快腿的女兵也已赶到身边。紫霄悄悄吩咐了几句话，几个女兵依然转身跑下岭去，分头传令。

这里紫霄留神两人交手，看清贼人举动，早已明了贼人已无斗志，只想寻路逃跑，便算定他必向岭后逃走，先暗地飞身入林，候个正着。蒙面人一看此路不通，哪敢再战，虚掩一刀，转身便跑。

紫霄遥向路鼎说道：“路兄兵器已断，且会合众寨主守定要口，不怕他逃上天去。”说毕，一个箭步，向蒙面人背后赶去。那蒙面人腿下奇快，在紫霄和路鼎一谈话的工夫，已飞跑出老远，眼看他飞也似的向前面下岭山路跑去。

蒙面人一看这条山路上，居然一个人影都没有，满以为先头听得号角齐鸣，火光四彻，怎的此刻不见一人，未免心里有点怙惙起来，一抖机灵，两足一点，飞上近身一株松树。他也想到，身入重地，定有埋伏，仗着轻身功夫，想从这一片松林上面穿枝而过，既可隐身，又可免险，主意虽好，无奈李紫霄手下女兵，平日早已训练有素，个个都有几分本领，那边李紫霄暗地传令布置，早已埋伏停当，不啻天罗地网。

这蒙面奸细刚纵身上树，猛听得四下里一声喊，丰草石坡之间，箭如飞蝗，向他这边树上攒射，他对面一株古柏树上还伏着一个小孩子，小手一扬，金钱镖连珠般地发来，有几枚嵌在近身干上，铮铮有声，只差得寸分之间，吓得他两足一点，斜刺里飞下山道拔脚便跑。跑下有一箭路，却是一个岔道，一边是下岭山道，一边是羊肠小径。他不敢奔正道，不管好歹，便向小道飞奔，不料刚刚奔入小道，猛听得身边霹雳般一声大喝，“哗啦啦”一声巨响，一条夭矫如龙的黑影，当头罩来。

蒙面人喊声“不好”，人急智生，趁着急跑之势，两脚一顿，向前纵去。在他意思，以为闻声不见人，这条黑影，定是伏地锦、绊马索之类，仗着轻身功夫，想跳越而过，便可无事。

哪知这条小道上，正是黄飞虎埋伏所在，看得贼人跑来，身法奇快，功夫很是不弱，早已端正好手上套马飞索，待他身临切近，出其不意，当头套去，而且早料到贼人因这条路狭窄，两面都是岩壁，只有向前急蹿一法，故意使飞索哗啦一声怪响，故作当头罩下的样子，乘他纵起身来时，手腕一翻，半空抖起套索，立时改变花样，宛如怪蟒翻身，呼的一声，向蒙面人腿上绕个正着，往后猛力一抽，蒙面人在半空里一个筋斗，跟着飞索跌下地来，同时手上一柄宝刀，也脱手飞去。

黄飞虎大喜，赶过去一脚踏住，便用飞索把他捆成馄饨一般。这时蒙面人惊吓跌撞之下，已昏迷过去，任着黄飞虎随意摆布。黄飞虎把他捆好以后，嘴上一吹哨子，立时赶上许多寨卒，扛了蒙面人，跟着黄飞虎向正道走来。恰好紫霄等众人已在路口等候，见已擒住，非常喜欢，顿时命随身女兵，吹起聚哨信号，所有各处堵截的寨主，纷纷聚集赶来，报告全山寻查，别无第二奸细。

紫霄略一问讯，便命众寨主押着擒住奸细，到聚义厅审问虚实，自己随后便到。众人一声答应，立时风卷残云一般，向前寨聚义厅上去了。这里紫霄点齐女兵，吩咐小虎儿领着守卫后寨，自己带领四个女兵向聚义厅走去。

这时路鼎已同各寨主合集厅上，有几位寨主不免还要打趣他几句，说是“这奸细真太可恶了，偏在这时候来捣乱，回头总寨主审问明白，定要重重惩治一番的”。其实紫霄心中，正私幸这奸细一番捣乱，无形中便助了自己一个巧计，只有路鼎垂头丧气，有苦说不出口来，非但把今宵洞房花烛夜一笔勾销，以后要像今晚一室谈心，未知能不能呢。袁鹰儿这时当然也在座上，他却想不到紫霄别具深心，也和众人一样推想，暗笑路鼎福薄，良宵一刻千金，轻轻被这奸细断送了。

众人说笑之间，四个女兵提灯冉冉而进，紫霄一到，全厅肃然。待紫霄居中坐定，厅外几个头目一声吆喝，便架着全身被捆缚的蒙面人拥到案前。黄飞虎也把蒙面人的宝刀献上。紫霄先把那柄宝刀看了一遍，只见刀薄如纸，可以随意围在腰间，刀尖上还有一个小窟窿，和扁扁的刀柄上一朵凸出小莲花正好扣住，围在腰间，宛如扣带一般，原是夜行人最好的利器，非用上好缅铁，经过多次千锤百炼不能成功。紫霄向下面几个头目一挥手，头目会意，一伸手便把奸细蒙面具摘了下来。

不料奸细的真面目一露，座上众寨主都吃了一惊，尤其是过天星吓得面成灰色。

黄飞虎喝道："这厮不是用铁砂掌，打坏铁肚皮的红孩儿吗？身列宾客，竟敢胆大妄为，私窥后寨，定是不怀好意。请总寨主重刑拷问才是。"

紫霄冷笑道："我在白天周旋众宾之间，早已看出这厮满面奸淫，不是好东西。我师叔也曾说过，我还以为打坏铁肚皮，惧罪逃去。我看兄弟面子上，当时不曾追究，想不到他居心叵测，胆敢黉夜深入后寨，定然别有奸谋，快快招出实情，免得皮肉受苦。"

紫霄说时，蛾眉倒竖，声色俱厉，一对威棱四射的妙目，便向过天星扫了一下，吓得过天星满身一哆嗦，低下头去，心内直跳。

这时红孩儿已从昏迷中惊醒过来，抬头一看，紫霄左右整整齐齐坐着几位寨主，个个怒容满面，威风十足，自己五花大绑，两旁如狼似虎的一班小头目，便知自己这条小命儿，有点难保，但是生成彪悍气质，毫无惧态，两眉一挑，一声冷笑道："原来你们塔儿冈号称结纳贤豪，敬礼嘉宾，是这样的。大约你们同那铁肚汉交情不错，想替他报仇罢了。既然被擒，要杀要剐，请听尊便。我要皱一皱眉头，便不算长江红孩儿。”说罢，凶目一瞪，便哈哈大笑。

紫霄喝道：“无知匹夫，死到临头，还敢胡说。我如果要替胖汉报仇，在你白天逞凶时，早已把你拿住，还待你从容逃出大厅不成！我们对待江湖好汉，来此做客，无不虚心迎接，一视同仁，白天胖子虽有自招羞辱之道，但你遽下毒手，宛同宿仇一样，尤其身为宾客，在我们寨内，竟敢逞凶，足见你平日无所不为，毫不带好汉气象。可是我们虽然心非，尚且顾全大体，不愿同你过不去。哪知你包藏歹心，竟敢目空四海，黉夜持刀，私入后寨，窥探机密。幸而我们察觉得早，没有你施展手脚余地，否则你又不知做出怎样恶毒的事来。现在你是自投罗网，生死只凭俺一言处决，到现在你还不快说实话，私窥后寨，意欲何为？从实招来，或者说得有理，亦好放你一条生命。如果倔强，先让你尝尝我们的山规，再取你的狗命！”

紫霄说毕，左右各寨主又齐声大喝道：“快招了吧！”

案下几个头目，早已预备好皮鞭，哗啦啦抖得山响，声势煞是惊人。

红孩儿在长江一带，纵横了好几年，哪受过这样的威吓，饶他倔强淫悍，也觉今天难逃公道，两臂暗运用功劲，竟想挣断绑索，飞身逃走。无奈这条绳索非比寻常，依然还是黄飞虎那条与众不同的套马飞索，不挣扎还好，一挣扎，索陷肤内，非常的结实，空自挣出一身冷汗。

上面紫霄冷笑道：“无知的匹夫，还想逃命！此地是什么地方，就是你身无捆索，也不怕你逃上天去。你要知趣，快招实情，免得受苦。”

红孩儿到此地步，也只好把心一横，豁出命去，咬牙闭嘴，来个不声不哼。

你道他为何如何？原来他本是一个采花淫贼，白天在酒席筵上，看见紫霄如同天仙一般，早就垂涎欲滴，在胖汉肚上一掌以后，扬扬得意地回到下处，毫不计及利害，便想照采花行为，乘夜偷入后寨，乘机行事，而且带了随身惯用的鸡鸣五更断魂香，想把新郎、新娘一齐熏迷过去，让他随意妄为，说不定李紫霄爱自己俊俏风流，踢开路鼎，与自己重谐良缘，岂不大乐特乐？他一个人专从邪处想，越想越对，未到起更便退脱长袍，戴好蒙面具，束好缅刀，带起百宝囊，飞身来到后寨。路鼎在后寨门外徘徊时，瞥见一条黑影，便是红孩儿偷偷掩掩飞身上岭当口。

等得紫霄亲迎路鼎入内，夫妻洞房坐谈时，他便越墙上楼，从楼檐口倒挂下来。恰好一阵山风吹来，树影飞舞，呼呼乱响，正掩住他飞檐越脊的响动。他暗地高兴得了不得，以为天助成功，一个“夜叉探海”式子，便从楼檐倒挂下来，不管三七二十一，便从百宝囊内掏出熏香盒子，找寻窗棂窟窿，便想施展。他的熏香原也厉害非凡，不用候人睡熟，只要闻着一点，便四肢瘫软，动弹不得。

不料李紫霄目光如电，起初他在瓦上行动，被风掩去声音，不曾听见，可是他挂下檐口时，被山风一卷，不免略晃一晃。天上一阵阵黑云，偏在这时被风吹散，露出一轮月光，晃晃一映，窗纱上早已显出一个黑影来。虽然一闪即灭，紫霄早已明白，只有路鼎全神贯注在百年好合上头，毫未觉察。紫霄不动声色，只在路鼎耳边，说了一句，翩然而出。

红孩儿一看屋内举动，原也有点警觉，哪知紫霄身法奇快，红孩儿刚翻身上屋，紫霄已卓立屋上，一剑刺到，两人便在屋上交战起来。这是红孩儿初入后寨的动机和经过，这时身已被擒，李紫霄逼他说出实话，但是红孩儿无论怎样厚脸，也说不出我是来采你花的，这样一说，立时可以死在紫霄剑下，只好咬紧牙充哑巴了。

紫霄见他不开口，便掉头向过天星喝道：“这是你的好友，他平日行为和出没处所，你当然知道的。他闭口不说，你难道还要替他隐瞒不成?”

翻山鹞也喝道：“过兄弟，往常咱们处在一块儿，你虽有点小孩脾气，尚无十分大过。这几天怎的颠颠倒倒，接连做出不好事来？你也不想想，你这条小命，才蒙总寨主亲手救出来，大恩不报，又引进这种败类来山寨捣乱，你自己想想，对得住总寨主和我们吗？”

这一番话说得过天星羞愧交加，恨不得地上有一窟窿，钻下身子去，心里一急一恨，倏地跳起身来，赶到公案前，抢过皮鞭，没头没脸地向红孩儿抽去，一面抽，一面急得跳脚道：“你这该死的东西！该死的淫贼！谁是你的朋友！脂油蒙了心，竟敢跟人到山寨来捣乱，害得我哑巴吃黄连，说不出苦！今天我先打死你这淫贼，再向俺总寨主请罪！”

这几下皮鞭很是结实，红孩儿避无可避，面上早已鲜血直流。

上面紫霄喝道：“过天星休得鲁莽，山寨自有罚规，不得私行敲打。”

这一喝，过天星不敢再动手，倏地转身向上便跪下，高声说道：“启禀总寨主，红孩儿原无一面之交，全因这几天有一个幼年同学，绰号笑面虎的，忽然到山寨来看俺，意思之间，仰慕本寨威名，想来结识结识，这厮便同笑面虎一块来的。俺和笑面虎多年不见，接谈之下，听他口气，不大光明，同来的这厮又是一脸奸猾，俺哪敢向众寨主引见，满想略尽昔日友谊，打发他们回去。偏逢山寨正举行婚礼，被笑面虎等知道，硬欲充列贺客，借此瞻仰。俺一时糊涂，没有拒绝他们，遂闹出这种不体面事来。笑面虎咎由自取，已被铁肚皮用气功打伤，情尚可原，只这厮一肚皮坏水，暗察他的举动，竟像采花淫贼一流，夜入后寨，定是不怀好意，敢请总寨主从重惩治。俺愚昧无知，亦请一并治罪。”说罢，俯伏在地，也不敢起来。

紫霄微一点头，低头向案下说道：“既非过寨主素识，也是一时疏忽，以后多加谨慎便了。”

过天星见紫霄没有责罚，益发感激涕零，叩了几个头，又谢过了众人，立起来，依然回座。

李紫霄向众人说道：“众位有何意见，应该怎样处治，不妨大家商酌办理。”

翻山鹞、黄飞虎同声说道：“擒住这厮时，在他身上搜出许多蒙汗药、断魂香等类。过兄弟说他是淫贼，一点不错。这种败类，只替江湖好汉丢脸，何况又冒犯本山，立刻把他砍了，也替世间除去一害。即请总寨主喝令行刑便了。”

袁鹰儿却说道：“论理这厮杀不可恕，只是今天是总寨主大喜日子，似乎行刑不吉，还请三思。”

紫霄冷笑道：“俺自有主意。”接着厉声喝道：“死罪可免，活罪难逃。去他一臂，以惩将来。连夜和那笑面虎一并赶出山去，不准片刻停留。”

一声喝罢，案下一个山精似的头目，钢刀一闪，咔嚓一声，便把红孩儿一条右膀血滴滴齐臂砍下。红孩儿如何禁受得住，早已跌倒昏死过去。紫霄命敷上金疮药，替他裹好伤口，即着黑煞神、过天星押解出山。

诸事告毕，天已发亮，大好花烛之夜，生生被这红孩儿搅掉了。众寨主分头告退，散出聚义厅时，路鼎无法再到后寨，偷眼看紫霄神色凛然，带着四个女兵径自回去，路鼎懊恼之下，只可拉着袁鹰儿，回到下处，细说衷情。

袁鹰儿听得眉头一皱，沉吟了半晌，才说道：“我们这位师妹，主见是不错的，真不是寻常女子所能梦见。倘然没有红孩儿捣乱，也许还不至如此。这样一来，吾兄倒不能过拂其意，先做几天干夫妻再说。师妹不是无情之人，绝不至再有别的变卦，将来定有善处吾兄的办法，吾兄尽可落落大方地做去，这样她格外敬重你了。”

路鼎听得，只可唯唯称是。其实袁鹰儿心里也有点诧异，不过在路鼎面前，不能再说别的话，只好敷衍一阵。

且说李紫霄回到了后寨，一看路鼎没有跟来，远远山脚下一轮红日，已渐渐从地面升上来，一到自己宅门，便问：“熊经略起来没有，闹了一夜，惊动他没有？”

守卫宅门的女兵说道：“捉奸细时，熊经略在床上略问了一句，并不出来，此刻大约尚安睡哩。”

紫霄不敢惊动，悄悄上楼，到了自己寝室还未坐下，猛见妆台镜下压着一张信笺，慌拿在手中一看，正是熊经略手笔，信中大意说道：

“我不宜在此久居，乘你们捉奸细时，已带小虎儿下山，浪迹天涯。三年约满，虎儿定会上山寻姊，可以不必挂念。山寨前途，业已代为策划，抱定宗旨做去，不难名扬天下。后会有期，望各努力。”等话。

紫霄拿着这张纸，怔怔地出了一回神，明知熊经略恐自己坚留，毅然乘夜下山，连小虎儿也不让再见一面。最奇捉奸细时，小虎儿还埋伏林上，一忽儿便不见了他的踪影。一时不留神，想不到相依为命的姊弟，竟远别了，又想到以后，左右没有一个亲人，和路鼎一幕趣剧，又不知将来做何结果，不禁悲从中来，这样一个女英雄，竟会扑簌簌地掉下泪来，等到几个贴身女兵进来服侍，才收泪如常，解衣安寝。其实紫霄何尝睡熟，在床上独自盘算了一回，又跳起身，匆匆盥漱梳洗一番，等得过午，又传集全山寨主，在聚义厅齐会，侃侃地说明自己和熊经略商量好的计划，立誓兴旺寨基，充展事业，为日后光明正大的出路，做一个稳妥的根基。

黄飞虎、翻山鹞都听得高兴异常，非常佩服，其余几个寨主，谁不希望立功扬名，自然一发心同意合。紫霄买服了众心，索性将自己和路鼎结婚，不愿以儿女之私，贻误了山寨大事的主张，也直说了出来，而且把路鼎抬得高高的，好像路鼎原有这样的意思，昨日婚礼，无非一种表面仪式，将来实行夫妇居室，还要等大家功成名就，紧接着便指挥各寨主毅然各司职守，路鼎仍回三义堡分寨去，加紧屯粮练卒，把袁鹰儿调在身边，使他和路鼎分开，表面上冠冕堂皇，谁敢道个不字。

路鼎也只有私下里托袁鹰儿在李紫霄身边，见机行事，随时成全而已。

现在玉龙冈一段事暂告一段落，留待后叙，且说熊经略在那天晚上，携带小虎儿，乘紫霄等捉奸细的时候，悄悄从僻静地方走出山寨，连夜越过三义堡，向卫辉府进发。

熊经略施展陆地飞腾之术，脚步何等迅速，一手又挽着小虎儿，真像风驰电掣一般，不到半夜工夫，已经走了一百里有余的路程。小虎儿倒也乖乖的，并不怎样惦记紫霄，熊经略说一句听一句，熊经略暗暗欢喜，这孩子将来很有出息，决定造就他一身好本领。

一老一少往前紧走，第二天到了卫辉府城，休息了半日，买了一些干粮，又走上官道，便向江南进发。这样晓行夜宿，不止一日，这一日来到江苏界内徐州府。

原来熊经略自从改头换面以后，只有扬州琼花观居住的高老丈高公旦是他唯一的好友，扬州山水秀丽非常，便想带着小虎儿去寻他，盘桓几天，商量找个适宜隐避的地方，以便传授小虎儿武艺，所以一路向江苏走来。

从徐州到扬州已没有多少日的路程，心里颇觉畅快，抬头一看，日已西沉，离徐州府内还有四五十里地，最要紧的葫芦内酒已然喝完，心想寻个市镇，先解一解酒瘾。无奈这一路走的，完全拣着僻静小道走的，此刻走的正是人烟稀少的山道，上不靠村，下不靠店，太阳已然落下西山，一时哪里去饮酒。熊经略连呼晦气，只可和小虎儿加紧脚步，向前赶着走。小虎儿从玉龙冈这一路跟着走，路上无事，熊经略便指点他陆地飞行的本领，天天这么赶着走，小虎儿脚上的功夫居然进步得神速异常，这时老少二位，正向一条山冈下走去。

小虎儿忽然停步喊道："师父，您看那边山脚下树林内冒出一道白烟来，定是有人家在那儿做晚饭，咱们何不到那儿借宿？说不定还有好酒的。"

熊经略朝他指处一看，果见东南方有座高峰脚下，一缕炊烟向林巅冉冉飘去，恰因日落天黑，林木遮蔽，看不真切有几家人家，照着方向猜度，似乎就在官道相近，不管如何，且过去再说，于是两人下冈便向那边走去。

可是在冈上看得没有多远，一走起来，觉着有好几里地，路又崎岖难行，幸而两人脚步飞快，蹿涧越阔，一忽儿已近那座峰脚。只见这座峰拔地而起，直上青冥，满山怪石奇松，狰狞可怖，似乎无道可上。两人绕着峰脚，又走了半晌，穿过一片疏林，却是十几亩宽阔一片池塘，池塘那面便是官道，池塘狭窄处架着板桥，通着官道。

两人正想过桥，忽听远处哗啦啦水响，回头一看，只见那面池塘边芦苇深处的水矶上，立着一个赤足小孩，年纪比小虎儿还小，独自骑马蹲裆式立在矶上，伸出两条枯柴似的臂膀，拉起一面极大的渔网，网内一尾鲜活跳跃的鲫鱼，蹿起数尺高。那小孩不慌不忙，单臂提网，一手又举起一只竹竿鱼兜，向网内一捞，便把那条鲫鱼捉入兜里，然后轻轻把网放入水内，将鱼放入身边鱼筐里边。

熊经略看了半晌，不觉咦了一声，向小虎儿道："你看他年纪比你还小，那只渔网吃着水，足有一百余斤的力量，他居然不哼一声地单手提起，你想岂是平常儿童所能做到的？可惜我们急于寻店饮酒，否则倒要盘问盘问他的来历。"

小虎儿也正看得有趣，一听熊经略这样一说，便笑道："师父既有此意，这小孩在此捉鱼，他的家定然不远，咱们何妨就到他家中借宿呢？"

两人正说，官道上影绰绰走来一人，到了跟前，小虎儿吓了一跳，原来是一个老头，顶着破笠，趿着草鞋，奇怪可怕的是老头的半个面孔，从右面看，和普通人一样，但一看左面的半面孔，好像剥去一层皮一般，又像蒙着一张白纸一样，光滑平坦，鬓眉耳目一概俱无，只有一张嘴，一个鼻子，还算完全存在，不过面孔中间截然分出两样颜色，不看右面，只看左面，真可吓死人。

见这个奇怪老头走迈桥头，向熊经略看了几眼，却把破笠向额下低了一低，向那边喊道："豹儿，天已不早，跟我回家去吧。"

那赤足小孩远远答道："这几网只得三四尾鲫鱼，不十分大，不够您下酒的，再来一网看看再说。"说毕，又是哗啦啦一阵水响，那面大网已离水而起。

小孩大呼道："鹏叔快来，这回造化不小，竟是一条大花鳜鱼，还带几尾小鱼哩。"

老头哈哈大笑，便想赶去。

熊经略忽地心里一动，转身向老者问道："请问老丈，此地可有宿店么?"

老头脚步一停，迟疑半晌才说道："此地只有一家宿店，转过那面山脚便是，只是……"

说话未毕，那赤足小孩已如飞地提着鱼筐，跑过池塘岸，赶近桥来，嘴里喊道："您老有酒不喝，管这些闲事怎么。"语声未绝，人已抢到桥上，朝小虎儿看了一眼，拉着老头便走。

老头哈哈一笑，回头说道："那家宿店，尊客可以去得，小老儿失陪了。"说毕，人已过桥，被芦草隐没，看不见了。

熊经略思索了一回，自言自语道："四海之大，何地无才？咱们还是找宿店去。"

小虎儿道："这人真奇怪，只有半个面孔。"

熊经略点头道："你看他们一老一少奇特，他们看我们一老一少，也奇特哩。"

两人说着，顺着山道走到山脚下，顺着山脚又一转，便见道上搭着一个过路凉亭，四面都是粗石的柱子，上面是茅草盖的，这亭子大约预备官道上来往客商歇脚打尖的，亭子后面靠山脚处所，另外有一小径，两边稀稀地种着一片竹林，路口一株枯竹，上面挂着一个迎风红布招子。熊经略一见布招，就知道小径里面是宿店了。

两人刚走进那条小道，竹林内脚步声响，奔出一个凶眉凶目的汉子来，向两人一打量，爱理不理地说了一声，向内一指道：“找宿店里面可有，后面如有行李车辆，交代一声，我可以迎上前去。”

熊经略一摇头，那汉子两条扫帚眉似乎一皱，仰着脸，猛然向里边大喊一声道：“有两个孤身客人来了！”

这一声大喊，倒把小虎儿吓了一跳，熊经略并不理会，遂领着小虎儿往里走去，约有一箭多地，就见迎面一带竹篱，篱门口挑着一个灯笼，走进篱门，靠着山根，盖着十几间瓦房，似乎也有两道院落，门口粉墙上似乎写着“迎接客商，酒饭齐备”几个大字，门内迎出两个不三不四的人来，略一问讯，知是住店，遂引着熊经略、小虎儿二位往里边去，来到院中一看，黑压压地上堆着许多箱子等物，当中三间正房内，红烛高烧，高谈阔论，后面刀勺乱响，三四个店伙，流水般托着一盘盘酒菜，来回跑去，忙得个脚不停步。

熊经略留神向正屋帘内一看，一张桌上，四面围着一群客商，正喝得兴高采烈，那引路的人把二人领入屋后厨房旁边的一间小屋内，屋内布置完全无有，霉气触鼻，屋中只有一个土炕，炕上铺着一席草荐，此外什么东西都没有。工夫不大，一个很胖的店伙，点着半截蜡烛进来，随手向墙上一插，先到那个伙计已经退了出去。

熊经略笑道：“你们真欺人，看见我们没有多大油水，就给让到这样破乱不堪的屋子来，这样屋子岂是我们住的？”

第十九章　罗刹女的秘密

胖店伙瞪着一双怪眼，向着两人打量了几眼，冷笑道："你没看见正房屋中已经住满客人吗？出家人将就一点吧！将就一点，钱可就省得多哩。"

熊经略哈哈笑道："你也说得是，但是多花点小费，我倒不在乎。你们以为我们没有行李，身上又穿得破烂，住不起正房，还怕我们明天拍拍屁股一走，你们吃了亏，这也是难怪的，谁叫我们出家人，天生来的穷汉呢！说不得，就在这儿将就将就吧。"说毕，从腰后拿下那个朱漆葫芦，递与胖店伙道："酒倒是省不得，还有我这个徒弟，饭量也不小，请你替我们弄点可口的饭菜来，明天一块算还你。"

胖店伙一听这话，哈哈一笑道："好酒好菜有的是……"随说随把一只油腻腻的黑肥手掌，直伸到熊经略面前来。

熊经略啊了一声，微微笑道："先会钱，后吃饭，也是一样。好，好，银子有的是。"一面说，一面在小虎儿背后解下一个包裹来，从里面拿出一整锭银子来，足有五十多两重，砰的一声，扔在炕上，指着那块银子哈哈大笑道，"凭这块银子，住上房，喝好酒，大约够了吧？我们也懒得掂斤播两，你拿去存在柜上，明天一块结算吧。再不然，这包裹里一共有大约一百多两十足雪花纹银，一齐存在柜上，倒省得我们晚上提心吊胆，睡不安稳，你看怎么样？"

其实，这包裹里哪有这许多银子，那块五十两纹银还是小虎儿贴身的私蓄，是压镖囊的，路上练习金钱镖，无意中被熊经略看见，却在这时利用着它了。

哪知这一来，胖店伙态度立时改变，一脸横肉上丝丝都现出笑容来，两手一垂，瞪着怪眼，连声说道：“您老不必动气，常言道，穷在家，富出门，何况您老见过大世面，自然受不得委屈。现在这样办，我到前面柜上，给您张罗张罗，好歹腾出一间正房来，好伺候您吃喝舒服些。”说毕，转身就走。

熊经略笑道：“正房没有倒不在乎，好酒好菜快快弄上来罢了。”

那伙计又转身笑道：“您老万安，我们小店门面虽然不甚讲究，好酒好菜有的是，做得又好又快，包管您老满意。”

熊经略向他点头笑道：“这话不假，大约客人要吃人脑子，你们也有现成的。”

那伙计一听这话，似乎吃了一惊，立时又瞪着一双怪眼，嘻着嘴道：“您老爱说笑话，哪有吃人脑子的。”

熊经略自言自语道：“怎么没有？一个不小心，吃着人肉包子；两个不留神，自己也变作包子馅了。”

这几句话，那个伙计听得甚真，刚想逡巡退出，却不料门口堵着一个汉子，那伙计一个没留神，一进一出，正撞个满怀。

那汉子大喝一声道：“忙什么！快到柜上去，给这位道爷腾出一间干净屋子来。”

原来这人就是先头领进来那个人，他出屋后，并未走去，似乎就在窗外偷听，大约熊经略和那胖伙计说话，都被他听见了，此时喝退胖伙计，他才走进屋来，满脸堆笑地向熊经略一抱拳，笑道：“敝店伙计们不知好歹，冲犯道爷，尚乞海涵。未知道爷走的哪条线上？到此贵干？尚乞见告，免得小店招待不周。”

熊经略假作不明白，自己向身上一看，笑说道：“贫道云游四海，无事可干。这身破袍，便是有线，也缝不得许多。要是不喝酒，嗓子痒得难受，我的徒儿，也好几天没有吃一顿整饭，其余不用，酒菜米饭快点上来，倒是正经。”

那人听了这话，似乎迟疑了半天两眼不断地向熊经略身上打量，又向小虎儿看了又看，才说道：“道爷想是上徐州城的，因时候不早了，赶不进城去，故而在敝店留宿。未领教道爷在城中住持哪一座寺观？法号上下是哪两个字？尚乞见告，小店客簿上也可留名。”

熊经略随口答道：“贫道生得粗鲁，说话又疯疯癫癫，所以人给取个道号，叫作鲁颠。你看我这样半疯半癫的穷道士，哪里有什么寺观，还不是终年到头，漂流四海罢了。你不要看我包裹里有二百多两银子，不瞒你说，这银子一丝一毫也没有我穷道士的份儿，早晚也是别人的。”

那人两眼向上一翻，哦了一声道：“原来如此，怪不得不是本地口音了。我们还怕大水冲了龙王庙啦。”

熊经略故作诧异道：“此话怎么讲？贫道一路到此，好好的天气，发什么大水？又与贫道有什么关系呢？”

那人似乎懒得搭理，淡淡地说道：“少停你会明白的。”

熊经略还要和他逗趣，到柜房去的那个胖伙计已跑进门来道：“后院已给道爷腾出一间干净房子来，酒菜也送到房中去了，请道爷快上那边去吧。”

那人向胖伙计一使眼色，淡淡说道：“我还有事，你就陪道爷过去吧。”说毕，匆匆出门而去。

这里熊经略一手提起炕上的包裹，似乎很吃力似的，同着小虎儿，跟着胖伙计，出了房门，路过后院时，熊经略留神上面正房内，一班客商兀自呼五喝六，吃得起劲。熊经略忽然啊呀一声，身子似乎被地上的箱笼一绊，跌了个狗吃屎。那伙计慌忙回身扶起。

熊经略喊着痛蹲在地上，一手拿着包裹，一手抚着膝盖，嘴里自言自语道：“人老毕竟不中用了，走了一天道，两腿好像棉花似的。”随说随直起腰来。

那伙计道："不妨事吗？"

熊经略叹口气道："一路上也不知跌了多少次，如果要一跌就死，倒省得人家多费手脚了。"

那胖伙计也没听出他话里有话，由后院领到前院，来到左边一间屋子，打起布帘，把二人让到屋中。

熊经略一看这间屋子，果然和前面的屋子大不相同，四壁糊得雪白，炕上也铺着半新不旧的几床被褥，一张白杨木桌子，几张竹椅，桌上点着一支粗蜡烛，摆着热气腾腾的几碗鸡鱼肉之类菜肴，上下两副杯箸，一大壶酒，桌边还摆着一大桶白米饭。

那个伙计格外讨好，先打上两把热手巾，让二人擦脸，然后提起酒壶，给二人满满斟上。熊经略把包裹向身后一掷，举起酒杯向鼻子里嗅了一嗅，下手小虎儿年纪虽小，却也爱喝几杯，却因肚子饿得慌，师父面前又不敢放肆，便推开酒杯，自己盛了一大碗饭，狼吞虎咽地吃了起来。

身旁立着的胖伙计笑道："我们小店的酒，是用房后山泉酿成，与众不同。小道爷何不也喝几杯，包管晚上睡得香甜。"

熊经略抢着笑道："小孩子哪晓得好酒，倒是我是个酒虫。我一闻香，便知与众不同，果然是地道货。可惜这酒不够我喝的，请你把我的酒葫芦拿去，灌得满满的，好让我吃得舒服些。"

胖伙计连声应是，狗颠屁股地捧着酒葫芦就出去了。胖伙计一出房门，熊经略倏地立起身，来到门前，从布帘缝内，向外面四处一望，然后回到小虎儿身边，悄悄说了一回。

小虎儿瞪着两个小圆眼珠儿，手向菜碗里一指道："这不妨事吗？"

熊经略笑道："你尽量吃好了，保你无事。"说毕，却把那壶酒和自己杯里的，全倾在炕底下去了。等到胖伙计提着一葫芦酒进来，熊经略好似喝得拨头摇脑，指着胖伙计道："怎么你这一去许久才回来？我这一壶酒早已喝完，连饭也吃在肚子里去了。"

伙计一提桌上的酒壶，果然一滴无存，又一看饭桶，也吃得桶底朝天，原来熊经略把酒倒完了，趁工夫先把肚子填了个饱，小虎儿也早就吃完了，伙计哪里知道，兀自瞪着一双怪眼，向熊经略看个不休，心里暗暗诧异，怎么这一壶酒兀是治不倒他？心里这样想，嘴上却笑道："道爷真是海量，喝了这么些酒，面皮也不红。"

熊经略假装大着舌头说道："你们这酒力量真不小，往常我喝这样大的壶，可以喝三大壶，今天是空肚子，这头一壶下去，脑袋便有点发昏，啊呀，不好，屋子都会转动了，但是这时候睡下去，似乎还早一点，天还没有起更哩，伙计，你说是不是？"

这个胖伙计暗暗心惊，故意说道："既然这样，道爷便早点安歇吧。"

熊经略哈哈笑道："不……不……我起码还要喝它半葫芦。"说完这句话，劈手抢过葫芦，就在嘴下吸得咽咽有声，一口便喝下半葫芦，一看小虎儿面前还剩下一杯酒，拿过来递给胖伙计道："你辛苦得怪可怜的，也来闹一杯吧。"

胖伙计连连倒退，两手乱摇，道："您老请用，我们可没有这个福气。"

熊经略大笑道："和我这个穷道喝一杯，有什么关系？你不喝也罢，大约你们店里的规矩，这酒不准自己人喝的，现在我问你，前院上房里一班客人，是什么路数？院子里乱七八糟地堆了一地，害得我绊了一跤，硬邦邦的，分量还真不轻，难道装的都是金子不成？"

胖伙计点头道："那班客人真也奇怪，从太阳落山赶到店来，就大吃大喝，直到现在还是不肯歇手，个个都像道爷似的海量，据他们醉言醉语，大吹大擂地说，这次在北道上做了一大批珠宝生意，发了大财，满院的箱子里都是元宝。他们虽然这样说，我们柜上的先生可不大相信，买卖人哪有这样大吹大擂的，但是既在小店落脚，不管他箱子里装的什么东西，总是我们店里的关系，只可多加一份小心罢了。"

熊经略一听这话，却满腹狐疑起来，忽然听得院子里有人喊胖伙计，胖伙计匆匆赶了出去，只听得门外嘁嘁喳喳说了一阵，遂又寂然无声。

这时小虎儿已有点不耐烦，悄悄说道："师父你喝了这许多酒，不妨事吗？"

熊经略笑道："我这个葫芦，却是个宝贝，是用群药炼制的，非但解除百毒，而且是江湖上蒙汗药的克星，行军远行都用得着它。不论多强烈的蒙汗药，一入葫芦，立刻克化得无影无踪，现在我们酒饭也都吃饱了，今晚要安睡一宵却不能够了。这店太已奇怪，趁此我们暗地探它一探。"

师徒商量停当，假装灭灯睡觉，却已出门跳上屋顶，窥探各室不提。

且说胖伙计回到柜房，起先在窗外窃听的那人问道："那牛鼻子怎样了？"

胖伙计道："我出来时已经东倒西歪，此刻当然倒在炕上，人事不知了。"

那人又说道："可是还有那个小兔崽子，咱们当家的非常爱惜他，叫咱们不许难为他，此刻想必也喝上那话儿了。"

胖伙计答道："小孩子知道什么，一看牛鼻子倒下，他一定也爬上炕去，小眼儿一闭，梦里找他妈妈去了。你不信，你到后院去看一看就知道了。"

那人又说道："后院的事已料理清楚，只剩咱们两人，申二爷叫咱们看守地上的箱笼，不管别事，咱们就去吧。"说毕，两人一先一后，走到院中，便坐在箱子上聊起天来。

其实这二人一问一答，前院屋脊上趴着的小虎儿听得甚真，几乎跳起身来，要赏给他二人两枚金钱镖，熊经略却在他耳边暗暗说道："你在此休要乱动，待我下去，从这两人口中探个水落石出。"说毕，一长身，一双破袖两边一张，一个健鹘搏空的式子，就奔这两人坐得所在，当头飞下。那两个看守箱笼的伙计，在黑漆漆的院子里，坐着谈话，满以为熊经略已经着了道儿，小虎儿一个小孩，就是醒着，也没有多大关系，哪知坐下未讲得几句，猛听得半空里呼的一声，好似一只怪鸟黑影，当头罩下，两人同时吓得啊呀一声，想要跳起身来，拔出藏身兵刃这个工夫，熊经略早已落在他们的背后，哪能容他们施展手脚余地，一伸手，就把那一个伙计点了麻穴，跌翻于地，身形一转，铁臂一圈，又把那胖伙计挟在肋下，两足一点，依然飞上房去，把胖伙计掷在瓦面上。

小虎儿正气不过，趁势一脚踏住，从胖子背后拔出单刀，用刀尖点住胖子胸口，轻轻喝道："你们在此开黑店，劫财谋命，定有为首之人和隐秘窝藏地方。前院一班客人，一忽儿工夫怎么一个不见？快快从实招来。如有一字虚言，小爷立时要赏你一个透明窟窿。"

这时胖伙计像腾云般地就来到房上，连惊带吓，早就把灵魂飞去，半天工夫才神志略清，睁开眼一看，借着星月微光，才看出踏住自己的人，正是自以为无足轻重的小孩子，旁边立着的，又是自己认为着了道儿的牛鼻子，又听出喝问他的话，和胸口接触的雪亮的单刀，饶他平日见惯凶险，也吓得他一身冷汗直流，满嘴小祖宗、小祖宗地央求。

熊经略笑道："弄死你，宛如踏死一个蝼蚁，知趣的，快说实话，还有命活。"

小虎儿成心先让他吃点苦头，腕子微微一动，胖子的胸口就像扎了一针似的，那刀尖一进去了半分光景，只要小虎儿略一加劲，就要直贯心窝了。可怜胖伙计肚皮又被人踏得结结实实，连躲闪一下都不能，只有没命地喊着："小祖宗，您积德，松一松手，让我统统告诉你。"

小虎儿鼻子里哼了一声，提起单刀，向他面上一指，喝道："快说！"

胖伙计挣扎着翻身跪在瓦上，颤抖着说道："这里地名红花铺，离徐州府城还有八九十里地，房后有座高山，叫作金吼峰，峰上有一座般若庵，庵内住持，是个年青师太，貌美性狠，本领非常，江湖人称罗刹女，手下三个女尼，都是她徒弟，个个都有来无踪去无影的本领。平日罗刹女不常在庵中留住，一月之中在庵中住上一两天便走，亦不知去向。有时连她徒弟也摸不清她师父的行踪。金吼峰距离府城既远，地又偏僻，峰上居民又少，罗刹女和她的徒弟从来亦不与本地人来往，终日关住庵门，好像真个闭门精修似的，也少有人到庵中烧香还愿的。在去年底，我们当家夜鹰子申二爷纠集我们一班人，到这峰脚下盖起几间房屋，做起买卖来，我们才知申二爷到此开店，还是奉了罗刹女的命令，特意开起这座宿店来的。”

熊经略喝问道：“她在自己家门口做起这样黑心买卖来，未免太以胆大，你们当家夜鹰子当然是她的党羽了。”

胖伙计摇头摇得像拨浪鼓似的，说道：“这倒不是的。她开设这座宿店，并不是想做这黑道的买卖。这店距离府城只有八九十里，不是错过宿店的，谁也不会到此歇脚的，有时偶然来了几次客商，夜鹰子看了眼红，几次想下手，却惧怕罗刹女不答应，他只可罢了。原来罗刹女在江湖上有一极厉害的仇人，罗刹女同她有不共戴天之仇，卧薪尝胆，非止一日，而且这仇人也是个美貌女子，本领出众，心狠手黑，自己能不能敌住她，一时也没有把握，而且打听得此人党羽不少，金吼峰虽然僻静，难免不被探出行踪来。万一纠众而来，寡不敌众，非但自己吃亏，连三个娇滴滴的徒弟也要遭毒手的，左思右想，想出一条计策，特地找了熟悉江湖人情，配得一手好蒙汗药的夜鹰子申二爷，叫他在金吼峰下要路口，开设一家宿店，白天卖酒，晚上还可以接待过路客商歇宿。她的主意，专门对付与她作对的人。如果寻仇的人想上山峰去，必须到店中休息一下，夜鹰子两眼看人，当然与众不同。如果看见风色不对的，就来先下手为强，在茶酒中下点蒙汗药，先把来人治倒，然后通知罗刹女，辨认是不是对头仇人再做处分。

“不意从开店起，过了许多月，一点没有动静，来的全是安分客商，我们一样好好招待，一点没有别的意思。道爷说我们是黑心买卖，实在是冤枉的，但是道爷来得真凑巧，今天便和往日不同了，罗刹女本来和仇人没有见过面，动过手，这重公案究竟缘故从何而起，连她本人竟也茫然不知，通知她的人，也是辗转传闻，说不出所以然来。照她性情，原可目空一切，置之度外，但是她忽然这样谨慎起来，先布下了这种机关，据我们申二爷说，她是有极深的用意，像我们当一名小伙计的，当然难以猜度的了。

“前几天，她突然从外面匆匆回山来，吩咐申二爷在这几天里，格外注意，因为她看出这群珠宝商是歹人乔装的。她暗地跟了一道，从珠宝商口中，探听出他们是向徐州府去的，她心里一动，便先急忙赶回，通知我们众人，万一这批珠宝客商径到店来，定有几分是找她来的了。果不其然，今天日落时分，真有一批珠宝客商，雇着长行骡车，竟向这条道上走来。我们巡风的伙计，一看珠宝客商前来，自然招揽进店。这群客商大模大样，昂然直入，一共有五个人，全是年轻力壮的汉子，一进店门，便从骡车上卸下箱笼，乱七八糟，堆在前院天井中，一面把骡车和人开钱打发，好像到了自己家里似的。把骡车打发去后，立时酒饭齐上，大吃大喝，嘴里又大吹大擂，表明财富充厚。这班宝货进店时，罗刹女已暗地留神他们的举动，却看出这班人虽有几分武艺，没有什么了不得，就知道其中没有自己仇人在内，也许仇人的党羽先来卧底的。她吩咐申二爷，不管他们什么路道，近起更时分，用蒙汗药治倒他们再说。

“不料，她正在柜台后面一间密室里，暗暗地和申二爷说话，您老少两位驾临了。申二爷从那间密室内探出头来，一打量二位，便觉来得奇怪。他后面的罗刹女也看出来了，说道爷是个大行家，就是小道爷，也是很有本领的。罗刹女还说，这位小道爷品貌非常，好像她多年不见面的兄弟，还嘱咐我们，不要难为小道爷，就是这位道爷，也要问清楚以后再下手。

“我们申二爷说，你既然看出来那道士是大行家，也许就是你的对头人，或者也许和那批乔装客商是一路的，咱们擒贼擒王，应该先对付这道士才是。

“罗刹女摇头道：‘我知道那位仇人是一个翩翩美少年，绝不是这道士。不过今天来的人都很奇怪，咱们宁可小心为是。’说罢，又低低与申二爷商量了一阵，才回山上般若庵去了。”

胖伙计一口气说到此处，未免舌干音促，略顿了一顿。

熊经略又问道：“你说了半天，那些客商究竟怎样了？你简短着说吧。”

胖伙计哭丧着脸，又说道：“道爷来时，申二爷没有露面，都是几个伙计办的。第一次故意把道爷让到后面小屋去，无非要道爷经过前院，看道爷是不是客商一党，后来道爷故意抖出一锭银子来，咱们便趁势请道爷到前院上房，从言语中，又探出道爷确是过路的人，与罗刹女毫不相干，而且人也非常正派。申二爷是为谨慎起见，想蒙倒了道爷，依然让道爷好好地睡在屋中，等到今晚过去，盘问出一班假充珠宝客商的实情后，依然照常来伺候道爷您出门，非但不敢难为道爷一点毫毛，而且酒饭宿费一概不要道爷破钞，这是罗刹女的本意。

“至于那班客商，并没有看出我们有歹意，大约以为这条道上从来没有出过事，离府城也不十分远，放心大胆地吃喝。起初我们没有放入那话儿，我们故意恭维他们都是好酒量，最后一壶酒送进去的时候，就是和道爷那个朱漆葫芦一块做的手脚，万想不到道爷真是大行家，眼看喝了半葫芦，一点不动颜色，那五个假客商却全都乖乖倒下了。他们吃酒的屋子正靠着山壁，我们早就做好了机关，屋后暗道里暗门一开，就把五个人暗暗地从屋后运到山上般若庵里去了。

“我们店里连当家的算上，只有八九个人，七手八脚，把五个半死的人运到山上，自然店里一个人都不剩了，我同那位伙计奉当家的命，看守店里的箱笼，想不到都落在道爷眼里了。我这全是句句实话，可怜我吃了这碗苦命饭，家里还有八十岁老娘，净等着我挣饭吃、买棺材哩，求求您老人家超生吧。”说罢，就在瓦面上咚咚叩起头来。

熊经略大笑道：“你家中有八十岁老娘也罢，十八岁的小姑娘也罢，总是该死的东西。但是想死在我的手上，你实在有点不配。好吧，你起来，你还去看你的箱笼去吧。”

胖伙计喜出望外，想不到今晚这条命，会从雪亮的刀尖下逃出命来，遂又叩了一阵头，要想爬身起来，无奈惊吓过度，在瓦上又跪了半天，两条腿如同发了三阴疟疾，再也挣扎不起来。

小虎儿看得生气，大喝道：“这样脓包，也来现世。”说着就要飞腿踢去。

胖伙计极力叫喊，熊经略哈哈一笑，一溜腰，夹脊一把，拾小鸡似的拾起胖伙计，向前院飞身而下，一落地，把胖伙计放在箱笼上，一找那个被自己点了穴道的伙计，却已踪影全无，熊经略咦了一声，向屋上喊道：“虎儿下来，我们一时不留神，出了毛病了。”

小虎儿也看出奇怪，倒提着那柄单刀，跳下地来，说道：“那一个点了穴道的，自己断难逃走。”

熊经略道：“且不管他，我们到山上般若庵去看看罗刹女究竟何等样人。”

小虎儿道：“方才那胖伙计说，屋后有密道可以通到山上去，就叫他引路好了。”

这时胖伙计二次又受了一下虚惊，怔怔地坐在箱笼上，刚定下心来又听说要他引路，慌忙立起身来，连声应是。

熊经略一翻身，回到前院自己屋中，拿了烛台来，叫胖伙计拿着，在前引路，一同走进珠宝客商吃酒的屋中，一看屋里兀自杯盘狼藉，几张桌子却倒在地上，大约吃了蒙汗药，随身跌倒的，又向四面照看，原来是一明两暗三间正房，中间吃酒的一间，算是堂屋，左右开门通着，熊经略且不寻密道，到两边房内走了一走，看见右边房内土炕上，放着几个随身的铺盖卷儿，另外放着长形布包，其余并无别物。小虎儿随手把那布包提了一提，觉着很有点分量。

熊经略笑道："不用问，这定是几件兵器，你且打开来看看。如果有好的，你拣一样带着便了。"

小虎儿正嫌手上单刀是片废铁，全不称手，闻言大喜，赶忙解开布包一看，却是五样短兵刃，其中恰好有一对镔铁双刀，亮银价闪闪生光。小虎儿掂了一掂，满心欢喜，说道："师父，这双刀很好，可是……"

熊经略笑道："为师没有传你本领，先叫你做贼，似乎有点不大仿佛吧？但是俺叫你拿的东西，当然是可以拿的，你放心拿去好了。"说毕，向胖伙计道："现在你开密道的机关好了。"

胖伙计一手执烛，一手在炕后墙壁上摸了一阵，摸着一块活动的砖，一下便抽将出来，抽下那块砖，又伸手在抽出的窟内，摸索了一阵，猛然听得墙内轧轧乱响，似乎墙内装着辘轳。胖伙计刚跳下土炕，便又听得堂屋内哗啦一声怪响，胖伙计依然执烛前导，引熊经略、小虎儿走出房外，忽见堂屋后面一堵墙壁，整个儿不见了，露出山根土壁，中间显出一人高的一个山洞来，洞口周圈嵌着山石，洞中深处，一点火光闪闪地动着。熊经略跑到洞口，仔细打量，才知堂屋这后壁，不是用砖砌的，原是木板排成，外涂白粉，看去同左右墙壁一样，隔屋机关一开，整堵板壁便向地下陷了下去，地下大约预先掘有深沟。

熊经略点点头道："工程倒也不小，也有点小聪明，大约罗刹女设此机关，并不全为防备仇家，必定另有用意的。"

胖伙计道："最奇这个山洞，真是天造地设，从这山洞进去，可以直达山上般若庵的后门，比走正道要近一半多哩。洞内还有天生成的古怪稀奇的景致，也不知从前哪一位仙家造设此洞，也不知罗刹女怎会寻着此洞的。"

熊经略道："现在我们进洞去便了。"

话刚出口，忽听得屋外天井里，似乎有人低低说了一句，"原来如此。"熊经略、小虎儿同时转身跳出屋外，一眼便看见院内箱笼上面，立着一个眉目清秀的小孩子，全身玄绸，紧身夜行衣，背插一对虎头钩，两只灼灼生光的小眼珠，盯着小虎儿，并不动弹。可是小虎儿双刀在手，巴不得找个人厮杀，不待熊经略开口，早已一个箭步跳至跟前，喝道："你这厮想是此地盗党，小爷正要找你们，替我双刀发利市。你来得正好，不要跑，吃吾一刀！"

话音未绝，一对双刀已是梨花滚雪般杀上前去。这小孩子一声不响，两嘴往下一撇，表示鄙夷不屑的神态，同时一个身子却像一根羽毛似的，轻轻飘了过去。小虎儿以为他胆怯，得理不让人，一纵身，跳上小孩子起首立着的箱笼。小虎儿这样再一紧逼，那小孩子背上双钩已到手中，两道细眉一挑，鼻子里一声冷笑，用右手虎头钩指着小虎儿喝道："来，来，来，你大约活得不耐烦了！"

小虎儿大怒，不由分说，连刀带人，二次砍了下来。那小孩子不慌不忙，双钩一分，顿时杀得难解难分。

这时熊经略悄悄地立在台阶上，问胖伙计道："这孩子是你们的人么？"

胖伙计满脸诧异地答道："我也正在不解哩，怎的抽冷子会跳出这个孩子来呢。"

两人说话之间，小虎儿和那小孩子在满地箱笼上宛如两个银球，翻来覆去，从那银球中不时发出叮叮当当刀钩相击的声音。小虎儿这才知道，那小孩儿一对虎头双钩，很是霸道，自己用尽刀法，兀自制不了他，有时钩影纵横，疾如风雨，竟有点棘手，而且自己已有点汗流气促，急想师父出手帮他，捉住那孩子。可是熊经略很安闲地立在堂屋门口台阶上，自管点头微笑，意思之间，似乎看那小孩子非常可爱，已知道他不是罗刹女一方面的人，又似乎借此警戒小虎儿，让他知道人上有人，万事不可鲁莽从事，但是小虎儿打了半天，那小孩儿一对虎头钩，一招紧似一招，实在有些支持不住了。

好小虎儿，顿生急智，先把双刀来了一手撒花盖顶，紧接着又来个双龙戏水，两柄刀宛似长蛇吐芯般，连挑带刺，向双钩空隙处直进。那小孩忽见小虎儿情急拼命，不免随势封解，暂取守势，不料小虎儿利用这点时机，蓦地双刀一收，身子一斜，一蹿便向后退了丈许远，刀交左手，向镖囊一探，便要败中取胜，使出看家本领来。

说时迟，那时快，小虎儿镖未出手，忽听得一声大喝："虎儿，休要鲁莽!"

喝声未绝，两人中间，凭空多了一个人出来，不是别人，正是熊经略。哪知熊经略身刚立定，屋瓦上也有人喝道："豹儿住手！老夫来了。"声音非常苍老，熊经略听去，似乎声音有点耳熟，抬头一看，屋脊上站着一个白发苍苍的老头儿，头绾抓髻，身穿窄袖短襟土黄粗布衫，下面也是黄中衣，白布高腰袜，裹腿护膝，套着一双爬地虎，手上却拿着二尺多长一支旱烟管，烟管嘴口下面，还系着一个烟袋。这老头儿笔挺地立在瓦上，把手上那支旱烟管当作拐杖般，拄在瓦上。

这时那小孩子一听老头儿声音，小脑袋一晃，用左手虎头钩向堂屋一指，仰面说道："鹏叔快来，这里的机关已被他们发现了。"

熊经略也向屋上拱手道："白天已晤尊颜，因为忙于沽酒，未及叨教，想不到老英雄和令孙也会在这般深夜到此，真是有幸得很。如不见弃，便请光降一谈，以破疑团。"

你道熊经略如何说出白天晤面的话？原来屋上老头儿一现身发话，熊经略已看清这老头儿，便是未进店时，在官道板桥上遇着的只有半个面孔的老渔翁，这个使双钩的小孩，正是在石矶上扳那渔网的赤足小孩子。起初只见那小孩子一人到来，全身又改了装束，又在夜间，一时没有认出，这时老渔翁到来，便认出他们来了。

当下房上老头儿一听熊经略招呼，即飘然而下，下来时，声音全无，一尘不起，真像四两棉花落在地上一般，而且飞身下来，恰正立在那小孩儿面前。熊经略一侧身，正同他站个对面。

老头面上虽然鸡皮鹤发，可是说出话来，如同洪钟，两道寿眉底下，伏着一双开合如电的二目，尤其是精神百倍，一落地，就向熊经略拱手道："傍晚邂逅早知道长并非常人，高足也英俊不群，原想拜识，无奈道途行色匆匆，蜗居草创，又难待客，故而不敢冒昧。晚餐以后，和孙儿商量妥当，待起更后到此了结一段公案，顺便一探贤师徒与此间有无渊源，想不到此间局面突变，人影皆无，却见贤师徒在房上盘问那伙计实情，被老朽听得一字不遗。"老头说到此处，略顿了一顿。

熊经略笑道："这样说来，此地还有一个伙计，因被贫道点了穴道，动弹不了，在盘问那个伙计时候，稍不留神，不知被何人劫去，想是老丈暗暗下来，把他藏起来了。"

老头听了此话，微微一笑道："那伙计另有一位英雄救去，老朽正为此事追踪，致使小孙一人在此，与令高足发生误会，争斗起来。"

熊经略一愣，道："这样说来，那伙计失踪，并不是老人家游戏三昧，另有他人取走，未知老人家追上没有？"

那老头叹口气道："说也惭愧，那人年纪轻轻，功夫异常老练，老朽略微犹疑了一下，竟被他走脱，连面貌都没有看清。原来此事是这样的，当贤师徒在房上屋脊后盘问伙计时，全是背向后院，下面有人卖弄手脚，自然难以察觉，可是老朽和小孙却从此屋右侧竹林上跳过墙来，刚上墙头，就听前院屋脊上有人说话，老朽暗暗伏在后院屋角窃听，正听得出神，忽然左侧墙头黑影一晃，后院天井中便落下一人，身手敏捷，声息毫无，一落地，随手拾起那被点了穴道的伙计，挟在肋下，身形一晃，便溜进后院厨房所在之处。

"老朽以为是罗刹女手下来救那伙计的，一时又舍不得离开，想再听个详细。这一耽搁，等那胖伙计说完，忽然想起左面飞下的那个，身法手法，与众不同，罗刹女手下，没有此种人物，颇为犯疑，才命小孙在此，自己飞出墙外，又从前门绕到左侧墙外，却听得远处一声惨叫，倏地寂然，慌向喊声所在赶去一看，只见峰脚土坡上倒着一人，业已被人刺死，仔细一看，正是被点穴的那伙计。起初听见喊叫颇以为奇，略一思索，便知那人也是来到此地，定是不明路径，顺手牵羊，把那伙计提到山脚僻静处所，解了被点的穴，威逼伙计说出罗刹女存身地方，伙计一出口，那人心狠手辣，便赏了他一剑，就此了结。杀人灭口后，他却上山去了，老朽大约料得不虚，也许胖伙计口中所说罗刹女对头仇敌，就是那人了。老朽本想追赶，转念事不干己，自己来此另有目的，也不必搅在浑水里了，所以又转身跳上屋来，不想小孙无知，和令高足倒打起来了。”

熊经略略略一思索，哈哈一笑道：“闹了半天，我们却是局外人，但不知高姓大名？与令孙隐居于此，已有几年？所说到此另有贵干，究系如何，可否见告？”

老头儿笑道：“老朽和道长聚会，大约也是缘法。老朽的小事，当得奉告，但是道长不是已经窥破此地机关，竟欲由密道直上峰顶，会一会罗刹女吗？此刻时已不早，老朽猜想，也许此时罗刹女仇人已到，般若庵内正打得难解难分哩！老朽左右无事，咱们一块儿进去，看一看罗刹女本领如何，来人怎样人物，也是消遣一法哩。”

熊经略笑道：“好，好，好！”心里却猜着老头子定是江湖上有名人物，深夜到此，定有作用，姑且同行，再作理会，一面却向小虎儿道：“不打不成相识，快过去向那位哥哥赔礼。”

老头子也大笑，拉着他孙儿向熊经略行礼，小虎儿原也机灵，慌先向老头子深深一揖，然后两个小孩子对面行个礼，互相执着手，问长问短，顿时亲热起来，一面谈着，一面跟着熊经略、老渔翁跨进堂屋，仍叫胖伙计捧着烛台，引向山洞。

众人一同进洞内，里面似乎宽阔异常，用不着低头弯腰，还可以两人并行。那老渔翁却非常留神，一进洞，先抢进一步，从胖伙计手中拿过那个烛台，一面用烛光向左右洞壁细照，好像寻找什么东西一般。熊经略从他灯光中看出进洞一段，约有二三十步远，两面都用石灰刷光的，这一段路走过去，却不是石灰的了，头顶和两面洞壁，都是晶莹洁白的玉石，而且玲珑剔透，好像雕成的花纹一般，脚底下都是细沙，踏上去沙沙作响。

那老渔翁在两面洞壁，东望西看，一时不停，越走越忙碌起来。熊经略已看出这老头子对于这密道，定有关系，他说的到这里另有目的，说不定就在这洞里，可是心里这样想，面上却不说破，暗地留神他找寻出什么来。

这样又走了一段，脚底下好像步步升高，知是这洞出口，是在山上，所以越走越高，只见前面挂着一盏明亮油灯，挂灯处所，却是尽头处，众人以为走到尽头处了，胖伙计道："这里面很是曲折，走过去向左一转，又是一洞接着。"

众人赶去，果然灯下左边，露出狭而又窄的一处裂缝，也就有一人宽，两面尽是镜面青石，往里看，黑暗暗的看不到头。

老渔翁当先用灯向里一照，说道："众位当心，里面很窄，是向上梯形的石级。"说毕，已走了进去。

熊经略等一个跟着一个地扁着身往里走，里边两壁，摸在手上全是湿乎乎的，而且越走越高，后面的人，看前面走的脚跟，好像立在头上似的。这样有走了许久工夫，前面又露出明角油灯来。灯光一现，前面老渔翁忽然欢呼起来道："在这里了！"

熊经略问他时，却又笑而不答，只说回头再行奉告。熊经略仔细往四下探视，原来石梯业已走尽，现出一条平行的铺沙甬道，甬道尽处，又是油灯，照出十几级倒下的台阶。那老渔翁却一手拿烛台，一手向甬道口满绣绿苔的石壁上乱摸，一颗雪白头颅不住乱点。熊经略仔细留神他手摸处，偶然折下厚厚的绿苔，绿苔里面，似乎石壁上雕着一尊石像。

就在这当口，老渔翁手上那支残烛一路照来，业已点完，此时忽然烛光灭了，近身一盏暗淡无光的明角油灯，也照不了多远，顿时看不清壁上景象。

老渔翁笑道：“此行总算不虚，看这情形咱们已到了出口处，道长看老朽一路举动，定是有点诧异，此中因果，俟见了罗刹女，便可详告。现在咱们老少四人，一现身出去，说不定惹起罗刹女误会。依老朽愚见，咱们还是不动声色出去，先暗地看一看庵内举动，再作道理，未知道长意下如何?”

熊经略笑道：“老丈主意甚好，但不知出口处有人看守没有。”

胖伙计答道：“甬道尽处，台阶上有两扇地户，地户上面却是庵后一片菜园，这个时候大约无人看守，说不定地户并没有锁，因为我们刚才把五个珠宝客商运了上去，我们两个伙计也刚从此道走过，大约不致落锁的。”

说话之间，众人已走上甬道台阶，果然顶上有两扇厚板门，门上扣着铁环。老渔翁当先单臂一举，轻轻执住铁环，向上一起，便觉一阵凉风拂面，一线月光也跟着透射下来，侧耳一听，寂然无声，知门外无人，遂轻轻举起半扇，先自跳了出去，熊经略等也一个个跳上。众人在地道走了半天，未免憋闷，到这时候一呼天风，人人全长长地吁了一口气，四面一看，果然是一片菜园，地户一旁还堆着许多柴草，想必是平日把这些柴草，故意堆在地户上面，遮盖人的痕迹的。

第二十章　玉狮子黑夜寻仇

两老两小和那胖伙计都钻出地户，踏上菜园，虽然四面无人，却隐隐远处有一片叮当之声，若断若续地送进耳朵里，这种声音，一入行家耳内，就知不远有人击刺剧斗。

老渔翁暗暗地说道："果然不出所料，罗刹女已和仇人拼上了。"

鲁颠侧耳细听（鲁颠到第二集之熊经略从此隐姓埋名以别号代表），问胖伙计道："前面有多少房屋，你当然知道。"

胖伙计战战兢兢地说道："这所庵内，地方虽然不大，也有前殿后殿两层房屋，罗刹女和她徒弟们都住在后殿旁一座小楼上，前殿是做功课所在，也是她们练习功夫的地方。从山门到前殿，有一条长长的甬道，甬道两旁，种着几行合抱的古柏，听声音就在那甬道上动手似的。"

这时小虎儿和那老渔翁的小孩子，心里都痒痒的，恨不得立时过去看看热闹，却因两边大人都迟迟不走，只急得抓腮摸耳。

老渔翁笑道："咱们这样进去，不大相宜，咱们不如依然分为两拨，从屋上进去吧。"

鲁颠点头称是，老渔翁立刻拉着那孩子，说声前面见，一老一少，立时举步如飞，跃上墙头，一溜轻烟似的，翻过后殿屋顶去了。这里鲁颠看了胖伙计一眼，笑道："你现在可以从地道回去，守你们的箱子去吧。倘然你想送信与你们当家的，你的小命就要难保了。"

胖伙计一听，吓得心里一哆嗦，遂急答应道："小的遵命，此时就走。”说毕，就急忙钻入地道不见影子了。

鲁颠眼看他走入地道以后，遂把地道口门口关好，又搬了一块磨盘大石压在上面，诸事妥帖，同着小虎儿向前走去。寻着一重门户，原是虚掩的，蹑足而进，却是一座小小院落，对面台阶上挂着两盏纱灯，淡淡灯光，照出左侧有门，通着前面，大约就是胖伙计所说的后殿，恐怕被人看见，一拉小虎儿，二人从院子里跳上屋檐，翻过一重屋子，就看出前殿比后殿高出许多，前殿兵器撞击之声，愈来愈紧，有时还夹着呼叱声。鲁颠无心再打量后殿下面情形，带着小虎儿一伏身，就像春燕掠波一般，飞上前殿屋顶，举目观看，老渔翁老少两人并无踪影，又因人尚在殿脊这面，下面争斗情形一时还看不出来，回头向小虎儿低低说道：“你从这里悄悄奔那左面屋角飞檐上，隐住身子等着我，只许看，不许出声，下面无论发生怎样情形，不关我们事情，不可轻举妄动，我去去就来。”

小虎儿刚悄悄答应一个是字，他师父已一道青烟般，向殿下飞去。小虎儿满以为这样飞下殿去，下面人们哪有看不见的道理，说不定也要加入战团了，急于想看个究竟，两足一点，接连几纵，纵至左边挑起的飞檐，一偏腿正骑在挑角的脊上，恰好挑角上还塑着望风之类，正好遮蔽瘦小的身形，忙定睛向下看去，只见下面参天古柏，虬枝铁干，龙蟠凤舞，颇具奇致。月光从交互虬结的树枝中透射而下，照出中间一条其直如矢的甬道，近殿阶一段甬道中，因满地参差交互的树影，约略立着五六个人，好似男女全有，手上银光闪闪，映月生辉，大约都拿着兵刃，都鸦雀无声地站立在那里，靠山门一段道上，林木稀疏，较为空旷，只见月栏半两道剑光，忽分忽合，忽上忽下，变化万端。偶然两刃相接，铮铮奇响，宛如龙吟，用尽目力，却难分出身形和强弱，像小虎儿这点功夫眼力，真还不够程度，只看得眼花缭乱，几乎忘其所以，想大声喝起彩来。

忽听得剑光虬结中，蓦地一声娇叱，“且住”，同时霍地剑光两下一分，这边现出一个亭亭玉立的带发女尼，那边现出一个英俊倜傥、翩翩年少的劲装壮士，各人手上都横着一柄溶溶秋水的长剑。小虎儿两只眼睛骨碌碌乱转，四下里寻找他师父，同那渔翁一老一少，却一个也不见，明明看自己师父飞身跃下，怎么会看不见？自己心眼儿略一活动，抬头一看，猜想师父跟他们二人，多半都隐身在森森柏树上，暗想那老渔翁的孙儿，年纪似乎比自己还年轻，难道也有这样本领吗？

正在念头一动之间，下面使剑的壮士用剑向女尼一指，喝道："妖尼既然怯战，快些束手认输，免我多费手脚。"

女尼一声冷笑，缓缓说道："檀越深夜闯入佛地，不问青红皂白，拔剑狠斗，实在出乎贫尼意料以外。贫尼云游万里，到此暂息游踪，课徒清修，绝不预闻外事，何致与素不相识的足下结仇？看足下举动态度，绝非江湖恶客，这样盛怒而来，其中定有原因。何妨先把来因说明，报出名姓。如果值得拼个你死我活，贫尼亦非怕事之人。如果这样瞎斗闷拼，贫尼不敢奉陪，为足下设想，似乎也未免鲁莽了一点。"说罢，一对秋水如神的妙目闪电一样，在少年壮士身上来回扫射，好像只要凭一双秋波，便可克服敌人一样。

那少年壮士听她这一番话，似乎也犹疑了一下，一对灿如岩电的虎目，不由得深切注视女尼，手上长剑也不由得向地上一拄，两道入鬓长眉向上一挑，忽然鼻子哼了一声，冷笑道："你说的倒也中听，可惜此事非巧言所能搪塞。我既然到此，总要见个真章。现在不妨将我来意说明，也可叫你死而无怨！

"我有个同门师兄姓左名崑，外号红孩儿，是我先师的亲生独子。自先师亡后，即在我家寄住，一同练武功，我看待他也同手足一般。不意他成年以后，仗持一点家传本领，仗着我家势力，在外胡作非为。我几次苦口劝说不听，经我家兄从严捆责，锁在花园一座高楼内，一年内不许下楼，原意希望他静心悔悟，导入正轨。哪知他狼子野心，反而把我兄弟恨入切骨，径自扭断铁锁，逃得无影无踪。我这几年每一想到他的行为，难过半天，深负我先师昔日教育之恩。这次奉家兄之命，万里长行，到京公干，顺路也要打听这位师兄的下落。哪知一到长江，便探得采花大盗红孩儿的名声，却因他踪迹不定，没有党羽巢穴，一时难以谋面，只可先行赴京公干。等我出京渡过黄河，在黄河南岸拜访几位江湖先辈，便探出红孩儿与一妖尼匪号罗刹夫人的打得火热。”

少年壮士说到此处，对面女尼微微一愣，道：“哟，原来万恶该死的妖妇，也到长江来了。这倒好，真叫作踏破铁鞋无觅处，得来全不费功夫了。”

少年壮士蓦地听她说了这几句话，也是一愣，忽又鼻子里哼了一声，冷笑道：“巧辩何用？且等我把话说完再算账。我那时听得红孩儿与罗刹女尼交好，便存亲自探访彼等巢穴之心。哪知事有凑巧，我们的随从伴当们，在黄河南虎牢关地方，无意中得到消息，因为我这次赴京公干是一桩大急的事情，走旱道，穿行湖北、河南、山东走的，把伴当留在黄河南岸虎牢关宿店内。

“昨天我从京都回到虎牢关，伴当告诉我说，前一天恰有两个奇怪旅客在店中求宿，一个满脸疤痕、凶眉凶目的中年汉子，背着一个面无血色、右臂已断的后生，满身血污，右边袖口兀自血水淋漓，点点滴滴一路滴进店房，一到店房，立时到柜上找寻本地有名外科大夫，似乎右臂新断。柜上是个老江湖，明白这两人不是好路道，却依旧招待得很周到。可是我的伴当们早年原认识红孩儿，一看背进来的后生，虽然垂头耷脑，面无人样，却依稀认出红孩儿的面目，因此便注上意了。

“到了夜间，特地分出两人，暗地窥探，只见断臂后生卧在铺上，咬牙忍痛，一面哼一面向那中年汉子诉说，却因他断膀痛得厉害不过，连带说话吁吁，而且低得像蚊子声音一般，似乎听出他新近失风，是被一个厉害女子砍断右膀的，他说了一阵，忽然整个身子连爬带滚，满炕折腾起来，大约痛得受不住了。只急得中年汉子在地上团团乱转，猛一顿足，咬牙说道：‘真是晦气。我被黑胖子跌了一跤，已经够瞧的了。

到今天拼命一跑路，浑身骨头像拆散似的。万不料祸不单行，你又出了这么一个大岔子。那婆娘真狠心，竟忍心下此毒手，此仇不报，定不为人。’说罢，把足顿得山响。

“炕上的忽然大叫了一声，升跃而起，一张俊俏的面孔此时已被折腾得活鬼一般，气吁吁地惨叫道：‘大哥，今天是我的报应到了，偏偏走到绝地，一个外科大夫都没有，此刻我疮滚热，痛彻心肺，周身像火烧一般，大约一路奔驰，疮口进风，这是绝症，准死无疑。我现在求大哥两桩事。大哥知道我以前的事，我现在明白自己身体这样不结实，可以说这条命一半伤在妖尼罗刹身上，我现在天良发现，懊悔已迟。大哥，你不要看我这条右臂落在玉龙冈，实在咎由自取，可恨的还是妖尼罗刹，只是大哥万不是她的对手，只有请大哥辛苦--趟，亲自到云南国公府求我师弟玉狮子出来，非但替小弟报仇雪恨，也替世间除掉一个大害，大哥能够应允做到，小弟死也瞑目了。可恨小弟枉自在国公府待了这些年，依然目不识丁，不能够写一封绝命书信，托大哥捎去，做个见证。’

“不料说到此处，话还未完，红孩儿已力竭声嘶，疮口的血像泉涌一般，淋得半炕被褥都成红色了，猛见他鬼也似的一声惨叫，两眼一翻，向后一倒，径自晕死过去了。我两个伴当在窗外探得确是红孩儿，而且遭了惨祸，急急回房，大家一商量，只有等我到时做主。

“第二天早晨我赶到店中，得知一切，立刻走进红孩儿房中，一看红孩儿血淋淋，直挺挺，死在炕上，早已气绝多时，可恨红孩儿称他大哥的朋友，竟忍心弃掉惨死客途的朋友，悄悄于半夜里越墙而逃，一走了事，红孩儿交了这样朋友，哪有好结果。幸而我伴当在窗外偷听得一点大概，否则红孩儿这样惨死，有谁知道呢？老实说，像红孩儿生前在长江造了极大罪孽，也可说因果不爽，不过我伴当听他临死，居然良心发现，明白妖尼罗刹是一个世间大害，想我出来报仇。我念先师英名，同门情谊，不能不手刃妖尼，以瞑九泉之目，而且妖尼罗刹，万恶滔天，另外尚有一段因果，我早已想挺身而出，代人雪恨，不想诸事凑巧，所以我把红孩儿身后料理清楚以后，立刻率领亲随们乔装珠宝客商，由河南起旱，穿入江北，一路探听罗刹巢穴，沿路尼庵更加注意。

“哪知天网恢恢，刚进江北砀山地界，便有人说起这里红花铺金吼峰上的事来，也是女尼，也号罗刹，世间哪有这样相同的？不是你还有哪个！我故意先差亲随们乔装投诉，想不到你还做黑店买卖，我的亲随们无知贪饮，竟又遭你的毒手。哈哈！你大约想不到螳螂捕蝉，黄雀在后，恶贯满盈，总有一日，你的报应便在此刻了！”

少年壮士滔滔不绝地说完来因以后，长剑一起，左手剑诀一领剑背，双目圆睁，便一步一步逼近前去。

对面女尼听了这番话，似乎非常注意，却依旧不慌不忙，回头向身后诸人笑道：“你们听听，天下哪有这样巧事，误打误撞，反而替那万恶婆娘，代受其过了。现在一时也分不清青红皂白，只好分了胜负以后，再来解决的了。”说罢，宝剑一横，也要动手。

正在这危机一发之时，猛从女尼身后，斜刺里蹿过一人，举手乱摇，高声说道：“壮士且慢动手！壮士，你找错人了，我们当家师太不是……”

一语未毕，那少年壮士用剑一指，怒声喝道：“住口！你是何人？敢来横身干预！”

那人微笑道：“在下姓申，便是金吼峰下旅店的掌柜。”

哪知他一报名，少年壮士怒从心起，剑光一闪，大喝一声：“狗才休走，先取你狗命，替我亲随们报仇！”话音未绝，一个箭步，剑如银蛇，分心就刺。

这一来，吓得夜鹰子亡魂失魄，仗着轻功颇有根底，赶忙腰中叠劲，一提气，接连向后倒纵，总算逃过这一剑之危。

可是这当口，那女尼已抱定分辩无益，剑下争强的决心，一跃向前，挡住壮士追路，一声不哼，门户一吐，剑走轻灵，直取壮士。

那壮士喝道："来得好!"身形一矮，立刻剑花错落，避实蹈虚，互相击刺起来。

这一番从新交手，两人都抱着有你无我之心，格外斗得惊心动魄。表面上两人剑术似乎一时难分强弱，可是夜鹰子从旁看得清楚，少年壮士武功已到炉火纯青的地步，英华内敛，气体充盈，尤其手上剑招，完全内家宗派，竟叫不出哪一套剑术来。这边当家师太虽然武功了得，剑招一丝不乱，但是久战下去，难免吃亏。尤其是师太的暗器，万一她败中取胜，用出她独门秘传追魂梅花钻来，壮士一个躲避不及，受了重伤，这桩事益发摘落不开了。

夜鹰子越想越着急，越着急，越想不出两全其美的法子，而且心里焦急，两只赛夹剪的光棍眼盯着甬道上的两柄宝剑，翻翻滚滚，简直有点忙不过来。他这样暗地起劲，甬道上两柄剑已经对拆了一百多招，时候也战得可以，夜鹰子急得冒汗，暗暗喊声"要糟!"

原来那少年壮士见女尼剑术得过高人传授，功夫与自己不相上下，一时竟战不了她，蓦地心念一转，正值女尼用了一招丹凤朝阳，暗藏母鸡夺粟，剑光风驰电掣，虚实莫测，直逼敌人，专取上盘中盘。少年壮士明白这招剑法是内家峨嵋剑的精华，厉害非常，赶紧含胸吸腹，一个滑步，退后三尺，倏又双足一顿，一提气，旱地拔葱，纵起四五尺高，在半空中两臂一分，又使一招大鹏展翅，连人带剑，疾如风雨，向女尼直压下来。

这一招厉害无比，万难硬接。那女尼却也了得，竟不架不接，双莲一顿，贴地飞腾，也来个如燕辞巢，这一来，反客为主，两人好像调换了一个地位，但是少年壮士一击不中，落下身来，忽然一声长啸，声若龙吟，长剑一挥，剑招大变，火杂杂又复紧逼过来。罗刹女略一招架，便觉不妙。原来少年壮士这一次剑法一变，非但剑影如山，招数莫测，而且左手骈指如戟，专点穴道，吞吐进逼，竟把左手剑诀，施展开少林擒拿点穴法，夹在长剑刺击之中，互相为用，防不胜防，端的厉害非凡。罗刹女本已战得过久，未免香汗沾鬓，这一来，似乎落了下风，非但一旁夜鹰子和几个女徒弟，急得五内如焚，便是骑在殿角飞檐上的小虎儿，也看得目瞪口呆了。

正在这紧要关口，那罗刹女猛地一声娇喝，金莲顿处，侧身飞跃，人已一二丈开外，足未落地，剑已交左手，足一沾土，柳腰一转，右手一抬，便要使出败中取胜追魂梅花钻来，追取壮士性命。

在这将发未发的一刹那当口，猛听得半空古柏林上，有人大喝道："璇姑休使暗器，沐公子也不要误会，老奴来了。"

不料，这人语声未绝，树上又有一个尖咧咧的孩子声音喊道："姊姊不要惊慌，龙飞豹子在此！"

喊声起处，树叶一阵乱颤，先后飘下两个人来，一落地，现出一老一少，正立在少年壮士面前甬道旁边。那个小孩不由分说，一转身，顿足一跃，便到了罗刹女身边，两只小手一张，便抱着罗刹女两腿，顿足大哭起来。

罗刹女捧着小孩的面孔，在月光下仔细地一辨认，也立刻掷剑拥抱，痛泪崩落，叫一声"我苦命的兄弟，难道我这时是梦里与你相逢吗？"

这一番突如其来的景象，弄得少年壮士耸然惊异，莫名其妙。哪知小的一个奔向那边去了，这个年老的却向他走近几步，单膝点地，忍不住老泪纵横，呜咽说道："万想不到会在此地遇见公子，更想不到公子万里迢迢，会到此地同我侄女动起手来。此时老朽斗胆，请公子念我家故去的龙土司情分上，先收起剑来，容老朽细禀告吧！"

老头子说完这几句话，在少年壮士的耳内，无异晴空打了一个霹雳，只骇得他望后倒退，一迈步，又走近老头儿面前，略一注视，一伸手扶起老头，心里一急，口中不禁吃吃地说道："你……你……你不是石屏龙土司家的半面韦陀吗？"

老头儿答应道："正是老朽。"

少年壮士唉了一声，又指着那边问道："照你这样一说，那边尼姑打扮的，难道她……她就是龙家世妹龙璇姑吗？"

老头子凛然答道："谁说不是！那小孩就是她的胞弟，从小就叫他龙飞豹子的便是，求公子爷多关照才是。"老头子说到这句，似乎庞眉一挑，神色俨然。

忽听得豁朗朗一声怪响，少年壮士手上一柄长剑径自掉在地上，半面人慌忙一哈腰，替他拾起长剑，然后恭敬的双手献奉。

少年不接，猛然一顿足，步趋如风，向璇姑（以后改称璇姑）姊弟方向走去，一躬到地，朗声说道："愚兄鲁莽，务请世妹世弟原谅！愚兄今日衣貌不周，改日再至诚负荆。"

璇姑微一侧身，低头不语。龙飞豹子却鼓着小嘴，正想张口，蓦见半面人到少年身后，举手乱摇，一迈步，转到了前面，笑着说道："事出误会，难怪公子。非但公子爷不解内情，便是老朽，也有许多的不解之处。此地不是讲话处所，且请公子爷到殿内一谈吧。"

璇姑携着龙飞豹子先行一步，半面人陪着少年壮士转身向大殿走去。这时，夜鹰子和几个女徒弟已跟着璇姑进殿去了。半面韦陀走到甬道中间，忽地一仰脖子，向空拱手道："两位道爷看了半天热闹，人生何处不相逢，咱们也算幸会，何妨请下来，大家一解疑团呢？"

说罢，便听得最高一株古柏树颠上，哈哈一声大笑，笑声未绝，甬道旁已立定一位奇丑极怪的鲁颠。鲁颠又向殿角一招手，小虎儿也从殿角跳上近身柏树，再从柏树翻身而下。这一来，非但少年壮士闹得腾云驾雾，莫名其妙，连已经走进大殿的璇姑，也翻身出殿，立在台阶上，不知所为。

半面人铁臂韦陀纵声大笑道："公子休疑，这位道爷和老朽也是萍踪偶聚。今天相会，都是前缘，一同到殿中细谈吧！"

鲁颠笑道："贫道本是局外人，想不到与诸位幸会此地，本应告退，仍回旅舍。不过刚才听到那位壮士所说的红孩儿惨死的一桩事，贫道倒略知一二。”

少年壮士此时已在抬头回望，疑心柏树上尚有人藏着，一听此话，慌向鲁颠抱拳为礼，说道：“道长顾盼非常，定是江湖前辈英雄，此刻幸会，务请屈驾暂留，以便求教。”说罢，侧身让道，意思甚恭，和前时扬眉怒目，剑光霍霍的当口，宛似换了一个人。

鲁颠微一点头，便不客气，大步先行。少年壮士、半面韦陀、小虎儿等随定身后，步上台阶。那女尼装束的璇姑，同龙飞豹子立在大殿门侧，肃立相迎。最奇璇姑一身出家人装束，却不合十，依然俗家礼数，敛衽为礼。别人还不注意，独那少年壮士似乎微微一愣，倏又眉头一展，口角之间略现喜容。

众人一进大殿，只见殿内空空洞洞，只中间一座佛龛，塑着一尊慈航大士，龛前悬了一盏八角琉璃灯，灯下一具蒲团，其余别无一物，却见璇姑行如流水，越众而前，又引众人转出佛龛，走出大殿后门，穿过一重院落，引入后殿，却见红烛高烧，桌椅井然，宛似俗家厅室，绝无寺观气象。

璇姑一一肃客入座，夜鹰子和几个带发女徒分别献上香茗，唯独半面韦陀一进后殿，面容惨淡，默然鹄立，只见璇姑周旋已毕，蓦地一回身，紧趋几步，向半面人双膝一屈，立时满面泪痕，哽咽说道：“鹏叔，你怎么今天才来，险不急煞侄女。”说着，又指着龙飞豹子哭道：“我家这条根苗，亏鹏叔舍死忘生，从贼子手中救他出来，此恩此德，非但侄女们一生报答不尽，去世的父母，在九泉之下也感激不尽的。”

半面韦陀连连顿足道：“侄女快起来！说这些没要紧的话干什么，快快起来，免得尊客耻笑。今天巧不过蒙沐公子驾临，虽然其中发生误会，好在侄女你把经过情形说明，立时可以解释开了。侄女要知道，龙家寨世受沐公府厚恩，彼此渊源极深，石屏龙家寨虽经吾必魁老贼掀起滔天大祸，到底惧怕沐公府的威名，不敢十分蹂躏龙家寨居民……”

半面人话犹未毕，少年壮士倏地起立，举手乱摇道：“休提沐公府威名，说起来令我愧恨欲死。你不知道，现在吾必魁老贼已经明目张胆，招军买马，势成燎原，而且因为我家袒护龙家寨，声言誓必扫平沐府，雄霸昆明。现在他的党羽已经密布大姚、牟定、镇南一带，反状已露，楚雄已经严加戒备，形势万分严重。我奉家兄之命，昼夜赶行，赴京公干，就为此事。奇缘凑巧，误打误撞，会遇见世妹和老英雄，我们龙沐两家同那老贼全都誓不两立，同舟共济，老英雄正可率领世妹世弟，助我沐府报私仇，除国贼，一举两得，实在是最好不过的了。”

刚说到此处，门外足声杂沓，忽然拥进五六个大汉来，大家举目一看，原来夜鹰子最机灵不过，明白预先蒙汗药酒蒙倒的几个珠宝客商，原是沐公子的亲随，哪敢怠慢，趁后殿主客落座之时，他便出去，指挥店伙，快用解药，一齐解救过来，好在这班亲随，已经从地道运进庵内，不必多费手脚，略说原委，一阵巴结，便领着这班人到后殿来，请沐公子看看，好放心，外带自己献殷勤。

果然，沐公子大喜，知道自己亲随原来没有受到伤害，慌向璇姑致谢。这时璇姑倒有点不好意思，一张洁莹似玉的面庞，略晕红霞，只有默默无言，含糊过去。沐公子向亲随们一挥手，示意殿外伺候，夜鹰子又领着出去，另到一边去招待不提。

这里沐公子又向半面韦陀说道：“吾必魁老贼谋夺尊府和两位贤妹贤弟脱身避祸，先后情节，昆明省城里，人人知道，但是其说不一，也有人说世妹是被一剑仙救走，世弟也是剑仙救去的种种奇谈，传遍各地，连家兄也猜不透内中细情。这次我动身时节，家兄还再三吩咐，一路探听世妹世弟下落呢！看到今晚光景，世妹世弟也是此刻相逢，究竟怎样情形，可否请世妹赐教内情，俾启茅塞，下走也有许多肺腑之言，要掬诚相告，而且这位道长知道红孩儿生前踪迹，下走也急欲请求赐教。”

说到此处，回头一望鲁颠，敢情这位玩世不恭的穷道爷，不知在什么时候溜出去了，殿上坐了这一大堆人，竟会不知不觉，不晓得他何时离座，怎样失踪的。可笑小虎儿这时正同龙飞豹子讲得异常投机，相见恨晚，两个小孩子别人怎样讲话，满不理会，只管两人交头嘁嘁，说他们的体己话，等到众人语声有异，小虎儿才抬起头来，才知自己师父不知去向，吃了一惊，一跃而起，便要出殿寻找，龙飞豹子却死命拉住不肯撒手。

璇姑笑道："这位小弟，不要急。道爷偶然有事出去，绝不会弃掉你，独自一去不返的。"

沐公子却笑道："我一见那位道长，便觉与众不同，定是一位震世奇人，居然能在众目睽睽之下，走得无影无踪，这是何等功夫！世妹说得对，有这位小兄弟在此，一定会回来的。"

半面韦陀便说出道上相逢的情形来，且说这位道爷龙骧虎步，威仪出众，虽生成那副尊容，却掩不住八面威风的气概，到此刻我还看不透他是何等样人。照他身上这样功夫，又是一位内家宗派的名宿，公子倘能结识得这位奇人，定可得到不少帮助。

沐公子连连点头，正想开口，忽见夜鹰子又踅进门来，手上却提了一个朱漆葫芦，走到璇姑面前，低低地说了几句话。璇姑柳眉微蹙，却又嫣然一笑，向半面韦陀笑道："那位道爷真有意思。"

半面韦陀慌问所以，夜鹰子笑着学说道："原来他从此地溜了出去，走到我们屋子里去了。他从腰中解下一个朱漆葫芦，举着葫芦对我说：'他们一屋子老的、小的、男的、女的，又是什么公子小姐，倒出芝麻般旧账，哭一阵，说一阵，牵丝扳藤，一塌糊涂，真把我憋死了，憋得我酒虫都要爬出来了。偏偏有我一个又是同寅又是知交的后辈，乳臭未干，也在我面前摇摆起来，我没有法儿，只可偷偷地溜了出来，倒不如同你们凑合凑合吧。'又向我喊道：'掌柜的，咱们攀个交情，一事不烦二主，再来一葫芦那活儿吧。'说完，就把葫芦递在我手中，还叫我越快越好，否则酒虫真要造反了。

"我也看得出这位道爷实在冒犯不得，赶忙极力赔罪，说明起先误会，又说我们后院地窖中，藏着六十多年的远陈黄酒，亲自去灌一葫芦献奉，说完，赶忙跑到地窖，真个替他满满地灌了一葫芦，顺便进来对当家说一声。依我说，这位道爷真还看不透是哪一路英雄，我们似乎应该……忽又缩住话头，向小虎儿一瞥，然后接着说道，真应该好好招待才是。”说完，又特地把手上朱漆葫芦，向众人举了一举。

他这样说时，沐公子非常注意，昂着头，似乎一面听，一面思索。夜鹰子说罢，半面韦陀叫他快快送去。夜鹰子一转身，刚要迈步，沐公子突然说道：“且请留步。”说了这句，赶近前来，一伸手，把朱漆葫芦拿去，走近灯前，向着火光，把葫芦反复细看了半晌，很惊奇地哦了一声，低低喊声“奇怪”，忽又自言自语地说道：“这事真奇了。难道就是……”沉了一忽儿，又似说了一句：“不会的……也许……”他这样一来，把半面韦陀、璇姑、夜鹰子都弄得莫名其妙了。

忽又见他把头乱点，一转身，满面笑容，将葫芦交与夜鹰子，却向璇姑说道：“世妹，愚兄冒昧，想请求这位掌柜立刻代办一桌整齐酒席，越快越好，不知能办得到吗？”

璇姑未及答话，夜鹰子早已接着说道：“我们当家在进店时早已吩咐下来，因为从宿店送酒席上山，不能从地道运送，只得做齐了一起挑上山来，大约不久便到。不过小地面，办不出好的来，诸事请公子爷包涵。”

沐公子呵呵笑道：“这太费心了。可是我的意思，却不是为自己口腹，老世叔或者知道我的心意的。”

半面韦陀忙躬身答道：“公子爷金枝玉叶，千万不要这样称呼，折杀老朽了。倒是公子爷想借此亲近那位道爷，确是要紧。”

璇姑也说道：“寒门屡受庇荫，犬马难报，此后千万请公子不要过自谦抑。至于那位道爷，在白天山下已经看出绝非常人，此刻看公子思索情形，好像有点渊源似的。”

沐公子摇头道：“此事奇怪已极，一时尚难断定，回头同席细谈，或可以掘出真相。事不宜迟，世妹留此，陪伴两位小英雄，我同鹏叔请道爷去。”说罢，仍由夜鹰子引路，三人出庵而去。

这里小虎儿虽然同龙飞豹子私下讲得很投机，可是对于他们姊弟身世，和今晚所见的种种奇事，简直迷迷糊糊，莫名其妙，尤其是看得丰姿秀逸、举动沉静的璇姑，似乎比自己姊姊还秀丽几分，小孩子家心思活动，一看人家姊弟奇逢，喜溢眉梢之态，逗得他也想起玉龙冈李紫霄来了。

正在神驰故乡的当口，忽听得步履杂沓，自己师父大说大笑地进来了，恰巧这时店伙们陆续挑来食盒，立时调桌搬椅，七手八脚整理出一桌酒席，璇姑、沐公子一齐请鲁颠上座，游戏风尘的鲁颠毫不犹疑，巍然首座，沐公子次座相陪，小虎儿坐在鲁颠肩下，唯有半面韦陀对沐公子颇为尊敬，同龙璇姑、龙飞豹子一齐坐在下首，殷勤相陪。

龙璇姑亲自捧壶，一一敬酒，不料首座鲁颠突然虎目一张，向沐公子用目一扫，哈哈笑道：“我的随身宝贝，那位掌柜很慷慨地拿去，答应请我喝陈年美酒，此刻正用得着了。”

话方出口，夜鹰子已从门外捧着朱漆葫芦进来，放在鲁颠、沐公子两人中间桌上，然后悄悄退出门外去了。鲁颠一手执杯，一手指着葫芦，有着无着地说道：“诸位看这个葫芦，有点异样。”

沐公子立时抓住机会，肃然起敬地说道：“后辈年轻无知，见识有限，不过对这件宝物来历，却略知一二，正在怀疑，不敢冒昧请教，便是前辈上下两字，到现在还不大了解哩，尚乞不吝教益，以启茅塞。”

鲁颠大笑道：“萍踪偶聚，亦是前缘，今夕相逢，尤为不易。不过老朽遁迹世外之人，姓名身世，言之无足轻重，何况诸位大事在身，千万莫错良机，正好借此畅谈衷曲，解释一切。如不见外，老朽亦可洗耳恭听，或许也许贡献一点道听途说，与诸位不无小益。否则老朽不便参与，先率小徒下山去了。”说罢，哈哈大笑起来。

沐公子双手捧着酒壶，很恭敬地替他斟了一杯酒，一面笑道：“前辈虽不屑教诲，也何致这样决绝呢？别人不敢说，后辈现在正有一桩极为难的事，此事还非前辈不能解救。便是这两位身遭奇祸、遁迹天涯的世妹、世弟，后辈斗胆，也要代求老前辈大力援手。按理说，这样冒渎，太已无礼，后辈亦未免荒唐万分，可是刚才老前辈说得好，萍踪偶聚，亦是前缘，也许先人在天之灵，冥冥中有所启迪，所以鬼使神差，老前辈光降，适逢其时。老前辈随身的朱漆葫芦，偏又入后辈之目，后辈人微言轻，语多非分，只有叩求老前辈，请看在葫芦面上，原谅后辈的了。”

这一番惝恍迷离的话，谁也摸不着头脑，尤其是提到的那个葫芦，益发莫名其妙了，但是鲁颠本人却一点不以为奇，侧着头听了半天，若无其事地举起酒杯，一仰脖子，喝得嚓嚓有声，等到酒杯放下，突然虎目一张，看了沐公子一眼，点头叹息道：“故人有子，难得难得。老朽已经跳出红尘中人，偏偏造化弄人，到处牵惹，尤其是今晚无端聚会，大是奇事，这且不提，你们今天举动似乎都有牵连，何妨趁着这时候一剖心腹，老朽或者也能参加一点意见，也未可知哩。”

沐公子听出口角有点活动，顿时喜上眉梢，一面唯唯称是，一面又替他川流不息地斟酒，百忙里又向璇姑、半面韦陀说道：“诸位不知我同这位老前辈大有渊源，今晚我们能够蒙老前辈光降，正是我们的运气，诸位暂时可以不必打听内情，最要紧我们的前因后果，详详细细在我们这位老前辈的面前禀白一番后，求老前辈替我们做主。

“再说尊府祸起时，我正在哀牢山中料理一件要事，山深路僻，消息不通，就是家兄在昆明一知尊府噩耗，也会火急去援，偏又事出非常，鞭长莫及，赶到尊府，已经不能挽回，只有力守尊府基业，不令贼子蹂躏。那时世妹等已无下落，究竟世妹世弟怎样脱身？怎样会到这个地方寄身尼庵，又怎样会与那万恶妖尼同一名号？而且世弟又怎样到了中原？又怎样今晚才能姊弟会面？这种种情形，同以往尊府避祸实情，统统请世妹赐教才是。再说愚兄方面，也有许多隐情奉告，现在我们敌忾同仇，万事都要从长计议，先前愚兄莽撞之处，务请世妹海涵才好。”说罢，连连抱拳道歉，偷眼看璇姑时，却见她含泪低头，楚楚可怜，与阶前武力颉颃之时，截然不同。

沐公子益发心里难受，恨不得投地自掴，立剖腹心，无奈众人在座，只有干着急，却好半面韦陀识趣，接过话来说道：“彼此休戚相关，公子不是外人，没有先头误会，我们今晚还不能够聚在一起哩！倒是趁此机会，大家披诚相见，办理大事要紧。公子说得对，请璇姑将始末情由，向大家细说一遍，一切都可明白了。”

于是大家一面喝酒，一面细听璇姑含冤切齿地说出一件稀罕故事出来。

（附注：此处故布很多线索，下文奇峰突起，即是璇姑口述之事，直到峰回路转，始反照前文，一一接榫，盖全书百余万言，均系根据明末清初各家秘记，绝非凭空虚构，千头万绪，错综穿插，亦费苦心。第一集第三章卖花翁高老头曾有“熊经略别离多年，今才会面”之语，故后文所叙，虽系穿插应有之文，实亦补叙鲁颠别后多年内之事也。）

第二十一章　滇南八寨

原来中国云南省东邻黔蜀，北接川康，西南又毗连缅越。境内烟岚雾嶂，急湍奔流，形势峻险，道路崎岖。各种苗人，窟宅其间，族类繁多，宗支不一：有叫猓猡、摆夷、摩些、西番、古宗、潞子，种种奇怪名目。战国时代，“楚伐蔡宋龙之国，俘其民，放之南徼，流而为苗”等记载，大约就是苗人的先世。到明朝崇祯时代，已有很多苗族仿效汉人语言、礼教、章服，同化归流，一样抽丁纳税，受汉官节制，这种归化苗族的首领叫作土司，等于从前北方的可汗酋长。

云南苗族土司，也有官署、兵役、符印，也有勤劳王事，得过朝廷封典的。单说崇祯年间，云南苗族中最强盛、最出名，而且彼此争雄夺霸，发生许多流血惨事，与本书大有关系，莫过于滇南八寨。那八寨名称如下：

石屏金驼寨　土司龙在田
阿迷碧虱寨　土司普名胜
崿嘉哀牢寨　土司吾必魁
蒙化榴花寨　土司沙定筹
新平飞马寨　土司岑猛
华宁婆兮寨　土司禄洪
弥勒龙驹寨　土司黎思进
维摩三乡寨　土司何天衢

现在先说金驼寨，在滇南石屏州异龙湖畔金驼峰上。这金驼峰也是云南著名哀牢山脉的分支，面积有五六十里方圆。凡在金驼峰居住的尽是龙姓苗族，无形中这五六十里面积，变为龙家苗的势力范围，而且形势天险，出产富厚。

在金驼峰深处，有一座高接云霄的峭壁，叫作插枪岩。岩壁中分，从顶挂下百丈长的一条大瀑布，终年喷琼曳玉，趋壑奔涧，弯弯曲曲分布成峰脚下二十八道溪涧，又从这许多溪涧，汇聚一处，泄注于金驼峰后异龙湖中。这峰内二十八条溪涧，是龙家苗族的水道，又是金驼峰独一无二的富源。原来金驼峰所以出名，因为峰势起伏，宛似骆驼，而且夕阳反照到处金光闪铄，蕴藏着无量金矿。插枪岩便是矿苗发现所在，终年无量金沙顺着瀑布冲刷而下，分流二十八道溪内。

龙家苗族起初只晓得图现成，终日老老少少在溪内淘沙拣金，弄得溪山浑浊不清，而且金沙越淘越薄。后来暗地用重金聘请汉人，指点矿穴，秘密开掘，这一来，坐守宝藏，自然一年比一年富强起来。但是这样宝藏，别家苗族谁不垂涎？因此同邻近苗族常常发生争斗的事。

到了崇祯初年，龙家苗为首土司，叫作龙在田，威仪出众，武艺高强。而且他这土司，与众不同，曾经帮助镇守云南世袭黔国公沐英后人沐启元，削平滇边群寇，跟着沐启元诣阙献俘，论功行赏，于土司外又加封世袭宣慰司的爵禄。这一来，雄视其他苗族，气焰赫赫。在金驼峰势力范围内，也就是土皇帝了。龙在田相貌很特别，生得鹰鳞虎步，紫髯青瞳，而且额上偏长出一个大黑瘤，远看便像一角，所以滇南一带，便加上一个“独角龙王”的绰号。

苗族强悍，本来崇尚武事。龙在田久于行伍，加爵回来，便将金驼寨龙家苗男女老幼一二万人，全用兵法部勒。好在云南苗族聚居村落，都是倚山设垒，垒石树栅，不论男女老幼，随身都带腰刀标枪。经独角龙王一番布置，把金驼峰几处险要所在，筑起坚固碉岩，由部下心腹头目，率领强悍苗兵严密把守，宛如铁桶一般。而且独角龙王还有一个好内助，便是他的妻子禄映红。

禄映红原是华宁州婆兮寨土司禄洪的妹子，也是苗族的巾帼英雄，貌仅中姿，心却机灵。自幼练得一手好飞镖，百不失一。随身一柄三尺长的镔铁雪花偃月刀，解数非常，颇为有名。整理金驼寨，一半还是这位映红夫人之力。独角龙王对于这位妻子，言听计从，畏比爱多。夫妇占据这样势力雄厚、宝藏无穷的基业，未免意气飞扬，目空一切。除出世袭黔国公沐府恩泽深厚，颇矢忠诚以外，一班阘冗官府，反而低首下气同他联络，希望从金矿中得些油水，承奉得独角龙王夫妇未免志骄气盈，诸事托大起来。但是其他苗族都有点惧怕独角龙王夫妇的武功，和国公府的庇护，一时尚不致发生祸变。

那时独角龙王已届望五之年，膝前只有一位长女，闺字璇姑，方能咿呀学语，望儿子的心，自然非常急切。有一天，独角龙王正率领着近身勇士们，在深山大壑中，合围行猎。有一只牯牛般的花豹，被手下勇士们鼓噪飞逐，麻林似的标枪，飞蝗般的长箭，吓得那只花豹走投无路，拼命一纵，纵上一株古木，蹲在叉干上，瞪着一双碧闪闪银灯似的豹眼，咧着白巉巉的獠牙，吼若破锣，向人发威。后面懒龙似的尾巴，忽左忽右，鞭得左近枯枝断干，噼噼啪啪掉下地来。

独角龙王骤马赶来，一看那花豹逃入绝地，哈哈大笑之下，一偏腿飞身下马，健腕一举，从背后拔下两根短短喂毒飞镖，两手一分，侧退半步，对准花豹要害，便要连珠齐发。忽听得这山的四面长鼓齐鸣，梆梆之声，震动山谷。独角龙王和手下一班勇士，都吃了一惊，明白金驼寨出了大事。

独角龙王顾不得树上花豹，正想派人查问，忽又听得銮铃响处，一匹快马驮着一人，从对面山脚下绕着一层层的梯田，从山顶上一阵风似的飞驰过来。转眼工夫，已到了独角龙王的面前，滚鞍下马，举着双手，俯伏在地。独角龙王一看是自己府内得力头目，急忙喝问有何急事？那头目跑得满脸大汗，只说了一句："夫人刚才产下一位公子，奉命请爷快回。各寨长已鸣鼓集人，快到聚堂叩贺了。"

独角龙王万事俱足，只是无子，朝夕盼望不是一天，此刻一得到这样喜信，如何不乐？哈哈大笑之间，一回头，那只花豹还自在树上负树自固。独角龙王一举手，仍想把两只飞镖发出，猛然灵机一动，双腕一翻，两只飞镖便插在左右地上，一指树上花豹笑道："今天看在我儿的面上，让你多活几年。等我儿子长成，我带着儿子来找你，让我儿子来取你命便了。"说罢，连身边勇士们全大笑起来。

独角龙王得意之下，哪有心思打围，立时吹起螺角，集合四面勇士和猎鹰、猎犬，又拾起地上飞镖，风驰电掣回到土司府来。独角龙王急步进府，"聚堂"上黑压压的，已挤满了大小各寨头目，一齐向他拜贺，各人又纷纷贡献精炼纯钢。

原来土司府内，都有一座很高的高楼，苗人称作"聚堂"。这种高楼，最高的像龙土司府内便有五层，最高一层，并无窗户，中间横吊着空心镂花，长约丈许的一段大木，名叫"长鼓"。长鼓旁还悬着一面极大铜钲，名叫"战锣"。打仗出兵击"战锣"，平常集头目用"长鼓"。本族各寨中，也有长鼓，形式小一点，却没有战锣，只用角螺。土司府长鼓一响，本族各寨立时也击鼓响应，一霎时可以传遍全个金驼峰。至于土司府"聚堂"就在这楼下最低一层。

像独角龙王声威十足的土司，养个儿子，也如同生太子差不多，全部龙家苗族都当作一件大事，所以立时奔集，行他们祖先最尊敬的"锻刀礼"。因为苗人，不论男女老幼，随身全有一柄苗刀，视为第二生命，顷刻不离。一出世，父母亲友必选上好精铁积聚起来，等他成人以后，便把预备好的精铁，叫他自己炼制一柄终身不离的苗刀。亲友们铁越送得多，炼刀时聚精用宏，刀的质料、成色自然格外好。像独角龙王部下献的，自然又多又好，锻炼起来，自然是百炼纯钢，吹毛立断的了。

从前缅刀最出名。滇南同缅甸接界，所以滇南好的苗刀，也称红毛宝刀。当时龙土司府除手下头目纷献精铁以外，其余龙家苗族，也多少不等选了些好铁送来。一二日之间，聚堂前面天井中，已积聚精铁像小山一般了。后来龙飞豹子名震江湖，全仗两样兵器，一样是虎头双钩，一样就是红毛宝刀。这柄宝刀，便是下地时本族送来精铁，百炼而成的。这是后话不提。

且说当时独角龙王在聚堂受了众人叩贺以后，立时三步当作两步走，赶到内宅看视映红夫人。却喜产妇平安，小孩啼哭声音洪亮，五官清秀，似乎比乃父还要出色。独角龙王晚年得此爱子，大乐特乐，觉得自己心满意足，谁也没有他福气。

这时映红夫人虽然靡在锦绣枕褥，左右使女们流水般伺候，其实因为平时身体结实，毫无痛苦，如果换了普通苗妇，早已下地操作了。这时看得自己丈夫高兴异常，她急笑着说道："这孩子生下来，两只乌溜溜的眼珠，神光充足，与众不同，想是有造化的。将来我们全仗这个根苗，你须用心教导才好呢！"

独角龙王忙笑应道："夫人此时千万不要劳神。这孩子非但眼神充足，看来骨骼也坚实，我们必定要聘请一位高明先生，教成一个文武全才，才对我的心思哩。"

映红夫人笑道："请先生这一层，未免言之过早，倒是替孩子取个名字是正经。"

独角龙王连声说是。猛想起今天树上花豹，留镖不发的事来，猛孤丁把巨灵双掌一合，啪的一声脆响。

映红夫人忙用衣袖遮住孩子，轻轻说道："看你这种失神落魄的鬼相，你成心吓孩子是不是？"

独角龙王猛然醒悟，一抬手似乎想打自己一个嘴巴子，又怕再惊动孩子，慢慢地向后倒退。这一做作，倒引得映红夫人哧的一声笑了。

独角龙王扮一个鬼脸，又暗暗地走到床前，遂忙说道："我是乐得糊涂了，我是想起今天猎围中遇着如此如此的一回事。此刻心儿一动，想替孩子取名‘飞豹’做个纪念，这名字儿也叫得响亮，夫人你看还用得么?”

映红夫人只把头微微一点，这名儿便是算取定了。后来上上下下，叫得很顺口，连姓带名外助语辞，便人人称他“龙飞豹子”了。

龙飞豹子到了八九岁，虽然瘦小枯干，却天生神力，又善纵跃，而且性格有独角龙王的豪迈，并且映红夫人的机智，真是夫妇合璧的艺术作品了。龙飞豹子八九岁时，他的姐姐璇姑也只有十余岁，却长得美人胎儿似的，非但苗族中绝无仅有，就是放到汉人中也是万人选一。独角龙王膝下有了这么一对佳儿娇女，其乐可知。看自己儿女聪敏英秀，迥异恒流，便用重金聘请昆明一位饱学汉儒，到金驼峰土司府中，教读一对儿女，又拜托一位义结金兰的奇人，传授武艺。

原来金驼峰龙土司手下头目无数，但在土司府同自己时刻不离的，只有三十六个大头目。这三十六个，全从龙家苗族中千选万选出来的勇士，其中却有一个不是龙姓，也不知他底细是苗是汉，而且没有姓没有名，只有一个别号，人全叫他金翅鹏。他就把这个名字头一金字作为自己的姓，究竟他姓什么，连他自己也不知道。这个人是怎么样同独角龙王结合呢？说来话长，而且也是一件奇事。

先头不是说过独角龙王因为辅佐黔国公沐启元勤劳王事，得到世袭宣慰司的爵位，那时独角龙王正是少年英雄时代，而沐启元是个文臣出身，却因乃祖沐英的汗马功劳，子孙享受黔国公封荫，世世镇守云南，有调兵遣将保卫边疆之权。黔国公府就在云南省城昆明碧鸡坊，国公府规模崇闳，阀阅显赫。在这天高皇帝远的地方，仗着功臣之后，也同藩王一般，全省大小官吏，莫不仰其鼻息。国府中仅仅家将，就有五百多员，即此一端，其余便可推想了。

说也奇怪，云南各土司，对于国公府命令尚能服从，本省抚按大员的命令，就视若弁髦了，所以朝廷上也只有倚赖沐府，怀柔绥辑，调处各强盛的土司了。当时沐启元奉命出征边界土寇，便令调各土司苗兵出力，滇南八寨，自然都在调遣之列。不过勇冠三军的龙土司，和沐启元相处异常合契，沐启元也倚仗独角龙王，如同一条臂膀。

出征当口，碧鸡坊黔国府中却出了一件奇事。原来世袭黔国公沐启元有两个儿子，长公子沐天波年已弱冠，且已受室，府中事无大小，全由这位长公子主持。可是天波虽系阀阅世袭，因从小席丰履厚，未免趋近纨绔贵胄一流，对于文武两途，无非略涉皮毛。唯独次公子沐天澜年虽幼稚，却生得粉妆玉琢，神秀气清，迥异常见。

黔国公沐启元奉旨出征当口，沐天澜那时方才九岁。这年夏天碧鸡坊黔国公府后花园崇楼杰阁下，有一道玉带溪，潆洄曲折，岸柳如屋，源通滇池，颇饶水木情管之胜。沐天澜娇生娇养，却天生体轻足健，膂力非常。每逢夕阳西下，趁伴娘丫头们不留神时，一直就跑到玉带溪，流连玩耍。

溪旁柳荫之下，原缆着几只精致的钓舟。沐天澜人小胆大，这天竟跳下钓舟，解开缆索，拿起一片小桨向柳根上一点，就撑开了，一划两划，居然被他划出一箭多地远去。这处湖面颇为广阔，四面临湖水榭，筠帘静下，湖中荷叶田田，莲花亭亭，清芬扑鼻，佳景宜人。沐天澜荡入莲花深处，披襟当风，领略荷香，忘其所以。而且舟小人小，一湖的荷叶，密密层层矗立水面，池畔水榭之间，偶然有几个人向湖中一望，也看不见沐天澜的身影，沐天澜自己玩得出神，也忘记家人们了。

沐天澜玩了半天，看看日影西沉，晚霞散绮，才想掉舟回来。猛一低头，忽见舟前不远一枝干头莲花梗下，水面哧哧地乱响，荷叶无风乱颤。忽见金光闪闪，有酒杯粗细蛇头，昂出水面二三寸高，身子有三尺多长，比自己臂腕粗，通体金黄，在水中争光耀目，箭也似的向舟飞驰而来。沐天澜从来没有见过这种东西，心里一惊！忙举桨向后一拨，小舟横了过来。

他的意思，想拨桨掉过舟来，远远地逃避。哪知心慌意乱，又不会使桨，舟旁又有荷叶阻隔，要倒退容易，掉过舟来却是很难，所以桨一动，小船便横了过来，小船一横，凑巧不过，正挡住那东西的去路。

那东西昂头分水，疾如飞箭，哗哗一声水响，竟像凭空越舟而过。沐天澜猛觉得眼前金光一闪，舟身向下一沉，后艄一跷，身不由己向前扑去。两手向前一抓，正抓住那东西腥黏滑腻的身子，一声惊喊！顿时舟身颠簸，好似天旋地转，耳中只听得泼刺乱响，水珠四溅。慌忙惊跌之中，整个身子已扑在舟心，而且腥黏滑腻的蛇身，也被自己身子压住，身外一段长尾却把大腿缠住。幸而人小身轻，跌也跌得巧，只向船心跌入，虽然一阵颠簸，却未翻在水中。可是身压蛇，蛇绕腿，头下脚上，一时爬不起来，又不敢猛加挣扎，恐怕把小船弄翻。惶急之下，两手死命攒住蛇身，一低头不分皂白，拼命张嘴一咬，咬紧蛇身，死不放松。

哪知他这一咬，却咬得很巧，正咬在七寸头上，居然被他咬得鲜血直流。他也不管腥秽，血流满嘴，兀自拼出吃奶力气，咬紧牙根，不肯松口，而且气急呼吸之间，鲜血迸流，灌入肚内。其实这东西如果真是蛇类，身有细鳞，八九岁的小孩，无论天生神力，一时也难用嘴咬破。三尺多长的长蛇，也没有这样和善易制，而且毒血沾唇，小命也就完了，哪有这种便宜？那东西无非是一条积年的大黄鳝，因在沐国公府花园玉带溪中，从来没有渔翁捉钓，故能养得这样长而且粗大，大约寿命总在二三十年以上，也是一件稀罕东西。不过在沐天澜小孩子眼中，总以为是长虫一类罢了。

图书在版编目(CIP)数据

龙冈豹隐记. 第一部 / 朱贞木著. -- 北京 : 中国文史出版社, 2021.2

(民国武侠小说典藏文库. 朱贞木卷)

ISBN 978-7-5205-2141-3

Ⅰ. ①龙… Ⅱ. ①朱… Ⅲ. ①侠义小说-中国-现代 Ⅳ. ①I246.5

中国版本图书馆 CIP 数据核字(2020)第 141602 号

整　　理：顾　臻
责任编辑：薛媛媛

出版发行：**中国文史出版社**
社　　址：北京市海淀区西八里庄路 69 号院　邮编：100142
电　　话：010-81136606　81136602　81136603（发行部）
传　　真：010-81136655
印　　装：北京新华印刷有限公司
经　　销：全国新华书店
开　　本：720×1020　1/16
印　　张：19.75　　字数：257 千字
版　　次：2021 年 2 月第 1 版
印　　次：2021 年 2 月第 1 次印刷
定　　价：66.00 元